川名大
Kawana Hajime

昭和俳句の検証

俳壇史から俳句表現史へ

笠間書院

はじめに

俳壇史と俳句史との違いは何だろうか。前者の一般的な概念やイメージは、文化や思潮の傾向・趨勢、結社や俳誌を中心にした俳壇勢力関係とその動向・消長、俳人や結社間の同調・対立・確執・エピソードなど、いわば俳句作品の外周の事柄や現象を中心に時系列で記述したものといえよう。

そこでは俳壇的な力学として、二つの対立的なキーワードである「同質化」と「差別化」が働きがちである。すなわち、俳壇では流派や俳句理念などで同質化が進み、さらに大きなグループが形成されたりする反面、そこに入らず、あるいは同調しないものを差別し、排除しようとする動きが起こってくる。そこに俳壇の歴史におけるいわゆる勝ち組と負け組が生まれる。いわば、各時代の俳壇的なパラダイムに乗ったものが俳壇的なヒエラルヒーの頂点に立ち、覇権を握るという構図である。そして、俳壇史は敗者を視野に入れた周到な考察をスポイルし、覇権を握ったもの（勝ち組）の価値観・視点に添って記述されていく。これが俳壇史の一般的な姿である。

他方、後者の一般的な概念やイメージは、俳壇史という俳句作品の外周を背景としながらも、あるいはそれとのしがらみや影響関係を視野に入れながらも、俳句作品を中心に据えて時系列で記述していくものであろう。

俳句史の概念のキーワードは「類型化」と「差異化」である。類型化とは発想・表現方法・表現内容などにおいて他と比べてあまり独自性が見られない類型的な作品群。それに対して、差異化とは一人一人の個性や特色が際立ち、差異が著しい作品群。すなわち、独自性が際立つ新風の作品群である。この類型化されない新風の作品群を時系列で把握して記述していくこと。それが文学としての俳句史の体系化であろう。したがって、俳句史は俳壇史とは異なり、最終的には俳壇史的な要素を断ち切って、純粋な俳句表現史へと収斂していくべきものであろう。

現代俳句史の研究史を振り返れば、すでに神田秀夫・山本健吉・楠本憲吉・松井利彦など先学のすぐれた著作・論考がある。それらから学ぶべきことは多い。特に、表現史的な視点からの考察が多く見られる神田秀夫の「現代俳句小史」（筑摩書房『現代俳句集』・昭32）からは多くを学んだ。とはいえ、これらの先学の著作・論考が必ずしも十分に腑に落ちるわけではない。それは、概して俳句史が俳壇史と漫然と癒着したまま記述されており、そこに「書かれるべき俳句史」に対する著者の明確な意識やポリシーが鮮明には見えてこないからである。

本書は「昭和俳句の検証——俳壇史から俳句表現史へ」と「新資料で読み解く新興俳句の興亡」の二部立てで構成したが、前者の一つの柱である「昭和俳句表現史（戦前・戦中篇）——『昭和俳句作品年表』という方法」と「戦後俳句の検証」は、上記の俳句史・表現史についての認識・視点に立って考察したものである。すなわち、俳壇史や俳壇史と癒着した俳句史をいったん白紙に戻して、作品と直に向き合い、俳句としての表現密度や表現史的な新風が確立されているか否かを検証する視点に立って記述した。同質化・差別化による覇権争いで勝利した者が作り、人々の記憶に刷り込まれた俳句の中から本質的でない表層的で一過性のものを削除し、敗者の中から本質的な俳句を遺した俳人やその俳句を正当に復権させる。俳壇的ヒエラルヒーや知名度といった外在的な要素に囚われないそうした検証作業を通して、新風としての俳句表現史に立脚した「書かれるべき俳句史」の構築を目ざした。特に「昭和俳句表現史（戦前・戦中篇）」は表現史の視点に立って、横軸として同時代の俳句を幅広く眺望するとともに、縦軸として時系列で表現史的な展開を眺望する『昭和俳句作品年表』という方法により、何を（表現内容）と、如何に（表現方法）との融合した昭和俳句（戦前・戦中）の表現史的な展開の具体的な様相を明らかにしようとした。「戦後俳句の検証」も基本的な視点は同様である。また、二つの論考には、共に時代の趨勢や俳壇状況に言及したところも含まれているが、それは対象作品の表現史的な意義を鮮明にするための補助線である。

「知られざる新興俳句の女性俳人たち」は、東鷹女・藤木清子・すゞのみぐさ女・竹下しづの女・中村節子ら、昭和十年代の新興俳句の女性俳人（その外周にいた女性俳人も含む）九名を対象にして、彼女たちが生み出した境涯俳句と銃後俳句について、それぞれの特徴と差異を捉え、それぞれの相対的な位相を明らかにしようとした。

「中田青馬は特高のスパイだったのか」は、昭和十五年二月に起きた「京大俳句」弾圧事件に際し、特高のスパイだと噂された「旗艦」の俳人中田青馬について、その信憑性と「京大俳句」弾圧に関する天皇関西行幸説の信憑性を、当時の雑誌・新聞・書簡や戦後の回想文・座談会などの資料を読み解くことで真相に迫ろうとしたもの。

「ＧＨＱの俳誌検閲と俳人への影響」は、国立国会図書館所蔵の「プランゲ文庫」（マイクロフィルム）によって占領下のＧＨＱによる俳誌検閲処分の実態と、それによる俳人たちへの影響を明らかにしようとしたもの。ＧＨＱの政治的・文化的な掣肘としての検閲処分の解明については、他の文芸ジャンルと比べて、俳句は大きく遅れをとっていた。ＧＨＱの俳句に対する検閲処分の分野に初めて踏み込んだ本稿によって、その距離を幾分でも縮められたのではないかと思っている。

「三橋鷹女の「年譜」の書き替え」は、御遺族所蔵の新資料「遠藤家、東家、及三橋家の家系大略」、及び鷹女が指導した「ゆさはり俳句会」の新資料によって、鷹女の結婚のいきさつ・関東大震災罹災時の状況・「ゆさはり俳句会」の指導・活動状況など、従来の鷹女自筆の「年譜」では分からなかった様々な事柄を明らかにしたものである。

後者に収めた各資料は、どれも新興俳句およびプロレタリア俳句の研究上、第一級の資料である。冒頭の「富澤赤黄男没後五十年　句日記『侚僂の芸術』初公開」をはじめ、「新興俳句弾圧事件の新資料発見」など初めて公開するものが多く含まれている。資料の内容は、新興俳句の俳人・句集・雑誌などに関するものと、新興俳句およびプロレタリア俳句弾圧事件における特高の諜報活動・被検挙者の獄中手記・被検挙者の予審裁判などに関するものとに分かれる。

「富澤赤黄男没後五十年　句日記『侚僂の芸術』初公開」と「『天の狼』上梓の経緯――富澤赤黄男の「日記」から」は、赤黄男が昭和十年代に書き記した二冊の「句日記」に関するもの。赤黄男の俳句・俳句観・作句法・俳人との交流関係・実生活などが記されており、赤黄男研究にとってきわめて貴重な資料である。

「新興俳句の新星・磯邊幹介の稿本句集『春の樹』初公開」は、新興俳句誌「広場」（旧「句と評論」）に所属し、昭和十三年～十五年にかけて新興俳句の新星として台頭した磯辺幹介の幻の句集『春の樹』（昭和十六年二月の「広場」弾圧事件などにより未刊に終わった)の稿本句集を完全な形で紹介し、解説を付した。これも世の中に一冊しかない貴重な新出資料。無産大衆や労働者の現実を直視して力強く詠った磯辺の句業の全貌を窺うことができる。

「新興俳句弾圧事件の新資料発見」に収めた新資料は、どれも特高のマル秘資料。被検挙者の獄中手記や予審裁判の文言を読み解くことで、新興俳句弾圧に関する体制者側（情報局・特高）の狙いを窺い知ることができる。

現在、過ぎ去った昭和俳句への歴史的関心が薄れ、先人達が切り開いてきた表現史の累積の中に自覚的に自己の句業を位置づける認識と営為も薄れている。昭和俳句を直接体験しない戦後世代の論考には客観的な事実の誤りもしばしば見られる。そうした状況下で、昭和俳句における先人達の句業の累積に表現史的な観点から言及し、合わせて新興俳句の貴重な新出資料を収めた本書が、読者の昭和俳句への関心と認識の深まりに資することを切に願っている。

目次

はじめに　i

昭和俳句の検証――俳壇史から俳句表現史へ

昭和俳句表現史（戦前・戦中篇）――『昭和俳句作品年表』という方法……………………2

はじめに　2　一　モダン都市下の俳句――時代と並走した「モダン」「労働」／背馳した「反近代」（昭和元年～昭和六年）　4　二　新興俳句運動の勃興――斬新な詩情・感覚・文体の競合／暗喩・象徴（昭和七年～昭和十年）　13　三　無季新興俳句の成熟――リアリズムの工場俳句／暗喩やイロニーの銃後俳句・前線俳句（昭和十一年～昭和十五年）　22　四　太平洋戦時下の俳句――文学の孤塁を守り得た俳句／擬似共同体・国民感情に同化した聖戦俳句（昭和十六年～昭和二十年）　42

戦後俳句の検証……51

はじめに　51　一　戦後俳句の出立　52　二　戦後俳句の成果――昭和二十年代前半　59　三　戦後俳句の成果――昭和二十年代後半　74　四　戦後俳句の成果――昭和三十年代前半Ⅰ・造型論の提唱まで　90　五　戦後俳句の成果――昭和三十年代前半Ⅱ・現代俳句協会分裂まで　97　六　戦後俳句の成果――昭和三十年代後半　105　七　戦後俳句の成果――昭和四十年代前半　112　八　戦後俳句の成果――昭和四十年代後半　120

知られざる新興俳句の女性俳人たち
――東鷹女・藤木清子・すゞのみぐさ女・竹下しづの女・中村節子・丹羽信子・志波汀子・坂井道子・古家和琴の境涯俳句と銃後俳句……129

はじめに　129　一　東鷹女　134　二　藤木清子　148　三　すゞのみぐさ女　163　四　竹下しづの女　172　五　中村節子　186　六　丹羽信子　195　七　志波汀子　201　八　坂井道子と古家和琴　206　まとめ　212

中田青馬は特高のスパイだったのか
――特高のスパイの風評に対する中田青馬の手紙と「京大俳句」弾圧事件に関する天皇関西行幸説……213

GHQの俳誌検閲と俳人への影響……219

一　GHQ／SCAP（連合国軍最高司令官総司令部）によるメディア検閲・言論規制の流れ　219　二　GHQ／SCAPのメディア検閲に関する研究史　220　三　GHQ／SCAPによるメディア検閲の検閲指針と、検閲後の処分ランク　221　四　研究の目的と得られた結論　222　五　検閲実態の主なサンプル　224　六　検閲が俳人たちに与えた影響　231

三橋鷹女の「年譜」の書き替え
――新資料「遠藤家、東家《ひがし》、及三橋家の家系大略」『成田市史叢書』（第二集・第三集）に拠る……238

一　三橋家・東家両家の家系図　239　二　三橋鷹女と東謙三の結婚の経緯　242　三　関東大震災罹災の状況　243　四　那古病院跡の土地売却と借財の清算　244　五　東文恵から東鷹女への改号、「鶏頭陣」への出句　247　六　同人誌「紺」の終刊と三橋鷹女の同人参加期間　249　七　三橋鷹女が夫と共に長子陽一の出征を見送った港　251　八　「ゆさはり句会」の発足　252

真砂女の海――昭和十年代（「春蘭」「縷紅」時代）の鈴木真砂女……256
一　安房の海――二つの風土と文化圏　256　二　真砂女の海――そのエリアと二つの作風　257
飯島晴子論――俳意たしか、ニュートラルな世界……260

新資料で読み解く新興俳句の興亡

富澤赤黄男没後五十年　句日記「佝僂の芸術」初公開……268
渡辺白泉と新興俳句同人誌「風」……283
増補・渡辺白泉評論年表……298
三橋敏雄と新興俳句同人誌「朝」……302

新興俳句の新星・磯邊幹介の稿本句集『春の樹』初公開……313
『天の狼』上梓の経緯——富澤赤黄男の「日記」から……324
「京大俳句」「新興俳句・プロレタリア俳句諸俳誌」に対する特高の諜報活動資料……329
新興俳句弾圧事件の新資料発見……338

おわりに　369

初出一覧　371

昭和俳句の検証——俳壇史から俳句表現史へ

昭和俳句表現史（戦前・戦中篇）――『昭和俳句作品年表』という方法

はじめに

戦前・戦中時代（昭1～昭20）にはどのくらいの俳句雑誌が出ていたのだろうか。改造社の『俳句講座』の第八巻「現代結社篇」（昭7）に収録された「明治・大正・昭和時代における主要俳句雑誌一覧」（大場白水郎）によれば、いわゆる伝統派の俳誌数は、合計一〇一。これは昭和七年の時点の数なので、その後の昭和二十年までを含めれば大幅に増えるだろう。

他方、新興俳句系の俳誌数は、幡谷東吾の「新興俳句・俳誌総覧」（「俳句研究」昭47・3）によれば、「馬酔木」から「我等」まで五十音順に一二二冊が挙げられている。伝統系・新興俳句系を合わせると、二百数十もの俳誌が発行されていたことになる（それらを統合する俳壇ジャーナリズムとして改造社の「俳句研究」があった）。その数はわれわれの一般的な予想よりもかなり多いのではないか。これは、昭和初期から十年代にかけて俳句が隆盛だったことの有力な傍証となるであろう。

近現代俳句における作品の一次資料は、以上のような数多くの俳誌に発表された夥しい数の俳句と、それらの俳句を結社単位で精選したアンソロジーや個人単位で精選した句集である。俳誌発表句からアンソロジーや句集へと精選、収録される場合には、句形や表記の異同がしばしば見られる。

『昭和俳句作品年表』（戦前・戦中篇）――現代俳句協会編集・東京堂出版発売――を編むに際して調査対象としたのはそうした一次資料としての俳誌やアンソロジーや句集である。しかし、刊行された資料は夥しく、また、散逸したものも多いため、漏れなく調査することは不可能である。そこで、俳誌については同書の口絵写真で紹介したような主要俳誌を中心とした。また、アンソロジーや句集については『現代俳句大系』（角川書店）、『現代俳句集成』（河出書房新社）、『昭和俳句選集』（永田書房）、『ホトトギス雑詠選集』『現代俳句の世界』（共に朝日文庫）などを主な資料として用いた。

ここで、同書編集の基本的な視点や方針に触れておきたい。『昭和俳句作品年表』とは、言い換えれば「作品年表」の形態による最も純粋で凝縮された俳句表現史であるべきだ。これが基本的な視点・理念である。したがって、俳壇的ヒエラルヒーや知名度といった外在的な要素に囚われることなく、表現史の視点に立って、横軸として同時代の俳句を幅広く眺望するとともに、縦軸として時系列で表現史的な展開を眺望してゆくことを通して表現史的に意義のある作品を精選してゆくことを基本的な方針とした。

選句に当たって特に留意した点は、すでに歴史的な評価を得ている作品を漏らさないこと、（特に無名俳人の）埋もれた秀句を積極的に発掘すること、時代を顕著に反映した俳句や俳壇に衝撃を与えたような俳句は採録すること、などである。最も苦慮した点は作品の制作年月を特定することであった。採録すべき俳句の制作年月が不明のため、やむをえず採録を断念せざるを得なかった俳句が若干あった（特に文人俳句）ことは、編者として悔いが残る。そういう不備を含みながらも、同書を時系列で読むことで、「何を」（表現内容）と、「いかに」（表現方法）との融合した昭和俳句（戦前・戦中）の表現史的な展開の大筋が見えてくるだろう。それは昭和俳句表現史としての歴史的証言ともいうべきものであるが、同時に、過去に学んで未来を拓くという意味で、現代の俳壇や俳人にも寄与するものとして密かな自負と願いも込めてある。従来の昭和俳句史は各時代の支配的な流派やエコールを視点にして、たとえば「ホトトギス俳句」→「新興俳句」→「人間探求派」という流れで時系列で記述されるものが多かった。すなわち、支配的な流派やエコールの縛りや、俳壇史と癒着したものだった。ここではいったんそれらを解体して、多様な表現内容が多様な表現方法によって創られ、更新されてきた秀句を精選した『昭和俳句作品年表』を通して見えてきた昭和俳句の表現史を論じていきたい。

一　モダン都市下の俳句――時代と並走した「モダン」「労働」／背馳した「反近代」（昭和元年〜昭和六年）

昭和初期から昭和十年代までの収録句を通覧して気づく大局的な特徴が、いくつかある。その一つが、古典的なカノンとしての俳句の文体が散文的、欧文的な文体によって、漸次、侵蝕されていったこと。すなわち、格助詞「が」「に」「を」の挿入による主語述語や修飾被修飾関係を明確にした文体による侵蝕。その現象は新興俳句やプロレタリア俳句に著しい。

街燈は夜霧にぬれるためにある　渡辺白泉（昭10）

どれにも日本が正しくて夕刊がばたばたたたまれてゆく　栗林一石路（昭10）

その先蹤は山口誓子の文体などに求められる。

スケート場沃度丁幾の壜がある　（昭7）

もっとも、近代俳句におけるその淵源は新傾向俳句や自由律俳句に求められるだろう。そういう現象に抗して、石田波郷の「風切」宣言のような韻文精神を主張する揺り戻しもあったのであるが。

二つ目の大局的な特徴は、正岡子規以来、表現方法のカノンとなった「写生」が、様々な表現方法の創出によって漸次、侵蝕されていったこと。外面世界を内面世界へとシフトさせた高屋窓秋、イメージによる象徴的な方法を確立した富沢赤黄男、イロニイを多用した渡辺白泉らの侵蝕力が際立っていた。

頭の中で白い夏野となつてゐる　高屋窓秋（昭7）
南国のこの早熟の青貝よ　富沢赤黄男（昭10）
銃後といふ不思議な町を丘で見た　渡辺白泉（昭13）

三つ目の大局的な特徴は、表現内容やモチーフが自然的、植物的世界や私小説的世界から人間を中心に据えた都市的世界、思想や労働の世界、戦争俳句などへとシフトしたこと。

三つの大局的な特徴を指摘したが、これらの特徴や現象が現われたのは、俳句が同時代の他の文学ジャンルと並走しようとしたところに起因したのではないか。具体的に言えば、関東大震災の復興企画による新たな都市計画として出現したモダン都市下において、マルキシズムの思潮、プロレタリア文学の勃興、新感覚派・新興芸術派の勃興、海外の新思潮・新文学の移入など、いわば様々なる意匠を競う文化的・文学的な情況の中で、近代文学の一ジャンルとしての最短定型詩である俳句も、その新思潮・新文学に棹さして、同時代と並走しようとした軋みのあらわれではないか。

というわけで、まず、新興俳句が勃興する以前の昭和初期の俳句を眺望するに当たって、磯田光一の斬新な発想・視点に倣って、モダン都市空間の中の俳句という視点を立ててみた。関東大震災から昭和初期にかけての転形期の文学については、平野謙のいわゆる三派鼎立（新感覚派＝「文芸時代」・プロレタリア文学＝「文芸戦線」「戦旗」・私小説＝「早稲田文学」）史観が、いわば定番だった。それに対して、磯田は「東京行進曲」の詞句を巧みに引用しつつ、モダニズム文学・左翼文学・私小説を一括してモダン都市空間の文学として捉える斬新な視点を打ち出した（『思想としての東京』・昭53）。すなわち、「資本主義の成熟が都会風俗を生んだとすれば、同じ資本主義のあり方が労働問題の原因にもなった」（「ある文学史の構想」）のに対し、そういう同時代の価値観や世相から自らを疎外した「畳・障子の部屋を素材とした文学」（「関東大震災」と「東京行進曲」）という視点だ。

その視点をアナロジーとして俳句を眺望すれば、「モダン都市」を反映した「モダン」のコードを採り入れたモダニズムの俳句、「労働」ないし「革命」のコードを採り入れたプロレタリア俳句という同時代の思潮・その社会状況・風俗と並走した俳句に対し、その趨勢から自らを疎外して自然との交感を保守した守旧派の俳句や、放哉や山頭火などの自由律による心境・境涯俳句という相貌が浮かび上がってくる。とはいえ、子細に眺めれば、守旧派の俳句にもモダン都市のモダンなコード・感覚・素材を採り入れた俳句も見られるし、プロレタリア俳句にも労働問題だけでなく、モダンなポエジーの発露も見られる。つまり、モダン都市の新思潮・新社会状況・新文学状況・新風俗などはひたひたと俳句界全体を覆うように浸透したのである。

まず、モダニズム（モダンな素材も含む）の俳句から見ていこう。

夜汽車で花の東京へはいつて来た　大橋裸木（昭2）

日蔽やキネマの衢鬱然と　山口誓子（昭2）

エレベータに女ゐて青い夜を降りてつた　栗林一石路（昭3）

扇風器大き翼をやすめたり　山口誓子（昭4）

芒振り新宿駅で別れけり　山口青邨（昭4）

時雨るゝやパンなど焼いてもてなしぬ　星野立子（昭6）

拡声機新樹の闇にものを言ふ　水原秋桜子（昭6）

昭和元年から六年までの期間にモダニズム系統の句が意外に少なく、十句ほどを拾い出すのに苦労した。しかも、多くはモダンな素材の投入にとどまっている。モダンな感覚にまで進んでいるのは「エレベータ」（一石路）、「扇風器」（誓子）、「拡声機」（秋桜子）の句ぐらいだ。ちなみに、青邨の「新宿駅」（新宿）はモダンなトポス、コードだった。震災復興のための新たな「東京都市計画地域図」（大14）の三分割の線引きにより、新宿（内藤新宿）は新たなモダンなトポスの中心になったからである。

この時期、小説や詩など他のジャンルに眼を転ずれば、すでに大正末期には、擬人法をふんだんに駆使した新感覚派の小説として横光利一の『日輪』（大12）や『頭ならびに腹』（大13）が書かれ、昭和初期の詩壇では「詩と詩論」（昭3）を中心にさまざまな表現方法によるモダニズムの詩が試みられていた。それらと比べて、俳句のモダニズムはモダンな都市空間の中で、彼らの後塵を拝していた。俳句のモダニズムは一周遅れて昭和十年前後の新興俳句におけるエスプリ・ヌーボーの競合まで待たねばならなかった。

昭和俳句におけるモダンな俳句の先蹤は大正後期から末期にかけての日野草城の俳句、というのが今日の定説。その定説どおり、草城の俳句は斬新な感覚が際立ち、モダンだった。

　唇に触れてつぶらやさくらんぼ　（大9）

だが、当時の「ホトトギス」や「天の川」などを子細に点検すれば、草城は必ずしも鶏群の一鶴ではなく、周辺にいくつものモダンな俳句が競合、並走していたことが分かる。

ミスミセス籐椅子並べ靴を海へ　小野蕪子（大8）
三井銀行の扉の秋風を衝いて出し　竹下しづの女（大9）
夜桜や看護婦が弾くマンドリン　水原秋桜子（大13）

にもかかわらず、昭和に入ってモダニズムが一斉に開花はせず、他の文学ジャンルの後塵を拝した理由は何か。後に触れるが、虚子が唱えた「花鳥諷詠」（昭3）の掣肘力が大きかったことも要因の一つだろう。

次に、プロレタリア俳句・労働関係の俳句を眺めてみよう。

シヤツ雑草にぶつかけておく　栗林一石路（昭1）
まどろすが丹の海焼けや労働祭　山口誓子（昭1）
屋根屋根の夕焼くるあすも仕事がない　栗林一石路（昭2）
さくら散る歩哨がゐる　橋本夢道（昭3）

煙突が黒い血を吹きどほしだ　小沢武二（昭4）
煙突の林立静かに煙をあげて戦争の起りそうな朝です　橋本夢道（昭4）
月の中にも貧乏人はゐるかと云ふ子です　逢坂蒯（昭5）
暗の煙突にぶつかつてゆくデモの颶風だ　神代藤平（昭6）

こちらは引用するのに事欠かないが、いくつかの問題をはらむ。プロレタリア文学の勃興と並走しようとしたのが「層雲」から独立して「旗」を創刊（昭5）した栗林一石路・橋本夢道・小沢武二ら一部の自由律俳人だけであったこと。彼らの俳句は「シヤツ雑草にぶつかけておく」（一石路）や「さくら散る歩哨がゐる」（夢道）のように短律を生かした凝縮した単一表現の佳句もあるが、多くは左翼的な意味性を強く露出した長律の散文的表現に陥っていた。ただし、ここで見逃せないのは、夢道の「さくら散る歩哨がゐる」「煙突の林立静かに煙をあげて戦争の起りそうな朝です」など戦争勃発を予感する句が作られていること。その背景には昭和三年の関東軍による張作霖爆殺事件の政治的緊張があろう。その予感は昭和六年の満州事変として的中した。モダンな俳句と労働関係の俳句の二分野にわたって文壇の趨勢と並走したのは山口誓子。誓子が「都市俳句の開拓者」といわれるゆえんだが、彼の労働関係の俳句は労働にかかわる世界を外面的に詠んだ「新しい視角《アングル》」にとどまるものであった。というわけで、労働関係の俳句——社会性や思想性を孕んだ俳句の普及とその主体的・内面的な領略も、一周遅れで昭和十年代の新興俳句を中心とした工場俳句や戦争俳句まで待たねばならなかった。この領域の俳句でも、他の文学ジャンルの後塵を拝した要因は、虚子の唱えた「花鳥諷詠」の掣肘力が大きかったのではあるまいか。いや、何よりも、俳人たちには俳句で社会性や思想性を表出しようという発想自体が欠如していた、と言っていい。

さて、最後に残ったのが、いわば守旧に軸足を置いた俳句。守旧と言っても、旧になずむ退嬰的な俳句ばかりと言うわけではない。有季定型・写生という伝統的規範を重視しつつ、モダン都市の近代化やそれに伴う文化様式や風俗などよりも、畳・障子・土の庭に親しみを覚え、自然や草花を愛で、交感するという感受性を基底とした俳句と言い換えてもよい。モダンな都市空間を生きる人々の生活様式は、勤めに出るときは洋服で、洋風建築のビルに出向いても、家に帰れば和服に着替えて畳の部屋でくつろぐというのが一般的スタイルであった。加藤周一に倣えば、「雑種文化」に慣れ親しんでいたのである。その適例は高浜虚子。虚子は鎌倉（「鎌倉」はモダンなトポスではなく古都だ）に住み、和服に帽子という出で立ちで、横須賀線で丸ビル（「丸ビル」はモダン都市を象徴する建造物だ）内の「ホトトギス」発行所に通った。虚子のそういうバランス感覚の良さはその俳句や選句にも通じている。

『昭和俳句作品年表』を通覧すれば分かるとおり、この時期の俳句は守旧に軸を置いた俳句が大半を占める。それらの俳句を子細に眺めると、芥川龍之介・久保田万太郎・永井荷風らのいわば下町の江戸情趣を愛好する感受性を示した俳句から山口誓子や中村草田男らのように積極的に近代の思潮や都市空間の文物を採り入れていった俳句まで、その振幅は大きく、また、多彩である。また、モダンな都市空間や近代化の趨勢の中に生きる同時代人として、おのずと近代的な詩情や抒情が流露したり、それを求めたりしたのも、自然の流れである。以下、多彩な俳句の中で、際立ったものを点綴しておこう。

たんたんの咳を出したる夜寒かな　芥川龍之介（昭1）
したゝかに水をうちたる夕ざくら　久保田万太郎（昭1）
稲妻や世をすねて住む竹の奥　永井荷風（昭2）

一般には文人俳句として分類されるが、「世をすねて住む」（荷風）とあるように、これらの俳句の基底は反近代の情趣に価値を置いたもの。芥川には、

木がらしや目刺にのこる海のいろ　（大6）

など、鋭い近代的な感覚に目を奪われがちだが、これらの句の基底も反近代の情趣であろう。磯田光一が言うように、出生地や住居の選択もその個人の感受性の質にかかわっており、彼ら三人のそれは「東京都市計画地図」で三分割されたブルー地域（浅草や墨東地域）であり、モダン都市空間から疎外されていた。「したゝかに」の句は関東大震災で

罹災した万太郎が移り住んだ町（荒川区日暮里渡辺町）での作。そこもモダン都市空間から疎外された町。

彼らの俳句に隣接したところに位置するのが次のような句群。

なつかしの濁世の雨や涅槃像　阿波野青畝（昭１）
とつぷりと後ろ暮れゐし焚火かな　松本たかし（昭３）
たましひのたとへば秋のほたるかな　飯田蛇笏（昭２）
宝恵駕《ほえかご》の髷《まげ》がつくりと下り立ちぬ　後藤夜半（昭３）
白日は我が霊なりし落葉かな　渡辺水巴（昭２）
暖かや飴の中から桃太郎　川端茅舎（昭４）
蚊遣して住めば住まるる畳かな　森川暁水（昭６）

高浜虚子は「ホトトギス」の雑詠選において、大正十年前後から京大生の日野草城のモダンな感覚句を積極的に採り上げたのを初めとして、大正末期から昭和初期にかけて東大生や京大生、およびそのＯＢたちなどリテラシーの高いインテリ青年たちの俳句を次々と採り上げていった。すなわち、水原秋桜子・山口誓子・芝不器男・高野素十・中村草田男・山口青邨・富安風生・藤後左右ら。他方、伝統的な情趣に価値を置く市井派の俳人も積極的に採り上げることを忘れなかった。それが引用した青畝・たかし・茅舎・夜半・暁水らの俳句である。一般に「四Ｓ」（秋桜子・誓子・青畝・素十）時代と言われ、「ホトトギス」の俳句が俳句表現史を多彩に更新した時代だった。その功績の半面は個々の俳人たちの才能によるものであるが、他の半面は選者としての虚子の抜群の選句眼とバランスの良いデビュー演出によるものであった。

青畝やたかしらの伝統的な情趣に対して、清新な詩情や抒情の新風を吹き込んだのは秋桜子・誓子・不器男・草田男・左右らの若いインテリ俳人たちだった。

向日葵の蕋を見るとき海消えし　芝不器男（昭１）

来しかたや馬酔木《あしび》咲く野の日のひかり　水原秋桜子（昭2）
郭公や韃靼の日の没《い》るなべに　山口誓子（昭1）
乙鳥はまぶしき鳥となりにけり　中村草田男（昭4）
夏山と熔岩《らば》の色とはわかれけり　藤後左右（昭5）

引用しながら目の前がぱっと明るくなった感じだ。昭和俳句の幕開けを告げるにふさわしい清新さだ。不器男の句の特徴は清新な感覚や抒情もさることながら、巧みな時間的操作や焦点を絞った空間的操作となめらかな調べとのレトリックが鮮やかだ。秋桜子の句も清新な感覚と抒情に支えられた空間的・時間的把握が鮮やかだが、特に流麗な調べが印象的。なめらかな調べといえば、富安風生の、

みちのくの伊達の郡の春田かな　（昭6）

なども内容よりも調べによって成り立っている俳句だ。

誓子の句といえば、

七月の青嶺まぢかく熔鉱炉　（昭2）

のような即物的な構成俳句（二物衝撃）の先駆としての意義が説かれるが、昭和初期の句の特徴は、「七月の」「郭公や」の句の他、

客船に四顧の氷原街見えず　（昭1）

など漢字の熟語を多用した漢文訓読体ともいうべき引き締まった厳しい韻律に注目すべきであろう。同様の文体・韻律は他の俳人にも見られる。

極寒のちりもとどめず巌ぶすま　飯田蛇笏（昭1）
白露に阿吽の旭さしにけり　川端茅舎（昭5）

昭和十年代に漢文訓読体を自在に駆使した竹下しづの女もこの系譜に連なる。

汝儕《きやつら》の句淵源する書あり曝す　竹下しづの女（昭10）

いしさがある。
草田男の「乙鳥は」の句などは、後に句集『長子』（昭11）にまとめられる彼の青春俳句の魁をなすようなういう
「花鳥諷詠」を唱えた虚子の俳句観の核心は現象の奥に自然の摂理を見出すというもの。その意味で次の句はそれを具現した適例だ。

石ころも露けきものの一つかな　（昭4）

また、虚子の唱えた「客観写生」を愚直に守り、写生に基づく俳句的視角《アングル》によって見事に対象をとらえた句として、

風吹いて蝶々迅く飛びにけり　高野素十（昭4）

滝の上に水現れて落ちにけり　後藤夜半（昭4）

も見逃せない。さらに、山口青邨の諧謔味のよく表れた、

吸入の妻が口開け阿呆らしや　（昭6）

もつけ加えておこう。

女性俳句では、すでに大正後期にデビューした杉田久女に、

朝顔や濁り初めたる市の空　（昭2）

谺して山ほととぎすほしいまゝ　（昭5）

という視覚と聴覚によって対象を鮮やかにとらえた秀句がある。また、見たまま、感じたままに対象を言い止める俳句的な才能を父虚子から最も愛された星野立子には、

今朝咲きしくちなしの又白きこと　（昭6）

など、それを見事に具現した句が見られる。新興俳句の前兆的な俳句として高屋窓秋の、

雲の峰と時計の振子頭の中に　（昭6）

という実験的な作品が創られていたことも見逃せない。

最後にまとめとして次のことを指摘しておきたい。文体の面で、昭和七年以後に勃興した新興俳句の若い俊英俳人たちに大きな影響を与えたのは、秋桜子の抒情的な文体と誓子の即物的な文体であった、と。前者は高屋窓秋を筆頭に「馬酔木」を中心とする抒情派の俳人たちに継承され、後者は西東三鬼・渡辺白泉・片山桃史・井上白文地・細谷源二・三橋敏雄らリアリズム系の俳人たちや、内田暮情・横山白虹ら新即物主義《ノイエ・ザハリヒカイト》の俳人たちに継承された。

二　新興俳句運動の勃興――斬新な詩情・感覚・文体の競合／暗喩・象徴（昭和七年〜昭和十年）

新興俳句勃興の契機は、昭和六年十月、水原秋桜子が主宰誌「馬酔木」に「「自然の真」と「文芸上の真」」という俳論を発表して「ホトトギス」を離脱した俳壇的な事件である、と言われる。これはいわば定説であるが、その妥当性は昭和七年以後の表現史的な展開によって裏づけられる。新興俳句の勃興によって俳壇的ヒエラルヒーにおける「ホトトギス」のトップの座は大きく揺らぐことはなかったが、表現史的ヒエラルヒーのトップは「ホトトギス」から新興俳句へと明確にシフトしたからである。

新興俳句運動は、当初、「馬酔木」（東京）と「天の川」（福岡）を中心にして、主に連作形式によって展開された。「馬酔木」の「甘美」、「天の川」の「晦渋」と言われたように、「馬酔木」では清新な抒情や詩情が競われ、「天の川」では炭坑俳句やそれに伴う職業病など社会性のある俳句が作られた。昭和八年一月には「京大俳句」（京都）が創刊された。「句と評論」（東京）や「土上」（東京）も新興俳句陣営に参入してくる。昭和九年から十年にかけては、連作俳句における季語の煩雑さの問題と都市生活や機械文明を詠むうえでの季節感への疑問との両面が問い直され、無季新興俳句が浮上してくる。そして、昭和十年一月には「旗艦」（大阪）が創刊され、ここに主要な新興俳句誌五誌が出揃ったのである。それとともに各誌の主要な新鋭俳人たちを中心に結社を超えた横の連絡機関も生まれ、その相互影響の下に新しい感覚や表現を目ざす新詩精神《エスプリ・ヌーボー》の競合が盛んに試みられた。そうした経過をたどった中で、各誌の新鋭俳人たちが精神的な支柱、表現史的な拠りどころとした俳人は山口誓子と高屋窓秋であった、と言えよう。また、無季俳句推進の先頭に立ったのは篠原鳳作であった。

新興俳句では、「花鳥諷詠」や「客観写生」の重しがとれて、若く生きのいい新鋭俳人たちが続々と登場してくる。彼らはさまざまな表現対象をさまざまな表現方法で果敢に表現した。彼らは何よりも新しい詩情、斬新な感覚、新しい俳句様式（文体）を求めた。こうした新風のスタートになったのは高屋窓秋の白をモチーフにした連作だった。初出は「馬酔木」昭和七年一月号。

我が思ふ白い青空と＊落葉ふる
頭の中で白い夏野となつてゐる
白い靄に朝のミルクを売りにくる
白い服で女が香水匂はせる

＊第一句は句集『白い夏野』（昭11）では中七が「白い青空ト」の表記。

この連作が画期的なのは有名な「頭の中で白い夏野となつてゐる」が含まれているからだけではない。「詩と詩論」を中心とするモダニズムのコードであった「白」を連作のモチーフに据えて、その想念やイメージのヴァリエーションを追求した点が画期的だったのである。この四つの「白」はモダニズムの潑剌とした明るいイメージの方向で統一されている。また、「ホトトギス」を中心とする写生句が視覚によって外部世界の対象を俳句的視角《アングル》によって切りとったものが大部分であったのに対し、「白い青空」と「白い夏野」は外部現実ではなく、内部現実を表すイメージへと反転させたものであった点も画期的だった。

窓秋には「白」と「青」を交感させた、

ちるさくら海あをければ海へちる　（昭8）

という愛誦句がある。この「白い夏野」や「海あをければ」の句の「白」や「青」が魁となって次のようなエスプリ・ヌーボーの新風が次々と作られた。

しんしんと肺碧きまで海のたび　篠原雲彦（昭9）

夢青し蝶肋間にひそみゐき　喜多青子（昭10）

白の秋シモオヌ・シモンと病む少女　高篤三（昭10）

南国のこの早熟の青貝よ　富沢赤黄男（昭10）

連作の方法をめぐっては秋桜子の設計図方式と誓子の構成方式との論争があったが、連作の実作において最も効果をあげたのも窓秋であった。「馬酔木」の秋桜子編『連作俳句集』（昭9）の中では窓秋の「さくらの風景」が甘美な抒情の流れによって最も愛誦された。だが、窓秋の意図は甘美な抒情が主ではなかった。「さくら咲き丘はみどりにまるくある」で始まり、「ちるさくら海あをければ海へちる」へと終息する構成には自然の無常と人の世の無常とを重ねて、生から死への想念の流れを表出しようとするモチーフが窺える。連作俳句の最高の成果は窓秋の「おもひ求めて」だとされる。

野に山に花咲く丘に日はめぐる　（昭8）
雨風のはげしき街の夏景色
月かげの海にさしいりなほ碧く
雪つもる国にいきものうまれ死ぬ
――はるけし
星月の昏き曠野をゆきまよふ

春夏秋冬の構成の中に、雪・月・花の季語を配し、最後の句をいわば反歌として締めくくった。この連作でも自然の季節のめぐりにモチーフとして生から死への想念の流れを重ね、最後に芭蕉の「夢は枯野をかけめぐる」と交感させるかのように、昏い曠野をさまよう人生の旅人のイメージで締めくくる。

この窓秋が先鞭をつけた連作のテーマ主義の方法は、昭和十年代の新興俳句において、篠原鳳作・富沢赤黄男・西東三鬼・渡辺白泉らに継承され、個々の傑出した成果をあげることになる。

山口誓子のシネ・ポエムや映画のクローズ・アップを採り入れた果敢な試みも見逃せない。モダニズムの詩人たちのシネ・ポエム（たとえば竹中郁の詩集『象牙海岸』〈昭7〉の中の有名な「ラグビイ」）のカメラ・アイを用いた「アサヒ・スケート・リンク」はその代表作。

スケート場四方に大阪市を望む　（昭7）

で始まり、

スケート場沃度丁幾の壜がある　（昭7）

で終わる連作五句は、大阪市の大景からスケート場の隅に置かれた沃度丁幾《ヨードチンキ》の壜という些細な小景へと、次々とカメラ・アイを切り換えてゆく斬新な方法だった。また、

夏草に汽缶車の車輪来て止る　山口誓子（昭8）

は映画のクローズ・アップの方法。

ラグビーの脚が大きく駆けりくる　喜多青子（昭8）

あらはれてすぐに大きくくるスキー　長谷川素逝（昭9）

なども同様。

この新興俳句初期にはラグビー・スキー・スケート・水泳・野球など、スポーツが盛んに詠まれたのも一つの特色。それもモダン都市文化のあらわれだ。その中の傑作を一つ挙げるとすれば、ラガーマンの躍動する肉体を即物的な形態美として造形した内田暮情の句。

腔《かう》のおとカオと仆れしラガー起つ　（昭10）

同じ作者の

太陽と正し鼻梁と陰隆《ほと》く　（昭10）

は「女体解剖」と題する連作の冒頭句。女体の隆起した肉体の一部に焦点を当て即物的な造形美を定着した新即物主義《ノイエ・ザハリヒカイト》の傑作だろう。

表現方法としては暗喩や象徴的な方法が開拓され、俳句の構造的な奥行きに格段の進化をもたらした。

夢青し蝶肋間にひそみゐき　喜多青子（昭10）

白の秋シモオヌ・シモンと病む少女　高篤三（昭10）

一塊の光線《ひかり》となりて働けり　篠原鳳作（昭10）

南国のこの早熟の青貝よ　富沢赤黄男（昭10）

鶏《とり》たちにカンナは見えぬかもしれぬ　渡辺白泉（昭10）

青子の「蝶」は夢自体の中にすでに挫折を孕んだ青春の夢の暗喩。鳳作の「一塊の光線《ひかり》」は高層建設（ビル建設）の現場で高層の鉄骨を組む作業をする労働者を象徴的な凝縮表現により焦点化したもの。赤黄男の「早熟の青貝」は青春の自画像。白泉の「鶏《とり》たち」は危険な時代状況を見抜けず、それに同化して生きる衆愚の暗喩とも読み解けよう。これらの句の中で高篤三の「白の秋」の句は、とりわけ、近代の高度な詩的美学が顕著だ。イメージを言葉の意味性だけに頼るのではなく、言葉の音韻からもイメージや色彩を浮上させ、交感させるという近代詩の詩法を駆使したエスプリ・ヌーボーの傑作。

次にモダン都市空間の影の反面として、労働・貧しき市民生活・病苦（職業病や肺結核）・戦争など、社会性や境涯にかかわる俳句に目を転じてみよう。

阿片《モヒ》をさして光るまなかひ雪を凝視《み》る　神崎縷々（昭7）

　父によう似た声が出てくる旅はかなしい　種田山頭火（昭7）
　よろけやみあの世の蛍手にともす　横山白虹（昭7）
　メーデー歌ランチに移りつゝうたふ　喜多青子（昭8）
　新兵の大きな足がしかられぬ　野平椎霞（昭8）
　血に痴れてヤコブのごとく闘へり　神崎縷々（昭9）
　喀血の蚊帳波うつてはづされぬ　中尾白雨（昭9）
　娼婦献金警察の日覆深く垂れ　梶原寅次郎（昭10）
　鉄工葬朝より煤煙熱く降り　木村正夫（昭10）
　どれにも日本が正しくて夕刊がばたばたたたまれてゆく　栗林一石路（昭10）
　一塊の光線《ひかり》となりて働けり　篠原鳳作（昭10）
　遺骨来と営門霜にきしり開く　古沢寿山（昭10）

神崎縷々の「阿片《モヒ》」と横山白虹の「よろけやみ」の句は炭坑労働者の阿片患者や珪肺《けいはい》患者の悲惨さを詠んだ句で、労働俳句の先蹤。共に「天の川」の俳人。縷々の「血に痴れて」と中尾白雨の「喀血」の句は主情的表現と客観的表現の違いはあるが、共に肺結核の喀血による悶絶躃地のさまを詠んだ著名句。野平椎霞や古沢寿山の句は昭和十二年の日中戦争勃発を契機に勃興した戦争俳句や銃後俳句の先蹤。昭和六年の満州事変勃発以後、国際連盟脱退（昭8）、二・二六事件（昭11）、日独防共協定（昭11）へと漸進的に軍事的緊迫は高まっていった背景がある。また、栗林一石路の「どれにも日本が正しくて」の句が物語るように、戦意高揚を目的としたメディアによる情報操作がなされていたことが分かる。木村正夫の「鉄工葬」の句は、

　鉄工葬をはり真赤な鉄うてり　細谷碧葉（昭12）

という有名な工場俳句の先蹤。種田山頭火の「父によう似た声」の句は血（血筋）のかなしみに踏み込んだ異色の句。梶原寅次郎の「娼婦献金」も異色の素材だ。ちなみに、喜多青子の「メーデー歌」の句の「ランチ」は昼食ではなく「艀《はしけ》」のこと。この句は海上デモを詠んだもの。

　その他で見逃がせないものをいくつか指摘しておこう。女性俳句では新たに東《ひがし》鷹女（のち三橋鷹女）と橋本多佳子が台頭。とりわけ、「幻影は砕けよ雨の大カンナ」など、鷹女の口語文体を採り入れた奔放な直情表現は異色であった。

鷹女は新興俳句の外周に位置し、新興俳句の俳人たちにその才気煥発な作風を愛された女性俳人だった。鷹女と同じく「鶏頭陣」に所属した永田耕衣の、

田にあればさくらの蘂がみな見ゆる　（昭7）

は遠近法の無視ないしは逆説的な遠近法によってマニエリスムや細密画を眺めるような不思議な詩的リアリティーを打ち出した句だ。昭和二十年代以後に確立された耕衣の異色の作風の原型とも言えよう。高篤三の、

目つぶりて春を耳嚙む処女同志　（昭9）

は同性愛《レズビアン》を詠んだもの。同年に創刊された改造社の俳句総合誌「俳句研究」に日野草城が発表した連作「ミヤコ・ホテル」は大いに俳壇の話題を呼んだ。しかし、結婚初夜をソフトフォーカスで詠んだ草城の句よりも、この篤三の句のほうがよほどセンシュアルな詩的リアリティーがあるだろう。多行表記の俳句の先蹤は『層雲第一句集 自然の扉』（大3）の荻原井泉水の句であるが、昭和十年に吉岡禅寺洞が「青空に／青海堪へて／貝殻《かひ》伏しぬ」（／線は改行）の句などを試みたことも明記しておこう。ちなみに、窓秋が「白い夏野」の句を書いた昭和七年に、伊藤柏翠も、

午前五時あざみにとげのなかりけり

という飛び切り新鮮な句を発表している。当時、柏翠は「句と評論」所属の俳人だった。

以上、新興俳句系（自由律やプロレタリア俳句も含めた）の俳句の多彩な新風を眺めてきた。次に「ホトトギス」を中心とする伝統系に眼を転じよう。

新興俳句では新鋭俳人が続々と登場して、しかも多彩な新風を見せてくれた。それに比べて、「ホトトギス」系では新鋭の登場があまり見られず、しかも新風の幅も狭い。その対照が際立つ。昭和初期の「ホトトギス」の黄金時代に有力な新鋭が出尽くした感がある。そういう中で、次々と新風を展開したエースは何と言っても中村草田男だ。

蟾蜍長子家去る由もなし　（昭7）

とらへたる蝶の足がきのにほひかな　（昭8）

玫瑰や今も沖には未来あり　（昭8）
香水の香ぞ鉄壁をなせりける　（昭8）
冬の水一枝の影も欺かず　（昭8）
秋の航一大紺円盤の中　（昭9）
曼珠沙華落暉も蘂《しべ》をひろげけり　（昭9）
そら豆の花の黒き目数しれず　（昭10）

これらの句には視覚・聴覚・嗅覚にわたって鋭敏な感覚が働いている。また、対象に対する鋭敏・繊細な感受性が働いている。表現の特徴として際立つのは「鉄壁」「一大紺円盤」「蘂」といった斬新、的確、大胆な比喩の使用。また、「蟾蜍」や「玫瑰」という季語の象徴的な用い方。さらに、「冬の水」や「そら豆」の句に見られる対象への研ぎ澄まされた写生の目がある。とりわけ、「蟾蜍」や「玫瑰」の句は人生的な感懐と交感する象徴的な季語との取り合わせを創出した点が見逃せない。これは後に加藤楸邨や石田波郷らと共有され、いわゆる「人間探求派」の典型的な俳句様式となっていった。ともあれ、草田男はこれらの句で彼の青春性を表す斬新な俳句様式をうち立てた、と言えよう。

次に顕著なのは中村汀女と星野立子の躍進ぶり。立子は昭和初期にすでに台頭していたが、汀女はこの時期にデビューした。

引いてやる子の手のぬくき朧かな　中村汀女（昭7）
泣いてゆく向うに母や春の風　中村汀女（昭9）
娘らのうか〱遊びソーダ水　星野立子（昭8）
ペリカンの人のやうなる喧嘩かな　星野立子（昭8）

二人は「ホトトギス」に所属しながら、このように作風が異なる。汀女は言葉を柔軟に撓めて母子俳句を詠む。そこには豊かな母性、豊かな情感が溢れている。他方、立子はすでに触れたように、見たまま、感じたままに率直に詠む。したがって、引用句のように、しばしばモダンな句も生まれる。

モダンな句といえば、

大丸を出でんとすれば春の雨　　野村泊月（昭7）
東京駅大時計に似た月が出た　　池内友次郎（昭8）
騎士の鞭ふれてこぼるゝライラック　スコット沼蘋女（昭8）
退屈なガソリンガール柳の芽　　富安風生（昭9）

などもあった。「大丸」や「東京駅」というモダン都市の建造物や、「ガソリンガール」のようなモダン都市の新職種を採り入れることに成功している。「花鳥諷詠」「客観写生」を標榜したとはいえ、そこにはこうした柔軟性もあり、型にはまらない虚子の選句の幅があったのである。

大正初期に虚子が「主観尊重」を標榜した時代に登場した、いわゆる大正主観派の飯田蛇笏・原石鼎が、これぞ俳句というべき名句を残しているのも、さすがである。

くろがねの秋の風鈴鳴りにけり　　飯田蛇笏（昭8）
雪に来て見事な鳥のだまり居る　　原石鼎（昭9）

新興俳句系の俳句と「ホトトギス」系の俳句を時系列で比較してみたが、新興俳句系の気鋭の俳人たちが軽いフットワークで、次々と鋭いジャブ・ストレート・フック・アッパーカットを繰り出したのに対し、「ホトトギス」系では草田男一人が空手チョップで奮戦したという戯画が描けそうだ。やはり、この時代は新興俳句に明確にシフトした時代と言えよう。

三　無季新興俳句の成熟
――リアリズムの工場俳句／暗喩やイロニーの銃後俳句・前線俳句（昭和十一年～昭和十五年）

この時代の俳句も新興俳句を中心として展開したが、昭和十二年七月七日に勃発した日中戦争（当時は支那事変と言った）を契機として、その表現志向は大きく変転した。日中戦争勃発までを新興俳句中期、日中戦争勃発から昭和十五年の「京大俳句」弾圧事件・大政翼賛会成立・日本俳句作家協会成立までを新興俳句後期と分類できよう。

新興俳句中期の大きな特色は、新興俳句運動が分裂したこと。昭和十年三月、以前からその去就が注目されていた山口誓子が「ホトトギス」を去って「馬酔木」に加盟。他方、高屋窓秋は「馬酔木」を去った。昭和九年から十年にかけて有季・無季をめぐる季語論争が盛んになったが、誓子は俳句における季語の必然性を否定しつつも、季語が果たしてきた歴史性を重んじて、自らを「怯懦なる歴史派」と称して有季の立場に立った。とはいえ、誓子の理路整然とした評論と、即物的な作風は無季新興俳句を推進する俳人たちの信望を失うことはなかった。他方、無季俳句推進の中心となった「天の川」の篠原鳳作を初めとして、「句と評論」の渡辺白泉、「旗艦」の富沢赤黄男・西東三鬼らは有季・無季という二項対立の無季俳句を止揚して、「俳句は十七音の詩である」という認識を共有する超季の立場に立った。翌十一年三月号から「馬酔木」主宰の水原秋桜子は「無季俳句を排す」を連載し、無季論・超季論に逐一反駁、有季の立場を鮮明にした。かくして、新興俳句勃興の口火を切った「馬酔木」は新興俳句運動から一線を画し、運動は無季（超季を含む）新興俳句を中心に展開されることとなった。

作品の傾向としては、昭和十年に盛り上がったエスプリ・ヌーボーの競合が継続するが、貧しい庶民生活を反映した生活俳句や工場労働の現場を詠んだ工場俳句などが多く詠まれるようになった。また、軍国の世相、戦争の影を濃くした作品も多く見られるようになった。

このように三つの分野に分けて眺めてみると、この時期が俳句表現史において過渡期であることがはっきりと見えてくる。すなわち、斬新な感覚や表現を競うエスプリ・ヌーボーの俳句から疲弊した社会・貧しい庶民生活・工場労働の厳しい現場などに目を注いでいく生活俳句や巷に軍歌が流れ、兵隊の出征する光景も見られる軍国の世相を反映した戦争俳句の魁的な俳句へとシフトしていく姿が窺える。

エスプリ・ヌーボーの俳句から見てゆくと、まず注目されるのが西東三鬼。

水枕ガバリと寒い海がある　（昭11）

右の眼に大河左の眼に騎兵　（昭11）

前の句は病者の深層意識を捉えた心理主義の傑作。後の句は対句と即物的な把握による奇抜で斬新な文体。これらの句を初めとして三鬼は才気溢れる句を集中的に作った。すでに鳳作・白泉・赤黄男・篤三らはそれぞれエスプリ・ヌーボーの代表句を作っており、三鬼はいわばその取りをつとめた。その他では東鷹女が、

ひるがほに電流かよひゐはせぬか　（昭11）

沈丁にきんかん実《な》れよ憂鬱日　（昭11）

など独特の鋭敏な感覚句で才気を発揮。さらに中村草田男の「晩夏光バットの函に詩を誌す」「燭の灯を煙草火としつチエホフ忌」の二句に見られるモダンな詩情や、三橋敏雄の「かもめ来よ天金の書をひらくたび」の句におけるアナロジーの発見による詩的想像力も見逃せない。

生活俳句の領域では、篠原鳳作がバイタリティーのある生活俳句をめざしたが、惜しくも病により夭逝。その志向は中台春嶺・棟上碧想子・細谷碧葉（のち源二）らの工場俳句へと力強く展開した。

赤き日にさびしき鉄を打ちゆがめ　中台春嶺（昭11）

汗の眼がベルトに巻かれまいとする　棟上碧想子（昭11）

鉄工葬をはり真赤な鉄うてり　細谷碧葉（昭12）

ちなみに、その流れは「広場」の新鋭磯辺幹介《もとすけ》の未刊句集（稿本句集）『春の樹』（昭15）へと継承された。

鉄でよごれた貌を赤んぼにさはらせる　磯辺幹介（昭14）

昭和十年、山口誓子と入れ替わって「馬酔木」を退いた高屋窓秋は、昭和十二年五月、龍星閣から書き下ろし句集『河』を上梓した。この句集は九章四十句から成る連作で、一句集全体がテーマ主義によって統率されている。

で始まり、

河ほとり荒涼と飢ゆ日のながれ

で始まり、

　花かげの埋葬遥かなる歌よ

で閉じる連作によって窓秋は、都会の底辺や工場地帯などに生きる疲弊した人々、就中《なかんずく》、少女が私生児を生み、その母も子も飢えて死んでゆくという絶望的な世界を仮構した。軍国化が強まり、思想統一も進行する閉塞的世相を背景に、都会の底辺に生きる人々を焦点化したのである。窓秋はこういう厳しい社会性を孕んだ俳句の領域でも先見性を発揮した。しかし、最後の句（「花かげの」の句）が明白に物語るように、多分に思い入れが強く、感傷的な作風であった。そのため、炯眼の渡辺白泉から「これは感傷である。（略）作者が未だこれに居をおく限り、その狙ふ社会的現実を如実に把握し、新たなる立場に立つ芸術的創造をなすことは不可能だ」（「東西南北」―「風」昭12・6）という厳しい批評を受けた。この俳句における社会性の表現という新興俳句における最も困難な課題は、やがて、銃後俳句において白泉自身の手によって果たされるようになる。すなわち、

銃後といふ不思議な町を丘で見た（昭13）

戦争が廊下の奥に立つてゐた（昭14）

最後に、軍国の世相・戦争俳句の魁の領域。昭和六年、関東軍参謀石原莞爾らが捏造して引き起こした満州事変以後も、関東軍は内閣の不拡大方針を無視して占領地を拡大して、翌年、満州国建国を宣言させた。満州事変をきっかけに、国内ではナショナリズムが高揚し、共産主義をはじめ、自由・民主主義的な思想・学問への弾圧事件が相次

いだ。小林多喜二の獄死（昭8）・滝川事件（昭8）・美濃部達吉の天皇機関説事件（昭10）など。政党の力は弱小化し、軍の政治的発言力が拡大し、昭和十一年には華北五省（奉天・吉林《きつりん》・黒龍江・熱河・興安）を日本の支配下におく方針を決定したため、中国では抗日運動が高まった。

土厚く踏んで兵隊のおとがかたまつて通る　秋山秋紅蓼（昭11）
渡満部隊をぶち込んでぐつとのめりだした動輪　橋本夢道（昭11）
兵隊が征くまつ黒い汽車に乗り　西東三鬼（昭12）
歓呼起る人波にもまれ我われを知らず　嶋田青峰（昭12）
たゞならぬ世に待たれ居て卒業す　竹下しづの女（昭12）
外套の釦手ぐさにただならぬ世　中村草田男（昭12）

これらの句は、そうした緊迫した軍事的な世相を敏感に察知した句や、華北戦線へと出征してゆく兵隊たちの壮行会のありさまなどを詠んだ句。とりわけ、三鬼の「兵隊が征く」（注・句集『旗』では「兵隊がゆく」と改訂）の句は「まつ黒い汽車」が暗喩的表現になっていて、兵隊たちの近未来の死を暗示している点が卓抜だ。

白泉の「三宅坂黄套わが背より降車」の句（注・「三宅坂」は陸軍参謀本部の所在地、「黄套」は陸軍将校のカーキ色の外套のことで、ここではその将校を表す換喩）、小西兼尾の「軍歌ゆく白き夏服は棄つべきか」の句、中村三山の「軍楽隊壮麗と見て愉しまず」「千人針を前にゆゑ知らぬいきどほり」の句などは、軍国の世への恐れや嫌悪や憤りなどを詠んだ句。とりわけ、白泉の句は即物的な表現によって不安感を鋭敏に捉えた心理俳句の傑作。

生活俳句や工場俳句、軍国の世相を詠んだ俳句や戦争俳句の魁の俳句は同時代の趨勢と並走して、文学的な主体性を貫いて社会的現実に肉薄し得た俳句である。同時代におけるこの俳句的な意義は特筆しておくべきこと、忘れてはならないことである。なぜなら、同時代のいわゆる文壇では、この時代、すでに作家が文学的な主体性を貫くことが極めて困難な情況にあったからである。すでにプロレタリア文学は国家権力による弾圧によって、次々と転向せざるを得なくなっていた。とりわけ、東京築地署での小林多喜二の拷問、虐殺死はプロレタリア作家のみならず、広く知識人や作家たちに、自由な個人として主体性を貫いて執筆活動を続けることは、とりもなおさず、拷問と獄死につながるという恐怖を与えた。したがって、例外的な作家を除いては、大部分の作家は多かれ少なかれ、時局迎合的な文章を書いた。そこには俳人の場合と違って、そうしなければジャーナリズムからの原稿依頼がなくなるという生活や作家的ステータスの問題もあった。例外的な作家の一人である永井荷風などが市井に韜晦して反権力を貫けたのは裕福な資産があったことが大きい。

他方、風流的なイメージが根強く、短小な俳句に関しては国家権力による弾圧はなく、また当局の諜報活動は行われていても、それに対する俳人たちのセキュリティーは無防備だった。また、元々、大部分の俳人は俳句だけでは職業的に自活できなかったので、時局迎合的な俳句を作るという、走狗的な保身に走ることなく、文学的な主体性を保てたのである。唯一の俳壇ジャーナリズムであった「俳句研究」も、彼らのそうした作品を積極的に登載した。西東三鬼や渡辺白泉など新興俳句の俊英俳人たちは「俳句研究」によって育てられたのである。ここに、国家権力による閉塞の時代情況の下、文壇とは異なり、短小な俳句が唯一といっていいほど、文学的な主体性を貫いて時代に肉薄した詩的現実感のある作品を遺せたという大いなる逆説があった。

最後に、この時代のいわゆる伝統派の作品を眺めておこう。

時系列で眺めてみて気づくことは、伝統派と言っても、その大部分は「ホトトギス」の俳人であることだ。また、前に眺めた新興俳句系の俳人の俳句と違って、時代の影がほとんど落ちていないのも大きな特色。ほとんどが自然や動植物、日常身辺の事柄ばかり。かと言って単調というわけではない。子細に眺めれば、自然や動植物を詠んだ句でも、

くもの糸一すぢよぎる百合の前　高野素十（昭12）
青天や白き五瓣の梨の花　原石鼎（昭11）
冬日柔か冬木柔か何れぞや　高浜虚子（昭12）

霜つよし蓮華とひらく八ケ岳　前田普羅（昭12）

と多彩。日常身辺の事柄を詠んだ句でも、

端居してたゞ居る父の恐ろしき　高野素十（昭12）
咳の子のなぞ〳〵あそびきりもなや　中村汀女（昭12）
香水や時折キッとなる婦人　京極杞陽（昭12）
落花生食いつゝ読むや罪と罰　高浜虚子（昭12）
街の雨鶯餅がもう出たか　富安風生（昭12）

と、これまた極めて多彩。ここでもまた作者個々の個性的な才能とともに虚子の抜群の選句眼が光る。この鷹揚な幅の広さが「ホトトギス」たるゆえんだろう。

そうした中で、この時代に新たに登場したのが京極杞陽。その作風は極めて異色である。虚子はかつて（明治の昔）「渇望」すべき句として、「単純なる事棒の如き句、重々しき事石の如き句、無味なる事水の如き句、ボーッとした句、ヌーッとした句、ふぬけた句、まぬけた句等。」（「現今の俳句界」――「ホトトギス」明36・10）を挙げていたが、この幅広く懐の深い審級、審美眼はこの時代にまで一貫していたのである。

都踊はヨーイヤサほゝゑまし　（昭12）
香水や時折キッとなる婦人　（昭12）
ワツ〳〵と自動車に乗り七五三　（昭12）

こうした杞陽の句は虚子に倣えば「あっけらかんとした句」と言えようか。見たまま、感じたままを率直に言葉に移したような表現は星野立子に通じているが、傍線部のような囃子詞・感情語・常套的な形容語・擬態語など、いわば俳句表現の禁じ手をあっけらかんと用いた新鮮さに、虚子の懐の深い審美眼はすばやく反応したと言えよう。

富安風生の、

街の雨鶯餅がもう出たか　（昭12）

や、虚子自身の、

落花生食いつゝ読むや罪と罰　（昭12）

なども、この囚われない率直な柔軟さに通じた句である。母性豊かな母子俳句でデビューした中村汀女はこの時代も健在である。

咳の子のなぞ〳〵あそびきりもなや　（昭12）

短小な形式の中で言葉を柔軟に駆使する汀女の才は改めて注目すべきものだろう。高野素十の、

づか〳〵と来て踊子にさゝやける　（昭11）

は写生に基づく俳句的な視角《アングル》によって対象を鮮やかに焦点化した秀句。大正主観派の原石鼎と前田普羅の秀句も見逃せない。

青天や白き五瓣の梨の花　原石鼎（昭11）

霜つよし蓮華とひらく八ケ岳　前田普羅（昭12）

石鼎の句は青天に白い梨の花を鮮やかに象嵌した句。普羅の句は山岳の威容や厳しい相貌を鮮やかに切り取った句。杞陽の句とは対照的で、古典的な風姿、格調がある。

「ホトトギス」系以外では「倦鳥」の俳人右城暮石が注目される。

大根は手が抜けるやう重たさよ　（昭11）

後年の独特の俳味に溢れた作風に通じるものが窺える。高篤三は詩人的資質に恵まれた新興俳句の俳人で、昭和十年前後には、

水の秋ローランサンの壁なる絵　（昭9）

など、新鮮なエスプリ・ヌーボーの俳句で活躍したが、昭和十二年以後は生地浅草への郷愁を滲ませた伝統的な作風

に転じた。その代表句が、

浅草は風の中なる十三夜　（昭12）

だ。彼の唯一の句集『寒紅』（昭15）は浅草への郷愁を詠んだ句を精選した珠玉の小句集。ちなみに、篤三は昭和二十年三月十日の東京大空襲で亡くなった。「石楠」の俳人篠原梵と作家横光利一にも代表句があった。

葉桜の中の無数の空さわぐ　篠原梵（昭12）

蟻台上に飢ゑて月高し　横光利一（昭11）

梵の句は風にさやぐ葉桜を仰角の視角《アングル》で、擬人法を用いて鮮やかに捉えた句。利一の句は、昭和十一年、虚子らとともに箱根丸でヨーロッパ旅行に向かった折の船中での作。大小、遠近の鮮やかな構図による韻文的な凝縮表現は、石田波郷の韻文精神に影響を与えたであろう。

さて、ここからは「無季新興俳句の成熟」の後半に移る。すなわち、日中戦争の勃発（昭12・7・7）以後、日本俳句作家協会成立（昭15・12）まで。

はじめに、この時代の趨勢を概括してみよう。昭和十二年七月七日、北京郊外の盧溝橋の北方で、日中両軍が発砲事件をめぐって衝突（日中戦争勃発）。近衛内閣は軍部の圧力もあって軍事行動を拡大して、戦線は北から南へと各地に広がった。中国側も国共合作の抗日民族統一戦線によって抗戦したため、長期戦の様相を呈した。国内では国民精神総動員運動の方針のもと、「愛国行進曲」が公募、制定された（昭12・12・24）。「見よ東海の空明けて」で始まるこの歌の二番の歌詞に注目しよう。

起て　一系の大君を
光と永久に頂きて
臣民我等皆共に
御稜威《みいつ》に副はむ大使命

往け　八紘を宇《いえ》となし
四海の人を導きて
正しき平和打ち立てむ
理想は花と咲き薫る

要するに忠君愛国の皇国精神と八紘一宇をスローガンとして国民精神を統一、高揚せしむるプロパガンダである。

翌十三年には国家総動員法が制定された。要するに、「政府ハ戦時ニ際シ（略）帝国臣民ヲ徴用シテ総動員業務ニ従事セシムルコトヲ得」（第四条）「政府ハ戦時ニ際シ（略）新聞紙其ノ他ノ出版物ノ掲載ニ付、制限又ハ禁ヲ為スコトヲ得」（第二十条）など、有事に際しては人的、物的に国民生活全体を統制運用するというものだった。したがって、マルキシズムは言うまでもなく、自由主義的な思想への弾圧もいちだんと厳しくなった（矢内原事件・大内兵衛らの人民戦線事件・津田左右吉事件など）。その背後には、いわゆる特高の諜報活動網があった。文壇において、そうした趨勢を端的に物語る事件は、昭和十三年の石川達三の『生きてゐる兵隊』の発禁処分と、それと裏腹に火野葦平の『麦と兵隊』が一二〇万部のベストセラーになったこと。前者は南京進軍に従軍取材したもの。戦闘という極限状況の中で理性と良心を失い、昂揚した情動のままに皇軍の兵隊たちが中国兵や無防備な市民たちを虐殺し、姑娘《クーニャ》（中国娘）たちを凌辱、虐殺してゆく実態をリアリズムによって描いた優れた戦争文学。後者は徐州会戦に従軍取材したもの。広大な麦畑が広がる中を侵攻してゆく皇軍のさまを日記体で記したルポルタージュ。兵隊たちと一体化した忠君愛国精神の醸成が吐露されている。大ブレイクしたのは各メディアが戦況の情報統制下に置かれていたため、戦況を知り得るルポ記として国民の渇望を満たしたからであった。要するに、国策に順応せずに文学の孤塁を守ることは極めて困難な状況で、文壇は既に死に体であった。

他方、俳壇においては、こうした時代閉塞の状況を端的に物語る事件は、昭和十五年に起こった三次にわたる「京大俳句」弾圧事件。だが、この弾圧事件が起こるまでの昭和十三年、十四年の二年間は、俳句は死に体ではなかった。

閉塞の時代状況と正面から向き合い、並走しながら文学としての孤塁を守り得たのである。この文学的な逆説についての理由は前章ですでに触れてある。

日中戦争勃発を契機に俳壇では戦争俳句が盛んに作られるようになるが、それに素早く反応して俳人たち（特に新興無季俳句の俳人たち）を挑発したのは山口誓子である。その有名な文章を引用しよう。

新興無季俳句はその有利な地歩を利用して、千載一遇の試練に堪へて見るがよからう。銃後に於てよりも、むしろ前線に於て、本来の面目を発揮するがよからう。括目してそれを待たう。もし新興無季俳句が、こんどの戦争をとりあげ得なかつたら、それはつひに神から見放されるときだ（「戦争と俳句」―「俳句研究」昭12・12）。

誓子が「新興無季俳句はその有利な地歩」と言ったのは、「伝統俳句」には季題趣味の足枷があり、「新興有季俳句」には季感の足枷があるのに対し、「新興無季俳句」はそういう足枷はなく、詩感を重視するだけだからである。

誓子の挑発の効果も大きく、この時代は新興無季俳句の俳人を中心とする戦争俳句が主軸となって展開した。戦争俳句の分類と評価に関してすぐれた認識を示したのは渡辺白泉と山口誓子の二人。二人の認識は共通していた。戦争俳句を前線俳句と銃後俳句に二分するが、単に俳人の居場所が前線か銃後かには囚われない。白泉は「出征作家に実感の天地があれば、銃後の作家には想像の世界があり、此方に写実の精確に恃み得るの利があれば彼方に自由奔放の構想を肆にし得るの長がある」（「前線俳句の収穫」―「俳句研究」昭13・4）という文学的な正論を述べる。また、銃後の作家が、優れた前線俳句を作るには、ニュース映画などから「盗みとる」だけでなく、各自の脳髄自体の内部から剔抉し出す工夫が必要だと説く。誓子も「戦争と一枚になり得ますならば、「前線俳句」は必ずしも前線の作家を俟たずして、銃後の作家も亦これを作り得る（略）ニュース映画からも立派な「前線俳句」の出現することを期待して已みません」（「戦争詩歌を語る」―「JOBK」昭13・2・27）と、同様の認識を示した。

もう一つ、特筆すべきことは、伝統派の女性俳人と異なり、新興俳句の女性俳人たちの中には少数ではあるが、銃後俳句や戦火想望俳句にも果敢に挑戦して、表現史に遺る傑作を作った俳人たちが存在したことである。

時系列で眺めて気づくことは、前線俳句は銃後俳句（戦火想望俳句も含む）に比べて数が少ないこと。これは前線へ出征した俳人の数が銃後の俳人よりも少ないこと、優れた俳人が銃後の俳人と比べ前線の俳人には多くなかったこと、戦地では精神的・肉体的・時間的に劣悪な環境に置かれていたことなどに因る。また、大部分が新興俳句系の俳人（特に新興無季俳句の俳人）で、伝統派の俳人がほとんどいないこと。その理由については後述する。さらに、女性俳人が極めて少ないこと。その理由は伝統派の女性俳人は銃後俳句も戦火想望俳句もほとんど作らなかったし、新興俳句の女性俳人は数が少なく、その中で銃後俳句や戦火想望俳句を作った女性俳人は極めて少数だったからである。

では、前線俳句から見てゆこう。この分野では片山桃史と富沢赤黄男が双璧で、二人によって占められている。共に「旗艦」の俳人だが、作風は大いに異なる。桃史は即物的なリアリズムの表現を基本とする。そこには山口誓子の影響が窺える。

　凍天へ弾キュンキュンと喰ひ込めり

のような戦闘の場面を外面的にリアルに活写したものもあるが、主眼はヒューメインな内面を反映した心に滲み入る句にある。「我を撃つ敵と劫暑を倶にせる」の句は戦闘の最中でさえも敵兵へのヒューメインな想像力を働かせたもの。「闇ふかく兵どどと著きどどとつく」の句は単に外面的な即物描写の句ではなく、兵隊たちが荷物のごとく前線へと投入されてくる非情さを表現していよう。「千人針はづして母よ湯が熱き」の句は故国の母への思いと諦念。「穴ぐらの驢馬と女に日ぽつん」の句では、戦争の皺寄せは無辜の女性や動物が受けるという現実にヒューメインな眼が注がれている。

他方、赤黄男はイメージ豊かな象徴的な作風。「憂々とゆき憂々と征くばかり」の句は自らを含めた出征を詠んだものだが、即物的な表現というよりは、「憂々と」という独特の鋭い軍靴の音によって黙々と出征してゆく兵隊たちを象徴的に表現したもの。「困憊の日輪《ひ》をころがしてゐる戦場」は戦闘で心身ともに困憊した兵隊の暗喩。「一木の絶望の木に月あがるや」も激戦で生き残った兵隊の絶望的な状況の暗喩。「落日をゆく落日をゆく真赤《あか》い中隊」「鶏頭のやうな手をあげ戦死《し》んでゆけり」「一輪のきらりと花が光る突撃」の三句は対象をリアリズムによって表現したのではなく、前線における印象的なイメージを造型したものだろう。ちなみに、句集『天の狼』では「戦場」は「傾斜」へ、「絶望」は「凄絶」へと改変された。また、「落日」と「鶏頭」の両句は句集から省かれた。共に、軍国の世や弾圧の危険を慮ったためであろう。赤黄男の有名な「ランプ」の連作八句は故国にいる一人娘の潤子を想いつつ詠んだもので、戦場に流れる豊かな抒情は銃後の新興俳句の俳人たちに最も愛誦された。

佐藤鬼房の「濛濛と数万の蝶見つつ斃る」の句は敵弾に斃れ、意識が失われてゆく中での幻視の世界。

戦火想望俳句では西東三鬼・石橋辰之助・渡辺白泉・三橋敏雄・仁智栄坊・杉村聖林子ら「京大俳句」の俳人たちが独占的である。

射撃手のふとうなだれて戦闘機　仁智栄坊（昭12）
戦争の大地ただただ掘られし　石橋辰之助（昭13）
機関銃熱キ蛇腹ヲ震ハスル　西東三鬼（昭13）
そらを撃ち野砲砲身あとずさる　三橋敏雄（昭13）

など、誓子に倣った即物的な表現が多用されている。三橋敏雄は誓子の即物的手法を駆使して「戦争」と題する全十二章五十七句から成る連作無季俳句の大作（「風」七号）を作った。これを読んだ誓子は「前線無季俳句はこゝまで行かないと嘘である」と激賞した。だが、渡辺白泉が西東三鬼の戦火想望俳句を「「戦争」よりもむしろ「機関銃」という個物を通して打出された詩」（「前線俳句の収穫」既出）と評したように、こうした戦闘の一局面をリアルに表現することを主眼とした句は一過性の表現にとどまりがちであった。戦争という巨大な現実の奥行に肉薄した普遍的な句は、たとえば白泉の銃後俳句、

銃後といふ不思議な町を丘で見た　（昭13）
戦争が廊下の奥に立つてゐた　（昭14）

などによって達成されたと言えよう。

引用した戦火想望俳句にはいくつかの特筆すべきことが含まれる。まず、藤木清子の戦火想望俳句（女性俳人の戦火想望俳句は極めて稀）。

征信

水平線まるし瑞々しきいのち　（昭14）

戦死せり三十二枚の歯をそろへ　（昭14）

後の句ばかりが有名だが、これは「征信」という詞書をもつ二句で構成された戦火想望俳句として読むべきもの。最初の句は玄界灘を征く艦上から水平線の彼方の中国戦線を見据えて勇躍出征してゆく若い兵隊のイメージ。後の句は口中に三十二枚の皓歯をのぞかせたまま戦場に斃れた若い兵隊のイメージ。すなわち、藤木清子はこの二句の戦火想望俳句によって、若い兵隊の瑞々しい命から死への非情、哀切な暗転を構想したのである。そういう傑作だ。

戦火想望俳句と銃後俳句において最も果敢に斬新な表現の開拓を試みたのは渡辺白泉。

戦場へ手ゆき足ゆき胴ゆけり　（昭13）

繃帯を巻かれ巨大な兵となる　（昭13）

ここで用いられているのは白泉が最も得意とするイロニイの方法。前の句は一見、躍動する勇壮な出陣行進のように見せかけて、「手ゆき／足ゆき／胴ゆけり」と分節化することでマリオネットのようなぎこちない動きを伝える。そこには自由な意志を奪われた兵隊たちが否定なく戦場へと送り込まれてゆくことへの鋭いイロニイが込められている。後の句は前線で負傷して尽忠報国を全うできない存在となった兵隊が、繃帯をぐるぐる巻かれることで尽忠報国を背負って立つ巨大な兵隊になったというイロニイ。

観客の頭上に這ひ出しまはる戦車　清田朗雨　（昭13）

われ等も暑し前線映画砲を撃てり　近藤白亭　（昭13）

清田も近藤も今回発掘した無名の俳人。前に触れたように、誓子も白泉も戦火想望俳句を作るには戦争映画を積極的に利用することを薦めていた。この両句は前線映画を利用し、その映画の中の動画と観客とを一体化した入れ子型の戦火想望俳句。特に「観客の」の句はスクリーンから飛び出した巨大な戦車が見る者の頭上を這い回るような臨場感が圧倒的だ。観客はあたかも前線にいるかのようなバーチャルリアリティーによって戦慄を覚える。

銃後俳句は前線俳句や戦火想望俳句と比べて、俳人も所属俳誌も多彩だが、何よりも表現内容・表現方法・発想が多彩だ。新興俳句が達成した表現史的な高みがここに集約されている感がある。第三章の表題を「無季新興俳句の成熟」としたゆえんである。とりわけ、渡辺白泉が開拓した多彩な表現方法が注目される。

提燈を遠くもちゆきてもて帰る　（昭13）

これは漢口陥落祝賀行事としての提灯行列（日比谷公園～靖国神社）を詠んだ句。当時、一方では、国家とメディアによって「忠君愛国」を合言葉にした戦意高揚の国民感情が醸成せしめられた（代表的プロパガンダは「愛国行進曲」）。その国民感情に同化した次のような句も多く作られていた。

南京陥落祝捷行列を見る

歓呼、灯が灯が触れあつて爆発する推進する　荻原井泉水

戦勝の春

国興す大き音あり初御空　長谷川かな女

（以上「支那事変三千句」――「俳句研究」昭13・11）

漢口陥落

一億の蒼生《たみ》の感激菊真白　室積徂春

武漢陥落の日

天高うして祝勝の文字あざやか　岡本圭岳

（以上「支那事変新三千句」――「俳句研究」昭14・4）

こういう「忠君愛国」の国民感情に同化したストレートな戦捷祝詠句に対して、白泉の句はその精神も表現方法も真逆だ。白泉は靖国神社への祝賀提灯行列という行為の目的を句の表現から匿すことにより、無目的のまま提灯を遠く持ってゆき、また空しく戻ってくるという徒労感を表現し、そこに批判精神を込めた。

石橋を踏み鳴らし行き踏みて帰る　（昭14）

この句にも同様の精神と方法が見られる。ここでは「踏み鳴らし行き」と「踏みて帰る」という対句表現の主語が匿されている。すなわち、石橋を踏み鳴らして勇躍出陣していった兵隊が、今は物言わぬ英霊となり、遺族の胸に抱かれて静々と石橋を踏んで帰還したという句意。白泉は「兵隊」と「遺族」という異なる主語を巧みに匿したのである。この句のように、日中戦争の長期化に伴い、「英霊帰還」の公報も漸増した。それは、とりもなおさず「寡婦」の漸増。

赤の寡婦黄の寡婦青の寡婦寡婦寡婦　（昭13）

この句では「寡婦」をくりかえし、畳みかける表現によって巷にあふれてゆく寡婦を焦点化した。

戦争が廊下の奥に立つてゐた　（昭14）

「戦争」が銃後の日常生活へも否応なく侵入してくる恐れを戦慄的なイメージによって鷲摑みにした傑作。ちなみに、この句に先立ち、藤木清子にも

昼寝ざめ戦争厳と聳えたり　（昭13）

があったことも見逃せない。

銃後といふ不思議な町を丘で見た　渡辺白泉（昭13）

銃後の町という何の不思議もなく日常化した共同体から抜け出し、丘の上から眺めると「不思議な町」として目に映るというイロニイによって閉塞の時代状況への違和感と批判精神を込めた傑作。

憲兵の前で滑つて転んぢやつた　渡辺白泉（昭14）

街に突如少尉植物のごとく立つ　渡辺白泉（昭14）

前の句はおどけた表現により憲兵を、後の句は国家権力を体して植物の如く立つ少尉を捉え、国家権力への恐れを表出したもの。

「我講義軍靴の音にた、かれたり」（井上白文地）の句のように国家権力はアカデミズムにも侵入し、その諜報活動は「憲兵氏さぶき書廊に図書を繰りぬ」（竹下しづの女）や「知人録に特高君の名も書くか」（中村三山）の句のように図書館や個人の自宅まで日常的に及んでいった。そして次々と出征、それにつづく戦死。

灰皿を見つめ征くのだと言ふ　芝昌三郎（昭12）

熱い味噌汁をすすりあなたゐない　波止影夫（昭13）

はじめて握る手の、放てば戦地へいつてしまう　松尾あつゆき（昭13）

どの写真も端にゐて友戦死せり　樋口　喬（昭13）

未亡人泣かぬと記者よまた書くか　佐々木巽（昭12）

こうした散文的な表現によって思いを凝縮したのも一つの特色。石田波郷が掲げた「韻文精神」の規範では割り切れない表現の開拓と言えよう。「英霊」の句では、

山陰線英霊一基づつの訣れ　井上白文地（昭13）

母の手に英霊ふるへをり鉄路　高屋窓秋（昭13）

の哀切感が胸に滲み入る。

加藤楸邨は「鰯雲人に告ぐべきことならず」と「蟇誰かものいへ声かぎり」の句で象徴的な季語と感懐との取り合わせという「人間探求派」が開拓した方法により、時代閉塞の状況を表現した。

壮行や深雪に犬のみ腰をおとし　中村草田男（昭15）

出征ぞ子供等犬は歓べり　三橋敏雄（昭15）

の二句は助詞「のみ」「は」の各一語に軍国の時代への不同調を込めた技法が冴える。ちなみに、三橋の句は弾圧の危険をカムフラージするため初出の「京大俳句」（昭15・1）では「出征あり子供等犬も歓べり」として発表。「犬も」で危険を回避した。

銃後俳句に関する特筆すべきこととして「句と評論」（のち「広場」）所属の女性俳人すゞのみぐさ女の連作「夫出征」（「句と評論」昭13・1）に触れねばならない。

　菊咲けりよくぞ召されて人征きぬ
　菊咲けり大君のへに人征きぬ
　我家の柿をたうべて人征きぬ
　ばんざいのばんざいの底にゐて思ふ
　人征きし部屋の燈を消し歩く
　人征きしあとの畳に坐りつる

「人征きぬ」や「人征きし」を繰り返し、時間的にも空間的にも大きな飛躍がないため、高屋窓秋の「おもひ求めて」（第二章に既出）と比べて一見拙劣に見えるかもしれない。だが、揺れ動く意識の流れは鮮やかで、連作の銃後俳句の傑作だろう。すなわち、「菊」や「ばんざい」に象徴される大君に忠を尽くす赤子として召された夫を勇躍征かせねばならぬという国民感情と、愛する夫を戦地で死なせたくないという妻の私的感情に引き裂かれた意識の流れだ。これは同時代の庶民の真率な心情を映しだしたものだろう。ちなみに、みぐさ女以外に銃後俳句を果敢に作った代表的女性俳人三人を、公の国民感情への同化と不同調を視点にしてその位相を定めれば、公の国民感情に冷ややかに距離を置いた「旗艦」の藤木清子。

　出征のどよめき遠き丘にのぼる　（昭13）

その対極に国民感情に最も溺れやすかった「紺」の東鷹女。

吾も歌ふ秋歓送の歌を聴けや　（昭12）

冷静な批判精神を持ち、時局と正面から向き合った「成層圏」の竹下しづの女。

かじかみて禁閲の書を吾が守《も》れり　（昭12）

となる。

以上、長々と新興無季俳句の俳人たちを中心に文学としての孤塁を守った戦争俳句の多彩な秀句を眺めてきた。では、なぜ伝統派の俳人たちには戦争俳句の秀句が少なかったのか。その主因については、炯眼の山口誓子が「俳句研究」の「支那事変三千句」（既出・このアンソロジーは陸軍大佐などを巻頭におく皇国イデオロギーを反映した編集）を評して、「新興派が優性《ママ》であり、従て無季作品に見るべき作品が多かつた。こゝに於ても伝統諸派の作品は、無内容を暴露した」（「戦争俳句集を読む」―「俳句研究」昭13・12）と断を下したことが示唆している。すなわち、有季定型の伝統派の多くは戦争俳句への表現方法を模索せず、戦争の現象に季題趣味的な季語を取り合わせることに終始し、方法的に手ぶらだったことである。たとえば、

千の女人の縫ふ千結び鶏頭燃ゆ　長谷川かな女

便り読む兵の笑顔や春の山　野村静月

といった句だ。誓子は、季題趣味にうちひしがれた「自然諷詠の変形に過ぎない」（「戦争と俳句」―「俳句研究」昭12・12）とも言う。もう一つの要因としては、前に引用した戦捷祝詠句が物語るように、概して伝統派には国家やメディアにマインドコントロールされ、「忠君愛国」の国民感情に同化して、俳人個々の独自の思考や感情を空虚化したものが多かったことであろう。

最後に、日中戦争勃発以後の戦争俳句（前線俳句・戦火想望俳句・銃後俳句）以外の俳句を眺めてみよう。

閉塞の時代において、戦争俳句以外の俳句も他の文学ジャンルと比べて、文学としての孤塁を守ってよくぞ佳吟をものした、という感を深くする。目立つ特色をいくつか挙げてみよう。まず、大正後期生まれを中心とする青年たち

（いわゆる戦後派俳人）が新たに登場して、それぞれ初期の秀句を表現史に刻んだこと。

月経《つき》めぐる夜は乾草の酸き匂ひ　坂井道子（昭13）
流人墓地寒潮の日のたかかりき　石原八束（昭14）
ひとづまにゑんどうやはらかく煮えぬ　桂信子（昭14）
太陽は野菜畑にころがしとけ　磯辺幹介（昭15）
蛾のまなこ赤光なれば海を恋う　金子兜太（昭15）
蛇を知らぬ天才とゐて風の中　鈴木六林男（昭15）

坂井道子と桂信子は女性性が顕著な秀句。ちなみに坂井は当時文化学院に通う女学生で、のち彫刻家の舟越保武と結婚。鈴木六林男の「蛇を知らぬ天才」は身近にしのびよる戦争の脅威を知らぬアカデミックな学問的天才の暗喩と読み解けば、銃後俳句となる。

次に、疲弊し、閉塞した時代の影が濃く落ちている句も目立つ。

寒《さむ》や母地のアセチレン風に歎《な》き　東京三（昭12）
秋の昼ぼろんぼろんと紵ども　神生彩史（昭12）
わがおんな二階をぽつんとともしてゐる　田原千吉（昭13）
しろい昼しろい手紙がこつんと来ぬ　藤木清子（昭13）

貧しく疲弊した庶民の暮らし、その中での侘しさ、空虚感、研ぎ澄まされた孤心などが漂い、伝わってくる。そういう時代の影を象徴しているのが藤木清子の「しろい昼」における「しろ（白）」。「白」はすでに「二　新興俳句運動の勃興」で触れたように、新興俳句のモダニズム、すなわちエスプリ・ヌーボーの俳句のコードとして愛用され、明るくピュアなもののコードとして用いられた。ところが藤木の句の「しろ（白）」は反転して、空虚感や虚無感など負のコードとして用いられている。

昭和十一、二年に顕著な個性を発揮した俳人たちも、引き続きそれぞれ個性的な作風を展開している。とりわけ、生命感に溢れた向日性の個性を発揮した中村草田男の活躍が著しい。草田男には激情を吐露した異色の句もある。

金魚手向けん肉屋の鉤に彼奴を吊り　（昭14）

この句も粘着質の正義派草田男にふさわしい。東鷹女はナルシシズムの作風が健在。

詩に痩せて二月渚をゆくはわたし　（昭13）

高浜虚子は一見無造作に見える的確な表現によって季語の本情を異化したり、日常の平常心によって人の死を表現したりした。虚子らしい一種のニル・アドミラリーが窺える。

大寒の埃の如く人死ぬる　（昭15）

京極杞陽も独特のあっけらかんとした囚われない表現による俳諧味が健在。

性格が八百屋お七でシクラメン　（昭14）

外面的な即物主義の文体で一時代を築いた山口誓子が、転地療養による自己凝視により自己と対象を重ねた内面表現へと作風を転じたことも見逃せない。すなわち、

夏の河赤き鉄鎖のはし浸《ひた》る　（昭12）

から、

蟋蟀が深き地中を覗き込む　（昭15）

へ。

昭和十四年には特高による諜報活動は俳人の自宅にまで及んでいた。しかし、「京大俳句」の中村三山が連作「退屈な訪問者」（「京大俳句」昭14・11）において特高の来訪を、

知人録に特高君の名も書くか

と揶揄した挑発的な作品を発表するなど、新興俳句の俳人たちは特高の弾圧に無防備だった。特高側には全国的な諜

報網による綿密なブラックリストが出来上がっており、それに基き、翌十五年二月十四日に第一次「京大俳句」弾圧を断行した。弾圧は第三次にわたり、平畑静塔・渡辺白泉・西東三鬼ら主要俳人十五名が治安維持法違反容疑で検挙された。弾圧はこれに留まらず、十六年二月五日、四俳誌（「広場」・「上土」・「俳句生活」・「日本俳句」）に一斉に下され、東京三・栗林一石路ら十三名が検挙された。かくして、新興俳句運動は国家権力によって壊滅させられたが、仮りに弾圧が行れなかったとしても、昭和十五年には俳句界全体は文学的にはすでに死に体であった。近衛内閣による新体制運動が大政翼賛会として結実（十月）、戦争遂行のために国民を動員する上意下達機関となった。巷にはレコードによる「愛国行進曲」が流れ、紀元二千六百年祝賀行事（十一月三日）が行われる中、内閣情報局の指導により文化・文芸分野も挙国一致・戦争遂行のため諸団体に統合され、思想統一はいちだんと厳しくなった。俳句界も同年十二月二十一日、内閣情報局の指導により「日本俳句作家協会」（会長は高浜虚子）として統合された。新興俳句各誌も国策に順応する「転向」を相次いで表明したのであった。

四　太平洋戦時下の俳句
――文学の孤塁を守り得た俳句／擬似共同体・国民感情に同化した聖戦俳句（昭和十六年～昭和二十年）

まず、昭和二十年八月十五日の敗戦に到るまでの太平洋戦争（当時の政府は「大東亜戦争」と呼称）の経緯について、ごく簡単に触れておこう。昭和十六年七月、軍部の強い主張によって南進計画が決定され、南部仏印進駐が実行に移された。これに対して、アメリカはいわゆる「ＡＢＣＤ包囲陣」（米・英・中・蘭の四ヶ国による対日経済封鎖）により対抗。対米交渉がまとまらない中、十一月末、アメリカは満州をふくむ中国大陸・仏印からの全面撤兵、日独伊三国同盟の否認などを強く要求。開戦を主張する東条内閣は、十二月八日、ハワイの真珠湾を奇襲攻撃し、太平洋戦争が勃発した。当初、戦局は先制攻撃により、ハワイでアメリカ太平洋艦隊の主力や、マレー沖でのイギリス東洋艦隊の主力を全滅させ、さらに香港・マニラ・シンガポールを占拠するなど南太平洋の広大な地域を支配し、優勢に進展した。だが、十七年六月のミッドウェー海戦の大敗を転機に、戦局はアメリカの反転攻勢に転じた。とりわけ、十八年四月十八日の連合艦隊司令長官山本五十六戦死の報とそれに続く国葬は、国民に戦局の容易ならぬことを深く感ぜしめた。疲弊した本土では、密かに「見よ東条の禿頭」などと「愛国行進曲」の歌詞をもじり、諷刺してみても、何ら活路は見出せなかった。十九年にはサイパン島が陥落し、東条内閣が倒れた。以後、敗戦へと雪崩を打って突き進んだ。二十年三月には東京大空襲、四月にはアメリカ軍が沖縄本島に上陸。八月六日、広島に原爆投下。九日、長崎に原爆投下。十四日、無条件降伏のポツダム宣言を受諾。十五日、天皇、ラジオにて戦争終結の玉音放送。

日中戦争の勃発から敗戦までの時局、戦局の経緯は、国策や国民の戦意高揚を目的としたスローガン（合言葉）の変化に反映されている。いわく、「忠君愛国」→「八紘一宇」→「大東亜共栄圏」→「欲しがりません勝つまでは」→「撃ちてし止まむ」→「鬼畜米英」→「一億火の玉」→「一億玉砕」、と。

この太平洋戦時下において、国民は挙国一致、戦争遂行の国策のため、物質的・肉体的・精神的に掣肘され、辛酸を嘗めさせられた。徴兵令や学徒徴兵猶予停止などによる軍事的・肉体的掣肘。軍需工場などへの勤労動員などによる肉体的掣肘。米の配給制や砂糖などの切符制などによる物質的掣肘。文化諸団体の統合や予防拘禁制を伴う治安維持法改正などによる精神的掣肘がそれである。

では、文壇人や俳壇人はどのように掣肘されたのか。言うまでもなく、内閣情報局の指導監督下に従来の各文学ジャンル諸団体が統合された「日本文学報国会」（昭和十七年五月二十六日結成）という精神的掣肘である。その名の示すとおり、戦争遂行、戦意高揚という国策の周知徹底や宣伝普及に文学をもって挺身報国することを目的とした。文学者たちはこの団体に加わることで、思想統一され、自由な主体的な執筆活動をすることを掣肘されたのである。近衛内閣が打ち出した新体制の「バスに乗り遅れるな」という流行語にのって、内閣情報局の指導下に結成された「日本俳句作家協会」（既出）も、「日本文学報国会」の傘下に統合された。

この精神的に閉ざされた団体組織の中でどんなことが起こったか。小熊英二は言う。

一九四二年五月には日本文学報国会、同年一二月には大日本言論報国会が組織された。これらの組織に加入しなければ、原稿の依頼がなくなる可能性が大きかった。そして隣組や町内会がそうであったように、こうした組織の結成は、幹部が会員の生殺与奪権を把握しうることを意味した。こうしたなかで、知識人たちの暗闘がはじまった。（略）国策団体の主導権を握ったり、軍や官庁と結びつけば、論壇を支配する権力を持つことも可能だったのである。これは知識人の戦争体験のなかでも、もっとも醜悪な部分であった（『〈民主〉と〈愛国〉』新曜社）。

この「知識人」を「俳人」に読み替えれば、「日本俳句作家協会」や「日本文学報国会俳句部会」の内部でも、これと似たようなことが起こったのである。内閣情報局に掣肘、主導された俳句団体という閉ざされた内部では、既得の集団的ないし個人的ヒエラルヒーを守ろうとする下方向の力が働きやすい。そういう力が作用した事例としては、旧世代による新世代への抑圧、国家権力の近くにいたとされる俳人による複数の俳人への強権的、脅迫的なふるまいなどが語られている。

他方、俳句界が俳人として、文学として苦い負の遺産を遺したのは、言うまでもなく、戦捷と皇国崇拝のプロパガンダとしての類型化したいわゆる「聖戦俳句」を作ったこと、ないしは作らざるを得なかったことだ。

「聖戦俳句」は真珠湾の奇襲攻撃を契機に盛んに作られるようになった。「聖戦俳句」は戦局と連動しており、戦捷のときは皇国的情動が昂り、負けいくさや玉砕のときは皇国的情動が慷慨沈痛化する。その代表的サンプルを挙げておこう。

大東亜戦争宣戦の大詔を拝して（真珠湾奇襲による戦捷）
あふぎたる冬日滂沱とわれ赤子　　長谷川素逝
現身に撃つ日来たれり霜の朝　　前田普羅
米太平洋艦隊撃滅
寒林に疾風《はやち》呼ぶごと国起ちぬ　　富安風生
（以上「俳句研究」昭17・1）

凍天に凍海に嗚呼神風吹きし　東鷹女
（「俳句研究」昭17・3）

シンガポール陥落の戦捷
英帝国ひれ伏すや匂ふ夜の梅　長谷川素逝
撃ち攘ちて敵は火焔樹の花屑と　山口青邨
（以上「俳句研究」昭17・3）

山本五十六元帥国葬
蘭の花葉先の夜空神山本　加藤楸邨
巨き屍雲染め雲の灼くるなり　臼田亞浪
（以上「俳句研究」昭18・7）

学徒出陣
金具冬日に燦と一語や「師よさらば」　中村草田男
（「俳句研究」昭19・2）

陸海軍特別攻撃隊頌
神鷲と言ひいはれもす畏しや　阿波野青畝
かく青き冬天に身を爆ぜしめき　加藤楸邨
ますらをはすなはち神ぞ照紅葉　水原秋桜子
（以上「俳句研究」昭20・2）

ちなみに、「日本文学報国会」の機関誌「文学報国」最終四十八号（昭20・4・10─謄写印刷）は、水原秋桜子の「特攻隊にさゝぐ」と題する、

迅雷にをのゝき伏して賊ほろぶ

という時代を象徴する聖戦俳句をもって終わる。また、大部分の俳人たちは、戦後、GHQによる検閲処分を回避するためなど複合した理由により、こうした聖戦俳句を句集に収録しなかった。そのため、そこに俳句史の空白が生じた。

では、太平洋戦争下の俳句は、暗黒の時代と同様に暗黒の俳句であって、文学としての俳句は死滅していたのだろうか。そうではない。では、作家としての主体性を失わない文学としての俳句はどこに存在したのか。それは逆説的なことだが、銃後の辛酸生活よりもはるかに厳しい極限状況の中を生きねばならない前線や、軍隊組織というウルトラヒエラルヒーの支配する内部においてであった。また、銃後においては、「銃後といふ不思議な町」から空間的にも精神的にも距離をおいたところにも生きていた。さらに、子細に眺めれば、銃後の日々の辛酸生活の只中から真率

な様々な思いを汲み上げたところにも生きていたのである。命のやりとりをする前線の極限状況や銃後の暗黒生活においても、他の文学ジャンルと違って、俳句が文学としての孤塁を守り得たのは、短小な形式といういわば恩寵に因ることが大きかった。

この時代の句を眺めると、なんといっても、富沢赤黄男・鈴木六林男・渡辺白泉の独自性が際立つ。赤黄男の「火口湖は日のぽつねんとみづすまし」「石の上に　秋の鬼ゐて火を焚けり」「影はただ白き鹹湖の候鳥《わたりどり》」の三句からは荒涼としたもの淋しさ、孤独感、空虚感が伝わってくる。これらの句は病により中支から帰還した状況で作られたものだが、閉塞した暗鬱な時代状況が影を落としている。とりわけ、有名な「蝶墜ちて大音響の結氷期」の句の「結氷期」はそうした時代状況の暗喩とも読み解けよう。これらの句を含む句集『天の狼』（昭16）は新興俳句の最後の光芒を放つ句集であった。慌しく句集を編んだ赤黄男は再度応召、千島列島の北端占守島《しゅむしゅ》の守備についた。

流木よ　せめて南をむいて流れよ　（昭19）

「せめて南」に込めた故国への思いが切ない。

鈴木六林男（次郎）は中国戦線から南方戦線へと転戦。フィリピンのバターン・コレヒドールの激戦で負傷。

遺品あり岩波文庫「阿部一族」　（昭17）

射たれたりおれに見られておれの骨　（昭17）

この二句は戦場俳句の絶唱。前の句では、戦友の遺品『阿部一族』が生き残った兵隊の死生観を問うべく鋭く、重く胸中に突きささってくる。後の句の「おれに見られておれの骨」は、負傷した自分を分身の眼で鋭く凝視する強靭な自意識。リアリスト六林男の独自性の現れ。

渡辺白泉は昭和十九年、横須賀海兵団に入団。昭和二十年、黒潮部隊函館分遣隊にて敗戦を迎えた。

大盥《オスタップ》・ベンデル・三鬼・地獄《ヘル》・横団　（昭19）

玉音を理解せし者前に出よ　（昭20）

ひらひらと大統領がふりきたる　（昭20）

白泉の凄いところは、「大盤《オスタップ》」の句のように、ブレーンストーミング（次々と連想を展関する脳の攪拌）の方法などによって、軍隊（海軍）の権力構造やその権力行使の暗部を軍隊の内部にいて抉り出したこと。また、「玉音を」や「ひらひらと」の句のように、昨日までは軍隊組織の内部で権力を揮った上官の狼狽ぶりへの痛烈なイロニイや、外部からの新たな権力者の登場を天女のごとく軽やかに表現したイロニイによって、権力構造や権力支配を抉り出したこと。前線にいた六林男と海軍内部にいた白泉がこのような傑出した戦争俳句を書き得たのはなぜか。それは、戦争賛美の句を書かねばならないという公私の掣肘が銃後よりも前線や海軍内部のほうが圧倒的に少ないことが一つ。もう一つは、鈴木六林男が後年、「（出征先で）検閲が始まる直前まで、私は自分の作品を繰りかえして読み、暗記につとめた。俳句の短さがありがたかった」（「自作ノート」）と回想するように、短小な形式のため暗記しやすく、ノートの切れ端などにメモすることもできたこと。

銃後においては、山口誓子の求心的、象徴的な高みに至った句が注目される。

蟋蟀の無明《むみやう》に海のいなびかり　（昭17）
秋の暮山脈いづこへか帰る　（昭19）
海に出て木枯帰るところなし　（昭19）
炎天の遠き帆やわがこころの帆　（昭20）

身辺の対象を通して自己の内面が凝視されているところが特色。多用されている擬人法は自己と重ねて内面を象徴するために用いられている。誓子は「銃後といふ不思議な町」を離れて三重県伊勢の海浜に転地療養を続けた。そこで身辺の対象を凝視し、自己の内面を凝視することで象徴的な高みに至り得たと言っていい。高浜虚子の、

山国の蝶を荒しと思はずや　（昭20）

も、山国（信州小諸）に疎開したことで、「蝶」の本情を異化した秀句を得られた。金子兜太の、

魚雷の丸胴蜥蜴這い廻りて去りぬ　金子兜太（昭19）

はトラック島での作。丸出しの物体としての兵器から恐れ、不安感が伝わってくる秀句。

曼珠沙華どれも腹出し秩父の子　金子兜太（昭17）

銃後においても、都心を離れた山間の地ではいつもに変わらぬ牧歌的光景も見られた。

昭和十七年から十八年にかけて「俳句の韻文精神徹底」（いわゆる「風切」宣言）を鼓吹しつづけた石田波郷が、

初蝶やわが三十の袖袂　（昭17）

朝顔の紺のかなたの月日かな　（昭17）

などに古典的格調を具現したのも偉とすべきこと。

橋本夢道は獄中という異空間で凄い反戦俳句を詠み、表現史に刻印したのも特筆すべきこと。

大戦起るこの日のために獄をたまわる　（昭16）

皇軍が聖戦に決起したこの日（十二月八日）のために、反戦を唱えてきた私は大君より獄を頂戴したのだ、という敬語（謙譲語）によるイロニイによって、戦争遂行の皇国国家を刺し貫いた。

暗黒時代の秀句は銃後の暗黒のトポスから離れた戦場、海浜、山国、異空間などでなければ作れない、というわけではない。銃後の市井生活の中で、女性俳人たちも秀句を遺している。

水打ちてよごせし足の美しく　中村汀女（昭17）

美しき緑走れり夏料理　星野立子（昭19）

銃後の影のない汀女と立子の句は、その影を濃く落としている文挾夫佐恵の「炎天の一片の紙人間《ひと》の上に」（昭16）の句とは対照的。

この時代に新たに登場したいわゆる戦後派俳人たち（大正後期から末期生まれの俳人）の秀句も見逃がせない。

おびたゞしき靴跡雪に印し征けり　沢木欣一（昭16）

鳥の巣に鳥が入つてゆくところ　波多野爽波（昭16）
友来たる花はなければルオーの絵　原子公平（昭16）
幮に寝てまた睡蓮の閉づる夢　赤尾兜子（昭18）
コスモスの押しよせてゐる厨口　清崎敏郎（昭18）
友はみな征けりとおもふ懐手　高柳重信（昭18）

以上、長々と『昭和俳句作品年表』（戦前・戦中篇）掲出の作品を時系列で展望してきた。本稿を閉じるに際して、最後に昭和二十年の作品に触れておこう。

昭和二十年八月十五日の敗戦は日本国民にとって大きな悲しみであった。反面、安堵・喜びでもあった。とりわけ、戦時下に執筆禁止や沈黙を強いられた新興俳句やプロレタリア俳句の俳人たちは解放感に浸ったであろう。この年の諸句はそうした明暗、悲喜こもごもの相貌を見せている。

いつせいに柱の燃ゆる都かな　三橋敏雄

は、東京大空襲に発想し、その惨状を普遍化した傑作。

八月や駅ごとに兵棄てらるる　後藤紀一

軍隊に員数として召集され、敗戦による復員においても員数として処理される非情。この芥川賞受賞作家が遺した一句は表現史に深く刻まれるべきもの。三橋鷹女の「子を恋へり夏夜獣の如く醒め」の句は、いくさは終わっても還らぬわが子を思ふ狂おしいまでの母情。こういう日本の母は各地に遍在したのである。鈴木六林男の「生き残るのそりと跳びし馬の舌」の句は、戦争を生きのびたものの、喜びや解放感はなく、虚脱感に囚われた心的状況。

鳰の岸女いよいよあはれなり　石田波郷
雉の眸のかうかうとして売られけり　加藤楸邨
寒燈の一つ一つよ国敗れ　西東三鬼

これらの句は敗戦直後の焦土や庶民生活への言いしれぬ悲しみや憤りの句。反面、

雁啼くやひとつ机に兄いもと　安住敦
焼跡に遺る三和土や手鞠つく　中村草田男
戦争と平和と暮の餅すこし　原子公平
新しき猿又ほしや百日紅　渡辺白泉

などからは、荒廃した焦土ではあっても、いくさが終り、つましくも日々を生きる庶民の安らぎや喜びが伝わってくる。

［付記］
個々の俳人の新風、句業については拙著『挑発する俳句　癒す俳句』（筑摩書房・平22）と『俳句に新風が吹くとき』（文學の森・平26）を参照してほしい。

戦後俳句の検証

はじめに

私は昭和三十年代の中ごろ、文学的に未熟な大学生であったが、「俳句評論」の同人に加えてもらって、俳句の世界に入ることになった。「海程」（昭37）が創刊される一年前で、前衛俳句をめぐって俳句観や新旧世代の対立が激化して、現代俳句協会が分裂したころである。以後、同時代の俳句の変転をリアルタイムで目の当たりにしながら、前衛俳句をはじめ戦後俳句について卑見を開陳してきた。それらの言説は、それぞれ執筆時の私の身の丈によってなされたものであり、顧みて妥当なものもあり、そうでないものもあるだろう。このたび、改めて戦後の俳句や俳句論を読み直してみるに際し、現在の身の丈で、私心なく対象に向き合ってみたい。なお、戦後俳句の概念について一言しておかねばならない。俳壇にはいわゆる「戦後派」という呼称がある。戦後の昭和二十年代に俳壇に新風をもって登場した俳人たちで、おおよそ大正後期から末期の生まれである。戦中に青年期を過ごし、健康な男性ならば兵役体験者である。文壇用語では「第一次戦後派」に相当する。彼らが戦後の俳句の中核を担ったことは間違いないとしても、戦後俳句＝「戦後派」とは括れまい。戦後俳句＞「戦後派」と括らなければ重要な要素、新風が漏れてしまうだろう。

つまり、戦後俳句の概念は「戦後派」の前と後も含んだものである。「戦後派」の特徴は個の社会的な連帯意識が強かったことだが、パーソナルな意識を強く持った昭和世代の俳人たちが台頭する昭和四十年代までを「戦後俳句」として、そのスパンで考えたい。

一　戦後俳句の出立

1　表現史的継起の無構造

「戦は済んだ――皆純情に立還つてこの独得の美しい詩を詠ふがよい。」（山口青邨「純情に還つて詠へ」―「俳句研究」昭20・12）

「戦敗れて文化興る。苦難国に満つといへども、この新しき文化の黎明を迎へ、われらの心は奮ひ起たずにはゐられない。（略）われらは茲に再び自由主義の旗を高く掲げ、民主々義の旗を之に交叉する。」（「宣明」―「大陽系」昭21・5創刊号）

敗戦後、続々と簇生した俳誌を繙くと、こうした言説が躍っている。だが、それは、昭和十年代の俳句表現史の高みを見据えたり、太平洋戦時下の俳句情況や俳人たち自らの言動を内省したりしたうえでの言説だったのか。鈴木六林男らの同人誌「青天」創刊号の「創刊の辞」に見られたように、昭和十年代の俳句的達成を堅持し、そのポリシーを貫いて戦後俳句を出立させようとする歴史的発展の継起もあった。また、「一切の既成概念に拘束されない、本当に自由な個性的な俳句作家を生み出したい」（高柳重信「青年の旗を掲げる」―「群」昭22・3）という青年俳人たちもいた。しかし、多くは、初めから表現史に盲い、戦時下の自己の言動への内省も欠如し、ただ単に時代の変転に迎合、豹変したただけの表現史を肉化しない無構造な言説だったのではないか。前に引用した山口青邨の文中にも、表現史的継起の視点は見られないどころか、戦時下の自らの言動への内省のかけらもない。同様に、「太陽系」創刊号の「宣明」にも、昭和十五年の新体制運動以後の「旗艦」や、その後継誌「琥珀」誌上において、みずから進んで国策順応の言説を揮ったことへの内省は全く見られない。「時利あらず、邪悪なる戦争の勃発は俳句の進展を阻害した。自由主義の旗は竿頭より引き降され、好戦の徒の泥足に踏み躙られた。」（「宣明」）――要するに、時代が悪かった。権力のせいだ、という論理で自他を欺き、やり過ごしたのである。戦時下に生き残った唯一の新興俳句系の俳誌「琥珀」の系譜を継ぐ「太陽系」にしてこの有りさまであったから、まして他の俳誌、俳人は推して知るべし。

その端的なサンプルを二つ挙げておく。一人は富安風生。風生は「大東亜戦争」勃発に際し、次のように書いた。

何といつても大きな興奮だ。大詔のラヂオを聞いては涙を落し、戦報の新聞を見ては喜びに泣き、町を行きて拾ふシヨファの一佳話にも、朗らかに笑ひながらつひ涙を浮べてしまふ。（略）俳句作家は俳句の道をもつて御国に御奉公しなければならぬ。（略）国は起つた。俳句も起つ、起たねばならぬ。（「俳句も起つ」―「俳句研究」昭17・1）

そして、敗戦を迎えて、次のように書いた。

荊の道は日本の前に新たであるが、俳句の道は日本民族とともに万代不易である。日本民族の心の糧、力の素として俳句は戦争中にも自分の力一ぱいのことをした。（略）俳句と俳壇が戦争の中で一段と自分を鍛へ自分を磨いて折角獲得したよいものを、戦争からの解放とともに元も子もなくなしてしまつて、戦前嘗て経験したやうな混乱の状態に再び自分を置くやうなことにでもなれば、それは俳句と俳壇の不幸ばかりでなく、文化日本、道義日本の甦生の一つの支障にならぬとも限らぬと思ふ。（「甦生への道」―「俳句研究」昭20・11）

もう一人は先に引用した山口青邨。青邨は同じ文章（「純情に還つて詠へ」）で次のように書いた。

戦は終つた、敗戦といふ結果を以て終つた。この戦の為めに俳壇は挙げて挺身、俳句報国に尽した、戦線に於ても銃後に於てもめざましい活動をしたのであつた。（略）然し私はこの為に俳句は本質的にスポイルされたとは思はない、むしろ多くのことをつけ加へたと思ふ（略）私はこの俳壇の敢闘に於て、少くとも一つの効果を認めることが出来る、廃頽的又は病的思想乃至表現を一掃してわが文学の健康を取戻したことだ。（略）俳句は健康でなければならない、戦前往々見られた廃頽や破壊や攪乱や無恥や無気力や軟弱や病弱——が詩であるといふ仮面にかくれて跋扈《ばつこ》してはならない。

この風生と青邨の言説は、昭和十年代の俳句表現史の高みを全く継起していない。いないばかりか、国家権力（内閣情報局）に主導された「日本文学報国会俳句部会」が俳句報国に尽力し、自分を鍛え磨き、それ以前の新興俳句を文学の廃頽だと言いつのるその言説、認識は真逆である。翼賛の時局下で「聖戦俳句」を詠んでしまった苦い体験について文学的内省が全く見られない。風生は「道義日本の甦生」などと言うが、「日本文学報国会俳句部会」内部における旧世代による新世代への抑圧や国家権力を笠に着た人物の跋扈などについて道義的内省も全く見られない。青邨が唱える健康な俳句も、小野蕪子が唱えた「健康俳句」と何ほどの径庭も見られない。そもそも、大政翼賛会の一環としての日本俳句作家協会（昭15）の設立に際し旧世代俳人たちが俳句表現史の先端に立つ新世代俳人たちから俳壇ヒエラルヒーを奪取、逆転したこと自体が文学的に不正であり、彼ら自体が不正な存在であったことにまるで気づいていない。これを要するに、俳句表現史の歴史的な構造への認識の欠如と、その裏返しとも言うべき戦時下の言動への内省の欠如とが、戦後俳句の出立における俳人たちの一般的な認識だったのではないか。丸山真男流に言えば、「過去は自覚的に対象化されて現在のなかに「止揚」されない」（『日本の思想』）ため、歴史的な構造性を喪失している。それは「かゝる日のまためぐり来て野菊晴」（風生・昭20）などの句が端的に物語っている。沢木欣一ら戦後派俳人から旧世代俳人の無節操・退嬰性を厳しく批判する声が上がったのは当然であった。

2　新俳句人連盟――野合の破綻と俳人の戦争責任追及の行方、そして窓秋と赤黄男の出会い

新俳句人連盟結成（昭21・5）や現代俳句協会の結成（昭22・9）の必然性・正当性について、私は次のように書いた。

戦中に弾圧されたり、脅迫されたりした新興俳句や人間探求派などの新世代の俳人たちが、敗戦後、新世代の新たな俳句団体として「新俳句人連盟」を結成したり、連盟分裂後に「現代俳句協会」を結成したりして、戦中の「空白」を飛び越えて文学としての俳句活動を継起しようと立ち上がったのは当然のことであった。昭和十五年に新興俳句陣営の大同団結として総合誌「天香」が創刊されたが、昭和二十一年の「新俳句人連盟」の結成はその文学的な継起のあらわれである。（「海程」平22・1）

だが、新俳句人連盟は翌年六月、民主主義文化連盟加入の可否、「アカハタ」へのカンパの可否という政治・経済・文学をめぐる問題で紛糾。結果、「否」とする新興俳句系のいわゆる文学派の俳人の多くが脱退、連盟は分裂した。当時、連盟の幹事であった三谷昭は、脱退後、連盟結成の意義と失敗について、次の点を挙げている。（「新俳句人連盟の批判」――「俳句研究」昭22・11〜12合併号）。その意義。

一、戦争中沈黙を強いられた人達が強力に復活しようとするための唯一の機関。
二、単なる結社の再興でなしに新興俳句人の総ての力を結集。
三、新興俳句と自由律がはじめてはつきり手を結んだこと。

その失敗。

一、戦中検挙された「京大俳句」などの人々と、されなかつた「太陽系」などの人々との精神的な差異。
二、連盟傘下に結社の下部組織を持たなかつたため、文連加盟の可否で分裂を招いた。
三、新興俳句と自由律との提携に就いても必ずしも成功とは言い難い。
四、機関誌（「俳句人」）発行が年間三冊で、作品と評論に充実が見られない。
五、戦犯追及に最も力を入れたが、追及者自身の戦中の在り方への反省、自己批判が不十分だつた。

三谷の見解には、その意義と失敗の各「三」の項に矛盾がある。卑見では、連盟の結成は「天香」の場合と同様、新興俳句派とプロレタリア派の文学的な野合であり、そこに既に分裂の動因は内在していたので、早晩、分裂を招来することは必然だったと思われる。連盟結成の主旨（いわゆるマニュフェスト）は、

本連盟は、内容・形式に渉る一切の歪曲された俳句及び俳句観念を是正し、俳句本質の究明、現代俳句の確立、封建的結社制度と意識の排除、進歩的俳句作家の提携、親和、文化諸団体との交流、新人の育成、その他才能と個性との何たるかを昏迷せる俳壇に明らかにすることを当面の活動目的とし、民主主義日本文化の確立発展に力を合はせようとする、民衆のための、詩としての俳句の、前進に寄与せんとするものであります。（「新俳句人連盟彙報」――「俳句人」創刊号）

とある。このマニュフェストの起草者は藤田初巳らしいが、末文あたりの表現にはプロレタリア派の意向との摺り合わせに苦心した形跡が透けて見える。こういうところにも分裂の芽が最初から孕まれていたことが窺える。歴史的視点で言えば、昭和十二年に「句と評論」誌上で交わされた細谷碧葉と中台春嶺の「工場俳句問答」の「隷属した文学は党《くみ》する所の主義目的がどれほど貴くまた正しくあつても、堕落した文学」（細谷）という認識が連盟内部で共有されていなかったのだ。

俳人の戦争責任の問題は、文学行為（作品活動）としての文学的責任と権力を笠に着ての弾圧や脅迫などの道義的責任の両面がある。連盟ではこの両面から戦犯を追求、古家榧夫による筆誅（「俳句人」創刊号）から始まり、虚子・風生・蛇笏・亜浪・秋桜子・徂春・正一郎・青邨・草田男・誓子・普羅・楸邨の十二名を戦犯としてリストアップした。しかし、それは三谷昭が指摘したように、被害者対加害者という構図で前者が後者を一方的に糾弾したもので、前者による自己省察が欠落していた。また追及の根拠となる具体的な資料・調査も十分ではなかった。

往復書簡の形をとった草田男と楸邨による戦争責任論も同じ構図で、草田男は自らを潔白な被害者として楸邨を責め立て、楸邨は鞭打たれる者としてひたすら自己に執して回答した。そのため、戦時下の俳句（文学）と生き方とい

う俳人共有の責任問題として普遍的に深化することがなかった。

次のことは文学としての戦争責任に関わることなので、ぜひ言及しておきたい。草田男が教え子の出征に際して、

　勇気こそ地の塩なれや梅真白

と詠んだことはよく知られている。この句を名句と称える向きもあるようだが、それは状況に囚われ、盲いたものではないか。「梅真白」は勇気や純潔な精神のアナロジーであり、草田男が得意とする季語の象徴的用法だ。しかし、この「梅真白」は、かつての名句「玫瑰」や「万緑」の新鮮な象徴的用法と違い、大和心という既成の季題趣味に縁どられた予定調和の取り合わせでしかない。そればかりではない。句の成立状況を踏まえれば、草田男はこの句で聖戦の国民感情に同化している。したがって、この句における草田男の精神構造は、「学徒出陣」を詠んだ「金具冬日に燦と一語や「師よさらば」」や、「漢口陥落」を詠んだ室積徂春の「一億の蒼生《たみ》の感激菊真白」や「特攻隊」を詠んだ秋桜子の「ますらをはすなはち神ぞ照紅葉」などというあからさまな聖戦俳句と地続きなのだ。すでに時局に不同調を表すことはタブーだった。俳人の文学的な戦争責任とは、そうした時局を踏まえ、俳人の精神構造と、それと癒着する脆弱な俳句形式の陥穽を掘り下げていくという普遍的な広がりと深みにおいて追及すべきものではないか。

もう一つの権力に阿っての暗躍、狼籍という道義的責任の追及はどうあるべきか。当事者は既に物故者だ。人指弾せずとも、夫子自身知っているであろう、では何の追及にもならない。客観的データに基づいた歴史的記述を遺すことが、俳句史家の責務であろう。その意味で、俳人の戦争責任の問題は未だ結着していない。忘却、風化させてはならない。

連盟の機関誌「俳句人」の発行が一年間で三冊にとどまったとはいえ、表現方法と表現史の上で銘記すべき重要なことが二つあった。一つは敗戦後、最も充実した作品活動を展開した西東三鬼が、

　中年や遠くみのれる夜の桃　（創刊号）

広島や卵食ふ時口開く　（第三号）

を作ったこと。内容的には前句は中年の意識の暗部のリビドーに触れたような奥行きを持つ。後句は原爆投下後の市民の心身の虚脱に肉薄した社会性俳句の傑作。表現方法的には、上五にモチーフの「中年」「広島」という季語相当語を据えたもので、つとに渡辺白泉の有名な「戦争が」などによって切り開かれた方法の継承である。ちなみに「広島」の句を評した高屋窓秋の文章（「秀句遍歴」—「暖流」昭22・7）がＧＨＱの検閲で、Delete の処分を受けた（別稿「ＧＨＱの俳誌検閲と俳人への影響」参照）。そのためか、三鬼はこの句を句集に収めず、その後社会性の目を閉じ、前句の「中年」の哀感をモチーフとする方向をたどった。これは三鬼のために惜しむべきことだった、と私は考える。なお、「広島」の句は初出では「物を食ふ」の句形だった。

もう一つは満州から引き揚げてきた高屋窓秋が「思慕」三十三句を発表し（第二号）、『白い夏野』の詩人にふさわしい清新な詩情を奏でて見せてくれたとともに、初めて富澤赤黄男と会って、互いにイメージによる詩法を確認しあったことである。

荒魂の惹かる、天地薊原
夏河の碧の湛への堪えよとよ
あめつちやかの冷雲に洗はる、
茜さし童女比ぶるものもなく

満州の荒涼たる天地を背景にして清新なイメージと詩情が貫いている。窓秋はみごとな復活ぶりを示したと言えよう。赤黄男との劇的な出会いにおいては、共通した詩法と映像の詩人としての存在を確認し合っている。

「僕は矢張り像影《イマージュ》を追つてゐる」と。「僕もそれだ」と僕も答へたね（赤黄男「手紙」—「俳句人」第三号）。

「君は、どうやって俳句を作っているのか」。ぼくは、ただひと言「イメージ」。「ぼくも同じだ」と赤黄男（窓秋「百句自註」—『高屋窓秋全句集』）。

二　戦後俳句の成果——昭和二十年代前半

今後は、作品を中心にして戦後俳句の成果を時系列的に追ってみたい。戦後俳句の成果や新風をどのようにとらえるかは、筆者の俳句観や視角によって異なってくる。私は卓越した俳句観の持ち主であった次の三俳人の見解を基底に据えて戦後俳句の作品群に分け入り、その成果、新風を選り出してみたい。

渡辺白泉——「新しい詩はかならず一個の新しい技術を体してゐる」（「現代俳句」昭22・10）「表現の新（略）事物の完全な表現は、五七五内部に充溢する生命と言葉との完全な合致によつてのみ可能となる」（同、昭23・2）「表現は完全でなければならない」（同、昭23・12）。

高屋窓秋——「決定的なことは、己れが、他と異る《ママ》ということである。そして、彼の表現は、他のものと異る《ママ》のはもちろん、一回一回、彼の他の場合とも異る《ママ》ということである。ここに（略）無限なる創作活動への源泉と、主体と表現の特別な意味が存在してくる。」（「現代俳句」昭25・3）「俳句を近代芸術たり得ずなどとは決して考へてはゐない。（略）俳句の表現は（略）他の形式に決して翻訳出来ないものである（略）その把握し表現した表面は小であり人生の一断面であつても、その抒情し象徴せる世界は無限の拡がりと永遠性とを要求してゐるのではないか。そこに俳句の完結性があるのである。」（『現代俳句の為に』（孝橋謙二編）所収）。

富澤赤黄男——「僕は芸術は何らかの意味で凡て〈フイクシヨン〉だと考へてゐる（略）表現は創造である。それは決して事実の再現ではない。」（「太陽系」昭22・9）「俳句的五七五音形は（略）現実社会性の一側面をその最も特異な先端に於てとらへようとするものであり、詩の言語の全機能の暗示と象徴の感動の共感の場に於て人々に訴え《ママ》んとするものである。この短詩形の不自由さはその処に於て超克されるものではないか。」（『現代俳句の為に』（孝橋謙二編）所収）。

三者の俳句観は通底したところが見られる。これをまとめ敷衍すれば、俳句の表現は他の形式に置き換えられないもので、短小な形式によって社会や人生を象徴する拡がりを有する。その表現は他者や昨日の自己と異なる独創でなければならない。また、表現主体の生命と言葉との合致による完成した表現でなければならない。俳句の新風は新しい表現技術を伴う、となるだろう。

1　二、三十代作家の成果――「青天」「群」「風」「太陽系」などの新鋭俳人たちの新風

戦後俳句の出立に当たって、白泉が「秋桜子や風生はもう不用である」（「現代俳句」昭23・1）と斬って捨てたのは、明治前期生まれの旧世代（「日本文学報国会俳句部会」の中枢俳人たち）の戦後における表現史上の展開力の限界への文学的な炯眼であった。白泉が言うように、旧世代の中で戦後俳句の表現史を担い、推進した俳人は存在しなかったが、白泉の言葉の背景には昭和十年代における新世代（白泉の世代）の旧世代への反発、怨念もあっただろう。それは白泉だけでなく、新世代が共有する意識や感情であっただろう。秋桜子を斬り捨てて、誓子・草田男を上限とする線で「現代俳句協会」を立ち上げたことについては、そういう心情的背景の補助線を引いてみると理解しやすい。

同様に、戦後俳句の出立に当たって、二十代を中心とする新鋭俳人たち（いわゆる「戦後派」俳人たち）も誓子や草田男や楸邨ら中堅世代に対して文学的な対抗心、敵愾心をもって臨む傾向が見られた。それが顕著になるのは「天狼」（中堅世代）vs.「風」（「戦後派」世代）の構図が形成される昭和二十年代後半である。

「青天」は以前引用したように、敗戦から六ヶ月後の昭和二十一年二月に「創刊の辞」を記してスタートした。（創刊号は四月刊行）そこでは新興俳句を継承し、最高の実践を行う決意が語られている。鈴木六林男は「文学は現代の表現である（略）常に新しい文学でなければならない」（第五号）と言い、「諸君、僕らは僕ら自身の俳句を書こう。（略）諸君、敢然として有名ならう。」（第七号）という戦後の新世代の新鋭であることを強く意識した有名なマニフェストを掲げた。

この宣言を裏切らず、「青天」（のち「天狼」創刊により「雷光」と改題）では六林男と佐藤鬼房が、戦後という時代の表現にふさわしい新しい俳句を創り出した。

生き残る・のそりと跳びし馬の舌　（「青天」６号）
枯芦に女の声が残りゐる　（「俳句研究」昭22・９10合併号）
またぐとき寒し深夜の潦　（「俳句研究」昭22・９10合併号）
性病院に瑞々しきは鳩の糞　（「俳句研究」昭22・９10合併号）
かなしきかな性病院の煙突《けむりだし》　（「俳句研究」昭22・９10合併号）
議決す馬を貨車より降さんと　（「現代俳句」昭25・６）
わが女冬機関車へ声あげて　（「現代俳句」昭25・６）
暗闇の眼玉濡さず泳ぐなり　（「現代俳句」昭25・６）
夜の芍薬男ばかりが衰えて　（「雷光」昭25・７）
（以上鈴木六林男）
胃にひびく機械文明になれむとす　（「青天」６号）
夏草に糞まるここに家たてんか　（昭22）
切株があり愚直の斧があり　（「雷光」８号）
毛皮剥ぐ日中や桜満開に　（「雷先」14号）
胸ふかく鶴は栖めりき kao kao と　（「雷光」16号）
呼び名欲し吾が前にたつ夜の娼婦　（「雷光」16号）
（以上佐藤鬼房）

これらの句には戦後の社会情況に意志的、主体的に向き合うとともに、その情況とのかかわりから生じる内面意識を見失うまいとする意志的な力強さが見られる。「風」五周年記念特集号（昭26・６）のアンケート「戦前の俳句と戦後の俳句に若し違いありとせばそれは何でしょうか。」に対して、社会的自我、主体的傾向という回答が目立つ。そういう戦後俳句の特徴は戦後派世代の思想や意識の等質性に根ざすものだろう。

上記のサンプル句は基本的にはリアリズムの表現方法に拠っている。「生き残る」と「夏草」に見られる敗戦の受け止め方は対照的だ。「のそりと跳びし馬の舌」は虚脱感の見事なアナロジー。鬼房には敗戦を受け止め、そこに居直っての意志的出立がある。「議決す」「暗闇」「切株」には戦後情況へ主体的、意志的に立ち向かう断固とした姿勢、意識が窺える。「性病院」「呼び名欲し」の句は戦後の性風俗を背景にしたものだが、風俗俳句に堕することなく、そういう戦後情況を正視したヒューメインな心情が見られる。表現史的に注目すべきことは、鈴木の句にはリアリズムの表現を表立てながらメタファーに通じる表現が一句全体ないし部分的に採られていることだ。「暗闇」の句は、一句全体が混沌とした戦後情況を見据えようとする意志的な生き方のメタファーへと通じている。「煙突《けむりだし》」「冬機関車」「夜の芍薬」はそれぞれ性的メタファーに通じる。これらの表現方法は鈴木が戦中、「遺品あり岩波文庫「阿部一族」」において、森鷗外の『阿部一族』を兵士の死生観のメタファーへと重ね合わせた方法の継承である。鬼房の句では「毛皮剥ぐ日中」と「満開の桜」との戦慄的な詩的交感と、「kao kao と」いう胸中の悲傷の韻律表現が注目される。

「群」や「太陽系」（のち「火山系」）の青年たちの成果では、まず高柳重信に指を屈する。高柳は「戦争中の責任を問はれてゐる作家は勿論、今、その責任を問はんとしてゐる作家をも、我々はその作品の愚劣さの故に信じない。（略）我々は同時に、青年の旗を高々と打ち立てる」（「群」昭22・2）という極めて挑戦的、ポレミックな宣言から出立する。高柳の批判は昭和十年代も戦後も時代に盲いた不正な存在として山口誓子に向けられ、また、晴朗な存在として「天狼」同人に向けられる（「病人の言葉」―「火山系」7号）。これは安東次男の三鬼や楸邨に対する「あなたの精神は余りにも健康すぎるんです。（略）死が、あなたたちの中には日常茶飯事のやうな常識性で住みつき汚されきつてゐるのです。」（「西東三鬼氏への手紙」―「風」昭23・11）と通じていよう。その基底には戦中の絶望的な体験を経た世代特有の精神構造がある。また、現象世界と言語空間の異次元に盲いた石田波郷らの生活派や、政治と文学の自立に盲いた藤田源五郎ら左翼公式派へも批判は向けられる（ちなみに、その延長線上で昭和二十年代後半では同世代の「風」グループの社会性俳句へも矛先は向けられた）。

では、高柳が表現史の上で確立したものは何か。高柳は「きみ嫁けり遠き一つの訃に似たり」（「太陽系」9号）のように物語的構築を得意とする資質の持ち主だった。暗喩と切れの漸層を駆使してイメージを中心とする多行俳句を確立したこと。これが表現史上の画期的意義。

身をそらす虹の
絶巓
　処刑台　（「群」26号）

夜の　ダ・カポ
ダ・カポ　の　ダ・カポ
噴火の　ダ・カポ　（「俳句世紀」昭23・1）

容赦なく
はじまる　月蝕

血を吐く　華燭　（「太陽系」19号）

冷凍魚
おもはずも跳ね
ひび割れたり　（「火山系」5号）

明日は
胸に咲く
血の華の
よひどれし
蕾かな　（昭24）

この五句は意図的に抽出したサンプルだ。なぜなら、この五句は宿痾の肺患のため死の床に臥せっているときの喀血の発作やその悶絶的情況をモチーフにして一句全体を暗喩として表現しているからだ。このイメージを中心とするアナロジーによって一句を暗喩とした表現は短小な俳句形式に絶大な造型的な奥行きをもたらした点で、表現史上画期的と言わねばなるまい。

「旗艦」（のち「琥珀」）時代からの俳人である神生彩史と火渡周平の二人が昭和二十年代前半に詩的ボルテージの高い句を集中的に書いたことも明記すべきだろう。

炎天の穴ひつそりと濡れてゐる　（「太陽系」13号）
抽斗の国旗しづかにはためける　（「太陽系」16号）
貞操や柱にかくれかがやけり　（「太陽系」16号）

聖母像帯解くまでの女かな　（「俳句世紀」昭23・1）
女跨ぐ瓦礫に露のとどまらず（「現代俳句」昭23・3〜4）
訣れきて烈火を挟む火箸かな（「現代俳句」昭23・3〜4）

埋火に鋼鉄の箸つきあたる　（「太陽系」19号）
淡水の海水に逢ふ春の昼　（「太陽系」22号）
炎天の火屑を攫ふ砂塵かな　（「太陽系」22号）
深淵を蔓がわたらんとしつゝあり　（「俳句世紀」昭24・7）
炎天に水あり映らねばならぬ　（「俳句世紀」昭24・7）
風船が部屋暗ければ出でんとす　（「俳句世紀」昭24・7）
（以上神生彩史）
断崖に水突きあたる女の旅　（「現代俳句」昭22・5）

遠一樹美しく人殺さるゝ　（「現代俳句」昭22・5）
兄弟姉妹いづれも他郷水明り　（「現代俳句」昭22・5）
＊考へをれば老へ《（ママ）》をれば遺骨還る　（「現代俳句」昭22・5）
野面にほふ君も公爵の果てなるか　（「太陽系」13号）
吾れと吾が空あるかぎり墓の上　（「太陽系」13号）
セレベスに女捨てきし畳かな　（「俳句研究」昭22・9〜10）
（以上火渡周平）

＊句集『匠魂歌』（昭53）では「考へをれば考へをれば遺骨還る」の句形。

神生彩史の句は、「埋火」「淡水」「炎天」の句のように、狙いすましたような俳句的な視角《アングル》が顕著で、これは後に触れる「天狼」の根源俳句の焦点の絞り方に通じている。その中で表現史的意義が高いのは「抽斗」「貞操」「聖母像」の斬新な逆説的発想による核心への肉薄であろう。火渡周平の句にはイロニイの発想と戦争を通過した者の心の苦《にが》さが澱んでいるだろう。その意味で、「セレベス」の句は表現史に明記すべき成果だろう。

「金剛」に拠った林田紀音夫が、

月光のをはるところに女の手
歳月や傘の雫《しづく》にとりまかる
木琴に日が射しをりて敲くなり

のような独特な繊細な作風を示し始めていたことも忘れまい。「太陽系」の驍将で、昭和十年代にイメージと暗喩による超現実的な作風を確立していた富澤赤黄男は敗戦後の焦土から出立し、トラウマのように消えのこる精神的悲傷を心象風景として詠みつづけた。これは文壇の第一次戦後派的成果だ。

あはれこの瓦礫の都冬の虹　（「太陽系」創刊号）
傷いまだいたむかな風の中の落日　（「太陽系」3号）
切株は　じいんじいんと　鳴り潜む　（「太陽系」終刊号）
軍艦が沈んだ海の　老《（ママ）》ひたる鷗　（「火山系」5号）

最晩年には、「草二本だけ生えてゐる　時間」という凄絶な極限的心象風景に至ったが、戦後の赤黄男は抽象や観念を具象化するアポリアに壮絶な戦いを挑み、ここに至りついたという軌跡を描いたのではないか。

「風」（昭21・5創刊）は昭和二十四年十月号で「同人作品特集」を組み、創刊以来の成果を総括しているが、未だ見るべき成果は多くない。中では金子兜太と安東次男がそれぞれの資質を示している。

朝日けぶる手中の蚕妻に示す　（「風」昭24・10）
孤独の赤んぼちんぼこさらし裸麦　（「風」昭24・10）
墓地も焼跡蟬肉片のごと木々に　（「風」昭24・10）
粘土の山に墓はりついて鰯雲　（「風」昭24・12）
靴下の蜂はじき捨つ意志的に　（「風」昭24・12）　（以上金子兜太）

「朝日」と「孤独」の句には金子生来の伸びやかで健康的な感性の資質が窺える。「肉片のごと」という比喩は戦争体験世代ならではのものだろう。「意志的に」という措辞には昭和二十年後半の社会性俳句に通じる兆しを見ることもできよう。次に安東次男。

きりぎしに藤吹きあぐる限りなし　（「風」昭21・10）
煉獄の日におしぜみの卍なす　（「風」昭21・10）
秋耕の石くればかり掘つてゐる　（「風」昭21・10）
囀りの窓より空へ女体の手　（「風」昭22・8）

少女らに成年われにローザの忌　（「風」昭24・10）

「きりぎし」の句は内容と韻律が合一して完成度が高い。「煉獄」「おしぜみ」「石くれ」「女体」「ローザ」の語には戦中戦後の影が落ちている。他に細見綾子の「今ぬぎし足袋ひや、かに遠きもの」「くれなゐの色を見てゐる寒さかな」など主婦の日常の感性に根ざす秀句も見逃せない。

最後に「風」の二、三十代俳人の範疇で、重要な一点について、ぜひ触れておかねばならない。それは原子公平の著名句、

戦後の空へ青蔦死木の丈に充つ

の読みと評価に関してである。この句は句集『浚渫船』（昭30）では昭和二十一年作と推定される。しかし、「風」「寒雷」「万緑」「俳句研究」「現代俳句」を繙いても初出を特定できなかった。

戦火を浴びた戦中の打ちひしがれた惨状（死木）を乗り越えて、戦後社会の新たな明るい復興の姿（青蔦）が確かなものとして出現していることへの感動が、戦後の青空に向かって青蔦が力強く這い上る姿を通して象徴的に表現された戦後俳句の秀句だ——この句は、そう読み解かれ、高く評価されてきたのではないか。だが、ちょっと待ってほしい。この句には前章で触れた中村草田男の著名句「勇気こそ地の塩なれや梅真白」と同様の予定調和の発想、予定作意（イデオロギー）を前提とするまやかしが潜んでいるのではないか。平成二十二年一月に行われた芥川賞の選考で、池澤夏樹は候補作について、小説を書くことが目的になっていて、作者の内部から溢れるものが感じられなかった、と受賞作なしの理由を述べていた（朝日新聞）。その伝で言えば、この句は戦後の新たな民主社会の誕生という理念（イデオロギー）が前提として存在し、死木の頂上まで這い上る青蔦を当てはめることでそれを表わそうとした予定調和の句であろう。草田男の句とはイデオロギーが真逆であるが、共にイデオロギーに盲いた発想、作り方という点では軌を一にしている。私がこの句の読みと評価の書きかえを求めるゆえんである。

2　「天狼」俳句の成果

「天狼」俳句は功罪両面が顕著だった。それを端的に言えば、功の面は狙いすましたような俳句的視角《アングル》によって物（対象）の急所を即物的に捉えたこと。また、その急所の背後に作者の心情を暗示、象徴的に表現したこと。これらは「根源」追究というスローガンの実践によって誓子を初め「天狼」の各俳人たちの多くが会得した独特の作風である。さらに永田耕衣の「東洋的無」や「宇宙的自己解消」などというスローガンから、耕衣独特の観念的な諧謔味を有する俳句が誕生したこと。罪の面は孝橋謙二や堀内小花が内面のメカニズムを説いたことで、心理的な機制を狙った予定調和の句が作られたこと。誓子や小花にその句の典型が見られる。

「天狼」（昭和二十三年一月創刊）は誓子が創刊号に寄せた「出発の言葉」と三鬼の「酷烈なる精神」から発して、「根源」をめぐって各人各説が入り乱れた。その説を逐一追いかけ、整序することは「天狼」俳句の成果を摑む上ではそれほど生産的ではないし、また、その煩にも堪えない。各人各説については神田秀夫の「天狼の教師たちの理論に就て」（「俳句研究」昭27・10）や拙稿「俳誌「天狼」の根源志向」（『モダン都市と現代俳句』）を参照してほしい。ここでは作品に向き合うことで、その特徴や成果を読み分けていきたい。

誓子の場合、

蟋蟀の無明《むみやう》に海のいなびかり

などを初めとして、戦時下すでにその根源俳句の高みは達成されていた、というのが私見である。そのあたりのことを、もう少し敷衍してみよう。誓子は「天狼」創刊号の「実作者の言葉」でこの句に触れ、「この句から私の衰退がはじまつたと云ふひとがある」と書き出し、この句の「蟋蟀」には系譜があるとして次の三首を引用している。

白露の光のなかの蟋蟀は眼《まなこ》に見ゆる何ものもなし　吉植庄亮
ふりそゝぐあまつひかりに目の見えぬ黒き蛼《いとど》を追ひつめにけり　斎藤茂吉
畑ゆけばしんしんと光降りしきり黒き蟋蟀の目の見えぬころ　斎藤茂吉

「無明」とは闇の世界。その闇の世界に目の見えぬ蟋蟀がひっそりと棲んでいる。そして海上には時々その無明の世界を一瞬切り裂くようにいなびかりが走る。それが物の根源、存在の真である。同時に、その無明に深く思いをいたす心眼、心の深でもある。誓子はそう言いたいのだろう。つまり、サンプルを挙げて端的に言えば、「夏の河赤き鉄鎖のはし浸《ひた》る」が即物非情の物の真、根源を捉えているのに対し、「蟋蟀」の句は即物非情の中に心眼によって「無明」を捉えることで、非情の情へと深まったのだ。

　句集『晩刻』（昭22）の「あとがき」には、

　私の念ずるところは「（略）外平らかにして中深、淡に似て実は滋」であつた。

とある。したがって誓子の根源俳句の成果は次のようなもの。

　秋の暮山脈いづこへか帰る
　海に出て木枯帰るところなし
　せりせりと薄氷《うすらひ》杖のなすまゝに
　炎天の遠き帆やわがこころの帆
　鶫死して翅拡ぐるに任せたり
　雪降るにまかす夜中の鼠捕り
　秋の暮水中もまた暗くなる

これらの句に共通する特徴は物の背後に作者の心が投影されていること。これが誓子流根源俳句の特徴だろう。

　次に、社会性に目を閉じて対象を身辺に絞り込み、俳句的視角《アングル》によって物（対象）の急所を即物的に捉えた根源俳句とは次のようなサンプル。

　枯蓮のうごく時来てみなうごく　　西東三鬼
　炎天の人なき焚火音を立つ　　西東三鬼

寒くして汐水真水分ちなし　右城暮石
青稲がびつしり声も人もなし　右城暮石
河豚の血のしばし流水にまじらざる　橋本多佳子
白桃に入れし刃先の種を割る　橋本多佳子
冬の暮波かけおりて岩のこる　秋元不死男
癩園の黒き塩田乾くまゝ　平畑静塔

こういう類型的な根源俳句から距離を置いた個性派は永田耕衣。耕衣はいち早く「夢の世に葱を作りて寂しさよ」という夢の世と無常の世という虚実融合した耕衣的世界を確立していたが、次のような独特の個性を示した。

朝顔や百たび訪はば母死なむ
寒雀母死なしむること残る
物書きて天の如くに冷えゐたり
店の柿減らず老母へ買ひたるに
夏蜜柑いづこも遠く思はるる

「朝顔」「寒雀」「店の柿」の句の逆説的発想。「物書きて」や「夏蜜柑」の句の超絶的な比喩や奇襲的な連想、取り合わせ。それによる渺茫と拡がる無限感。これが耕衣の確立した新風。

原爆都市広島を詠んだ句がＧＨＱの検閲処分を受けたのを機に社会性への目を閉じたものの、戦後最も旺盛に多彩な意欲作を作ったのは三鬼。

中年や独語おどろく冬の坂
中年や遠くみのれる夜の桃
おそるべき君等の乳房夏来る

ほくろ美し青大将はためらはず
露人ワシコフ叫びて石榴打ち落す
青蚊帳の男や寝ても躍る形《かたち》
体内に機銃弾あり卒業す
雪嶺やマラソン選手一人走る

社会性から中年へとシフトしたモチーフ。女体や女への関心は生涯を貫くもの。「青蚊帳」の句は神田秀夫が暗喩による象徴と対比して立体派のボリュームを指摘した句。「雪嶺」の句は三鬼の本質的孤独がピュアな形で表出されている。

罪の面で顕著なのは心理的メカニズム（機制）自体が目的化した陥穽にはまったこと。誓子には既に『遠星』（昭22）時代から一つの特徴としてそういう傾向が見られ、それは後年の見立て俳句、機知俳句につながっている。孝橋謙二が、誓子の「土堤《どて》を外れ枯野の犬となりゆけり」に心理的メカニズムを読み取り、それを根源俳句の特徴としたことが、この傾向を肯定的に推進する傾向につながった。

道すがら見し稲扱の手を真似て　山口誓子
投函の後ぞ寒星夥し　山口誓子
歩きゐし猟犬堤の上になし　山口誓子
猟夫《さつを》と逢ひわれも蝙蝠傘肩に　山口誓子
海に鴨発砲直前かも知れず　山口誓子
平泳のをとめの四肢は見えざれども　山口誓子
いなびかり北よりすれば北を見る　橋本多佳子

こうした硬直した心理主義が極まったのが、第三回天狼賞を受賞した（誓子はそれをよしとした）堀内小花の次の句。

新日記三百六十五日の白

山本健吉が厳しく批判したとおり、心理的メカニズムが目的化した無意味な句で、一抹のポエジーもない。右城暮石の心理主義の傑作と比べれば、その違いは明白。

火事赤し義妹と二人のみの夜に　　右城暮石

ところが、平成の今日では、またぞろ「新日記」の句を斬新な発想句とする評価が定着しつつあるようだ。鷹羽狩行の機知俳句などがカルチャー俳句のメルクマールとなっていることに盲いているのだ。こういう評価には山本同様、断じて「ノン」と言わねばならない。「天狼」俳句が社会性に目を閉じ、自己の内面に執したことを私は時代に盲いたとはしない。それは一つの行き方で、その面での上記の成果はあったのだ。

3　女性俳句の成果

戦後俳句において、女性俳人たちが自己の境涯や身辺、自己の肉体、内部の情念を斬新で大胆な表現によって詠い上げたことは特筆すべきことであろう。以下のような句である。

激情をおさふすべなし夜の若葉
ゆるやかに着てひとと逢ふ蛍の夜
やはらかき身を月光の中に容れ
春月の木椅子きしますわがししむら
ふところに乳房ある憂さ梅雨ながき
花吹雪いづれも広き男の胸

衣をぬぎし闇のあなたにあやめ咲く
窓の雪女体にて湯をあふれしむ
いなびかりひとと逢ひきし四肢てらす
月光に踏み入るふくらはぎ太し
まんじゆさげ月なき夜も蘂ひろぐ　（以上桂信子）

ここで表現史的に注目すべきは、「ししむら」「男」「女体」「四肢」「ふくらはぎ」など肉体にかかわる言葉が性的情念やエロスの対象として用いられていることだ。また、「夜の若葉」「あやめ」「まんじゆさげ」「蘂」など植物にかかわる言葉が女体や性的情念のメタファーであることだ。「窓の雪」などナルシシズムも見られ、全体的に女性性に強く執する。

雪はげし抱かれて息のつまりしこと　　　蛍籠昏ければ揺り炎えたゝす
蛇いでゝすぐに女人に会ひにけり　　　曼珠沙華からむ蘂より指をぬく　（以上橋本多佳子）
雄鹿の前吾もあらあらしき息す　　　花吹雪岐阜へ来て棲むからだかな
罌粟ひらく髪の先まで寂しきとき　　　肉感に浸り浸るや熟れ石榴
夫《つま》恋へば吾に死ねよと青葉木菟　　　情欲や乱雲とみにかたち変へ　（以上鈴木しづ子）

ここでも「蛇」「雄鹿」「石榴」「乱雲」はエロスの対象としてのメタファー、「からだ」はエロスの対象。「蛍籠」は情念の対象。「曼珠沙華」や「蘂」は女体のメタファー。つまりディノテーションからコノテーションへとシフトしているのである。

この時期、三橋鷹女と中村汀女もそれぞれの作風の典型を示す生涯の傑作を遺していることも忘れまい。

向日葵の大輪切つてきのふなし　三橋鷹女
白露や死んでゆく日も帯締めて　三橋鷹女
老いながら椿となつて踊りけり　三橋鷹女
外にも出よ触るるばかりに春の月　中村汀女
春風や右に左に子をかばひ　中村汀女
やはらかに金魚は網にさからひぬ　中村汀女

4　闘病俳句の成果

フランス象徴派（マラルメなど）のアナロジーと、立体派（アポリネールなど）の造型的映像とを採り入れて宿痾の生をメタファーと多行表記により造型的映像として描いた高柳重信の闘病俳句の表現史上の独創性については既に言及した。ここでは、いわゆる境涯俳句としての闘病俳句の成果に触れよう。死に向き合うという情況からパセティックな高調した作品が生み出された。

霜の墓抱き起されしとき見たり　石田波郷
力つくして山越えし夢露か霜か　石田波郷
麻薬うてば十三夜月遁走す　石田波郷
雪はしづかにゆたかにはやし屍室　石田波郷
卯の花腐し寝嵩うすれてゆくばかり　石橋秀野
夏の月肺壊《く》えつゝも眠るなる　石橋秀野
われ病めり今宵一匹の蜘蛛も宥さず　野澤節子
冬の日や臥して見あぐる琴の丈　野澤節子
読まず書かぬ月日俄に夏祭　野澤節子
この月光ひとひらづゝ拾はむか　斎藤空華
鰯雲吸ふ息なれば新しや　斎藤空華
血を喀いて眼玉の乾く油照り　石原八束
木の葉ふりやまずいそぐないそぐなよ　加藤楸邨

これらは、いわば闘病俳句の絶唱ということになろう。だが、表現史としてはどう位置づけたらよいのだろうか。正岡子規以来、主として肺患による闘病俳句の系譜は長く続いている。昭和初期から昭和十年代にかけても、

血に痴れてヤコブの如く闘へり　神崎縷々
喀血の蚊帳波うつてはづされぬ　中尾白雨
夢青し蝶肋間にひそみゐき　喜多青子

など表現の高みが見られた。最初の二句は喀血の悶絶躃地。それを前句は当人の側から、後句は家人の行為として詠んでいる。「夢青し」の句は肺患による青春の挫折を肋間に潜んだまゝの蝶をメタファーとして詠んだモダニズム。

では、戦後の闘病俳句の表現史的成果は何か。「霜の墓」は季語が死の象徴として用いられたもので、昭和十年代に人間探求派によって既に確立されたもの。「寝嵩うすれて」「壊《く》えつゝ」「眼玉の乾く」は病者の身体的情況、現象から生の無惨に迫ったものだが、表現史的斬新さとは言えまい。私見では、病者の過敏な神経の昂ぶりを「一匹の蜘

蛛も宥さず」（「浜」昭22・6）と捉えた野澤の句をもって最高の高みとしたい。

三　戦後俳句の成果――昭和二十年代後半

これからは昭和二十年代後半における「戦後俳句の成果」の検証へと進むことになるが、「第二芸術」論はどうしたのだ、という声も聞こえてきそうなので、昭和二十年代前半の俳論を橋渡しにして二十年代後半の成果を検証してみたい。

1　戦後俳論の二系列

桑原武夫のいわゆる「第二芸術」論（「世界」昭21・11）は、同時代の山本健吉「挨拶と滑稽」（「批評」昭21・12）・潁原退蔵「季の問題」（「俳句研究」昭21・10～11）・井本農一「俳句本質論」（『新俳句講座』昭25・12）・神田秀夫「イロニイ叙説」（『現代俳句集1』昭30・7）など俳句の構造や表現の独自の特質に言及した本質論の範疇に属するものではない。それは日本文化論の一環として短詩型文学の脆弱性、つまり文学性や普遍性の希薄さに言及したものである。背景には敗戦の衝撃による日本文化全体への反省があった。たとえば、志賀直哉のフランス語使用の言説、ローマ字表記や新漢字・新仮名遣いの提唱などは同根のものだった。したがって、時代思潮として欧米文化を規範とする発想や言説が主流をなす趨勢である。桑原の「第二芸術」論もいわゆる近代主義的言説であり、特に散文と韻文の特性に盲目のまま論じたことや、現代俳句の表現の高みに盲目であったことなど、俳句論としては最初から破綻した蛮勇であった。

「第二芸術」論に対する同時代の反論を収録した『現代俳句の為に』（孝橋謙二編・昭22）の中には、そうした桑原の蛮勇、盲目を突いた俳句論としての正論も含まれており、俳句論としての桑原論の錯誤については当初から決着が着いていたのである。たとえば、既に前章の冒頭で引用した高屋窓秋や富澤赤黄男による俳句表現の固有性からの正当な反論がそれである。あえて再度引用すれば、

　把握し表現した表面は小であり人生の一断面であつても、その抒情し象徴せる世界は無限の拡がりと永遠性とを要求してゐるのではないか（高屋窓秋）。

　俳句が新しい時代の詩として立つための近代詩性回復の熱烈な実践がなされたことはたとへ桑原氏が知ると知らぬとにかゝはらず、明瞭な事実であり、終戦によつて凡ゆる圧迫から解放されたこれらの人達は再び起つて俳句の詩性回復へ積極的に動き初めてゐることもまた明白な事実である。（略）俳句的五七五音形は（略）現実社会性の一側面をその最も特異な先端に於てとらへようとするものであり、詩の言語の全機能の暗示と象徴の感動の共感の場に於て人々に訴え《（ママ）》んとするものである（富澤赤黄男）。

窓秋や赤黄男の言説は俳句固有の構造的な力やそこから発せられる言葉の象徴的な力に根ざした文学的な正論である。

ここで「世界」（昭21・11）に掲載された「第二芸術」に対するＧＨＱによる検閲処分に触れておく。岩波書店の担当者がＣＣＤ（民間検閲局）に提出したゲラ刷り（事前検閲では二部提出）は、検閲担当者によって二ヶ所「Delete」（一部削除）の処分を受けた。一ヶ所は「元日や一系の天子不二の山　鳴雪」。もう一ヶ所は加藤かけいの「言挙げぬ国や冬濤うちかへす」の直前に置かれた中村草田男の「勝者より漲る春に○○○○せ」と、この句についてのコメント五行「両句とも○にはよく解りかねるが、草田男のは、われわれは戦争には負けたが、アメリカ人などより充実した春をしみじみ感じてゐるといふ○○○○あらうか。しかしそれはさう観念的に思ひなす貧困にしてコウガンな精神主義にすぎない。○○○○○○○」（注・○印は判読不能）。前者が「Delete」されたのは検閲指針「神国日本の宣伝」に抵触したため。後者のそれは「合衆国に対する批判」「占領軍軍隊に対する批判」に抵触したからだろう。「Delete」

の検閲処分を受けたところを削除して刷り直し、ＣＣＤに再提出して「Pass」したものが「世界」に掲載された「第二芸術」。だが、これは今日、私たちが一般に読んでいる「第二芸術」とは本文が異なる。桑原は「世界」掲載の「第二芸術」を他の論考と合わせて収録した『現代日本文化の反省』（白日書院・昭22）において、前に挙げた加藤かけいの句とそれについてのコメント九行を自主的に削除した。ＧＨＱの再度の検閲処分を回避するためだったと推測される。すなわち、

岩田潔氏の解釈がある。「……はつきりと言挙げせぬ国日本が浮び上がつて来る。禅にしろ、茶道にしろ、俳句にしろ、すべて批評よりも実践を尊ぶ日本文化を物語るものである。理論無用の国日本をめぐつて冬濤はたゞ黙々と打ち寄せてゐる、云々。」これ以上つけ加へる必要はないが、たゞ冬濤が何の象徴であるかが解釈されてをらず（恐らく、小うるさい西洋合理主義であらうか。連合国ととるとあまりに不穏だから）、また「実践」といふ文字があまりにも軽みをもつて使はれてゐることに注意するにとゞめる（注・傍線―川名）。

この『現代日本文化の反省』に収録された「第二芸術」が今日、講談社学術文庫の『第二芸術』などに収録されているものである。

ちなみに、「第二芸術」を反転させた発想・言説として坪内稔典と仁平勝の言説（参照・拙著『俳句は文学でありたい』（沖積舎）・拙論「『第二芸術』論の意義と『戦後俳句』擁護」―『豈』46号」）にコメントしておきたい。坪内は、桑原が指摘した自己表現として不完全で脆弱な形式という俳句の負性を反転させ、読者論で補強し、俳句は「簡単な思想」形式だとする（『俳句のユーモア』講談社）。俳句は固有の構造を有し、その構造的な力を発揮して散文に匹敵する独自の奥行きと拡がりを持つ表現史を築いてきた、とするのが私の俳句観、史観なので、坪内の限定的な言説には与し得ない。

仁平は、桑原の文学観（芸術観）は俳句の本質に盲目だとして、山本健吉の「挨拶と滑稽」に倣い、「微小なものへ感性を深めて行つた結果」として手に入れた表現のレベルは、連衆意識を離れたところで「作品の普遍性を意味しはしない」という特殊性に俳句の本質を見ている（『俳句の射程』富士見書房）。最近は、俳句は自意識の表現に適さない。

青年の文学ではなく、大人の文学である。それまで価値を認めなかった日常のささいな出来事が、人生にとって大事なものであることに気づく。そうした第二の発見を楽しむ詩型だ、という。「俳句という文芸は、日常の他愛ないできごとに一喜一憂することが、人生にとって大事なことだという思想の上に成り立っている」（「くりま」平22・5）ともいう。俳句は伝統的に通俗性に根ざしたものだが、そういう限定的な俳句観には、同前の理由によって私は与し得ない。夏石番矢は坪内や仁平などへの過激な対抗言説として、「季節感を突きぬけた世界観や宇宙観、あるいは人間観が問われない詩などは、滅亡すればよい」（『現代俳句キーワード辞典』立風書房）という。

桑原自身は、「第二芸術」論執筆後、「詩と散文との差異についての考慮に欠けていたことなど至らぬ点は間もなく思い至った（注・内発的反省か外発的反省か不明―川名）という。また、「十分な社会的調査」を踏まえる「余裕がなかった」という（講談社学術文庫『第二芸術』の「まえがき」）。

私としては前記の観句観に拠りつつ、尾形仂の季題観の視点からの言説「現代の生の表現を託すべく（略）新たな季題を発掘してゆくか、それとも季題の効用にとってかわるべき別途の方法を創出するか」（『俳句と俳諧』角川書店）に俳句の方途を見据えていきたい。

論を昭和二十年代へ戻そう。窓秋や赤黄男の文学的正論で論破されたように、桑原の言説は俳句論としては破綻しており、そのことは当初から決着済みだった。だから、同時代の中で「第二芸術」論のもつ意義は正当な俳句論にあるのではない。この近代主義者の世迷い言の意義は「お前は本当に現代を呼吸し、その奥底から詩を汲みあげているか」という夫子（俳人）自身の心の奥底から湧き上がってくる声を聴くところにしかない。聴けなければ、世迷い言にすぎない。

当時、既に「新俳句連盟」や「太陽系」「風」「青天」などに所属する中堅世代や新世代（いわゆる戦後派俳人）の俳人たちは新興俳句の発展としての「第一芸術」を目ざしていた。「寒雷」や「万緑」の主宰者（加藤楸邨・中村草田男）や門下の新世代俳人たちも同様だった。「全人格をかけて」努めようと応えた山口誓子や「天狼」同人たちも同様だった。彼らの多くは「第二芸術」に反発しつつ、その声を聴いたにちがいない。その声は翌年の「現代俳句協会」の俳人たちも聴き、戦後俳句は「第一芸術」を目ざす方向へとシフトしたのである。その趨勢の中での二つの対照的な展開が中堅世代の「天狼」と、新世代の「寒雷」「万緑」「青天」「風」などの活動であったことは言うまでもない。

ところで、冒頭に挙げたように昭和二十年代には俳句の構造や表現の独自の特質に言及した優れた論考が続出した。その代表的論考のポイントについてコメントしておこう。

穎原退蔵「季の問題」（昭21）は有季定型という俳句の伝統的な規範や虚子の花鳥諷詠という言説を季語の発生から歴史的に検証することで、初めて実証的・論理的にその規範や言説から解き放った画期的論考。ここに初めて俳句は季節の詩の圏外へと飛翔できたのである。ちなみに穎原の弟子で女婿の尾形仂は師の俳句観を継承発展させ、想像力やフィクションによって今・ここという限定的な時空を超越すること、季に替わる詩性によって普遍的な世界を表現することを説いた。

山本健吉「挨拶と滑稽」（昭21）——本稿執筆のため、石田波郷主宰の「鶴」創刊号から戦中までを通覧して、波郷が韻文精神や切字の重視以外に、俳句は上から下へ読むものではなく、同時に存在するものだという注目すべき見解を表明していることを知った。山本の言説は波郷俳句をモデルに練り上げられたものであることは知られているが、その発想の源やオリジナリティも波郷に拠っていたことが判明した。俳句は切れを有する時間性を抹殺した独自の畸型だとする俳句の本質的な構造論が特に画期的。

赤城さかえ「草田男の犬」（「俳句人」昭22・10〜11）では、芝子丁種との論争を通して中村草田男の「壮行や深雪に犬のみ腰をおとし」を「写実の果ての象徴」とした点が、俳句固有の重層構造を生かしたリアリズム表現、社会性俳句の一つの方向を示唆したものとして貴重。

井本農一「俳句本質論」（昭25）。俳句表現の特質はイローニッシュな対象把握にあるとする言説。井本は波郷の「初蝶やわが三十の袖袂」をサンプルに敷衍して、磋々として而立を迎えた自分に明るく無心な初蝶の点景を配することで、反って而立の年齢的な感慨、人生行路の寂寥が生き生きと具象化されている。これが短歌とは異なる俳句固有の屈折したイローニッシュな対象把握だと説いた。井本の言説でもう一つ重要なのは「観念象徴」（寓意）よりも「気分象徴」が重要で、いかにして象徴的に思想性や社会性を俳句の中に盛るかが課題だとして俳句における社会性の表出に示唆を投げかけたことだ（「俳句における寓意と象徴」昭28）。

栗山理一は井本のイロニー説を主体と対象の関係へと発展させ、「主体としての近代自我と対象との緊切な抱合」の重要さを説いた。これは金子兜太の社会性の態度論や造型論に示唆を与えたものだろう（『俳句批判』昭30）。

神田秀夫も井本のイロニー説を発展させ、社会に対する態度としてのイロニイを説いた（「イロニイ敍説」昭30）。

以上の言説を要するに、潁原のそれは俳句の表現領域にかかわる言説だが、他の論者の言説は俳句固有の構造や表現方法にかかわってくる言説だ。ここで、より重要なのは後者であって、それらの言説は俳句固有の重層構造と重層表現へと統括することができる。俳論家によって言及されたこの俳句本質論や表現論が、二十年代後半の「天狼」俳句や社会性俳句などで生き生きと具体化されたか否かが、キーポイントであり、当面の検証課題である。

2　昭和二十年代後半の「天狼」俳句の功罪

山本健吉は戦後俳句の展開を総括的に評して、いわく、

戦後の俳壇の新しい動きをふりかへつて見ると、あの「第二芸術論」によるショックを受けたあとで、ともかくも立ち直ることができたのは、数人の作者や論者によつて、俳句の方法論が深められたからである。詩の形式としては非常に特異な俳句といふジャンルの、短歌とも自由詩とも全く違つた固有の方法と目的とが認識されたといふことが、若い俳句作家たちの自信の支へとなり、バックボーンとなった（「現代俳句の盲点」昭29）。

これは手前味噌の総括で、事実は逆だった。「挨拶と滑稽」を初め前記の画期的俳論は俳人たちに肉化されず、俳句固有の重層構造を生かした具体的な成果は不十分だった。昭和二十年代後半の展開の契機になったのはキーポイン

トとしての画期的な俳論ではなく、中村草田男の『銀河依然』（昭28）の形式と内容の乖離が著しい作品群と自「跋」の昂揚した文言だった。いわく、

「思想性」「社会性」とでも命名すべき、本来散文的な性質の要素と純粋な詩的要素とが、第三存在の誕生の方向にむかつて、あひもつれつつも、此処に激しく流動してゐるに相違ないのである。すべては途上にある。

三十代の「若い俳句作家たち」は草田男の「いくさよあるな麦生《むぎふ》に金貨天降《あまふ》るとも」「直面一瞬「ゆるし給はれ』冬日の顔々」などの作品群とヒロイックな言挙げに誑かされた。そして社会的素材や意味・イデオロギーに囚われた散文的作品に陥った。いわゆる社会性俳句の負の遺産である。そこには重層表現による韻文としての完成度と、その完成度を評価軸とする鑑賞力が何よりも欠如していた。

それへの言及は次節に回し、先ず「天狼」俳句から。誓子を初め「天狼」の俳人たちは詩的完成に甘い草田男の蛮勇に盲目ではなかった。それを批判的契機として、社会性に対しては閉鎖的方向で、いわゆる「根源」を方法的に追求した。そこで陥ったのが前回触れた発想や視角《アングル》を狙い澄ました心理的メカニズムの方法的狙い撃ちだった。前章の「天狼」俳句の成果」で言及したように、誓子は「蟋蟀の無明《むみやう》に海のいなびかり」などで無明の世界に生きる蟋蟀と自己を重ね合わせ、重層表現による象徴的な高みを成就した。他方、堀内小花の「新日記三百六十五日の白」などは俳句固有の重層表現ではなく、山本健吉が批判したとおり、狙い澄ました心理的メカニズムの表現自体が目的化している。その意味で前掲の山本の総括的言説は自己矛盾だ。山本や「風」グループなどからの外部批判とともに、堀井春一郎など内部からの批判も起こったが、堀井自身心理的メカニズムの句を肯定する自己矛盾を犯している。誓子も「遠星集」の選句で作家的誠実さを発揮すればするほど自縄自縛に陥った。二十年代後半の「天狼」俳句からその負のサンプルを挙げておく。

噴水の穂さきもう行きどころなく　山口誓子
泳ぐものなくなり海の全《すべ》て見ゆ　山口誓子

急流を泳ぎ切り若き全身見す　橋本多佳子
雁過ぎしあと全天を見せゐたり　高橋行雄（鷹羽狩行）
急流の岩に手をかけ足は泳げり　堀内小花
藁塚を解きて裸となりたる棒　右城暮石
乙の藁塚を甲と見誤りぬ　永田耕衣

「噴水」の句は有名な「海に出て木枯帰るところなし」の句と同じ発想だが、心理的メカニズムで寓意的だ。「木枯」の句は重層的で象徴を孕む。誓子は機知俳句が始まり、三鬼も振わない。
「天狼」の心理的メカニズムに焦点を当ててみたが、「天狼」とは限らず俳句運動には常に亜流や負性が伴うものなので、「天狼」の負性もやむを得ないことだった、と言えよう。むしろ、次に挙げる句のように、各俳人独自の作風の際立った秀句が生み出されたことをもって、「天狼」の俳句運動を高く評価すべきであろう。

夏蜜柑いづこも遠く思はるる　永田耕衣
いづかたも水行く途中春の暮　永田耕衣
故郷の電車今も西日に頭振る　平畑静塔
つらら太りほういほういと泣き男　西東三鬼
月一輪凍湖一輪光りあふ　橋本多佳子
雪合羽汽車に乗る時ひきずれり　細見綾子
木犀匂ふ月経にして熟睡《うまゐ》なす　鈴木六林男

3　昭和二十年代後半の「社会性俳句」の功罪

いわゆる社会性俳句の最大の負性は、先験的に戦後イデオロギーを措定した予定調和の作意が露出したこと。その典型「原爆許すまじ蟹かつかつと瓦礫あゆむ」（金子兜太）を名句とする平成俳人（小川軽舟）もいて、負性の後遺症は根深い。取り合わせを技法のレベルでしか考えず、表現史に盲いているのだ。

前節と同様、山本健吉の時評の引用から始めよう。山本は中村草田男の句集『銀河依然』（昭28）を評して、いわく、

草田男は『銀河依然』の跋文のなかで、「思想性・社会性とでも命名すべき、本来散文的な性質の要素と、純粋な詩的要素とが、第三存在の誕生の方向にむかつてあひもつれつつも、ここに激しく流動してゐる」ことを指摘し、自分の俳句の方向は、その「途上の線上」にあることを言つてゐる。だが、そのやうな方向にあるものとして、例へば彼の

いくさよあるな麦生に金貨天降るとも

といつた作品を考へた場合、それはどういふことになるのか。

私はこの句の根柢に、ゴッホの麦畑の絵のやうな、太陽直下の強列な詩的イメーヂと、それによつて触発された「花咲爺」のやうなメルヘン的世界とが存在することを疑はない。だが、ここに投入された「いくさよあるな」といふ詩句は、彼の詩的・メルヘン的世界を無残に引裂く散文的要素として存在してゐないか（「俳句と社会性」昭28）。

『銀河依然』の跋文は第一句集『長子』の跋文あたりに淵源し、戦後「芸と文学」（「万緑」創刊号）へと至る持論の変奏にすぎない。「人生、社会、時代の生活者としての無制約の豊富な内容」（＝文学）が「思想性、社会性……散文的な性質」へ、「十七音定型と季語」（＝芸）が「純粋な詩的要素」へと換言されただけだ。草田男はいつも二元的に論を立てる。だが、それは一般化すれば、「何」（表現内容）を「いかに」（表現方法）表現するか、ということである。『銀河依然』を初め草田男の戦後俳句が破綻したのは、表現内容を俳句表現として定着する表現方法が確立されなかったからだ。つまり「芸」の要素が放恣に流れ、素材の腸詰めや放恣な散文的表現に陥ったのだ。山本の「挨拶と滑稽」の言説などは草田男に全く機能しなかったわけだ。冒頭の山本の時評は草田男のその負性を的確に突いている。誓子

も草田男の俳句は俳句表現としての典型から遠ざかろうとしている、と批判した。

ところが、「風」などの三十代俳人たちは『銀河依然』に逆の反応を示した。彼らは草田男の「思想性・社会性」云々という言葉や、大仰で放恣な表現、ポーズに誑かされたのであろうか、俳句表現の典型性の欠知への批評の目が甘かった。そのため、同世代のいわば仲間内の俳人たちのいわゆる社会性俳句の表現の典型性の欠如についても、同様の甘さが目立ち、その表現の負性を許容したのである。

（『銀河依然』の）作品の個々についての完成、未完成は勿論問題になるでしょうが、句集全般を通じて、この近代的自我の定着ということを私は力説したい　（沢木欣一）

草田男は詩的メタファーを追求する作家　（島崎千秋）

こういう評とは逆に、『銀河依然』は俳句表現としての「近代的自我」の定着からは遠い。また、符丁的比喩や寓意表現が目立ち、重層表現としての詩的メタファーからも遠い。

職場にガス燈個人の白ら息あやかにも　原子公平

個人の吐く息を『あやか』に見とめる心意には、職場に組込まれた一員としての自己よりも、個人としての自分を重く見ているものがある。しかし、その個人を重しとして『あやか』と表現することによつて逆に、意識して積極的に一員としての自分を肯定しようとしているのである。社会と自己の接点に掛けたこの三十代作家の思考の表現に、僕等の歩みつつある段階が示されている。（略）僕等三十代（一部四十代を含めて）は草田男や楸邨が辿つて来たような個我に閉ぢこ《（ママ）》もつた思想性表現になお郷愁を感じつつ、戦後の実感から社会的姿勢更に思想表現への道を最も正当な生き方として採つている（金子兜太「俳句における思想性と社会性―三十代として」―「俳句研究」昭30・3）。

「個人の白ら息あやかにも」は組織の中の個人の主体性という原子が意図した予定調和の思考・観念の表現である。金子の鑑賞は原子が仕掛けた表現意図にまんまと嵌まって、予定調和の表現になっていることに盲目だ。社会的姿勢や生き方に囚われて表現レベルでの検証が疎かなのだ。兜太と鈴木六林男は「風」（昭30・5）の座談会でも「白蓮白シャツ彼我ひるがえり内灘へ」（古沢太穂）を「古澤（太穂）独自の健康で造型力に富んだ抒情が発揮されている」（兜太）「（この）一句がこの一篇の収穫」（六林男）と評価する。内灘基地闘争への行動が社会正義の行動として先験的に是認されており、「白蓮」や「白シャツ」がひるがえる現象はそれを後押しする予定調和の符丁である。

鈴木六林男も次のように言う。

ビキニ以後も界隈を守る梅雨の裸燈　太穂

内灘にて

ここの雲雀咽喉擦り声もあらあらし　欣一

あまたの田畑をつぶせる飛行場の近傍にて

枯枝一揺れで足る雀等の離陸　照雄

これらの作品の背後には秘められた渇望にも似た平和祈願の姿勢がある。金子兜太の

首切る工場秋曇の水を運河に吐き

には現実を凝視し、馘首と失業と、水爆と原爆のない世界への熱望が「平和」希求への偽りない過程として表現され、その背後には

秋曇山なす銹び罐の顔鉄線の手等　兜太

の厳しい批判リアリズムの精神が俳句の速度と重量を祈り《ママ》なして底光りを放っている（「ささやかな自覚」――「俳句研究」昭30・3）。

「界隈を守る梅雨の裸燈」や「咽喉擦り声もあらあらし」い「雲雀」も、原水爆実験や米軍基地という人類や日本の平和と自由を脅やかすものへのレジスタンスの符丁として予定調和の表現である。鈴木のいう「平和祈願の姿勢」が先験的に措定されており、表現がそれに奉仕することのみのものとして目的化している。「枯枝一揺れで」離陸す

る「雀等」は飛行場敷設へのレジスタンスとしての寓意が露出して拙い。同じく「首切る工場」「銹び罐の顔」「鉄線の手等」も馘首へのレジスタンスや怒りの擬人法として安直であり、「厳しい批判リアリズムの精神」の具現とはいえない。

なぜ、こうなったのか。態度や生き方に重点を置き過ぎ、表現方法や表現レベルの検証が不十分であったところに主因はあるが、そこには戦後特有の背景があった。社会主義的イデオロギーを根底にした政治的・文化的なオプティミズムともいうべきものが人々の意識にあり、そうした思潮の趨勢が存在した。「風」（昭29・11）の「俳句と社会性」アンケートで、沢木欣一が「社会性のある俳句とは、社会主義的イデオロギーを根底に持つた生き方、態度、意識、感覚から産まれる俳句を中心」とし、佐藤鬼房が「社会主義リアリズムは（リアリズムの）発展した表現」とした背景もその時代思潮に起因するだろう。

とはいえ、「風」内部や同世代の俳人からそうした負性を指摘する声もあった。志城柏は俳句の社会性をイデオロギーで割り切るなと言った。柏禎は、

機関車の寒暮炎えつつ湖わたる　誓子

縄跳びの寒暮いたみし馬車通る　鬼房

を対比し「寒暮」が何れの句でも生きているが、鬼房の句に社会性への進化の歴史を見る、と評した。鬼房の句は、寒暮に路上で縄跳びをする子供たちと傍らを通る傷み軋む馬車を通じて人々の貧しい生活とその時代を浮上させた重層的表現で、これこそ社会性俳句の成果。また、社会性俳句に欠けていた表現方法や表現レベルでの達成に的確に言及したのは高柳重信。

「社会性は作者の態度の問題である――社会性があるという場合、自分を社会的関連のなかで考え、解決しようとする『社会的な姿勢』が意識的にとられている態度を指している」という金子兜太氏の明快な結論によつて一応の到達点にはたどりついたが、それからあとの、しからばいかなる方法によつて書くかという処へ来ると、

佐藤鬼房氏とか鈴木六林男氏とかが、単に社会主義リアリズムによつて書くんだといつているにとどまつて、精緻な俳句詩法の展開にはほど遠いのが現状である。（略）彼等の作品が、その尊敬すべき意志や根性を適確に表現するものであるかどうかという点になると、甚だ疑問になつてくる。（略）こののち彼等が大いに新しい俳句詩法の創造に努力することをのぞんでいる（「俳句に於ける「もの」と「こと」」―「俳句研究」昭30・3）。

この末文の願いや助言が金子兜太の造型論につながったことは言うまでもない。高柳の評は確かに社会性俳句の負性を突いたものだが、ここで重要なのは、社会性を「社会的な姿勢」が意識的にとられている態度（金子）としたことだ。社会性を「素材」（誓子）や「空気と同じ」（神田・山本）とするところからは社会性俳句は立ち上がるはずはない。社会への意識的・意志的な姿勢や意識を根底にして、表現レベルで詩的結晶が具現されたところに、俳句固有の韻文表現としての社会性俳句は達成されるものだろう。彼ら三十代作家は、そういう戦後の社会性俳句の成果、新風を見せてくれた。

議決す馬を貨車より降さんと　鈴木六林男　馬の目に雪ふり湾をひたぬらす　佐藤鬼房
暗闇の眼玉濡さず泳ぐなり　鈴木六林男　呼び名欲し吾が前にたつ夜の娼婦　佐藤鬼房
隅占めてうどんの箸を割り損ず　林田紀音夫　軍鼓鳴り
墓地も焼跡蟬肉片のごと木々に　金子兜太　荒涼と
白い人影はるばる田をゆく消えぬために　金子兜太　秋の
車窓より拳現われ干魃田　金子兜太　痣となる　高橋重信
原爆地子がかげろふに消えゆけり　石原八束　少女らに成年われにローザの忌　安東次男
縄跳びの寒暮いたみし馬車通る　佐藤鬼房

ちなみに「風」昭和二十九年九月号には第三回現代俳句協会賞を受賞した佐藤鬼房の受賞作が載っているが、この快挙は「風」の俳人たちを勇気づけたことが窺える。また「俳句」昭和二十九年十一月号の特集「揺れる日本―戦後俳句二千句集」は大いに話題を呼んだが、これは戦後の社会・風俗の素材主義や散文的表現の露出が顕著。イデオロギー的には真逆だが、表現レベルでは戦中の「俳句研究」の特集「大東亜戦争俳句集」や「支那事変三千句」の陰画と言っていい。

4　昭和二十年代後半のその他の成果——飯田龍太・林田紀音夫など

二十年代後半の「俳句研究」と「俳句」を順次繙いてゆくと、飯田龍太の作品に出会う。すると急にあたりが明るく開けたような新鮮な感じに打たれる。まず「俳句研究」（昭27・9）の「月光唱曲」五十句だ。

紺絣春月重く出でしかな
満月のなまなまのぼる天の壁
麦蒔の一族ひかり異なれり

つづいて「俳句」（昭27・11）の「大地の創」三十句。

秋嶽ののび極まりてとゞまれり
鰯雲日蔭は水の音迅く
天つゝぬけに木犀と豚匂ふ

この清新な感覚と詩情。そして俳句形式によって鮮やかに捉えられた自然の相。社会性俳句に見られた予定調和のはからいや散文的破綻は全くない。韻文表現としての生き生きとした具象化が遂げられている。飯田龍太の鮮やかな新風だ。

春すでに高嶺未婚のつばくらめ　（「俳句」昭28・12）
炎天の巌の裸子やはらかし　（「俳句」昭28・12）

を経て「新風三十六人集」特集（「俳句」昭29・4）では、

大寒の一戸もかくれなき故郷

等の秀句が出現する。「俳句」からその他の俳人として、

白いかなしみは　白い鳥嘴《くち》あけてゐる　富澤赤黄男（昭27・12）

草二本だけ生へ《ママ》てゐる　時間　富澤赤黄男（昭27・12）

鴨翔たばわれ白髪の媼とならむ　三橋鷹女（昭28・12）

わが翳がゐて寒鮒をにごらしぬ　三橋鷹女（昭28・12）

雪虫のひとつの死所をたなごころ　能村登四郎（昭28・3）

吾子抱けば雪夜の厠底知れず　能村登四郎（昭28・3）

赤黄男の虚無へ突き抜けたような世界。鷹女の老いと孤心の世界。この二人は固有の作風、世界が際立っている。能村登四郎も自己凝視の奥行きを示して登場した。「俳句研究」からは、林由紀音夫が「狭巷抄」（昭28・11）で登場。

鋭筆の遺書ならば忘れ易からむ

女在らず湯が沸きて影上昇す

林田は主に「青玄」と「十七音詩」に病者や無名の庶民のペシミスティックな意識を独自な口語的文体で表現し、新風を吹き込んだ。

棚へ置く鋏あまりに見えすぎる

煙突にのぞかれて日々死にきれず

高柳重信は前記「新風三十六人集」の「罪囚植民地」で、

軍靴ら来て
蘆生の雲雀
絶えにけり

など独自の社会性俳句を意図したが、この特集の批評「新風三十六人集読後」（「俳句」昭29・5）で水原秋桜子に黙殺された。佐藤鬼房はこうした批評状況を鋭く突いている。

「波郷の持つポピュラリスムが「夜の雛肋剖きても我死なじ」で俳壇に感銘を与へ、僕の「臨終の／涙痕の／つめたい　狼／がば　と　狼」が無関心の中に葬られてゆく」（略）（高柳からこの手紙が来た）日から、三十代のもつ暗い谿間といふものと俳壇のへだたりといふものが重苦る《（ママ）》しく僕の胸をおさへつけてやまなかつた（「石田波郷論」――「俳句研究」昭26・1）。

暗い谷間を生きた重信や鬼房には戦後俳壇の主流への怨念がある。戦後俳壇は十年も経ずに秋桜子ら旧世代の復活をなしくずしに許したのだ。

寺山修司の「少年歌」（「俳句研究」昭29・9）のデビューも清新で、鮮やかだった。

便所より青空見えて啄木忌
二階ひびきやすし桃咲く誕生日
青む林檎水兵帽に髪あまる

最後に特集「戦後俳句」（「俳句研究」昭44・9）から。

汝が胸の谷間の汗や巴里祭　楠本憲吉
毛皮はぐ日中桜満開に　佐藤鬼房
白桃や満月はや、曇りをり　森澄雄
暗闇の下山くちびるをぶ厚くし　金子兜太
白地着て血のみを潔く子に遺す　能村登四郎
秋風や書かねば言葉消えやすし　野見山朱鳥

四　戦後俳句の成果――昭和三十年代前半Ｉ・造型論の提唱まで

1　社会性俳句作品と読みの乖離

すでに引用したように、高柳重信は「社会性は作者の態度の問題である」とした金子兜太の認識を明快な結論としながらも、それにつづくべき「いかなる方法によって書くか」という新しい俳句詩法の創造には至っていないとして、その創造を嘱望した。昭和三十年代に入っても、引きつづき、兜太・六林男・鬼房・太穂らいわゆる三十代作家を中心に社会性俳句を推進する試みは熱心に継続された。

しかし、後に触れるように、端的に言えば金子兜太の造型論以外には創造的な詩法は彼らの中からは生まれなかったのではないか。そのため、相変わらず左翼的な観念を先入主としてそれに向けての予定調和の類型的な作品が多く見られた。特に顕著なことは、そうした負性の作品を高く評価する読みが、彼らの中で行われたことだ。つまり、作品の読みにおいても表現に即して読まず、左翼的な観念を先立てた予定調和的な読みが行われたのである。そのため、作品と読みとのはなはだしい乖離という現象があちこちに生まれた。端的な例を挙げておく。

「原爆許すまじ」が、どうしてスローガンなのか、あるいは、スローガンだつたら、どうだ、というのか。

いくさよあるな麦生に金貨天降るとも

草田男の「いくさよあるな」も、そういう意味では一種のスローガンであろう。しかも何と痛切なスローガンであろうか。そのスローガンが、一句全体の詩の中で、何と強く正しく美しく高まつてきていることだろう。「原爆許すまじ」も同様である。スローガンなどという評定よりも、先ず、原爆を再び許すまい、という意味が読者に伝わつてくるはずである。また、美しい悲歌の調べをもちながら力強くひびく、あの「原爆許すまじ」の歌声がよみがえってくるはずである。それは、「蟹かつかつと瓦礫あゆむ」によって、一層静かな力強さをもった実感となるのである（原子公平「『俳句の限界』に関するノート」――「俳句研究」昭32・8）。

原子の読みは、「原爆許すまじ」と書けばそのままその思いが伝わり、「原爆許すまじ」の歌声も浮かんでくるという、言葉の伝達力についての底抜けの楽天主義に支えられている。「鳥が飛ぶ」と書けば鳥が飛び、「犬が走る」と書けば犬が走り、それらが伝わるというのだ。だが、ちょっと待ってほしい。この句は「原爆許すまじ」という固定的な観念が先入主として存在し、それをなぞる形で「蟹かつかつと瓦礫あゆむ」という予定調和の視聴覚の融合したイメージをもつフレーズが取り合わされているのである。瓦礫の上をかつかつと無機質の硬い音をたてながら歩く一匹の蟹には瓦礫の惨状をもたらしたものへの「抗議」や「抵抗」が含意されている。つまり、この句の取り合わせは平和を破壊するものへ「抗議」や「抵抗」というアナロジーで結びついている。だが、生き生きとした詩的交感にはなっていない。それは、この蟹が「原爆許すまじ」という固定的な観念の符丁になっているからだ。別の言い方をすれば、「蟹かつかつと瓦礫あゆむ」は暗喩なのだが、固定的な観念の代置ないしコードとしてしか働いておらず、いわば死んだ暗喩なのだ。さらに象徴という言葉を使えば、上質の気分象徴ではなく、固定化した観念象徴であり、固定的な観念の符丁が見え見えの寓意に近い。一匹の「蟹」の視聴覚イメージと「抗議」の情感とが交感・融合した生き生きとした重層的な奥行きが生まれてこないのである。なお、暗喩については後述する。

次は原子・金子・沢木らと同じ楸邨門で一世代若い（いわゆる第四世代）の川崎展宏の読み。

　　原爆許すまじ蟹かつかつと瓦礫あゆむ

瓦礫をあゆむ蟹の、いかつい抵抗感と怒りに満ちた姿は、兜太の決意を示すのに適確《マヽ》なものであろう。作者の態度はあくまでも積極的なのである。うたい余さない句、彼の「現実からの造型」への志向が、この句にははっきりと示されている。これとは対象的な句がある。

　　広島や卵食うとき《マヽ》口開く　西東三鬼

この内攻的な独白の、読者への喰い込み方は、真に深刻といわなければならない。しかし、言葉を奪われてしまつた作者の態度は、広島の惨害に対して全く受動的なのであつて（略）虚無的なものすら読み取れるのである。（略）どこまでも受身の、呟きの立場は、ついに青年のものではありえない。兜太はそうした場から俳句と自らを解放し、俳句を、喜びを盛り、思考を形成し、声高らかに他者に呼びかける、能動的な詩型として打出そうとした。原爆の句にある開かれた明るさ、これを見逃してはならない。それにも拘らず、兜太の句は、三鬼の受動的な句の重さに匹敵する積極的な力を持つていないのである。事態の重さが、取り合わせの手法の限界を超えたところにあつたのではないか、と僕は思う（「金子兜太への期待」―「俳句研究」昭33・8）。

「原爆」の句を「広島」の句と対比して肯定から否定へと屈折した論理が展開されているが、川崎も原子と同様、「原爆」の句の表現構造が先入主としての固定的な観念の予定調和のものになっていることに盲いている。そればかりではない。「原爆」の意志的、主情的な表現と「広島」の客観的な表現との違いを作者の態度と短絡させて、三鬼は「広島の惨害に対して全く受動的」だと誤解している。さらに、原爆投下による惨状という「事態の重さが、取り合わせの手法の限界を超えたところに」兜太の句の弱さがあったのではなく、前記した表現構造そのものにその原因はあったのだ。

その他、「基地の夜や白息ごもりに物言ふも」（古沢太穂）を「これはいい句だ」（「俳句研究」昭30・1）とした平畑静塔。先入主としての左翼的観念が露出したいわゆる社会性俳句を抄出して「社会的な思想を盛れる詩型の可能性が開発されたことは功の最たるもの（略）罪の方はまことに少く、その程度が軽い」（「俳句研究」昭32・9）という能天気な田川飛旅子。沢木欣一は自ら定義した社会主義的リアリズムについて弁解しつつ、評価基準は「政治性」や「生き方の基準」のみで評価せず、「俳句性」「芸術性」でみるというが、実際はイデオロギー的に鑑賞評価している（「俳句」昭30・11）。そんな中で志城柏は「メタファーによって素朴なリアリズムを乗り越える試みは、徹底的にやってみる価値と必要がある（略）人間内面の複雑微妙を主題とすること」（「俳句研究」昭33・4）という主題と方法に関する重要な提起をしながらも、抄出した社会性俳句とその読みに乖離があったことは惜しまれる。

2　いわゆる社会派外部からの適切な読みと方法論

いわゆる社会派が作品と読みの乖離によって相互慰撫のごとき現象を呈したのに対し、むしろ社会派外部から作品の適切な読みや重要な表現方法論がなされたのは皮肉なことだった。自分の作品の成果とともに、他者の作品の読みに関しても適切な読みを開陳したのは飯田龍太だった。

その例一。「俳句」昭和三十年十月号は三十代作家がその新たな実力を俳壇に示した号だった。巻頭に五人の代表的な新作（各25句～35句）が並ぶ。

能登塩田（35句）　沢木欣一

塩田の黒さ確かさ路かゞやく
汐汲むや身妊りの胎まぎれなし
塩田に百日筋目つけ通し

合掌部落（35句）　能村登四郎

葛の蔓とあそびてさびし馬の鼻
馬よりも乾草にほふ種畜場
白川村夕霧すでに湖底めく
優曇華や寂と組まれし父祖の梁

爽嶺（30句）　飯田龍太

秋冷の黒牛に幹直立す

遠方の雲に暑を置き青さんま
秋冷のふるさとを瞰る子のために

日常・羇旅（35句）　森澄雄

早乙女の股間もみどり透きとほる
磧にて白桃むけば水過ぎゆく

赤き三角（25句）　野澤節子

朝風のしづかな密度蟬音あふる
黒きコーヒー夏の夜何もはじまらぬ
炎天下僧形どこも灼けてゐず
風邪臥しの薄眼にみやる蟬の暮

同号には津田清子の「裏日本」（15句）も載る。

稲と蓮混り生ふるを許しゐて
競られゐて無色の烏賊の生きてゐる
海に塵埃流してより主婦昼寝せり

龍太は森の「早乙女」の句を「豊かな生命力に対する驚きと、都会人の感覚にひゞいて来る羞らひとが、点景の美を感じとる前の姿としてダイナミツクに表現されてゐるところに新しさがある」と評する。また、野澤の「朝風」「炎天」の句を「繊細だが意外にヴアイタリテイのある作品だ。そのヴアイタリテイは、病者の感性に溺れない楽天性と、私的な情緒に浸るまいとする理性から生れて来てゐるやうである」と言い、「風邪臥し」の句と合せ考えるなら「オリヂナリテイの豊富な作家である」と総括する（「新しい作品の振幅」―「俳句研究」昭30・12）。

その例二。「炎天に日章旗瞠《み》ぬ怖ろしき」（木村泰三）を「敗戦後の日本人の心理を、これくらゐ見事に描き出した作品はあるまい。この日章旗は、灼けつく深い碧天に、生きもののやうにはためき、怪しい顫動となつて読者の胸にひゞく。岡崎義恵氏は季語について（略）「季語が季感を象徴する為でなく、寧ろ季を超越」するところに真の使命があらうと説いてゐる。大変適切な言葉だと思ふ。この句の場合も、「炎天」はきはめて印象的な季感を負うてゐるが、単に季節の情調の説明に終るものでないことは言ふ迄もない」（「一句に占める季語の力」―「俳句」昭31・6）と言う。

独特の歯切れのよい批評文体を築いた神田秀夫も適切な読みの力を発揮。

その例一。佐藤鬼房について、句が荒削りだという世評があるが、『名もなき日夜』は完成度が高い、という。しかし、社会主義リアリズムを強く主張した『夜の崖』の「冬も湧くたしかな泉夜明け近し」（松川事件の広津・宇野・志賀先生らの支援を語りあふという詞書のある句）は「詞書を除いてしまへば、どこに態度、方法の特質が現れてゐるのだらう。草田男から一歩も出てゐやしない。（略）「社会主義的レアリズム」は今までの所、佐藤鬼房の念仏である」。だからその超克には態度と方法の一元化した批判的リアリズムの基盤を踏みしめなければならない（「鬼房の「夜の崖」の数句をめぐつて」―「俳句」昭30・8）。

その例二。高柳重信の『蕗子』『伯爵領』『黒彌撒』とつづく句業は戦後俳壇のみならず、同世代の三十代作家たちからも、ほとんど黙殺ないし敬遠された。その中で神田一人が「高柳重信『黒彌撒』考」（「俳句研究」昭31・9）で、多行俳句の必然性と戦後の日本の現実を主題として一句集でそれを統括する主題主義の正当性に言及した。

その高柳も「現代俳句鑑賞」（「俳句研究」昭33・10〜12）で赤黄男・三鬼・窓秋・誓子・兜太らの秀句を対象に卓抜な読みを示した。特に赤黄男が暗喩によって荒涼たる戦後の現実や暗澹たる内部現実を、

切株は　じいんじいんと　ひびくなり
曇日の　しろい切株ばかりと思へ

と詠んだ句の読みは、社会性俳句の表現方法に重要な示唆を投げかけた。赤黄男の句の暗喩の構造は一句全体が暗喩となっている型である。

「風」の志城柏が、鬼房・六林男・兜太・公平らの作品が過渡期の乱れをさらけ出していることに眼を覆うべきではない、という内部批判の正論を書いたことも意義があった（「俳壇における批評について」―「風」昭31・7）。

3　新しい俳句詩法としての暗喩の提示

「社会性は作者の態度の問題である」（金子兜太）という社会性俳句の認識や姿勢のスタートからの必然的な発展として、それを作品として具現する新たな俳句詩法として「俳句の造型について」（金子兜太・「俳句」昭32・2〜3）が提唱される以前に、高柳重信によって俳句詩法として「暗喩について」（「俳句研究」昭31・11）が提示された。これは短詩型の俳句形式にとっては極めて重要、有力な詩法であり、金子の造型論へも影響を与えたと思われる。主旨は次のとおり。

心象は、一定の方向に意識の関連をたもちながら、表現の世界を創造してゆく能動的な行為現象（略）造型とは、こういう心象を積み重ねて、一つの構造物を作ることである。それぞれの言葉は、それぞれの心象をえが

く。そして、そうした言葉の集合の単位毎にも、やはり心象がえがかれる。しかも、そういう心象は、言葉の集合の単位から単位へと、次から次へと引き継がれ、次第に累積していつて、最後に一つの作品全体の心象を形づくる。（略）個々の心象の関連は色合・影・匂・響などの属性から引き出される類似性や調和である。

これはボードレールの「交感《コレスポンダンス》」やマラルメの「影像《イマージュ》の連鎖」に学んだ詩法で、既に『蕗子』以来実践されていた。

社会性俳句はメタファーが未成熟、思想・論理を情緒に還元する方法はメタファーより他にないという村野四郎の発言（「座談会 定型の蔵する諸問題」―「俳句」昭和31・1）。「暗喩は象徴でない限り人の心を感動させる程に「深淵なるもの」にならない。（略）象徴の条件は（略）強い詩精神（略）作者に内在する集合的な原像」（「暗喩のあり方」―「俳句研究」昭33・6）という大山天津也の言説。これらも高柳の「暗喩」と関連した重要な提示だった。

4　三十代作家を中心とした作品の成果

「戦後新人自選五十人集」（「俳句」昭31・4）「特集・戦後俳句」（「俳句研究」昭45・9）などから。

ブランコ軋むため傷つく寒き駅裏も　赤尾兜子
受けとめし汝と死期を異にする　林田紀音夫
擦過の一人記憶も雨の品川駅　鈴木六林男
いつまで在る機械の中のかがやく椅子　鈴木六林男
朝はじまる海へ突込む鷗の死　金子兜太
青年鹿を愛せり嵐の斜面にて　金子兜太
塩田に百日筋目つけ通し　沢木欣一

怒らぬから青野でしめる友の首　島津亮

日が
　落ちて
山脈といふ
言葉かな　高柳重信

瑞照りの蛇と居りたし誰も否　渡辺白泉
地平より原爆に照らされたき日　渡辺白泉

五　戦後俳句の成果――昭和三十年代前半Ⅱ・現代俳句協会分裂まで

1　造型俳句理論とその意義

鈴木六林男と佐藤鬼房はそれぞれ『荒天』（昭24）と『名もなき日夜』（昭26）という優れた第一句集を上梓し、戦時下から昭和二十年代前半までに独自の作風を確立していた。しかし、昭和二十年代後半から三十年代前半にかけての社会性俳句を強く意識した時代においては、両者ともそれにかける熱情が上すべりして、表現方法論と実作の両面で必ずしも満足のゆく成果をあげ得なかったのではないか。金子兜太と同様、社会に対して意識を研ぎ澄まして向き合う態度に立脚しながらも、社会主義リアリズムや批判的リアリズムに基づく表現がしばしば左翼的観念の露出に陥りがちであった。

これを両者の作品で言えば、次のようになる。

暗闇の眼玉濡さず泳ぐなり　　鈴木六林男

縄とびの寒暮いたみし馬車通る　　佐藤鬼房

この両句は戦後の社会情況に意識を研ぎ澄まして向き合う態度に立脚してリアリズムの方法で表現した句であろう。つまり態度と方法が結びついた批判的リアリズムの句であろう。その結果、「暗闇」の句は戦後の混沌とした社会情況に対して自己を見失わず向きあってゆこうとする生き方の暗喩的表現になっている。態度と結びついた批判的リアリズムの方法が一句全体を重層的な奥行きを生み出す暗喩的表現へと結果させたと言えよう。同様に、「縄とび」の句の「いたみし馬車」も戦後の貧しい時代や庶民の貧しさや悲傷感に通じる暗喩的な表現として一句全体に重層的な奥行きをもたらしている。

二十年代末期に社会性俳句論議が盛んになる以前に、二人はこうした見事な社会性俳句の表現を確立していたのだ。のちに神田秀夫は「リアリズムということは芸なしのやることなんだぞ、馬鹿者共」と言い、それに同調した高柳重信も、写生やリアリズムに疑問を呈し、メタファーを主張した。しかし、この二句のように批判的リアリズムは社会性の表現として十分通用するのだ。村野四郎も思想を情緒に還元する方法はメタファーより他にないと発言した。したがって、六林男と鬼房がその表現方法としてこの二句のような批判的リアリズムを貫けなかったことは、彼らのために惜しまれる。

前章でも端的に言ったことだが、「社会性は作家の態度の問題」（金子兜太）という認識ないし態度にかかわる出発点から独自の表現方法を思考模索するとともに、実作を試行しながらいわゆる「造型論」と「造型俳句」へと至ったのは、絞って言えば金子兜太一人である。それに続くのは無季俳句への思索と試行によって独自の無季俳句を確立した林田紀音夫ということになろう。金子の「造型論」や「造型俳句」はある日、思いついて急に生まれたものではない。「俳句における思想性と社会性」（昭30）や「本格俳句」（昭31）などで表現史の検証を通して理論と実作の試行を積み重ねていった途上で「俳句の造型について」（「俳句」昭32・2〜3）の提唱に至ったのだ。

対象と自己との直接結合を切り離し、その中間に結合者としての「創る自分」を設ける——これが造型論の骨格。金子はそのプロセスを五段階に敷衍する。すなわち、素材からの感覚が先行し、それを意識によって確かめ、新たな意識を発掘する作業過程が「造型」。それによって獲得されたイメージを言葉に移行させるとき、意識によって吟味する。感覚を発端として意識活動によって自己の内部に対象を求めてゆく造型は必然的に暗喩を求める（これは高柳重信の暗喩論に基づく）。金子は理路整然と造型の創作過程を説いたわけだが、これは基本的なモデルであって、いつもこうなるわけではない。造型論の意義は創作における意識を活発、厳密に働かせてイメージや言葉の詩的効果を厳しく吟味し、それを暗喩によって表現する方法論を提出したことにある。

栗山理一が「詩的感動と詩的操作の峻別に立つ俳句造型論が実作者の側から提出されたことは、ようやく俳句の近代化への可能性がその露頭を示し始めたという意味で、私の長い渇を医するものがあつた」（「俳句」昭32・6）と高く評価したのは正当な評価であり、金子を勇気づけただろう。草田男は造型論は誰もがやっていることと言ったが、相変わらず精神主義を先立てて口語体や寓意などで腸詰俳句を量産するばかりの草田男俳句とは全く異なるものだ。後年、造型俳句理論どおりには実作はできないので造型俳句は間違ったダメなものだとする見解もあった（仁平勝）。だが創作はいつも理論どおり具現するとは限らない。ボードレールの「交感《コレスポンダンス》」に倣えば、いつも詩的交感が具現するというわけではない。イメージと暗喩を核にした意識活動による創作という重要な詩法の理路を明確に提唱したこと自体がコロンブスの卵的な造型論の意義だったのではないか。

2　金子兜太と高柳重信の暗喩方法論と暗喩作品の対比

ここで、いち早く暗喩の導入を説き、実践していた高柳重信の暗喩論と暗喩作品とを金子兜太のそれと対比してみよう。前章で引用したように高柳の暗喩論は心象を積み重ねて、最後に一つの作品全体の心象を形づくるというもの。一句全体が暗喩になる一個の構造物を作ること。心象と心象の関係は色合・影・匂・響などの類似性や調和だという。これはマラルメの「影像《イマージュ》の連鎖の方法」に倣ったもの。この方法は鈴木信太郎の『フランス象徴詩派覚書』（青磁社）では「マラルメは一影像が喚起し暗示するところに依つて他の影像を得、順次に影像を連結して一聯と為すものであつて、影像と影像との間には、その『類推の魔』に示す如く、類推《アナロジー》が存在するのみである。即ち、類推によつて距てられた影像の堆積であつて、排列ではない」と説かれている。この『覚書』は昭和二十四年刊行で普及したらしいので、当然高柳も読んだであろう。

心象の連鎖法に比べ、造型論では「創る自分」の意識活動を中心に説かれており、心象の連鎖には触れていない。金子の実作に照らして推測すれば、赤尾兜子の「第三イメージ論」と同様にボードレールの「交感《コレスポンダンス》」の方に中心が置かれていたのではなかろうか。実作で検証してみよう。

造型論の実作例として自作の、

銀行員等朝より螢光す烏賊のごとく

の創作過程が語られ、「ごとく」が使われていても「烏賊」は暗喩だと言う。これは強弁。この句は「銀行員等」と「烏賊」の二つのイメージを類比（アナロジー）によって交感させたところが卓抜。「ごとく」によって類比であることが明示され、類比の根拠も「螢光す」と明示されている。明らかに直喩（明喩）だ。だが、直喩だからダメだというわけではない。直喩も暗喩も類比は同時に異質を伴う。類比が効果を上げるには異質性が際立たねばならない。この句の二つのイメージの類比の卓抜さは「銀行員等」と「烏賊」の際立った異質性に支えられている。

きみ嫁けり遠き一つの訃に似たり　高柳重信

この句も「ごとし」や「ごとく」の代わりに「似たり」という類比を明示する語が使われており、直喩句。その意味で構造的には「銀行員等」とほとんど同じだが、類比の根拠が明示されず、読者が読み解く仕掛けになっているところが若干異なる。もちろん根拠は大切なものを失った悲傷。

先に挙げた六林男と鬼房の批判的リアリズムの句も十分に現代に耐え得る句である。同様に直喩を用いた両句も現代に耐え得る句。暗喩ばかりが切り札というわけではないのだ。

わが湖《うみ》あり日蔭真暗な虎があり　金子兜太

これは昭和三十六年の作。金子作品の中で暗喩を用いた最も完成した作品だろう。「湖」は精神的領土、精神世界の暗喩。日蔭に潜む「真暗な虎」は精神を脅かすもの、心の奥底に潜む自ら御しがたい性情や心性の暗喩として読み解けよう。思うに、金子は中島敦の『山月記』の虎と化した李徴や、竹内勝太郎の『黒豹』の中の「虎」や「豹」を知っていて、そこからイメージを引き出してきたのかもしれない。ともあれ、この視覚的イメージ豊かな暗喩は見事と言うしかない。

杭のごとく

墓
たちならび
打ちこまれ　　　高柳重信

『罪因植民地』の中の一句。「杭のごとく」という直喩を含んだ、いわば入れ子型の暗喩の句。高柳の説く「心象の連鎖」による暗喩のモデル的な句だ。四行に行分けして一行ごとに心象を屹立させながら累加してゆく心象の連鎖であり、高柳が多行俳句を採る根拠を明示した構成法である。棒杭のごとく墓が立ち並び、脳天から打ち込まれている視覚的イメージは明らかに敗戦後の日本の荒涼とした現実の暗喩であろう。暗喩は直喩や見立てや寓意などよりもアナロジーの根拠が見えにくく、それゆえそれを読み解く精神の緊張感が生まれる。それが暗喩の持つ詩的密度であり、魅力なのだ。

3　いわゆる非具象俳句・前衛俳句の成果

いわば社会性俳句の方法的な展開として、昭和三十二年ごろから難解俳句・抽象俳句・非具象俳句・前衛俳句などと名称を変えながら呼ばれた一連の俳句が作られるようになり、内部対立などを孕みながら俳句運動化を呈した。なぜ、こういう現象が生じたのだろう。欧米を中心にヌーベルバーグという文化全体の変革の波が日本の文化に押し寄せ、俳句もその飛沫を浴びたのだ、というのでは余りにも茫漠としている。塚本邦雄らの前衛短歌運動の影響も無視できないが、俳句界内に絞れば、「十七音詩」「夜盗派」（のち「縄」）「坂」（のち「渦」）など関西の革新的な俳人たちのグループに神戸に転任した金子兜太が加わり、造型論を提唱したことで拍車がかかった、と見るべきだろう。その後、以前から暗喩を主軸とする表現を採っていた「俳句評論」からの批判、対立により渦状の混沌へと進んだ。

いわゆる社会性俳句といわゆる前衛俳句を方法・主題・負性の点で図式的に対比すれば、次のとおり。

社会性俳句―リアリズム―社会的集団意識―観念の予定調和

前衛俳句―暗喩―現代の危機感・深層意識―暗喩のコード化

いわゆる前衛俳句のうねりの外貌については昭和四十三年に書いた拙稿「前衛俳句の軌跡」（『昭和俳句　新詩精神《エスプリ・ヌーボー》の水脈』有精堂出版・平7）を読んでほしい。ここでは詩的交感やイメージ・暗喩などの方法による作品の成果を読み解いておこう。

加藤郁乎の『球体感覚』（昭34）は既成の俳句概念や表現に圧倒的な断層をもたらした句集だが、それに言及したのは高柳重信と大岡信ぐらいだった。球体感覚を貫く方法は超絶的な観念の交感と言えよう。次の三句は最も完成した成果だろう。

　一満月一韃靼の一楕円
　天文や大食《タージ》の天の鷹を馴らし
　雨季来りなむ斧一振りの再会

第一句は吉田一穂の三連詩法に倣い、三つのイメージを入れ子型に交感させて広大な宇宙へと拡がる球体的な造型を遂げた句。第二句は「天文」という学術的観念語と砂漠の民の壮大で神秘的な天空観の交感。壮大な奥行きを持つ天空を仰ぎ見るような造型的イメージは圧倒的。第三句は「斧一振り」という瞬時の剛強で切断的な視覚的イメージによる暗喩の力が絶大。偶発的で衝撃的な再会と潔い別れだ。

赤尾兜子の『蛇』（昭34）の方法はほとんど二物衝撃による交感。次の句が最も完成した句だろう。

　広場に裂けた木塩のまわりに塩軋み

「広場に裂けた木」と「塩のまわりに塩軋み」の類比は内部世界の感覚的な傷みや軋み。この類比、暗喩が詩的効果をあげているのは二つのイメージの隔絶した差異による。他に、

　音楽漂う岸侵しゆく蛇の飢
　密漁地区抜け出た船長に鏡の広間

林田紀音夫の『風蝕』（昭36）の方法は無季の口語文体で生から死へイメージを屈折されたり、背日的イメージを増幅させたりするもの。次の句がそのペシミズムの完成作だろう。

黄の青の赤の雨傘誰から死ぬ
受けとめし汝と死期を異にする
引廻されて草食獣の眼と似通う
消えた映画の無名の死体椅子を立つ
洗つた手から軍艦の錆よみがえる

第一句は高柳の「墓」の句や、金子の完成作、

彎曲し火傷し爆心地のマラソン

と同様、心象の連鎖法が採られている。カラフルな雨傘は生の氾濫という暗喩によって詩的密度を高めている。

現代社会の亀裂や傷み、深層意識などにモチーフを求める方向から阿部完市、真逆の反近代の土俗的共同体の方向から大岡頌司の新風が出現。

萌えるから今ゆるされておかないと　阿部完市
犀が月突き刺している明るさよ　阿部完市
かがまりて
竈火の母よ
狐来る　大岡頌司

4　いわゆる前衛俳句の負性

いわゆる社会性俳句が素材主義、散文的表現、左翼的観念の予定調和などの負性作品を量産したと同様、前衛俳句

も様々な負の表現を生み出した。いはく、暗喩の未熟・定型の逸脱・韻律の疎外など。この亜流が亜流を生む負の連鎖で負性作品が量産された。その負性は兜太の造型理論に倣ったところに発したものが多いと思われるが、それは造型理論の罪ではない。俳人たちが未熟だったのだ。これらの負性を明確に指摘したのは高柳重信・大岡信・岡井隆の三人である。

まず暗喩の未熟は①暗喩のコード化と②言葉の伝達力への過信において露出した。①は堀葦男と島津亮に顕著。

ぶつかる黒を押し分け押し来るあらゆる黒　　堀葦男

抽象俳句と呼ばれたこの句の「黒」は「群集」と簡単に置きかえられる仕掛けだ。つまり暗喩が詩的象徴を遂げておらず、単なる代置、コード化（符丁）に陥っている。②は「泡だつ夜」「密語の石」「寡婦の森」など異質な名詞を繋げば詩的暗喩となると錯覚した言葉への甘え。高柳は「言葉は他のもう一つの言葉があらわれて、相互に交感作用が生じたとき、はじめて方向性が出来、意味の限定がはじまる。ところが（略）前衛派の中には単独のままのときから、特定の意味を勝手に付与している作家が数多く見られる」（「前衛俳句診断」―「俳句」昭36・4）と批判。

大岡信は島津亮の「〈シャガール〉ら鰭振り沈む七妖の藻の街角」（初出では「「シャガール」の鰭ら沈む七妖の藻の街角」〈「縄」4号〉）を引き、〈シャガール〉らと言えば何かが伝わると思い込む言葉の表象力への過信を指摘。「五七五の定型を制約と感じ、これを破壊しようとする絶えざる欲求を示す一方で、無理な語法のもたらす結果を、五音七音五音の音数律によって緩和しようとすることは、明らかに矛盾（略）五七五の音数律は、俳句独自のダイナミックな力学を支える背骨にほかならない」（「現代俳句についての私論」―「俳句」昭36・7）と適切な批評を下した。

岡井隆も定型律について「定型とは（略）一定の音数律（略）の約束である（略）時代の音声言語（話しことば）の動きによって変わるものではありえない」（「兜太の場合、紀音夫の場合」―「俳句」昭36・9）という厳格な定型観を示し、口語の侵蝕で定型は変わりうるという金子や堀の定型意識の希薄さを指摘。

前衛俳句が意味性に固執し韻律を疎外した現象について、高柳はヴァレリーの言説を引き、詩の条件としての音楽性の重要さを説いた（「酒場にて」―「俳句評論」17号）。

六　戦後俳句の成果――昭和三十年代後半

1　入れ子型の俳壇の断層

昭和三十年代後半は、俳壇史的な視点を主軸にして眺めれば、入れ子型の俳壇の断層の顕在化と昭和世代の台頭の顕在化の時代である。すなわち、前者は昭和三十六年の第九回現代俳句協会賞の選考をめぐって、中村草田男ら旧世代と金子兜太ら新世代とが対立、紛糾して協会が分裂。その結果、旧世代を中心とする俳人協会ｖｓ．新世代を中心とする現代俳句協会という俳壇の対立構図が生まれた。これが一つ。もう一つは新世代の内部で俳句革新のための俳句観や表現方論などをめぐって、「俳句評論」ｖｓ．「海程」、「俳句評論」ｖｓ．「縄」という同人誌間の対立、断層が生じたこと。この二つがいわば入れ子型の断層だ。

まず、新旧世代の対立、断層に言及しておく。対立には文学的な要因と世代的な要因があった。前者の争点は季語と定型を中心とする俳句性の認識と、内面世界を表現する意識的な表現方法の確立をめぐってであった。対立は、具体的には山口誓子ｖｓ．堀葦男、中村草田男ｖｓ．金子兜太として際立った。誓子は季語と十七音という俳句性でしごく有季文語定型が俳句だと主張し、堀や金子には「俳句性マイナス季語」という引き算だけで、俳句性がないと批判した。草田男は、金子らの前衛俳句は表現内容と先験的に結びついた季語の必然性を否定して、俳句性を短詩性に代置しただけだ、と批判。しかし、誓子や草田男の俳句観や俳句性の認識は、昭和十年代に新興俳句を批判したことの繰り返しであった。特に前衛俳句や金子兜太を激しく批判した草田男は、金子の造型俳句理論や高柳の、草田男ら先輩作家と違って金子や僕など意識的に方法を立法した上で句作しているのだ、という主張に盲目だった。サンプルを挙げて言えば、草田男はメタファーが完遂した金子の造型俳句の傑作「わが湖《うみ》あり日蔭真暗な虎があり」と、メタファーが先験的にコード化した堀の「ぶつかる黒を押し分け押し来るあらゆる黒」との詩的密度の差を識別する表現史的炯眼を持っていたのではなく、単に先験的で多分に精神主義的な自己の有季定型観を楯に、前衛俳句や金子らにアレルギー的拒否反応や嫌悪、憎悪感を激化させたにすぎなかった。戦後の草田男が寓意や見立てによる腸詰め俳句に陥り、メタファーを完遂した句などを作れなかったのは、造型俳句など昔からやっていると口先で言いながら、意識的な詩法として立法できなかった故である。同様に、誓子も戦中から根源俳句にかけての表現史的高み以後、

スキーヤー下りし谷より上り来ず　（昭35）
雪雲が通る儀礼の雪降らし　（昭35）

など心理的な穿ちや見立てに陥り、自らの表現史的高みを超えることはなかった。

他方、批判された金子や堀らの定型観も楽天的で危ういものだった。「俳句の定型詩としての詩型は、われわれの言語が変っていくにつれて、やはり変ってゆく」「口語が普及すれば、口語定型というものが出来上がるかもしれない」（金子）「定型を五七五、十七音とは考えて居りません。（略）現代の文脈（書きことば、散文）に根ざす定型は、少くとも五七五ではなくなって来ています」（堀）――これは今日でも、口語俳句推進者などに見られる定型認識の誤認に通じている。現代の俳句は現在使われている現代語（口語）で書くべきだ。そして現代語の新しい定型が生まれてくる、という誤解。

こうした楽天的な定型観に対して、「定型とは、日本語の場合、ある一定の音数律をさすから、これはある一定のリズムの約束である。そういうリズム上の約束は、その時代の音声言語（話しことば）の動きによって変るものではありえない」（岡井隆・前章に既出）「俳句という定型詩にあっては、形式があらゆるものに優先する」（高柳重信）という揺るぎない定型認識が、この前衛俳句論争の中で語られたのは、認識上の重要な成果だ。また、対談「前衛の渦の

なか」（「俳句研究」昭36・11）で金子と高柳が互いに知力を尽くして論じ合った中で、俳句性について「百人の俳句作家があると、そこには百通りの俳句性がある」（高柳）「一人一人の俳句詩論」（金子）という認識の合意に至ったことも成果だが、切れに基づく「時間性の抹殺」（山本健吉）という奇形の構造や、「イローニッシュな対象把握」（井本農一）などの俳句本質論が十分に認識されていたかは定かでない。

新旧世代対立、断層の世代的な要因は、高柳の比喩を借りれば、いみじくも姑と嫁の対立。社会性俳句から前衛俳句へという俳句運動史的なうねりの中で、金子・高柳ら三十代俳人が俳壇的な力、発言力を強めてきて、草田男ら旧世代の俳壇的地位や権威を脅かす存在として台頭してきた。それに対して旧世代は俳壇的ヒエラルヒーや職業俳人としての生活権を必死で防衛しようとしたのである。その端的な戦略が、昭和三十六年の現代俳句協会賞の選考に際して、旧世代は角川書店に密かに集まって石川桂郎を推す根回しをした。この情報をキャッチした新世代も対抗策として赤尾兜子を推す戦略で臨んだ。結果、桂郎は新人にあらずとして対象から排除され、旧世代は完全にキレたのだった。なお、このときの選考は石川と赤尾の決選で赤尾が受賞した、という誤った記述が今日もあとを絶たない。桂郎は新人にあらずとして選考対象から除かれた後、赤尾と飴山実について票決の結果、九対五で赤尾が受賞。これが俳壇史的事実。忘れないでほしい。ちなみに桂郎は翌年、第一回俳人協会賞を受賞。旧世代による当然の文脈。

赤尾と石川の受賞作、および飴山の次点作を並べてみよう。

音楽漂う岸侵しゆく蛇の飢　赤尾兜子
広場に裂けた木塩のまわりに塩軋み　赤尾兜子
蛾がむしりあう駅の空椅子かたまる夜　赤尾兜子
密漁地区抜け出た船長に鏡の広間　赤尾兜子
荒海へ寒い二時間半の航　石川桂郎
母と娘の施肥負ひ樽に春日まるし　石川桂郎
木賊より昏れ色が先仕舞ひ蚊帳　石川桂郎
左義長や婆が跨ぎて火の終《しまひ》　石川桂郎
太陽へのぼる電工島枯れて　飴山実
夜学生青葡萄山まわりくる　飴山実
赤ん坊を尻から浸す海旱り　飴山実
起重機にいた貌を岸壁で陽に曝す　飴山実

赤尾の句は明確な方法意識に立脚。彼は第三イメージ論を唱えたが、その成功作「広場に」の句に明らかなように、その方法は隔絶したイメージによる二物衝撃法をベースとして、メタファーのアナロジーによる詩的交感を意図したものだ。詩の内包する音楽性よりも映像性を中心とした詰屈な文体が特色だが、その文体は赤尾独特の規範的な文体を創出したという意味で表現史的に一歩を進めたもの。石川は視覚的な描写に基づく既成の表現に拠っている。「婆が跨ぎて火の終《しまひ》」のような俳意のある切り口を持つ佳句もあるが、新味に乏しい。飴山の句はナイーブな「夜学生」の句や俳句的単一表現ともいうべき「赤ん坊」の句のような佳句から「起重機」のような社会性俳句の尻尾を引摺った句まで、内容も表現も揺れている。昭和三十年代末期に彼が唱えた「心音の聞こえる句」にはまだ至っていない。

入れ子型の断層の内側としての断層は、イメージと音楽性の融合に詩的完結性を置き、イメージや暗喩のコード化や俳句の恣意的なパラフレーズを批判した「俳句評論」と、イメージや言葉の意味性を重視して暗喩による革新を目ざした「縄」や「海程」とのギャップと概括できよう。そのギャップは金子と高柳の対談「前衛の渦のなか」（既出）に集約されている。多少の錯誤はあっても内部表現を試行する俳人たちを寛大に目守ろうとする金子と、詩的完結性を強く求める高柳との基本的姿勢の落差に帰結する。

2　昭和世代の出現とその新風

いわゆる戦後派俳人たち（金子・高柳世代）の影響を受けながら昭和三十年代に個性的な作品を書き始めた昭和一桁生まれを中心とする俳人たちは、当時「第四世代」（沢木欣一による命名）と呼ばれた。彼らは昭和四十年代を中心に各自の主要な句集を上梓している。加藤郁乎『球体感覚』（昭34）、大岡頌司『臼處』（昭37）、安井浩司『青年経』（昭38）、鷹羽狩行『誕生』（昭40）、河原枇杷男『烏宙論』（昭43）、上田五千石『田園』（昭43）、友岡子郷『遠方』（昭44）、阿部完市『絵本の空』（昭44）、飴山実『少長集』（昭46）、福田甲子雄『藁火』（昭46）、広瀬直人『帰路』（昭47）、福永耕二『鳥語』（昭47）、川崎展宏『葛の葉』（昭48）など。

一満月一韃靼の一楕円　加藤郁乎
此の姿見に一滴の海を走らす　加藤郁乎
蜷煮らるる／谷の翳りと／片照りと　大岡頌司
ともしびや／おびが驚く／おびのはば　大岡頌司
鳥墜ちて青野に伏せり重き脳　安井浩司
遠い空家に灰満つ必死に交む貝　安井浩司
みちのくの星入り氷柱吾に呉れよ　鷹羽狩行
天瓜粉しんじつ吾子は無一物　鷹羽狩行
身の中のまつ暗がりの蛍狩り　河原枇杷男
野菊まで行くに四五人斃れけり　河原枇杷男
万緑や死は一弾を以て足る　上田五千石
秋の雲立志伝みな家を捨つ　上田五千石
青麦や軋る厠《かはや》は舟さながら　友岡子郷
遠方測《はか》り知られず舷で林檎みがく　友岡子郷
少年来る無心に充分に刺すために　阿部完市
奇妙に明るい時間衛兵ふやしている　阿部完市
枝打ちの枝が湧きては落ちてくる　飴山実
小鳥死に枯野よく透く籠のこる　飴山実
藁塚《にほ》裏の陽中夢みる次男たち　福田甲子雄
遅刻児に日が重くなる葛の花　福田甲子雄
睡くなる子に麦秋の脱穀音　広瀬直人
女教師たち帰るうしろの校庭冷ゆ　広瀬直人
風搏つてわが血騒がす椎若葉　福永耕二
浜木綿やひとり沖さす丸木舟　福永耕二
をみなへしといへばこころやさしくなる　川崎展宏
天の川水車は水をあげてこぼす　川崎展宏

これらは各人の初期の代表句といえるもの。作風はそれぞれの資質・モチーフ・表現方法によって個別的であるが、昭和二十年代に社会性俳句や境涯俳句を担った戦後派俳人と比べるとアイデンティティーにかかわる大きな違いが見られる。昭和世代には戦争による精神的傷痕や鎮魂の思いがほとんど見られない。死の病による末期《まつご》の境地や悶絶躄地なども見られない。戦後の左翼的思潮やアンガージュマンのパラダイムや西欧近代主義のパラダイムからは切れている。個の社会的連帯や、組織と個人というモチーフからも切れている。要するに世代が共有する核《コア》がなく、個々にパーソナルな関心とモチーフに向かっている。そういう昭和世代の中で際立った新風を確立したのは加藤郁乎・大岡頌司・安井浩司・河原枇杷男・阿部完市の五人に指を屈する。端的にコメントすれば、加藤の超絶的な詩的交感《コレスポンダンス》、大岡の民俗的、土俗的世界、安井のリビドーを孕む根源的な生への肉薄、河原の形而上的存在への問い、阿部の直覚的反応による対象への接近、とでも言えようか。

だが、私は俳句の昭和世代に対して根本的な大きな疑問を拭えない。戦後の支配的な思潮のパラダイムから脱却できたことと裏腹に、自己のアイデンティティーを生成してゆく社会との意志的なかかわりを曇らせたのではないか、ということだ。たとえば、詩人で俳句も書いた西垣脩は「鎮魂歌」（「青衣」昭39）で、

それらはまだ青みを深くのこした銀杏の葉／折重なり　死の静謐にひしめきあいつつ／つめたい長い甃のほとりに吹きたまっているのであった（略）野分のあと　枝に残つた葉の意味が／今　君らの死を通して飲みこめてくる……

と書いた。これは三橋敏雄や鈴木六林男の鎮魂詠に通じている。また、昭和世代の山川方夫には『夏の葬列』（昭39）があり、岡井隆には『土地よ、痛みを負え』（昭36）がある。いかなる時代においても、社会性は生の基底に通じており、生成するアイデンティティーに必須のもの。俳句の昭和世代には普遍的な社会性が稀薄で、戦後派のような骨太さが見られないのは、生の基底としての普遍的な社会性を一過性のものとしたからではないのか。林桂が言うように、この時代に早々と社会性を捨てた俳人たちはそれだけ社会性へのかかわりが軽かったということだ。今日も、前衛俳句は一過性の現象だったという声を耳にする。そういう受肉の欠如からは骨太の普遍的な社会性や根源的な生が立ち顕れるはずがないだろう。その意味で、戦後派俳人たちには

わが湖《うみ》あり日蔭真暗な虎があり　金子兜太
霧の村石を投《ほう》らば父母散らん　金子兜太
滞る血のかなしさを硝子に頒つ　林田紀音夫
洗つた手から軍艦の錆よみがえる　林田紀音夫
吾にとどかぬ沙漠で靴を縫ふ妻よ　佐藤鬼房

など、そうした社会性や生の確乎たる定着が見られた。

3　飴山実の転身――戦後俳句批判

飴山実が昭和三十九年七月から十二月にかけて「俳句」に連載した「評論月評」は、戦後俳句の主流と正面から向き合い、その負性を的確に突くとともに、俳句史や作品評価の認識の根本に迫った画期的論考だった。飴山は昭和三十六年一月の「現代の再生」(「俳句」)では「外部現実は(略)意識活動によつて、一度分解されてから再構成される。(略)作品化することで表現に定着」「現代の再生とは連帯性に立つた自我によつてしかおこない得ない」「意識表現を中心におくという意識派の仕事はいよいよこれから核心的になつていくものと期待され」など、金子兜太の造型論を踏襲していた。ところが、「評論月評」では、一転、「形式と内容が統一された作者の心音の聞こえる俳句」という評価軸により、戦後俳句は徒党を組んで文学づいただけで、〈主体〉(内容)を重視しすぎて形式との合一による表現の確かさや心音がないと批判した。

飴山のいう戦後俳句とは金子・沢木・原子を中心に社会性俳句から前衛俳句の流れをいう。社会性俳句のイデオロギーや素材主義、前衛俳句の言葉のコード化、モザイクなどの主要な負性を突いて表現の確かさに欠けるとした批判は極めて妥当だった。また、そこに提起された評価軸も重要である。だが、その評価軸は必要条件ではあっても、十分条件ではなかった。飴山の評価軸に欠けていたのは表現史的史眼だ。不易流行の流行性と言い換えてもいい。飴山は作者の心音が聞こえれば十分として史家の眼を不要とした。そのため、戦前の表現史的成果に盲いて石川桂郎の「柿の枝の影につまづく雪の上」などを戦前系俳句の秀句として上位に位置づけるに至った。それは、「心音」だけでは「美酒にすぎない」(金子)、「新味がなければダメ」(三橋敏雄)なのだという評価軸には抗し得なかった。

もう一つの陥穽はその評価軸にかかわる俳句史観。各時代の支配的価値観によって書かれる制度としての俳句史や単純な進歩主義を現象史として否定したのは妥当だが、小林秀雄に倣って俳句史は各自の胸の中にしかないとする個人的、恣意的なプチヒストリーに陥った。制度としての俳句史の支配的な侵蝕力に抗して聴き取った「心音」を表現史的史眼によって濾過し、学としての正当な俳句表現史の構築が求められねばならなかった、と言えよう。

七　戦後俳句の成果——昭和四十年代前半

1　俳壇の趨勢——俳句団体と俳壇ジャーナリズムの癒着

昭和四十年代前半の俳壇の趨勢は、現代俳句協会と俳人協会がそれぞれ俳壇ジャーナリズムと癒着し、両協会が対立する構図へと向かった。すなわち、現代俳句協会＝「俳句研究」vs．俳人協会＝「俳句」という対立的構図だ。

「俳句」は昭和四十一年一月号から一年間「明治百年俳壇史」を連載したのを皮切りに、「現代の作家」シリーズ・「我が主張・我が俳論」シリーズなどの好企画を次々と打ち出した。しかし、その企画に登載された俳人たちの多くは俳人協会に属する俳人たちであった。また、毎号の俳句作品も俳人協会の俳人たちのものが主であった。

他方、「俳句研究」は昭和三十年代の終わりごろから経営状況が一段と厳しくなったようで、四十年代に入って楠本憲吉・金子兜太・高柳重信らが参画して立て直しを図った（当時、西川社長の下、浅沼清司・杉本零らが編集を担当していたと記憶するが、協力者名などは記憶が定かでない）。その第一弾として企画されたのが「現代俳句作家の相貌」シリーズ。これは「俳句」（角川書店）の「現代の作家」シリーズとは対照的に、金子兜太・高柳重信・赤尾兜子・林田紀音夫ら現代俳句協会の有力俳人を積極的に登載した。

昭和四十三年には高柳重信が「俳句研究」の編集長に就任。高柳は昭和俳句の来し方行方を見据えた長期的スパンで抜群の企画力を発揮。主要な柱として昭和俳句史を厳密な正史として書き替えることを立てた。すなわち、従来の現象的な俳壇史を排して俳句表現史としての昭和俳句史を構想した。その実現のために、昭和俳句の表現史を築いた主要俳人の特集・各時代の俳壇状況の検証特集・定型、季語、俳句性など俳句の本質や属性にかかわる特集・表現方法論の特集などを毎号のように組み、持続的に展開した。また、昭和一桁・二桁の新鋭俳人を積極的に登用して、論と作の両面で新風を競わせた。

「俳句」と「俳句研究」の企画・編集の視野や方向性の違いを端的かつ象徴的に示したのが昭和四十四年に死去した石田波郷と渡辺白泉の追悼特集号。この両者は共に大正二年生まれで、昭和十年代の青春期から文学的な友情で厚く結ばれていた。しかし、波郷が俳壇的に日向を歩いたのに対し、白泉は戦後、俳壇から離れて句作したため、一般的知名度に大きな差が生じた。とはいえ、表現史的意義の点では、古典的文体で私性に執しつづけた波郷よりも、多様な独創的文体を生みつづけた白泉のほうが優っていた、と言えよう。ところで、両誌は共に石田波郷特集を組んだが、渡辺白泉特集を組んだのは「俳句研究」だけだった。大手新聞にその死が報じられなかった白泉を、表現史に炯眼を有する高柳は見逃さなかったが、「俳句」の編集者は白泉の表現史的意義はもちろん、名前にすら盲いていたのではなかろうか。白泉が昭和俳句史に正当に復権した契機は「俳句研究」の追悼特集号であることを明記しておこう。

2　いわゆる「龍太・澄雄」時代という虚像と実像

上記のような俳壇的な対立構図、趨勢の中で、この時代を「龍太・澄雄」時代とするネーミングが浮上した。これは山本健吉が俳壇を前衛から伝統へとシフトさせる戦略のためのキャッチフレーズとして意図されたものであった。山本は昭和二十年代には根源俳句や社会性俳句の負性を鋭く突く俳句時評を旺盛に執筆し、俳壇の水先案内人として批評の先端に立ちつづけた。昭和三十年代には前衛俳句の負性について発言することはあったが、前衛俳句への対抗思想や批判はもっぱら中村草田男が代替することとなった。(草田男は現代俳句協会の分裂、俳人協会の設立という俳壇的断層、混乱の中で精神的ストレスに追い込まれ、昭和三十年代末期にはその批判の代替は果たせなくなっていた)。他方、昭和三十年代後半から四十年代にかけて、いわゆる「戦後派」俳人の個の社会的連帯を重視する近代的文学観や、自然・境涯などを重視する伝統的文学観には囚われない新世代（昭和世代）の多様な新風が顕われていた。しかし、山本はもうそうした新風に目を向け、批評の先端に立つことはなかった。彼は龍太・澄雄ら旧世代の伝統的な俳句と価値観を共有したのである。

具体的に言おう。山本が「龍太・澄雄」時代を演出したとき、彼の念頭にあったのは、龍太の『忘音』（昭43）、『春の道』（昭46）、『山の木』（昭50）の句業と、澄雄の『花眼』（昭44）、『浮鷗』（昭48）の句業である。

父母の亡き裏口開いて枯木山　　龍太（『忘音』）
餅焼くやちちははの闇そこにあり　　澄雄（『花眼』）

この代表句の背後には両者が共に体験した父や母の死去がある。いわばそれぞれの人生を背負った俳句であり、そこにいわゆる人生的境地の深まりが窺える。私が「伝統的文学観」と言ったのは、そういう固有の人生や境涯や境地と作品が一枚に重なること、つまり人生と作品が相補的に背負い合うことに俳句の規範を置く文学観のことである。龍太も澄雄も昭和二十年代の『百戸の谿』（昭29）や『雪櫟』（昭29）の初々しい作風に比すれば、この両句は一段と人生的な深まりを窺わせる大人の句だ。

天つつぬけに木犀と豚にほふ　　龍太（昭27）
妻に米ありて春日の煙出し　　澄雄（昭24）

龍太の鋭敏な感覚句と澄雄の私性に執した境涯詠。両者それぞれの持ち味を出した俳句的出立から昭和四十年代における人生的深まりへの歩み。山本はそれをよしとしたのである。これが「龍太・澄雄」時代の両者の成果であり、実像だ。さらにサンプルを挙げておく。

生前も死後もつめたき箒の柄　　龍太（昭40）
どの子にも涼しく風の吹く日かな　　龍太（昭41）

一月の川一月の谷の中　龍太（昭44）
冬深し手に乗る禽の夢を見て　龍太（昭46）
雪嶺のひとたび暮れて顕はるる　澄雄（昭41）
雪国に子を生んでこの深まなざし　澄雄（昭42）
初夢に見し踊子をつつしめり　澄雄（昭43）
秋の淡海《あふみ》かすみ誰にもたよりせず　澄雄（昭47）

森澄雄に顕著なのは、父の死を契機にしての人間の歴史を貫く性の哀しみ、いとおしみの認識と、近江に通い古人（芭蕉）と心を交すことで踏跡の文学を継起しようとする認識と志である。一生不犯の尼が臨終に「まらのくるぞや〳〵」と言って他界した説話（『古今著聞集』）などを引いて、言う。

性は、そうした幾千億となく繰り返されてきた人間の生死の、そして生きることのよろしさ、かなしさの根源ではないか。（略）僕には人間の歴史の生死を貫く性のほのあたたかい真暗な空洞のようなものが見える。そしてこの空洞こそ俺の文学の故郷ではないかという思いがある（「山中独語」―「俳句」昭和45・11）。

こうした人間の歴史を貫く性の哀しみ、いとおしみを核として「雪国」や「初夢」の句が生まれた。また、そこを核として歴史的な風土と人間をつつんで時空が広がる踏跡の文学の傑作として「秋の淡海《あふみ》」の句が生まれた。龍太も澄雄も人間の生死や自然・風土と、それを包み、貫く歴史的空間的な拡がりへと思いを深め、そこに基づいて人生的深まりを伝える句を成就したと言えよう。したがって、「龍太・澄雄」時代というネーミングは必ずしも虚像ではなかった。

3　昭和世代（第四世代）の新風と「戦後俳句」概念の終焉

「龍太・澄雄」時代というネーミングは、両者の句業の深まりという視点では虚像ではなかった。だが、既成の規範から解放された新しい文体や表現領域を媒介にして新風や独自の個性が表出される、という表現史的な視点に立てば、この時代は前章の「昭和世代の出現とその新風」で既に言及したように、昭和世代（第四世代）が大きく台頭し、その新風がクローズアップされた時代である。彼らの中で際立った新風、独自の文体、表現領域を示したのは阿部完市・河原枇杷男・安井浩司の三人に絞られるだろう。

ローソクもってみんなはなれてゆきむほん　阿部完市
或る闇は蟲の形をして哭けり　河原枇杷男
静かなうしろ紙の木紙の木の林　阿部完市
犬二匹まひるの夢殿見せあえり　安井浩司
草木より病気きれいにみえいたり　阿部完市
ひるすぎの小屋を壊せばみなすすき　安井浩司
身の中のまつ暗がりの蛍狩り　河原枇杷男
ふるさとの沖にみえたる畠かな　安井浩司
野菊まで行くに四五人斃れけり　河原枇杷男

これらの句の特徴は戦後派俳人たちの主要なモチーフを表す次のサンプルと対比すると、鮮明になる。

白蓮白シャツ彼我ひるがえり内灘へ　古沢太穂
月の出や死んだ者らと汽車を待つ　鈴木六林男
見えない階段見える肝臓印鑑滲む　堀葦男
枯るる貧しさ厠に妻の尿きこゆ　森澄雄

いわゆる左翼民主的イデオロギーを先立てたもの（太穂）。戦争や戦死者たちへの思い、鎮魂（六林男）。組織と個人、現代社会の人間疎外（葦男）。貧者や病者の私性、境涯性（澄雄）。つまり、イデオロギーや社会性や境涯性をモチーフとして、それを先験的に先立てたり、作者の生が作品を支えたりといった句作りや俳句観が戦後俳句のパラダイムだったと言えよう。

これに対して阿部ら三俳人の句はモチーフも文体も三者三様、際立った差異が見られるが、戦後俳句のパラダイムには全く囚われていない。阿部の句は境涯性を背負った森の句などとは対照的で、知覚や観念など意識的、理性的な心的作用以前の感覚、直覚、気分によって対象に迫ろうとするもの。河原は逆に思弁的、観念的に目に見えぬ形而上的世界に思惟の糸を垂らそうとするもの。安井には身体的、性的な深層や存在の初源などへの志向が窺える。要するに、これら昭和世代によって「戦後俳句」という一般的な概念を無化するパラダイムシフトが起った、と言える。その意味で、この時代を「龍太・澄雄」時代と呼称することは、虚像なのだ。

4　昭和四十年代の飴山実——『少長集』の世界

すでに、飴山実の「戦後俳句」批判（「俳句」昭39・7〜12）の功罪に言及したが、四十年代の飴山に触れておかねばならない。まず、飴山の批評に対しては翌四十年に大峯あきらが飴山の論理的欠陥を突いた正当な反論を発表。（「伝統と時——原子・飴山論争をめぐって」—「俳句」昭40・2）

飴山氏は戦後俳句の在るがままの姿を「戦後系俳句」というものへねじつたのである。（略）このスタートの「ねじれ」のために、俳句の伝統は「戦前の俳句の延長上」にある、という具合にねじ曲げられたのである。

飴山は戦後俳句を「戦後系俳句」として限定的に発想、立論したため、戦後俳句も戦前俳句もねじれた姿になっているという大峯の批判は正当だが、飴山にしてみれば、この限定的な立論は確信犯的なものだった。なぜなら、金子や原子らの「戦後系俳句」への批判は金子らの社会性俳句に雁行した『おりいぶ』（昭34）の世界から脱却するための自己批判でもあったからだ。それよりも私が注目する点は二つ。一つは大峯が、

伝統とは、時代を超えたものとして何処かに空想される何かではなく、その時その時の尖端にのみ生きられるべきものだ。

と、飴山の不易性の言説を流行性、表現史的な視点から突き崩したこと。もう一点は、飴山が「戦後系俳句」への批判の拠り所や作品の評価軸とした「形式と内容が統一された作者の心音の聞こえる俳句」の主張を『少長集』（昭46）の実作で見事に具現したこと。自己批判を通して論と作を見事に一致させたことは、新風うんぬんではなく、偉

とすべきことだ。

枝打ちの枝が湧きては落ちてくる
うつくしきあぎととあへり能登時雨
柚子風呂に妻をりて音小止みなし
目に見えて秋風はしる壁畳

5　昭和四十年代前半の作品の成果

以上の他に、この時代の作品の成果について「現代俳句協会賞」や「俳人協会賞」の各受賞者の作品や、「俳句」「俳句研究」誌上の作品などを資料として眺めておこう。

まず注目すべきは、三橋敏雄の再登場。三橋は「まぼろしの鱶」（50句）で第十四回現代俳句協会賞（昭42）を受賞したが、社会性と俳諧性を融合させた古典的作風を確立。その奥行きのある作風は句集『真神』（昭48）に集大成され、俳壇に広く大きな影響を与えた。

昭和衰へ馬の音する夕かな
鬼赤く戦争はまだつづくなり
鬼やんま長途のはじめ日当れり

同時受賞者だった豊山千蔭の「結氷音」（50句）には、

病呆けのいつか眠るに蛍籠

の佳句があった。また、三鬼や三橋に師事した山本紫黄には、

嘗て汝が初潮の日なり西東忌
心音はつねに左に秋の海

などがあった。同賞の第十六回受賞者は和田悟朗（昭44）。

　秋の入水眼球に若き魚ささり
　雲にいどむ少年夜は青き小枝

ナイーブでシャープな作品が印象的。第十七回受賞者は阿部完市と桜井博道。博道の繊細な詩情も貴重。

　馬がゐてコップの中も夕焼けぬ　　博道
　梅咲いて空中に影のこしけり　　博道

「海程」の新鋭佃悦夫のピュアな感性も忘れられない。

　ウサギ飼い身に清潔な水たまる
　電球は巨きなしずく海辺の家

第五回俳人協会賞（昭40）は「誕生抄」で鷹羽狩行が受賞。

　スケートの濡れ刃携へ人妻よ
　みちのくの星入り氷柱吾に呉れよ
　天瓜粉しんじつ吾子は無一物

斬新な吾妻俳句、吾子俳句が中心。「摩天楼より新緑がパセリほど」は海外詠の先駆けとなった。同賞受賞の磯貝碧蹄館（第六回）、上田五千石（第八回）も独特の個性を示した。

　南瓜煮てやろ泣く子へ父の拳やろ　　磯貝碧蹄館
　喜雨の尖端肺ごと走る郵便夫　　磯貝碧蹄館
　万緑や死は一弾を以て足る　　上田五千石
　もがり笛風の又三郎やあーい　　上田五千石

その他の成果を挙げておく。

馬もまた歯より衰ふ雪へ雪　　宇佐美魚目
二十のテレビにスタートダッシュの黒人ばかり　金子兜太
陰に生《な》る麦尊けれ青山河　　佐藤鬼房
春ひとり槍投げて槍に歩み寄る　　能村登四郎
いまも未熟に父母きそふ繭の中　　中村苑子

八　戦後俳句の成果――昭和四十年代後半

1　俳句総合誌の対照的な企画

昭和三十六年の現代俳句協会の分裂以後、協会と俳壇ジャーナリズムが癒着して、二項対立的な俳壇構図が形成された。すなわち、現代俳句協会＝「俳句研究」ｖｓ．俳人協会＝「俳句」という構図だ。このことは既に言及済みだが、この構図や俳人の住み分け現象は昭和四十年代後半に入っても解消されず、むしろ固定化した。そこから生じた重大な弊害は、どちらの協会に所属しているかで、俳人を形式的に評価、差別化したり、季語の有無で俳句を形式的に評価、差別化したりする浅薄な形式主義に陥ったことだ。その後遺症は今日に至っても、「季語がないから俳句でない」や、句会の選句の際の先験的な季語探しなどの形式主義として、いっこうに治る気配がない。

それはさておき、昭和四十年代後半の「俳句」と「俳句研究」を時系列で眺め、合わせて立風書房版『現代俳句全集』（全六巻・昭52～53）を補助テクストとして、この時代の俳句的成果、新風、特徴、問題点などを摑み出してみたい。

両誌の企画をタイトルとしてピックアップしてみると、「俳句」では「現代の風狂」（昭46）と「期待する作家」（昭

48）という二つの作家特集が目玉。前者はいわゆる戦後派俳人たちが対象で、近作五十句と作家論。特集作家は飯田龍太・石原八束・石川桂郎・角川源義・野澤節子・森澄雄・香西照雄・金子兜太・波多野爽波・沢木欣一・能村登四郎。後者はいわゆる「第四世代」（主に昭和一桁生れ）が中心で、近作二十五句と作家論。特集作家は草間時彦・福田甲子雄・古賀まり子・清崎敏郎・林徹・阿部完市・木附沢麦青・鷹羽狩行・宇佐美魚目・成田千空・桜井博道・森田峠・草村素子・宮津昭彦・鷲谷七菜子・川崎展宏・山田みづえ・三好潤子・中山純子。

この二つの作家特集の俳人のラインアップを眺めると、極端に俳人協会と「俳句」誌との癒着が目立つ。そればかりではない。作家論執筆に動員された俳人たちも俳人協会に偏していた。他に四十九年末に「花鳥諷詠是非」「境涯俳句是非」「韻文精神吟味」という俳人協会の俳句観を基調にした特集があった。これらを要するに、「俳句」の企画はいわゆる伝統俳句にバイアスがかかった視野の下になされたものだった。

他方、「俳句研究」は高柳重信が編集長に就任（昭43）以後、俳句表現史の視座を軸にした長いスパンで表現史の検証、現代俳句の新風、新鋭の登用、現代俳句の問題点の検討などを多角的、総合的に企画、展開した。四十六年以後の企画を分野別にピックアップすると、作家特集では三橋鷹女・富澤赤黄男・西東三鬼・山口誓子・阿部みどり女・篠原鳳作・山口青邨・富安風生・中村草田男・阿波野青畝・飯田蛇笏・加藤楸邨・種田山頭火・永田耕衣・秋元不死男・大野林火。俳句史的特集では「大正篇Ⅰ・Ⅱ・Ⅲ・Ⅳ」「昭和初頭の俳壇」「新興俳句」「伝統俳句の系譜」「前衛俳句の盛衰」など。現俳壇の作家展望では「現代俳句の鳥瞰」「現代の女流俳人」「新俳壇の中堅」「新俳壇の諸流」「新俳壇の諸子百家Ⅰ・Ⅱ・Ⅲ・Ⅳ」など。新鋭の登用では「二十代の俳句」「各地各誌の新人」「五十句競作」など。現代俳句の問題点の検証では「戦後俳句批判」「現代俳句の診断」「現代俳句の病巣」「物と言葉の周辺」など。特に注目すべきは毎年、十二月の年鑑号では高柳の司会で気鋭俳人たちによる座談会で、年度ごとの論と作両面の功罪が浮き彫りにされたこと。

これらを要するに、高柳の抜群の編集能力に尽きる。俳壇流派的にも世代的にも幅広く人材を登用。特に昭和二桁世代から戦後生まれまでの次代を担う論と作の新鋭を積極的に登用した意義は大きい。具体的に名を挙げれば、折笠美秋・安井浩司・大岡頌司・大石雄介・酒井弘司・中谷寛章・竹中宏・坪内稔典・澤好摩・攝津幸彦らが「俳句研究」という場から育った。

以上、両誌の企画を現象的に記したが、そこから浮上してくる実作上の成果は四つに絞り込めよう。一、いわゆる戦後派はおのがじしの成熟に向かったこと。二、第四世代はおのがじしの独自の様式を確立したこと。三、阿波野青畝・右城暮石・後藤比奈夫など関西俳人の俳意の充実。四、戦後生まれの新風。俳句認識や表現方法などの面では三つに絞り込めよう。一、実作における時間処理の問題。二、作品の読みと想像力の問題。三、言葉と現実の問題。これらを以下、章を立て言及しよう。

2　いわゆる戦後派俳人たちの円熟

多くの俳人たちは、若いときには新鮮な感性や詩情といった資質を全開させて新風を確立する。青春期の第一句集が瑞々しいのはそのためである。しかし、いつまでもその生得の資質に頼るわけにはゆくまい。加齢とともに鋭敏な感性は鈍化してくる。それに替わる手だてが加齢による心の深まりや表現の円熟であろう。

この時代のいわゆる戦後派俳人の句業を眺めてみると、そういう円熟とも呼ぶべき転換期に入っていたことが窺える。それぞれが独自の円熟に向かったのだ。いわゆる「龍太・澄雄」時代というのも実はその一環だったのだ。

特集「現代の風狂」の飯田龍太の近代五〇句（昭46・2）から。

一月の川一月の谷の中

雪の日暮れはいくたびも読む文のごとし

真冬の故郷正座してものおもはする

顔洗ひゐる元日の末娘

一月はよその畑の破れ靴
颪の彼方直視十里の寒暮あり
種蒔くひと居ても消えても秋の昼

これらの句は鋭敏な感性を武器とした『百戸の谿』（昭29）などとは大いに異なる。「雪の日暮れは」「真冬の故郷」「颪の彼方」「種蒔くひと」の各句は、敢えて字余り（上五が主に七音）を冒しても心意の深さを表わそうとするもの。「一月の川」の句はそれが即物的に単一化された表現。「顔洗ひゐる」や「一月は」の句は円熟した心意に基づく俳意を意図したもの。全体として円熟へと変貌しようとする龍太の意欲が見える。

句集で言えば、『春の道』（昭46）をさらに円熟へと変貌させたのが『山の木』（昭50）だ。

冬深し手に乗る禽の夢を見て
茶の花の映りて水の澄む日かな
陽炎や破れ小靴が藪の中
白梅のあと紅梅の深空あり
種子蒔いて身の衰への遠くまで
短日やこころ澄まねば山澄まず

「茶の花」や「白梅」の句は物に託した心意の深まり。「冬深し」や「短日」の句は心意の深まりを直接句の表に出したもの。「種子蒔いて」の句は肉体を通した心意の深まり。これらが円熟へ向けての龍太の表現的戦略だった。

特集「現代の風狂」の森澄雄の近作五〇句（昭46・7）から。

初夢に見し踊子をつつしめり
年立つて自転車一つ過ぎしのみ
緑山中かなしきことによくねむる

特集「現代俳句の鳥瞰」(「俳句研究」昭47・1)では、

終戦忌杉山に夜のざんざ降り

白木槿暮れて越後の真くらがり

搗栗《かちぐり》のくちやくちやの皺毛の国の

「大桝」三〇句(「俳句」(昭47・11)では、

紅梅を近江に見たり義仲忌

水のんで湖国の寒さひろがりぬ

田を植ゑて空も近江も水ぐもり

同じ月には主宰誌「杉」にこの時代の代表句を発表。

秋の淡海《あふみ》かすみ誰にもたよりせず

これらの句を収めた句集『浮鷗』(昭48)の最後には、

白をもて一つ年とる浮鷗

が置かれている。森澄雄の円熟は『浮鷗』に集約されているが、それは前回触れたとおり、父の死を契機に人間の歴史を貫く性の哀しみの認識と、古人と心を交す踏跡の文学への志向に根ざしたものとして括れよう。

その他の戦後派俳人も、特集「現代の風狂」や「現代俳句の鳥瞰」などで、それぞれの円熟ぶりを示した。

飛驒《ひだ》の山門《やまと》の考《かんが》へ杉《すぎ》の池多《いけおほ》きむかし　高柳重信

みことかな武蔵《むさし》の鮒《ふな》や鯉《こひ》

白障《そこひ》ほど白し北陸の雪の樅　金子兜太

暗黒や関東平野に火事一つ　金子兜太

樹といれば少女ざわざわ繁茂せり　金子兜太

赤き犀国道ゆくには速度足らぬ　金子兜太

海とどまりわれら流れてゆきしかな　金子兜太

緋縮緬嚙み出す簞笥とはの秋　三橋敏雄

戦没の友のみ若し霜柱　三橋敏雄　空鬱々さくらは白く走るかな　赤尾兜子
撫でて在る眼のたま久し大旦　三橋敏雄　大雷雨鬱王と会うあさの夢　赤尾兜子
尿尽きてまた湧く日日や梅の花　三橋敏雄　口の中汚れきつたり鰯喰ふ　草間時彦
鈴に入る玉こそよけれ春のくれ　三橋敏雄　枯紫蘇に夕日ちぎれて届きけり　草間時彦
機関車の底まで月明か　馬盥　赤尾兜子　足もとはもうまつくらや秋の暮　草間時彦
花から雪へ砧うち合う境なし　赤尾兜子　帯締めて春着の自在裾に得し　野澤節子

高柳は飛騨を訪れたのを契機にモチーフが歴史的、郷愁的世界へとシフト。頭韻・脚韻を多用した畳みかけるような文体を駆使した。『山海集』（昭51）の世界がそれだ。金子は自然や風土への関心を深め、物としての質感（物象感）をとらえようとする。「赤き犀」の諧謔味や「海とどまり」の流離感も円熟のあらわれの一つと言えよう。三橋は後年の『しだらでん』（平8）に通じる英霊への鎮魂詠（「戦没」の句）も見られるが、中心は社会性よりも、渡辺白泉の戦後俳句に通じる人間存在の基底に触れたものだ。赤尾は意識とイメージによって現代社会の軋みを抉り出す方向から歴史的、自然的な時空に視野を拡げる一方、自己の内部の宿痾としての鬱に向き合った。逆に、野澤の「帯締めて」の句からは長年の宿痾から解放された生き生きとした心が伝わってくる。

3　昭和世代（第四世代）それぞれの作風の確立

昭和世代の新風については、既に六章と七章で触れた。四十年代後半では、既にそれぞれ独自の作風を発揮していた昭和世代が、各自、明確に作風を確立し、代表作も生み出した。彼らに焦点を当てた特集「期待する作家」（「俳句」昭48）と特集「新俳壇の中堅」（「俳句研究」昭48）などにその成果が見られる。その中で七章で触れた阿部の独自の作風が際立つ。

栃木にいろいろ雨のたましいもいたり　阿部完市　草木より病気きれいにみえいたり　阿部完市

みせさきで京都弁とおいすすきも喋り　阿部完市
すぐ氷る木賊の前のうすき水　宇佐美魚目
藁苞を出て鯉およぐ年の暮　宇佐美魚目
杉林あるきはじめた杉から死ぬ　折笠美秋
天体やゆうべ毛深きもものすもも　折笠美秋
天の川われを水より呼びださん　河原枇杷男
水鏡暗し天に繋るは何ならん　河原枇杷男
一対《いっつい》か一対一か枯野人　鷹羽狩行
厠より行きしばかりの年を見て　鷹羽狩行
黄泉の厠に　桃源や
人ひとり居る　牛の尻打つ
暑さかな　響かな　大岡頌司
御燈明ここに小川の始まれり　安井浩司

4　関西の俳諧味——青畝・暮石・比奈夫

関西の阿波野青畝・右城暮石・後藤比奈夫が持前の柔軟な発想と表現で庶民的俳諧味を発揮したことも明記すべき成果。

一軒家より色が出て春着の児　阿波野青畝
寒波急日本は細くなりしまま　阿波野青畝
初夢の大きな顔が虚子に似る　阿波野青畝
炎天を来て大阪に紛れ込む　右城暮石
夕立に看板の美女抱き入るる　右城暮石
鶴の来るために大空あけて待つ　後藤比奈夫
石階へ来て冬の日の固くなる　後藤比奈夫

5　戦後生まれの新風

昭和四十八年から高柳重信は新人発掘のため「俳句研究」で「五〇句競作」（年一回）を創設。そこから瑞々しい詩情と斬新な美意識をもった戦後生まれの新鋭が登場した。

林檎割くいきづく言葉噛み殺し　郡山淳一
致死量の月光兄の蒼全裸《あおはだか》　藤原月彦
美術展はじめに唇を処刑せり　大屋達治
南国に死して御恩のみなみかぜ　攝津幸彦
受話器からしやぼんの如き母の声　林桂

郡山と林は青春期の瑞々しい詩情。藤原と大屋は第四世代に見られなかった耽美的詩情。最も注目すべきは戦無派による文明批評を滲ませた世界を仮構した攝津幸彦だった。

6　言葉をめぐる三つの問題

阿部完市の森澄雄論「立蜀一句」（「俳句」昭46・7）は先験的な予定調和の人生的詠嘆によって固定的な時間処理がされている森俳句の創作方法を根底から否定した出色の論。これは森だけの問題ではなく、重層する豊饒な時間をたぐりよせることで散文に対抗してきた俳句のカノンを解体しようとするドラスティックなものだった。阿部は固定的時間に対して言葉自体に寄り添った言葉の自然を主張した。

創作の側からではなく、作品の読みの側から写生的な規範に囚われた硬直的読みも露呈した。眼への過信や自然の模倣になずんできたことが背景にあった。金子兜太の「山上の白馬暁闇の虚妄」を白馬岳と読む写生的言語体験と想像力の貧しさを酒井弘司や折笠美秋らが批判し、自己の体験に囚われず、言葉に寄り添う読みを主張した。こうした写生的読みの規範の病巣は、今日も完全には治癒していない。

兜太の「物」と「言葉」を癒着させた言説に対し、私は「言語記号は物と名とを連結するのではない、概念と聴覚映像とを連結するのである」というソシュールの言語論に倣って、発想の契機としての現実と言語空間を生成する言葉との別次元に言及した（参照・特集「物と言葉の周辺」――「俳句研究」昭49・11）。今となっては懐かしい思い出である。

最後に、本稿を閉じるに当たり、戦後俳句の表現史や言葉をめぐる認識が生産的に継起されることを願うばかりである。

［付記］

個々の俳人の新風、句業については拙著『挑発する俳句　癒す俳句』（筑摩書房・平22）と『俳句に新風が吹くとき』（文學の森・平26）を参照してほしい。

知られざる新興俳句の女性俳人たち
——東鷹女・藤木清子・すゞのみぐさ女・竹下しづの女・中村節子・丹羽信子・志波汀子・坂井道子・古家和琴の境涯俳句と銃後俳句

はじめに

1 研究の目的

昭和十年代の新興俳句は大学生や大学卒のリテラシーの高いインテリの青年たちによって推進されたため、特に女性俳人は少なかった。とはいえ、主要な新興俳句誌には優れた俳句を残した女性俳人が合わせて十人ほど存在した。すなわち、「句と評論」（のち「広場」）—すゞのみぐさ女（関口みぐさ女）、「旗艦」—藤木清子・中村節子・丹羽信子（のち桂信子）、「京大俳句」—志波汀子・藤木清子、「土上」—坂井道子（のち舟越道子）・古家和琴、「天の川」「ホトトギス」「成層圏」—竹下しづの女、「鶏頭陣」「紺」—東鷹女（のち三橋鷹女）・中村節子らである。竹下しづの女と東鷹女は新興俳句の外周にいて、銃後俳句も作った俳人である。彼女たちが残した俳句の特徴は、「ホトトギス」など伝統派の女性俳人がもっぱら四季の風物・日常の些事などを詠んだのとは異なり、個性的な境涯俳句（実生活上の立ち位置を反映した句）だけでなく、時代と向き合った銃後俳句（日本国内にて戦争にかかわる事象を詠んだ句）を果敢に作ったことである。本稿では彼女たちの境涯俳句と銃後俳句のそれぞれの特徴と差異を明らかにすることを目的とする。

2　研究の方法

彼女たちの俳句の作風は自己の詩才・資質を核として、同時代の俳句傾向（特に新興俳句）や所属俳誌の傾向の影響などによって形成されている。そのうえ、境涯俳句については彼女たちの実生活上の立ち位置（主婦・寡婦など）が強く反映している。また、銃後俳句については彼女たちの実生活上の立ち位置だけでなく、彼女たちの戦争や時代状況に対する姿勢や意識が強く反映している。そこで、境涯俳句については「実生活上の立ち位置」を、銃後俳句については「忠君愛国という同時代の国民感情への同化と不同調」に視点を置いてそれぞれの特徴と差異を把握しようとした。同時代の国民感情は国家とメディアによって戦意高揚を目的として「忠君愛国」を合言葉にして意図的に醸成された（後、戦局に応じて「大東亜共栄圏」「八紘一宇」「一億玉砕」などと変化）。合言葉は語り手（国家・メディア）と聞き手（国民）を一体化し、語り手に感情移入することで強い集団意識・国民感情を生みだすが、聞き手個々の独自の思考や感情を空虚化する。

3　同時代の女性俳人のヒエラルヒー

昭和十年代の女性俳人の俳壇的ヒエラルヒーを示す資料は『現代名家女流俳句集』（交蘭社・昭11）。それによれば上位には長谷川かな女・杉田久女・久保より江・竹下しづの女・阿部みどり女・高橋淡路女・中村汀女・星野立子・橋本多佳子・東鷹女らが位置し、その下に新鋭の細見綾子・山口波津女・高野冨士子・鈴木真砂女・すゞのみぐさ女・坂井道子らが並ぶという位相が見てとれる。（山家和香女・金子せん女ら今日忘れられた俳人も多い）。

これらの女性俳人の中で誰が頂点に位置していたか。それを傍証する資料は東鷹女がこのアンソロジーを書評した

「七色の花々―紫の句集を手にして」（「鶏頭陣」昭11・7）である。鷹女は七人の作品を採り上げて、花の種類に喩えて寸評を記している。

藤寝椅子片頬は月に吸はれけり　長谷川かな女
静かなる二百十日の萩を剪る
冬牡丹人形箱を出でて見よ

聡明周到なる感覚と表現、この作品、花ならば龍胆にたとへたい。（略）

月代は月となり灯は窓となり　竹下しづの女
短夜の（ママ）乳ぜる（ママ）啼く児を可捨焉乎《すてちまをか》
華葦の伏屋ぞつひの吾が棲家

才気縦横、とぎ澄ました理智と、触れるものを灼き尽くさないではおかぬ情熱との美事な交錯が烈々として（略）曼珠沙華の火焔を想はせて余りある（略）。

南風と練習船
積雲も練習船も夏白き　橋本多佳子
南風つよし綱ひけよ張れ三角帆
百千の帆綱が南風にみだれなき

溌溂とした童心が発散する魅力（略）赤のまんまは、きびきびと人なつこい花である（略）。

戻れば春水の心あともどり　星野立子
娘らのうか〳〵あそびソーダ水
父が附けし吾が名立子や月を仰ぐ

秋海棠の温健美、どこかに、賢明な信念を秘めてゐさうなこの花には、たゞおとなしいといつてはしまはれぬ

強さがあり、深さがある。（略）

地階の灯春の雪ふる樹のもとに　中村汀女
曇るとき港さびしや春浅き
稲妻のゆたかなる夜も寝べきころ

明朗。正しく美しく咲きほこるこの花は、大輪の黄菊（略）確《ママ》な美と品格とを多分に備へた作品である。

鬢かくや春眠さめしまゆおもく　杉田久女
丹の欄にさへづる鳥も惜春譜
こだまして山ほと〻ぎすほしいまゝ

艶麗無比の句境に、一抹の寂しみを含んでゐる、巧みな表現と相俟つて、これは秋の豪華といはうか（略）雁来紅の美の高潮を観る。

たんぽゝを折ればうつろのひゞきかな　久保より江
花の窓冷え〳〵とある腕かな
この月よをちかた人にまどかなれ

しとやかな美しさは、同時に女性独特の強味でもある、麗しい中に、どこかしやんとした気品が漲つてゐる（略）コスモスと讃へたい。

（注）原典では各作者五句が引用されているが、適宜三句の引用にとどめた。

鷹女は『現代名家女流俳句集』を「現代女流句集」と誤記しているが、このアンソロジーを「唯バラ〳〵とめくり当てた中から、いま私の心に残つてゐる句に就いて、ごく簡単に感じたまゝを頁順に記し」たという。が、これは多分に言葉の綾であろう。鷹女が採り上げた七人の女性俳人は当時、すでに知名度が高く、また、鷹女が引用した句もすでによく知られた代表句が含まれている。このことから、鷹女は六人をアトランダムに採り上げたのではなく、当時、女性俳句界のヒエラルヒーの頂点に位置していた俳人に配慮して七人を採り上げたものと思われる。つまり、鷹女のアンソロジー評が当時の女性俳句界のヒエラルヒーをおのずと炙り出しているのだ。この七人に鷹女を加えた八人が頂点に位置していたといえよう。ちなみに、戦後、山本健吉は汀女・立子・多佳子・鷹女を「四S」に倣って「四T」と呼び、その上に久女を位置づけた（「東京新聞」昭28・8・15）。

七人の作風はそれぞれ個性的である。また、女性らしい感性や、女性性が強く出た句もみられる。しづの女の「須可捨焉乎《すてちまをか》」の会話体や、多佳子の「綱引けや張れ」、立子の「うか〳〵あそび」の口語体には文語体の型に囚われないのびやかな自在さも見られる。だが当時の俳壇の状況から見ると、全体的に保守的で、エスプリ・ヌーボーの新風は見られない。その主因は、この七人が新興俳句の俳人ではなかったことにあろう（多佳子は「ホトトギス」出身で、昭和十年に「ホトトギス」を離脱し「馬酔木」に移ったばかりの頃。十一年には、「馬酔木」は無季新興俳句陣営の圏外にあった）。

4　当時の俳壇の状況

昭和十一年前後には、新興俳句陣営ではエスプリ・ヌーボーの競合の全盛期に当り、次のような新風が見られた。

夢青し蝶肋間にひそみゐき　喜多青子（「旗艦」昭10・8）
水枕がバリと寒い海がある　西東三鬼（「天の川」昭11・3）
南国のこの早熟な青貝よ　富澤赤黄男（「旗艦」昭10・7）
白の秋シモオヌ・シモンと病む少女　高篤三（「句と評論」昭10・12）
三宅坂黄套わが背より降車　渡辺白泉（「句と評論」昭11・12）

青子と三鬼の句は私性に根ざす新感覚、心理主義の傑作。他方、白泉の句は社会性に根ざす心理主義の傑作で、銃後俳句を先取りした句。赤黄男と篤三の句はモダンな新感覚の句。

「ホトトギス」陣営では、昭和十一年に中村草田男の句集『長子』が上梓され、

蟾蜍長子家去る由もなし
玫瑰や今も沖には未来あり
秋の航一大紺円盤の中

など、季語の象徴的用法による斬新な取り合わせや斬新な比喩を駆使した清新な新風が見られた。男性俳人たちのこうした新風を前にすると、前記の女性俳人たちの表現史的後進性が浮き彫りになる。

5　新興俳句の女性俳人の境涯俳句と銃後俳句の各特徴と差異

では、新興俳句陣営の十名ほどの女性俳人たちはどのような境涯俳句や銃後俳句を作ったのか。本稿では彼女たちの実生活上の立ち位置や、彼女たちの境涯俳句・銃後俳句の独自性と差異性を考慮して、東鷹女・藤木清子・すゞのみぐさ女・竹下しづの女・中村節子・丹羽信子・志波汀子・坂井道子・古家和琴の九名に絞って言及していく。

一　東鷹女

1　東鷹女のプロフィール

「鶏頭陣」「紺」所属。関東大震災で倒壊家屋の下敷きになり、奇跡的に救出された鷹女と嬰児。中学生に成長した一人子を持つ歯科医の妻で四十歳前後。（明32〜昭47）本名三橋たか。千葉県成田生まれ。大正十年、千葉県安房郡那古町（現・館山市）の那古病院にて歯科医師東謙三と出会い、翌年結婚。昭和三年「鹿火屋」入会。五年、「鶏頭陣」に出句。八年、東文恵を東鷹女と改号。十年、「冒険的なる句作を試み始む」。翌年、同人誌「紺」創刊に参加。戦後は「俳句評論」「羊歯」などに参加。句集『向日葵』（昭15）、『魚の鰭』（昭16）、『白骨』（昭27）、『羊歯地獄』（昭36）、『樵』（昭45）。

2　東鷹女の俳句活動の展開

昭和十年代の鷹女は直接的には新興俳句運動の渦中にはいなかったが、同人誌「紺」に所属し、新興俳句のエリアないし外周にいた。その才気煥発な作風は新興俳句の俳人たちを魅了しただけでなく、俳壇ジャーナリズム（改造社の「俳句研究」）でも露出度が高かった。ちなみに、「紺」は原石鼎の「鹿火屋」を脱退した加藤しげると山本湖雨が昭和十一年に創刊した俳誌で、小野蕪子の「鶏頭陣」で鷹女と行を共にした永田耕衣・京極杜藻・鈴木晴亭・吉田楚史らもいた。

創刊号に「自分らは花鳥諷詠論に反対する新興俳句理論には同感すべき点少しとしないがなお幾多の疑問を持つ」（加藤しげる）とあり、幡谷東吾によれば「〈新興俳句〉のカテゴリーに数えられるもの」という。

第一句集『向日葵』（三省堂・昭15）の巻末に付された「伝」（略歴）に言う。

昭和三年原石鼎先生を知り、鹿火屋誌上に投句しつゝ、親しく教へを受く。其後夫が同人たりし鶏頭陣に入り、小野蕪子先生御後援の下に、従来の俳句に不満寂寥を感じ、敢へて冒険的なる句作を試み《（ママ）》初めしが、昭和十一年同人雑誌「紺」の誕生と共にその一員となり今日に及べり。

これは鷹女自身が記述したものだろう。「鹿火屋」と「鶏頭陣」を時系列で繙いてゆくと、鷹女の「年譜」（『三橋鷹女全句集』―立風書房・昭51）を書き改めなければならない事実に遭遇する。それは「鹿火屋」への入会時期と東鷹女への改名時期に関してである。「年譜」では、

昭和九年「鹿火屋」を退会。剣三が同人として在籍する小野蕪子主宰の「鶏頭陣」に出句。この頃より東鷹女と改名。

とある。だが、「鹿火屋」昭和八年七月号の石鼎選「雑詠」欄では「東鷹女」の俳号で巻頭を得ている。また、「鶏頭陣」昭和八年十月号の蕪子選「雑詠」欄には「東鷹女」の俳号で七句が登載されている。同誌同年十二月号には、

秋霊のおとなひよりし簾かな

という鷹女の個性が垣間見られる句もみられる。この年九月に上梓された「鶏頭陣」百号記念第一句集『塔』（小野蕪子編）には「東文恵」の俳号で「一むらのおいらん草に夕涼み」（昭和5・10）が入集している。したがって、「鶏頭陣」への出句は昭和五年ごろ、「東鷹女」への改名は昭和八年と判明した。

『向日葵』の冒頭二句目には、

蝶とべり飛べよと思ふ掌の菫

が置かれている。これは大正末期ごろの句。このいわば処女作ともいうべき句は、

風吹いて蝶々迅く飛びにけり　（高野素十　「ホトトギス」昭4・6）

のような写生句とは異なり、後年の才気煥発な鷹女に通じる感性と想像力の才気が窺える。ちなみに、この句の背景を記した随筆に「菫」（「俳句研究」昭32・4）がある。

では、「鶏頭陣」に所属し、「伝」にいう、「敢へて冒険的なる句作を試み初めし」時期はいつごろか。「冒険的なる句作」とは、鋭敏な感性と想像力を発揮するとともに、口語文体を奔放に駆使した鷹女独特の新風を意味する。鷹女は「鶏頭陣」で五回、巻頭を得ているが、その最初は昭和九年十二月号。

日本のわれもをみなや明治節
日に焼けて秋の野山を歩きけり
みそ萩のあたり露けきおもひかな

冒頭句は『向日葵』では中七が「我はをみなや」と改められた。それにより、国家への帰属意識と一体化した鷹女のアイデンティティーが凛として立ち上がる。この句は文体においては格調高い古典的文体だが、精神においては鷹

女の新風の魁と看做せよう。また、鷹女も「馬酔木」「天の川」など当時流行の連作の影響を受けて句作していることも見てとれる。

以下、「鶏頭陣」で鷹女の新風を追ってみよう。

真昼吾が来たり田螺は鳴くものか　（昭10・8～9合併号）
＊夏痩せて嫌ひなものは嫌ひなり　（昭10・10）
＊夏逝くやいみじき嘘をつく女　（昭10・10）
＊夏逝くとしん〳〵とろり吾が酔へる　（昭10・10）
幻影はくだけよ雨の大カンナ　（昭10・12）
薄紅葉恋人ならば烏帽子で来《こ》　（昭11・1）
初嵐して人の機嫌はとれませぬ　（昭11）
つはぶきはだんまりの花嫌ひな花　（昭11）
笹鳴きに逢ひたき人のあるにはある　（昭11）
笹子鳴くこの帯止めが気に入らぬ　（昭11）
暖炉昏し壺の椿を投げ入れよ　（昭11・3）
暖炉灼く夫よタンゴを踊らうか　（昭11・3）
春泥をいゆきて人を訪はざりき　（昭11）
＊沈丁にきんかんなれよ憂鬱日　（昭11・6）
鷹女変じて何になるべし黄雀風　（昭11・7）
＊著莪さいて乳房うつうつねむたかり　（昭11・8）
＊夏来るしろき乳房は神のもの　（昭11・8）
みんなゆめ雪割草がさいたのね　（昭12・4）

これらのうち、＊印は巻頭句。また、最後の「みんなゆめ」の句は「雪割草」三十句中の一句。

「鶏頭陣」以外では「俳句研究」の昭和十年十二月号に「カンナ」（十句）を発表したのを最初として、毎年寄稿している（十一年一回、十二年三回、十三年四回、十四年一回）。また、「俳句研究」は十二年度から十二月号に主要俳人の自選句欄を設けたが、鷹女は中村汀女・星野立子・竹下しづの女らとともに、そこにも名を連ねている。当時の俳壇ジャーナリズムに高く評価されている証左である。

その「俳句研究」に発表した鷹女らしい新風は次のとおり。

ひるがほに電流かよひゐはせぬか　（昭11・10）
しんじつは醜男にありて九月来る　（昭11・10）

天地ふとさかしまにあり秋を病む　（昭12・11）
しやがに降る雨はひとづまにしか降らぬ　（昭13・6）
しやが咲いてひとづまは憶ふ古き映画　（昭13・6）
爆撃機に乗りたし梅雨のミシン踏めり　（昭13・8）
きしきしときしきしと秋の玻璃を拭く　（昭13・11）
書き驕るあはれ夕焼け野に腹這ひ　（昭14・8）

出典不明だが、昭和十一年の作として「この樹登らば鬼女となるべし夕紅葉」の句もある。鷹女は「鶏頭陣」に所属したまま、「紺」の創刊（昭11・5）に参加するが、この句の初出は「紺」かもしれない（主要な図書館・文学館に「紺」が揃っておらず、初出を特定できない）。また、「紺」昭和十三年三月号と推定される「詩に痩せて二月渚をゆくはわたし」の句もある。

以上のように見てくると、鷹女の新風は昭和十年後半から十三年中ごろまでの約三年間に集中的に現われていることがわかる。高柳重信によれば、こういう新風は「鹿火屋」や「鶏頭陣」のような伝統派の大結社の雰囲気の中ではなかなか書き切ることができないものであり、「紺」という自由な発表の場が、鷹女の新しい意欲を引き出したであろう、という（「鷹女ノート」—『三橋鷹女全句集』）。また、この時代を回想するとき、強い愛情を示した俳誌は「紺」であり、したがって、「紺」が山本湖雨の死を契機として廃刊（昭15）となったことは、痛恨事であったに違いない、という。それも肯えるが、前の引用句を見れば分かるとおり、すでに「紺」創刊以前に鷹女独特の新風は開花している。したがって、「敢へて冒険的なる句作を試み初め」るという彼女自身の主体的試行による資質の開花という要因が大きいと言えよう。

「紺」誌上での鷹女の作品活動を十分に誌面を通して目にすることはできないが、「ひと来ねばカットグラスの夜がいびつ」（昭12・8）などが見られ、昭和十年代の新興俳句の趨勢をも視野に入れた開かれた自由な雰囲気のあった「紺」は、たしかに鷹女の才気煥発さをほしいままにするにはふさわしい場だったろう。「紺」同人だった永田竹の春の「三橋鷹女と「紺」の時代」（「俳句研究」昭46・2）によれば、「紺」は昭和十五年三月まで存続したという。「紺」はその後「平野」となり、昭和十九年三月、俳誌統合により「鹿火屋」に統合された。「紺」誌上にはいかにも鷹女

らしい才気ある句として、

夏深くわれは火星を恋ふをんな
台風のそこひ眼のなき魚が棲む
吾が好きは犬と牡丹よ水を打つ

などが載ったという。

とはいえ、「鶏頭陣」主宰の小野蕪子の選句の許容幅もなかなかのものだったと言えよう。蕪子は健康俳句を標榜し、戦時下においては特高や内閣情報局と通じ、俳句弾圧事件に暗躍したとされる悪名高い人物だが、

ミスミセス籐椅子並べ靴を海へ　（「ホトトギス」大8・6）
エレベーターに相天上す御慶かな　（『現代短歌集　現代俳句集』改造社）
みちのくのうそになきよるうそありぬ　（「俳句研究」昭14・4）

など、モダン都市の素材を採り入れたり、句の調べや表記に工夫を凝らしたり、作風は柔軟性があった。選句の幅もそこに由来しただろう。

3　東鷹女の境涯俳句の諸相

鷹女が生み出した新風の特徴は何だったのか。前に引用した新興俳句の新鋭俳人たちの句と読み比べてみると、その特徴が浮き彫りになってくる。両者は鋭敏な感性に発する才気煥発な新風という点では共通するが、その詩法、発想、時代への批評眼に大きな違いが見られる。鷹女の境涯俳句の際立った特徴は次の三つに分類できる。

〈ア　口語文体を駆使した奔放な直情表現、鋭敏な感覚や想像力〉

夏痩せて嫌ひなものは嫌ひなり　（「鶏頭陣」昭10・10）
つはぶきはだんまりの花嫌ひな花　（昭11）
初嵐して人の機嫌はとれませぬ　（昭11）
笹子鳴くこの帯止めが気に入らぬ　（昭11）

暖炉昏し壺の椿を投げ入れよ　（「鶏頭陣」昭11・3）
暖炉灼く夫よタンゴを踊らうか　（「鶏頭陣」昭11・3）
沈丁にきんかんなれよ憂鬱日　（「鶏頭陣」昭11・6）
幻影はくだけよ雨の大カンナ　（「鶏頭陣」昭10・12）
ひるがほに電流かよひゐはせぬか（「俳句研究」昭11・10）
夏藤のこの崖飛ばば死ぬべしや　（昭13）
この樹登らば鬼女となるべし夕紅葉　（昭11）

＊

アの前半の諸句は口語文体を駆使した奔放な直情表現。鷹女の情動が衝動的に噴出したもの。自己への強いこだわりが特徴で、女性性が強く顕れている。断定・否定・命令の形を多用した文体によって、奔放な情動や強い意志が如実に伝わってくる。その基底には鷹女の人となりを形成している不羈・狷介・自恃の精神が貫いている。

アの後半の諸句は鷹女独特の詩的衝撃力の強い鋭敏な感覚や感性、想像力が存分に発揮されたもの。「ひるがほ」に「電流」を直覚する感性や「鬼女」変身への想像力などはその最たるもので、彼女の独擅場。

〈イ　ナルシシズム（自己愛）〉

夏逝くとしん〳〵とろり吾が酔へる　（「鶏頭陣」昭10・10）
みんな夢雪割草が咲いたのね　（「鶏頭陣」昭12・4）
詩に痩せて二月渚をゆくはわたし　（「紺」昭13・3―推定）
しやが咲いてひとづまは想ふ古き映画　（「俳句研究」昭13・6）

これらの句は物語性の強い仮構の世界のヒロインに自己を仕立て、夢を夢見る青春・儚く消えた青春の夢への感傷的な追憶・自己陶酔的なナルシシズムを打ち出したもの。ナルシスティックな私性へのこだわりが顕著で、そこから句が発想されている。

たとえば、「詩に痩せて二月渚をゆくはわたし」と赤黄男の「南国のこの早熟な青貝よ」の句は共にナルシスティックであるが、鷹女は「渚をゆくはわたし」と直叙的に自己を仮構するだけで、赤黄男の「この早熟な青貝よ」のような暗喩による象徴的な詩法は見られない。また、「ひとづまは想ふ古き映画」とは詠んでも、高篤三の「白の秋シモオヌ・シモンと病む少女」のように西欧の近代詩の教養に裏打ちされたモンタージュ（＝物衝撃法）の詩法も見られない。ちなみに、「シモオヌ・シモン」とは映画「乙女の湖」のヒロインとして知られるフランス女優だが、この句では「白の秋」や「病む少女」との音韻的な詩的交感《コレスポンダンス》が意図されている。このように、新興俳句の新鋭俳人たちの句には、西欧近代詩の詩法や発想が基盤になっている点が特徴である。高柳重信によれば、赤黄男のように詩歌に関する書籍を洋の東西にわたって広範囲に読み漁る読書家と違って、鷹女はあまり読書家ではなかった、という（「鷹女ノート」既出）。渡辺白泉も洋の東西にわたる読書家だった。

以上のアとイの作風の特徴が鷹女のイメージを作り上げ、それは現在も続いている。だが、鷹女にはそのイメージを反転させる境涯俳句の別の顔があった。

〈ウ　一人子への一途な母情〉

夏野原征くべき吾子を日に放ち　（昭15）
夏旅の短かに吾子の頬尖り　（昭15）
せせらぎを河鹿の谷を子に語らせ　（昭15）
汗の香の愛しく吾子に笑み寄らる　（昭16）
ネクタイの臙脂凍てたり結んでやる　（昭21）
ばらの如き娘のあり吾子を憂へしむ　（昭23）

これらの句には奔放不羈な鷹女のイメージを一変させるわが子への手ばなしの母情が顕著だ。青年となった息子を「征くべき吾子を日に放ち」と詠み、「ネクタイの臙脂」を「結んでやる」と詠む。鷹女はなぜこうなったのか。その背景にはわが子の出征から帰還へという戦争を生きのびての命のめぐり合いもあろうが、その要因は母子の宿命的な生に求められよう。千葉県館山市那古で歯科医院を営む東謙三の妻であった鷹女は関東大震災で罹災。生後七ヶ月の一人子陽一を抱いたまま倒壊家屋の梁の下敷きになったが、五時間後、奇跡的に救出されたのだった。この奇跡的な生は、宿命的な母子の絆の意識を鷹女にもたらしたであろう。一途な母情の因子が生じた所以であろう。

4　東鷹女の銃後俳句の特徴

自己中心の直情の吐露、ナルシシズム、子への母情という鷹女の心性は、客観的な目や批評精神が脆弱で、「忠君愛国」の公の国民感情に溺れ易い。それが端的に露出したのが鷹女の「銃後俳句」である。

渡辺白泉など新興俳句の新鋭俳人たちとの様々な違いの中で、鷹女に最も欠けていたのは時代や社会に対する客観的な目や批評眼であった。リテラシーの高いインテリのキャリアウーマンであった竹下しづの女と比べ、歯科医の妻として市井に生きた鷹女には時局を冷静に読み解く視野や洞察力が充分でなかったのは、やむをえないことだったと言えよう。昭和十二年七月七日に日中戦争（支那事変）勃発、時局は加速的に戦時色を濃くしていった。白泉の「三宅坂黄套わが背より降車」の句は事変以前の作だが、軍国の世への不安や恐れを鋭敏に捉えた心理俳句の傑作。「三宅坂」は陸軍参謀本部の所在地で、強大な国家権力の徴表。「黄套」は陸軍将校のカーキ色の外套で、同じく強大な国家権力の徴表としての換喩表現。白泉につづいて背後から市電（まだ東京市だった）を下車した「黄套」に白泉の時局的な感性は鋭敏に反応したのである。鷹女はこういう社会性を孕んだ時代に対する批評眼を持ち得なかった。また、それを表現する詩法も持ち得なかった。

他方、新興俳句の新鋭俳人たちは戦争をモチーフにした俳句に果敢に挑戦し、次のような新風、傑作を生み出した。

昼寝ざめ戦争厳と聳へたり　藤木清子
戦争が廊下の奥に立つてゐた　渡辺白泉
銃後といふ不思議な町を丘で見た　渡辺白泉
兵隊が征くまつ黒い汽車に乗り　西東三鬼
占領地区の牡蠣を将軍に奉る　西東三鬼

困憊の日輪《ひ》をころがしてゐる戦場　富澤赤黄男
戦死せり三十二枚の歯をそろへ　藤木清子

これらの諸句がなぜ傑作なのか。それは戦争が単に一過性の現象としてではなく、時代を超えた普遍的なものとして読み手の胸に迫るという言葉の力を失っていないからだ。「昼寝ざめ」と「戦争が」の句は銃後の日常生活へも否応なく戦争が侵入してくる恐れを卓抜な比喩で捉えたもの。「銃後といふ」の句は日常と化した「銃後」の町を「不思議な町」として眺めるイロニー。時代状況に対する白泉の鋭い批判精神に貫かれている。「兵隊が」の句は「まっ黒い汽車」によって「兵隊」たちの未来の絶望的な命運を暗示したもの。「占領地区」の句の「牡蠣」は単なる牡蠣に非ず。戦勝国（日本）の将軍に献上される敗戦国の女体のメタファーだ。戦争においては常に人間の本能的な欲望が剝き出しになる姿を暗喩という韜晦表現で表した傑作。日本の敗戦時にも国家政策として進駐軍に日本の多くの「牡蠣」が献上されたことは周知の事実。以上はいわゆる「銃後俳句」。

「困憊の」の句は中国戦線に出征した赤黄男の前線俳句。戦場の絶望的な状況を日輪へと異化した卓抜な比喩によって捉えたもの。藤木の「戦死せり」の句は、従来この一句だけを対象にして論じられてきた。だが、そういう読み解きは根本的に誤っている。この句は「旗艦」昭和十四年三月号に「征信」という詞書で「水平線まるし瑞々しきいのち」の後に掲載された句だ。つまり、藤木はこの二句によって、艦上から玄界灘のかなたを見据えながら出征してゆく若い兵隊の瑞々しい命がやがて死へと暗転してゆく哀切な命運を構想したのだ。（詳しくは「藤木清子」の「銃後俳句」のところで論じたい）。

こうした傑作を生み出すには、戦争や時代状況への鋭い批評眼と、それを作品として具現化する独自の卓抜な詩法が必須だろう。以下、東鷹女の銃後俳句に言及してゆく。ちなみに、鷹女の銃後俳句に言及した先行論考は見当たらない。

前に引用した鷹女の句の中にも、

爆撃機に乗りたし梅雨のミシン踏めり　（「俳句研究」昭13・8）

という句があった。「爆撃機に乗りたし」とはいかにも鷹女らしい発想だが、この句の基底には国家やメディアによって刷り込まれた「忠君愛国」「支那をやっつけろ」という国民感情に同化した批評精神の脆弱さがある。そのため、読み手の胸に迫る普遍的な言葉の力がない。

実は鷹女にも銃後俳句に挑戦した句業があったのだ。鷹女はそれらの大部分を句集から削除した。その挑戦が無惨な失敗に終ったからであろう。その句業とは「鶏頭陣」昭和十二年十月号に発表した「燃ゆる秋日」と題する連作風のもの。これは全二章から成り、第一章は百合や簾や蛍など身辺に取材した十二句で、「百合はもう好きな花ではなくなりぬ」「わすれたきことあり簾巻いてゐる」など、才気煥発さを欠いたおよそ鷹女らしからぬ平凡なもの。第二章は銃後俳句で、二十九句から成る。煩を厭わず引用してみよう。

馬肥えて天地こゝにたゞならず
秋日燃ゆ無謀の兵を懲しむと
女よこれの憤ろしの秋にゐて
戦はな女に秋日のかくしやくと
女かなし千人針に汗を垂り
汗の指千人針を尖らしむ
たがための千人針ぞ汗を耀り
汗尊と千人針は夜を昼を
汗の玉千人針はかく綴る
歓送のこゑ酣の秋を圧す
日章旗秋勇ましの男にぞ鳴り

爆撃の報せ秋日をゆるがする
をんな吾が夢もほづゝの秋となり
秋非常女は襷を綾なせる
かうしてはゐられない秋の日が燃ゆる
　事変ニユース映画をみて
鈍刀の青龍刀のあはれ秋
秋暑し無智横暴の大刀
秋日熱つおどし刀のだんびらに
へし折れの大だんびらに秋の日が
　親友I大尉出征
君直立てり秋万歳の声に噎せ

天高く大尉の腕を大と見き
必捷の秋なりかたく手を握る
吾も歌ふ秋歓送の歌を聴けや
秋天に汝が子の振つてゐる小旗
カンナ燃え凛々しき父を子は見ずや
父と子にカンナの燃えてゐるわかれ
カンナ燃えかなしき別れには非ず
カンナ燃え長き軍刀してゆけり
なみだ落つ秋八月の日を額に

ここには、ナルシスティックな私性に執して才気煥発に奔放な新風を生み出したかつての鷹女の姿は見る影もない。「事変ニユース映画をみて」以前の十五句を眺めると、ここには銃後の事象を誓子流の即物的な表現によって非情に映し出すリアリティーもない。時局と向き合い、それに対して鋭い批評眼を注ぎ、卓抜な暗喩やイロニーでそれを捉えた句もない。国民感情をくつがえすような斬新な発想も見られない。ここにあるのは「戦はな」「日章旗」のように忠君愛国の国民感情に同化し、それをコード化した句。「汗の指」「汗の玉」のように銃後の事象を単に外側から表層的になぞった句。「女かなし」「たがための」「汗尊と」「かうしては」のように過剰な思い入ればかりが空転した句。これはゴルフで喩えれば、グリーンで芝目やアンジュレーションや風の方向・強弱を読まずに、ただカップ目がけてストレートにパットを打つようなものだ。

「事変ニユース映画をみて」四句は新興俳句で盛んに試みられた戦火想望俳句。だが、悲しいことに鷹女には白泉のような時代を読み解くリテラシーの高さがなかった。この四句はいわば入れ子型の二重のかたちで、国家権力やメディアによる忠君愛国の国民感情の醸成、洗脳にまんまと嵌まってしまっている。すなわち、スクリーンに映し出される「事変ニユース映画」は忠君愛国の国民感情を高揚させるために国家権力やメディアが意図的に情報操作した虚構・虚像である。スクリーンでへし折れた青龍刀の大だんびらを振り回すへなちょこの支那兵。その虚像は征伐すべき悪漢としてメディアの受け手である国民（観客）の心に刷り込まれる。そして、そういう情報操作によって忠君愛国の国民感情を高揚させた鷹女は太平洋戦時下の「聖戦俳句」を先取りした句、すなわち忠君愛国のイデオロギーをコード化した句を作ったのだ。日中戦争（支那事変）の勃発からまだ二、三ヶ月しか経ていないのに。「親友I大尉出征」十句は、へし折れの大だんびらを振り回すへなちょこの支那兵＝征伐すべき悪漢に対して、出征するI大尉＝支那兵を征伐する正義の騎士という皇国イデオロギーがコード化した作品だ。たとえば、かつての「幻影は砕けよ雨の大カンナ」の句と、ここで詠まれている「カンナ」の句を読み比べてみると、前者は「幻影は砕けよ」という叫びとカンナが交感する詩的衝撃力があるが、後者のカンナは出征する勇士としての父の予定調和的なコードでしかない。

鷹女は、なぜこういうところに陥ったのか。二つの理由が考えられる。一つは鷹女自身の内発的な理由。前に指摘したように、鷹女は自己中心の直情の吐露・ナルシシズム・子への母情という心性の持ち主。その心性は客観的な目や批評精神が脆弱で、公の国民感情に溺れ易い。また、市井に生きる歯科医の妻という彼女の立ち位置も時局を読み解くリテラシーを育てなかったろう。そのため、戦争や時局に対する鋭い批評眼を持ち得ず、また、それを表現する詩法も持ち得なかったから、というもの。もう一つは、外発的な理由。すなわち、健康俳句を標榜し、国家権力と密着していたとされる「鶏頭陣」主宰小野蕪子に阿らざるを得なかったから、というもの。この時期、鷹女はすでに新興俳句の外周に位置する同人誌「紺」の同人であったこと、また、この時期の銃後俳句以外の鷹女の平板な句から推して、私は前者の理由だと考えている。

鷹女はその後も十四年から十五年にかけて、

菊白し男の子み国の子を守れば
菊かほる国戦へば生命重し
一億の大き式典《みのり》の秋に居る
遺族章神鎮まるにいよよ眩し

など、太平洋戦時下の「聖戦俳句」を先取りするような、忠君愛国の国民感情に強く同化し、皇国観念に囚われた戦意高揚俳句を作っている。そればかりではなく、鷹女は句集『向日葵』に「I大尉出征　三句」として、

カンナ燃え長き軍刀してゆけり
吾もうたふ秋歓送の歌を聴けや
なみだ落つ秋八月の日を額に

を収め、また、句集『魚の鰭』の巻頭「菊」の章にも前掲の「菊白し男の子み国の子を守れば」以下の句を収めている。鷹女には自らが忠君愛国の国民感情に同化し、そのコード化した句を作っているという自己省察がなかったのである。これは奔放不羈、凛とした孤高の人という従来の鷹女像を解体するものであろう。

したがって、昭和十年代に鷹女が表現史上に刻んだ新風とは、昭和十年から十二年にかけて爆発的に開花したあの自由奔放な新風、すなわち、「境涯俳句」のアとイとして言及したナルシスティックな私性に強くこだわり、才気煥発さを存分に発揮した新風というところに帰着する。

最後に、鷹女の才気煥発な新風に関する同時代評に触れておこう。「鶏頭陣」の内部では林厨子の評がある。

強靭で開放的で実は見えきらない（ぼくには見え透くやうに思ふ）鷹女さんの詩情には誰もが眼を見はり現にわれわれ身辺にも讃美のこゑが高く（略）鷹女さんの特異性は殊に近ごろに至つてその精華をきはめてゐる。仮りにぼくはこれを奔流の美といふ。（略）対象や感懐を自己の奔流の中へ巻きこんでともに美事に流れてゆく人である（「鷹女さんといふ人」――「鶏頭陣」昭11・6）。

「鶏頭陣」内部でも鷹女の新風は異色の作風として注目を浴びていたことが分かる。

「京大俳句」では堀内薫が評している。

（略）多くの俳人の中で嶄然頭角を現はす二女流は旗艦の藤木清子と、葉鶏頭《（ママ）》の東鷹女である。（略）東鷹女の出現は俳句史上の驚異である。女性の持つ温い情感が奔放肆大にうごめいてゐる。然もその逞しい意欲の中を、女性特有の潔癖な、はかない利那的な神経が通つてゐる。女が意識せずに現はす裸の心は美しい。（略）

ひるがほに電流かよひゐはせぬか

ぐみ熟れて乳房が二つ小麦色
（略）

鷹女の俳壇に於ける出現は与謝野晶子の歌壇に於ける出現と相似してゐる。ロマンチックな夢幻的な情趣に於て、情熱的・感覚的・愛欲的な点に於て酷似してゐる（「女性俳句の性格と諸相」―「京大俳句」昭13・11）。

このように「鶏頭陣」外部からも絶賛されているが、堀内が昭和十年代の代表的女性俳人として鷹女と藤木清子の二人を挙げた批評眼は、今日の表現史に鑑みて正鵠を射ていた。

二　藤木清子

次に、堀内薫によって鷹女と双璧と称された藤木清子の境涯俳句と銃後俳句の特徴、新風に言及しよう。清子が鷹女と並び称されながらも、『現代名家女流俳句集』（既出）に収録されていないのは彼女の活躍時期が昭和十三年から十五年にかけてであるためである。

1　藤木清子のプロフィール

「旗艦」「京大俳句」「天の川」所属。伊丹三樹彦によれば歯科の開業医の兄夫婦の家に寄食する岡本かの子に似た中年の寡婦で子供なし（桂信子は「医師の弟夫婦の家に寄食する二十代後半の寡婦」と言うが、昭和十年作の「夫病みて十年めぐりぬ秋の蚊帳」や、同十一年の「放浪の弟に寄す」という詞書の句から推して伊丹説に従う）。生没年未詳。本名黒田清子。姫路市生まれか（白い城のある故郷）。旧号藤木水南女《みなじょ》。昭和六年広島から「蘆火」に投句。十一年夫北青と死別。翌年神戸に転居。十三年三月、中村節子とともに「旗艦」同人（「京大俳句」「天の川」では同人になれず）。十六年以後俳句界から消息を絶つ（俳句を作らないという条件での再婚のためという）。句集は『現代名俳句集　第二巻』（昭16）に「しろい昼」百句を収録。

2　藤木清子の俳句活動の展開

鷹女が自己の独特の鋭敏な感性を信じ、ナルシスティックな私性に執するところから才気煥発な新風を集中的に生み出したのに対し、藤木清子は日中戦争下を生きる寡婦という境涯に執するところから独特の境涯俳句と銃後俳句を生み出した。また、鷹女が新興俳句の外周にあって自己の稟質を爆発的に開花させたのに対し、清子は新興俳句に身を投じ、新興俳句の俳人たちと切磋琢磨することで自己の資質や表現を磨き、独自の作風を確立していった。

まず、清子の独自な俳句の基底である境涯から見ていこう。冒頭に清子の境涯的なプロフィールを簡単にまとめておいたが、目下、清子の生没年月日や本籍地は判明していない。個人情報保護法の厚い壁が立ち塞がっているからである。容姿容貌は岡本かの子に似ていたといわれるが、肖像写真も発見されていない。当時の俳句雑誌や句集があまり写真を載せていないことも背景にある。

清子の境涯や俳歴、作風に触れた有力な資料は指宿沙丘（のち榎島沙丘）の「旗艦閨秀作家陣」（「旗艦」昭15・5）。そこで、指宿は第一番目に藤木清子に言及している。

> 旗艦閨秀作家の第一人者であると共に、旗艦の代表的作家でもある。恐らく新興俳壇の代表女流作家の随一と言つてよからうと思ふ。
>
> 藤木清子には水南女と称した永い伝統時代があつた。最愛の良人に死別されてから、家庭的に淋しい生活が初《ママ》まり、俳句的には華やかな新興俳句時代が始まつた。（略）清子俳句は外部事象の単なる感覚的把握や描写に止まることなく、自然的、生活的外部事象の生起に伴ひ動く作者の心理を記録したもので、「心理的」といつてよいかと思ふ。（略）藤木清子は著しく内向的であり、そして心理的である。彼女は常に自己の感情を詠み、情緒

を告白し、そして自己の内生活に反省の眼を向ける。デリケートな女性心理、寡婦としての特殊な心理。落着いたもの静かな中年婦人の心境、これらが彼女の自己内省のうちよりいき〳〵とした美を以て詠み上げられる。

新興俳壇随一の女流作家という指摘も、寡婦としてさまざまな心理、心境の表現という指摘も、共に正鵠を射たものだ。「水南女と称した永い伝統時代」とは、昭和十年に「旗艦」「京大俳句」「天の川」という新興俳句誌に投句を始める以前に、昭和六年から七年にかけて「ホトトギス」の衛星誌「蘆火」（昭和6年創刊～9年終刊。雑詠選者は後藤夜半、兵庫県芦屋）に投句していたことをさす。

「蘆火」に「安芸　藤木水南女」の俳号で句が載るのは二号（昭6・12）～五号（昭7・3）までの短期間で、以後終刊号（昭9・10）まで、水南女の名前は見えない。「天の川」（昭11・10）の「消息欄」には訃報二件として、篠原鳳作の逝去と並んで「藤木北青氏（瀬戸田）九月七日午前六時逝去の悲報あり。熱心なる新興作家であつたが誠に痛惜に耐へない。」とある。また、「旗艦」（昭12・2）の「後記」には「御転居」として「藤木水南女　神戸市葺合区能内町三ノ四六黒田方」とある（ちなみに「葺合区」は現在の「中央区」であり、その区役所の戸籍課には藤木清子の抹消戸籍が保管されているのだが）。つまり、清子は昭和十一年九月に夫と死別、寡婦となり、同十二年の初めごろには神戸に転居したのである。「黒田方」とは歯科の開業医だった兄黒田隆の家だった、という。子を持たぬ寡婦として兄夫婦の家に寄食したのである（水南女から清子への改名は「旗艦」および「京大俳句」昭和十一年九月号）。

寡婦となる前の清子の句には自己の境涯を示すような詞書がいくつもある。この詞書はすべてストレートに清子の境涯を表すものか否か。その虚実の判断は慎重でなければならないが、「怨しき思ひ出　父と姉を同じ日に失ひけるその一周忌に」（「京大俳句」昭11・4）、「放浪の弟に寄す」（「天の川」昭11・3）、「しひたげられたる妻の手記」（「旗艦」「天の川」昭11・6）、「ある頽廃主義者の手記」（「旗艦」昭11・8）、「幼き姪を詠める」（「旗艦」昭11・2）などの詞書がある。また、

夫病みて十年めぐりぬ秋の蚊帳　（「京大俳句」昭10・10）

ふるさとに父母なく白い城がある　（「旗艦」昭13・12）
思ひ出の只中に来て子が倒れ　（「京大俳句」昭12・6）
母となり得ぬ顔を素直に粧へり　（「旗艦」昭15・8）

などの句もある。

これらから推測すれば、清子は旧姓を黒田と言い、大正時代に藤木北青と結婚、子供を得たものの幼くして死別。夫は大正末期以来病を得ている。故郷にはすでに父母は亡く、その故郷は姫路かもしれない（清子は白い城のある町に生れたとも書いていた）。また、昭和十年には父と姉が同じ日に亡くなり、弟も放浪生活を送っている。こういう辛い境涯が要因で、「蘆火」への投句を中断したとも推測できる。さらに、「しひたげられたる妻の手記」の詞書を持つ「さびし春機械の如く生くる妻」（「旗艦」昭11・6）の句や、「ある頽廃主義者の手記」の詞書を持つ「骰子振れる酒にふやけてたるむ瞼」「麻雀に過去も未来もなきおのれ」（「旗艦」昭11・8）の二句と、夫北青の句で「自嘲」の詞書を持つ「この真昼麻雀牌と頽廃《すた》れゆく」「牌くづすこの蒼空にはづるなく」（「天の川」昭11・8）の二句との符合から推して夫婦関係は索漠としたものがあったと思われる。寡婦となっての寄食生活も、「くすし老い潔癖にして狭量なり」（「旗艦」昭13・3）「アダリン呑み夫婦のあらそひにかかはりなき」（「旗艦」昭14・7）など、兄夫婦との関りも、かなり冷めたものが感じられる。

これを要するに、清子の境涯は寡婦となる前も後も、良き妻、良き母、良き家庭という幸福のステータスを喪失したものだった。そういう境涯を基底として清子の独特の境涯俳句と銃後俳句は成り立っている。

約三年間のブランクの後、清子は昭和十年から「旗艦」「京大俳句」「天の川」に投句を始める。これは宇多喜代子によれば、昭和九年の「蘆火」終刊後、そこに句を投じていた人々が三ヶ月後の昭和十年一月に創刊された「旗艦」に移行、清子もその一人だった、という（宇多喜代子編著『ひとときの光芒　藤木清子全句集』解説―沖積舎・平24）。夫の北青も踵を接するように上記三誌に句を投じている。

清子が投句した俳誌を時系列で繙いてゆくと、昭和十三年の中ごろまでは「旗艦」「と「京大俳句」の二誌が主な活動の場となっている。「京大俳句」への投句は昭和十三年八月号で終わる。「天の川」へも頻繁に投句しており、昭和十四年一月号まで続いている。女性俳人が少なかった新興俳句において、「旗艦」と「京大俳句」の二誌で清子は女性俳人の中で際立った活躍をしている。ただし、「旗艦」では昭和十三年三月号で中村節子とともに同人となって活躍したが、「京大俳句」では「三角点」欄（新人投句欄）で常に上位の成績を得ていたものの、ついに「同人」（「京大俳句」では「会員」と称した）に推挙されることはなかった。「京大俳句」にはもう一人、志波汀子という特異な作風で知られる女性俳人（「京大俳句」の女性俳人として後に触れる）がいて、間歇的に句を発表していた。その志波は「自由苑」という自選句欄にも句を発表したが、清子はその機会に恵まれなかった。皮肉なことに、清子が「京大俳句」への投句を止めた後、前に引用したように、堀内薫が嶄然頭角を現した女性俳人の双璧として清子と東鷹女に言及した（「京大俳句」昭13・11）。また、「京大俳句」（昭14・1）の「私の嘱望する作家」特集では、平畑静塔と仁智栄坊が清子をあげている。「天の川」では巻頭から十位以内に入ることは一度もなかった。

昭和十三年後半から清子が作品活動の場を「旗艦」一誌に絞っていった背景には二つの要因が考えられる。一つは、今見てきた三誌における清子のステータスの温度差。もう一つは夫と死別した後、神戸に転居、昭和十二年四月から「旗艦神戸句会」に参加（神生彩史・棟上碧想子らが指導に当たった）。また、同年十一月に発足した「神戸新興俳句会」（「京大俳句」「天の川」「旗艦」の合同句会。のち「句と評論」「火星」も参加）にも積極的に参加し、平畑静塔・波止影夫・笠原静堂ら気鋭の俳人たちと競い合っていくという地縁と俳縁を得たことである。

昭和十年からの清子の作品を眺めてみると、十一年までの二年間（つまり広島での水南女時代）は背伸びをして懸命に新興俳句のモダニズムや社会性の表現に倣おうとする姿勢が見てとれる。

初秋よしオークル色のわが肢体　（「旗艦」昭10・11）
秋讃へミレーの落穂わが拾ふ　（「旗艦」昭10・11）

凍みる灯に脳蒼ざめて萎えほそり　（「京大俳句」昭11・3）
五月来ぬ湖の青さにのりて来ぬ　（「旗艦」昭11・7）
梅雨さぶし南京豆のしろき肌　（「京大俳句」昭11・7）

当時、「旗艦」には西東三鬼・富澤赤黄男・喜多青子ら、「天の川」には篠原鳳作・内田暮情ら詩才に恵まれた気鋭の俳人がいて、斬新な感覚や詩情による新風を目指して競合していた。傍線部のフレーズはそういうモダニズムの飛沫をたっぷり浴びた痕跡である。

また、次のような傾向も見られる。

北風つのり巨き資本の息荒く　（『旗艦』昭11・3）
北風つのり巨き資本の煙真黒　（「旗艦」昭11・3）
飢えつゝも知識の都市を離れられず　（「天の川」昭11・3）
港都の穢しりぞけ梅は黄に澄める　（「京大俳句」昭11・4）

当時、新興俳句では斬新な感覚、感性に基づくモダニズムの新表現とともに、資本や労働など社会性をモチーフにした新表現が目ざされた。その先頭に立ったのは無季俳句の建設を高唱した「天の川」の篠原鳳作。

一塊の光線《ひかり》となりて働けり　篠原鳳作
起重機の巨躯青空を圧しめぐる　篠原鳳作

傍線部のフレーズは鳳作の句などに刺激されたもので、その観念的な表現は社会性の表現が未消化のまま試行されたものだ。こうした過渡的な表現は昭和十二年以後はほとんど見られなくなる。それは一つには、子を持たぬ寡婦となり、神戸の兄夫婦の家に寄食するようになってからの藤木清子時代には、モチーフが寡婦の境涯へと向かったことと密接に関連しているだろう。もう一つは、「旗艦神戸句会」や「神戸新興俳句会」で気鋭の俳人たちと交わることで、しだいに成熟した独自の表現を身につけていったからである。

その成熟した独自の表現はモチーフの面から見ると、おおよそ三つに分けられる。すなわち、①新詩精神《エスプリ・ヌーボー》の際立つ句、②寡婦としてのさまざまな心理、心境を詠んだ境涯俳句、③いわゆる銃後俳句である。この三つの傾向の句の共通点は、寡婦の境涯が発想や視点のベースとなっており、そこからそれぞれ独自の表現が生み出されていったことである。

まず、エスプリ・ヌーボーの句から見ていこう。清子には生前一冊の句集もなかった。合同句集として「旗艦」年刊句集『射程』（昭12）、『艦橋』（昭13）、『砲塔』（昭14）、『巡航』（昭15）の四冊には作品が収録されているが、句数は少ない。『現代名俳句集』（教材社・昭16）には「しろい昼」百句が収録されており、これが唯一の作品集として知られている（平成二十四年に宇多喜代子編著『ひとときの光芒　藤木清子全句集』―沖積舎―が編まれた）。前書きが長くなったが、この「しろい昼」は「愉しき孤独」と「山のホテル」の二章から成っており、前章には主にエスプリ・ヌーボーの句を収め、後章には銃後俳句を多く収めている。

春潮はかゞやきボーイ端麗に　（「旗艦」昭12・5）
きりぎりす昼が沈んでゆくおもひ　（「旗艦」昭12・10）
少女の四肢ほそくかしこく冷房に　（『旗艦』昭12・10）
こめかみを機関車くろく突きぬける　（「旗艦」昭12・11）
虫の音にまみれて脳が落ちてゐる　（「旗艦」昭12・12）
元日の空みづいろに歯をみがく　（「旗艦」昭13・2）
ひとりゐて刃物のごとき昼とおもふ　（「旗艦」昭13・3）
冬ぬくしほこりがあちら向いてゆく　（「旗艦」昭13・3）
きりぎりす視野がだん〳〵狭くなる　（「旗艦」昭13・10）
秋天の諧調音をきく真昼　（「旗艦」昭13・11）
針葉樹ひかりわが四肢あたゝかき　（「旗艦」昭13・11）
しろい昼しろい手紙がこつんと来ぬ　（「旗艦」昭13・11）
春昼の影も涙をふいてゐる　（「旗艦」昭14・6）

傍線部の表現が新興俳句が切り開いた斬新な感覚、感性に基づく新表現。口語文体の侵蝕が顕著なのも大きな特色。清子はそれを学び、倣い、気鋭の俳人たちと競いながら体得していった。その傍証例をいくつか挙げておこう。

秋の夜の南京豆は白すぎる　西東三鬼（「京大俳句」昭10・12）

梅雨さぶし南京豆のしろき肌　藤木水南女（「京大俳句」昭11・7）
梅雨さむし南京豆の白き肌　藤木水南女（「京大俳句」昭11・8）
壁に向き南京豆のからと寝る　西東三鬼（「京大俳句」昭10・12）
梅雨侘びし南京豆の殻とゐる　藤木水南女（「旗艦」昭11・8）

この南京豆の句では、三鬼の「秋の夜」を水南女は「梅雨」へと時候を変えただけで、発想や表現は三鬼に倣っている。

膝の上に真青な魚がおちてゐる　富澤赤黄男（「旗艦」昭10・7）
虫の音にまみれて脳が落ちてゐる　藤木清子（「旗艦」昭12・12）

こうした発想、表現もエスプリ・ヌーボーの競合として多く見られた。

冷房へ華氏九十度の少女入る　渡辺白泉（「句と評論」昭10・9）
二科の午後痩せし少女とまた並ぶ　西東三鬼（「京大俳句」昭12・10）
少女の四肢ほそくかしこく冷房に　藤木清子（「旗艦」昭12・10）

「少女」や「少年」の姿態を感覚的に捉えるのも、エスプリ・ヌーボーの特色。
清子が作ったエスプリ・ヌーボーの句の中で、よく知られている代表作は、

ひとりゐて刃物のごとき昼とおもふ　（「旗艦」昭13・3）
しろい昼しろい手紙がこつんと来ぬ　（「旗艦」昭13・11）

であろう。前者は「ひとり」の自分をつつむまわりの雰囲気や自己の内面への研ぎ澄まされた鋭い感覚が際立つ。言い換えれば、研ぎ澄まされた孤心の感覚的な表現である。「刃物のごとき」という直喩がそれを具現している。ただし、この句が作られた時代背景や連作の場という縛りを設けてみると、別の相貌が浮かび上がる。
この句は「あるわかれ」と題する連作六句の第三句。冒頭の三句は、

くろかみのおもくつめたき日のわかれ
あきらめて縫ふ夜の針がひかるなり
ひとりゐて刃物のごとき昼とおもふ

このように連作の場に還元してみれば、後に詠まれた、

ながき昼の思慕は呑むべく嚥み下す　（「旗艦」昭15・7）

などの句に通じていくような句だ。つまり、男との愛を断念しなければならなかった女の傷心を反映した句となる。連作の場から外して、昭和十三年という制作時の時代を背景に置いてみれば、戦争（日中戦争）というただならぬ世に鋭敏に反応した句となる。

後者（「しろい昼」の句）はエスプリ・ヌーボーの俳句のコードとして「青」とともに愛用された「白」を採り入れた句。「白」は昭和初期にもモダニズム詩でモダンのコードとして愛用されたが、新興俳句でも愛用されるようになった。「白」は単にモダンのコードではなく、向日性と背日性という相反するコノテーション（多義的な含意表現）へと変容して用いられている。つまり、純粋・瑞々しさ・明るさ・輝きを含意する方向と、空虚・虚無・虚脱を含意する方向。この句は時代背景を含めて読めば、銃後の生活において、一人で寄食生活を送る寡婦の空虚感や孤心を「白」のコノテーションのよって捉えたものとなる。

南風や並木の果てに巨船《ふね》白し　嶋田的浦
白き巨船きたれり春も遠からず　大野林火
白い手紙がとどいて明日は春となるうすいがらすも磨いて待たう　斎藤史　歌集『魚歌』

これらの俳句や短歌の「白」の向日性のコノテーションと対比すれば、清子の俳句の「白」の背日性は明白となる。その要因は子を持たず、寄食生活を送る中年の寡婦の疎外的な境涯にあろう。

すなわち、この二つの代表句を含む清子のエスプリ・ヌーボーの俳句の特徴は、子を持たぬ中年の寡婦という孤独

な境涯―社会的、家庭的なステータスを持ち得ぬ疎外的な境涯をベースにしていることである。新興俳句の気鋭の俳人たちのエスプリ・ヌーボーの俳句とは異なる独自性が、そこにある。「昼が沈んでゆくおもひ」「ほこりがあちら向いてゆく」「視野がだん〴〵狭くなる」などの表現の背後には、そういう境涯からの研ぎ澄まされた孤心が透けて見える。

3　藤木清子の境涯俳句の諸相

次に、清子独特の境涯俳句に言及する。子を持たぬ中年の寡婦という孤独な境涯から発する疎外感、アウトサイダーの意識が、自己の内面や身体に向けられたり、他者や他者との関係に向けられたりすることで、その境涯俳句は独自の諸相をみせる。

〈ア　他者や他者との関係に向けられた疎外感、アウトサイダーの意識〉

幸福な人はつれなくうつくしく　（「京大俳句」昭12・10）
秋雨よわれはおきのこされてゐる　（「京大俳句」昭12・12）
父母の像にみられて寡婦となつてゐる　（「京大俳句」昭13・4）
春宵の自動車平凡な人と乗る　（「旗艦」昭13・5）
アダリン呑み夫婦のあらそひにかかはりなき　（「旗艦」昭14・7）
叱らる丶ひとを羨しび夏深む　（「旗艦」昭14・9）
冷房に居沈みてひとりひとりなる　（「旗艦」昭14・9）
戦死者の寡婦にあらざるはさびし　（「旗艦」昭14・10）
元旦の孤独を映画館にもまれ　（「旗艦」昭15・2）
母となり得ぬ顔を素直に粧へり　（「旗艦」昭15・8）
友はみな母しんしんと単衣縫ふ　（「旗艦」昭15・8）
壮行歌昂ぶりわれはひそやかに　（「旗艦」昭15・9）
壮行歌昂ぶりわれは寄食せり　（「旗艦」昭15・9）

妻であり、母であるという家庭の幸福というステータスから疎外された寡婦という自己の存在に、清子はきわめてナーバスである。他者や他者との関係、社会や世相との関係について冷めた目が注がれる。疎外されている自己、アウトサイダーとしての自己、余計者としての自己という意識が過敏に働いている。一人「おきのこされ」、「寡婦となつてゐる」、「夫婦のあらそひにかかはりなき」、「叱らるるひとを羨しび」、賑わう映画館での「元日の孤独」、「母となり得ぬ」ひけ目など。「戦死者」「壮行歌」の句は銃後俳句のカテゴリーに入るものだが、銃後の世相に対してアウトサイダーとしての疎外感や余計者の意識が強く働いている。

〈イ　自他の身体にかかわる女性的な視点〉

くろかみのおもくつめたき日のわかれ　（「旗艦」昭13・3）
八月の畳にをんな肥りたり　（「旗艦」昭13・10）
針葉樹ひかりわが四肢あたゝかき　（「旗艦」昭13・11）
短日の人妻の素足なま〳〵し　（「旗艦」昭14・2）
生活のない春昼の鼻隆し　（「旗艦」昭14・5）
くろかみの重たく癒えて蝶ひかる　（「旗艦」昭14・8）
人とほき今宵の衣帯とかずねる　（「旗艦」昭15・1）
厭世の柔かき躯をうらがへす　（「旗艦」昭15・3）
母となり得ぬ顔を素直に粧へり　（「旗艦」昭15・8）

他者の身体よりも自己の身体にかかわった句が多いのは、女性性の特色だろう。しかし、東鷹女（三橋鷹女）とは違って、ナルシスティックな傾向は見られない。それは清子がすでに中年の寡婦であり、ナルシスティックな瑞々しい身体を喪失していることに因ろう。したがって、自己を客観視した、

八月の畳にをんな肥りたり

という句になるのである。「くろかみ」の句もナルシスティックな方向とは逆である。「今宵の衣帯とかずねる」もアウトサイダーとしての寡婦の倦怠的な日常に根ざしたもの。「衣帯」は身体の延長物である。「厭世」の句は銃後俳句のカテゴリーにも入るもの。

短日の人妻の素足なま〳〵し

は、人妻という他者の肉体に目を向けたものだが、人妻の素足を「なま〳〵し」と肉感的に捉えたのは、すでに性的魅力に富む素足を喪失した中年の寡婦の疎外感を、逆に映し出す。畢竟、このイの系列の句も、子を持ち得ぬ中年の

寡婦という境涯に発するアウトサイダーの意識や孤心に根ざしている。

〈ウ　経済的に逼迫した孤独な一人暮らしの寡婦の日常生活やその内面を詠んだもの〉

ひとり身に馴れてさくらが葉となれり　（「旗艦」昭12・6）
香水よしづかに生くるほかなきか　（「旗艦」昭12・7）
冬の雨まなじりながく灯に坐る　（「旗艦」昭13・1）
寄食して夫婦の話きいてゐる　（「旗艦」昭13・4）
寡婦貧しあをき青菜を買つてゐる　（「京大俳句」昭13・4）
冬ぬくき寡婦に債鬼が訪れる　（「京大俳句」昭13・4）
春昼の沈むリフトにひとりなり　（「旗艦」昭13・5）
いくさ闌けたり真昼さびしき花とゐる　（「旗艦」（句会報）昭13・6）
蘭の香にひとりの昼がたけてゐる　（「旗艦」昭13・6）
戦ひは闌けたりをんな単純に　（「旗艦」昭13・7）
夏ふかしおのが匂ひと昼をねむる　（「旗艦」昭13・9）
わかれきて硬きつめたき水を飲む　（「旗艦」昭13・10）
かなしみのつもりつもりて明るくなる　（「旗艦」昭13・12）
生きて来てなほ生くるほかなきねむり　（「旗艦」昭14・4）
春ふかく心継ぎ足しつぎたしぬ　（「旗艦」昭14・5）
縁談をことはる畳なめらかに　（「旗艦」昭14・5）
夏萩は淡し逆境もまた愉し　（「旗艦」昭14・9）
晩秋を病み水薬のごとき日暮れ　（「旗艦」昭15・1）
占はれ来て肉親の辺にねむる　（「旗艦」（句会報）昭15・4）
灯を消して孤独の孤独たのしきかな　（「旗艦」昭15・9）
わが家たのしからずバスより降り　（「旗艦」昭15・9）
ひとすじに生きて目標をうしなへり　（「旗艦」昭15・10）

これらは自己の貧しく、孤独な寡婦の生活に執した清子の境涯俳句。ここが清子の俳句の原点。表現史的には陳腐ではあるが、清子にとっては俳句を詠むことと生きることとが一枚となった彼女のレーゾンデートルである。これらの句を時系列で読み進めてくると、戦時下を懸命に生きた切ない境涯、その孤心が如実に伝わってくる。その心情をある時には「生きて来てなほ生くるほかなきねむり」「春ふかく心継ぎ足しつぎたしぬ」と率直に詠む。また、ある時には「逆境もまた愉し」「孤独の孤独たのしきかな」と強がってみても、畢竟、孤心は癒されることはない。
〈エ　思慕の情や激しい情念の噴出した句〉
ながき昼《ひる》の思慕は呑むべく嚥み下す　（「旗艦」昭15・7）
まひるましろき薔薇むしりたし狂ひたし　（「旗艦」昭15・7）
寡婦となった清子の句には夫恋いの句や異性への性的情念が噴出した句がまったく見られない。これは、同じく寡婦となった橋本多佳子の句集『紅絲』（昭26）や桂信子の句集『女身』（昭30）などと比べても異例である。
夫恋へば吾に死ねよと青葉木菟　橋本多佳子
情欲やとぎれとぎれに春の蟬　桂信子
清子にはこういう句が見られない。その要因は、子のない夫婦の生活において幸福な他者関係を築けなかったこと、また、桂などと違って、中年になってから寡婦になったことにあろう。さらに言えば、戦前と戦後の性的パラダイムの違いも影を落としているだろう。その意味で、中年の寡婦に芽生えた異性への思慕や激情、情念を噴出させた句は珍しい。アウトサイダーとして他者や時局に冷めた心と目を持つ清子にも女性性に根ざす激しい心はあったのだ。

4　藤木清子の銃後俳句の特色

最後に、藤木清子を新興俳句随一の女性俳人たらしめている清子の銃後俳句の特徴に言及しなければならない。
戦死報夕月いまだひからざる　（「旗艦」昭13・7）
戦ひは闌けたりをんな単純に　（「旗艦」昭13・7）
出征のどよめき遠き丘にのぼる　（「旗艦」昭13・9）
昼寝ざめ戦争厳と聳えたり　（「旗艦」（句会報）昭13・11）
戦争と女はべつでありたくなし　（「旗艦」昭14・1）
征信
水平線まるし瑞々しきいのち　（「旗艦」昭14・3）
戦死せり三十二枚の歯をそろへ　（「旗艦」昭14・3）
戦のふかきになれて犬を愛す　（「旗艦」昭14・8）

戦死者の寡婦にあらざるはさびし　（「旗艦」昭14・10）
病人も医師もしづかに聖戦下　（「旗艦」昭14・10）
戦ふかししづかに朝の海苔をかむ　（「旗艦」昭14・11）
編隊機轟々と少女健啖なり　（「旗艦」昭15・2）
厭世の柔かき躯をうらがへす　（「旗艦」昭15・3）
戦画壁に百貨の中におぼれゆく　（「旗艦」昭15・5）
壮行歌昂ぶりわれはひそやかに　（「旗艦」昭15・9）
壮行歌昂ぶりわれは寄食せり　（「旗艦」昭15・9）
秋あつし宝刀われにかゝはりなき　（「旗艦」昭15・10）

これらの銃後俳句に通底しているのは、戦意高揚の銃後の世相、「忠君愛国」の国民感情、皇国イデオロギーに冷ややかに距離を置くアウトサイダーの生き方や眼や心である。国家権力とマスメディアによるプロパガンダにマインドコントロールされた支那征伐への戦意高揚、戦勝報国という国民感情に囚われない余計者の眼や心と言っていい。銃後における戦争へのこの向き合い方は、国民感情に囚われた当時の一般国民の心的趨勢や、多くの戦意高揚俳句が作られた俳壇の趨勢の中で、際立って異色である。もちろん、渡辺白泉のように、戦争に対して鋭い批判精神を持ち得た俳人もまったくいなかったわけではない。が、俳壇の趨勢は具体的には次のとおり。

清子が「戦ふかし」と詠むように、日中戦争が長期戦化していく中で、俳句総合誌「俳句研究」（改造社）は「支那事変三千句」（昭13・11）「支那事変新三千句」（昭14・4）を相次いで特集。前者の「銃後篇」の巻頭周辺には、

砲火そゝぐ南京城は炉の如し　高浜虚子　東京朝日新聞
　　祝捷行列を見る
歓呼、灯が灯が触れあつて爆発する推進する　荻原井泉水　層雲

のような国家権力や忠君愛国の国民感情に同化した句が躍っていた。他は推して知るべし。清子が作った銃後俳句の中で、表現史的に傑出しているのは次の二句である。

昼寝ざめ戦争厳と聳えたり　（「旗艦」（句会報）昭13・11）
戦死せり三十二枚の歯をそろへ　（「旗艦」昭14・3）

前者は昭和十三年九月の「神戸俳句会」の句会に出句した句。銃後俳句の最高傑作として名高い渡辺白泉の、

戦争が廊下の奥に立つてゐた　（「京大俳句」昭14・5）

と発想やイメージが似通う。清子の句は、昼寝から目覚めると、眼前に戦争という巨大な怪物が厳然と聳え立っていた、というもの。白泉の句は、一般庶民の家の薄暗い廊下の奥に突如として戦争という怪物がぬっと立っていた、というもの。両句とも、無季語の「戦争」というキーワードを用いて、銃後の庶民生活の内側にまで戦争が侵入し、立ちはだかる戦慄的なイメージを造型した句だ。「厳と聳えたり」と「廊下の奥に立つてゐた」のイメージを比べると、後者のほうがより具象的で、生々しい。そのぶん、恐怖や戦慄のインパクトは強い。とはいえ、清子が白泉に先立って、戦争という怪物の戦慄的イメージを造型したことは画期的であり、そこに先駆的な意義がある。

後者（「戦死せり」の句）の読み解きは既に「東鷹女の銃後俳句の特徴」で触れたように注意を要する。この句の初出は「旗艦」昭和十四年三月号で、「征信」という詞書をもつ二句中の後の句。すなわち、「旗艦」同号には、

征信
水平線まるし瑞々しきいのち
戦死せり三十二枚の歯をそろへ

として載っている。「征信」とは耳なれない言葉だ。国語辞典や漢和辞典には立項されていない。昭和十三年から十四年にかけては、「旗艦」を代表する俳人である富澤赤黄男と片山桃史が中国戦線から前線俳句（戦場俳句）や、戦争の状況や戦線の生活を伝える手紙を「戦信」として軍事郵便で送ってきており、それが「旗艦」誌上に載せられていた。清子はその「戦信」に倣って「征信」としたのだろうか。「征信」とは征戦（戦争）の便りという意味であろう。とすれば、この二句は清子の句には珍しい「戦火想望俳句」（銃後にあって前線の様子を想像力を駆使して詠んだ俳句）ということになる。そして、この二句で構成した意図も、はっきり見えてくる。すなわち、前句は艦上から玄界灘の水平線の彼方にある中国戦線を見すえて、勇躍出征してゆく「瑞々しきいのち」を持つ若い兵隊のイメージ。後句は口

中の三十二枚の皓歯をのぞかせたまま戦場に斃れた若い兵隊のイメージ。つまり、清子はこの二句をもって、若い兵隊の瑞々しい命が、やがて死へと暗転してゆく哀切な命運を構想したのである。「三十二枚の歯をそろへ」というディテールを具象化した表現が圧倒的な臨場感を持ち、若い兵隊の死への哀切感が胸に迫る。

新興俳句の女流俳人の中で、上記二句のような銃後俳句の傑作や、「ひとりゐて刃物のごとき昼とおもふ」のようなエスプリ・ヌーボーの傑作を書き残した俳人は藤木清子以外にはいない。彼女が新興俳句随一の女流俳人であるゆえんである。藤木清子の銃後俳句の独自な諸相は、渡辺白泉のように軍国の世相や戦争に対して鋭い批評精神を持っていたというより、出征すべき夫や子をもたぬ寡婦としてのアウトサイダー・余計者の意識と、軍国の世相への厭世的な心情とが複合したところを基底として生み出されたと見るべきだろう。

三　すゞのみぐさ女

本稿の冒頭近くに挙げた主要な新興俳句誌の中で、「句と評論」（のち「広場」）には渡辺白泉・小澤青柚子・高篤三など鋭敏な感覚や詩情に恵まれた詩人肌の俳人たちと、細谷碧葉（のち細谷源二）・中台春嶺・磯辺幹介など工場労働の現場を詠む社会派の俳人たちが揃っており、魅力的な俳誌だった。この俳誌にも女性俳人はきわめて少なく、唯一人、すゞのみぐさ女（のち「関口みぐさ女」）の活躍が目立つ。

すゞのみぐさ女は、今日、忘れられた俳人である。「短詩型文学全書」の一冊として『関口みぐさ句集』（昭57・八幡船社）という変形四六判の句集があるが、その存在を知る人も皆無に近いだろう。その句集は「戦前作品拾遺」と「空蟬抄」（自　昭和二十六年　至　昭和五十六年）の二章から成る。「戦前作品拾遺」には、

　人征きしあとの畳に座りつる

ばんざいのばんざいの底にゐて思ふ

という彼女の代表的な銃後俳句が収められている。また、

昭和十年六月十四日三鬼氏を案内して初巳さん、句と評論の人々と我が家に――井頭散策

三鬼氏

痩身の肩巾余す夏羽織

高篤三さん

浅草の人はつむぎの単衣かな

白泉さん

六月の風万年筆のたしかな文字

という新興俳句の気鋭俳人たちとの交遊を物語る句も収められている。『現代名家女流俳句集』（既出）にも当時の新鋭として収録されている俳人なのである。

1　すゞのみぐさ女のプロフィール

「句と評論」（昭13・5「広場」と改題）所属。四人の幼児・嬰児（前夫の子二人・現夫の子二人）をかかえる三十代前半の主婦で、再婚の夫は昭和十二年秋に出征。（明37〜平18）東京生まれ。本名文《かざり》キヨ。昭和二年、田中虎雄（俳号青牛）と結婚。七年、勝峯晋風の「黄橙」に参加。間もなく「句と評論」に参加。田中みぐさ女と号す。翌年四月俳人の夫と死別。昭和九年秋、関口氏と再婚。「句と評論」昭和九年七月号は田中みぐさ女特集。十年一月、すゞのみぐさ女と改号。十二年秋、夫出征。十四年四月、関口みぐさ女と再改号。十五年夏、夫帰還。戦後は昭和二十六年、松原地蔵尊の「新暦」創刊に同人参加。また、大阪の小澤芦青の「阿佐比古」にもかかわる。句集『関口みぐさ句集』（昭57）。

このプロフィールに関して、俳号の変更のことで謎がある。「句と評論」に最初に投句したときは俳人の夫の苗字

による「田中みぐさ」であるが、八年四月、夫と死別。翌九年秋には再婚。「句と評論」昭和十年八月号に、

吾子の服しろければ白き薔薇を繍《ぬ》ふ
吾子いだき乳の香は薔薇のそれに克ち

という嬰児を詠んでおり、また、翌十一年四月号には連作「主婦のうた」六句を発表、

みどりごのやは肌いだき入浴す
湯に浸り嬰児の臍窩花のごと

など同一対象と思われる嬰児を詠んでいる。「句と評論」昭和十年一月号からは「すゞのみぐさ女」と改号している。これは「すゞの」氏と再婚したと即断しがちだが、結婚相手は「関口」氏であったという。つまり、「すゞの」は彼女のペンネームということになる。結婚を機に「関口みぐさ女」とせず、「すゞのみぐさ女」と改号した理由は不明だ。ちなみに、同誌十二年四月号には「女児出産」八句を発表しており、現夫との間に第二子が誕生したことが分かる。同誌十三年一月号には連作「夫出征」六句が詠まれ、「広場」(「句と評論」改題)十五年十月号には連作「帰還」六句がよまれている。「関口みぐさ女」と改号したのは、「広場」昭和十四年四月号。なぜ夫出征期間中に改号したのかも不明だ。さらに、細かいことを言えば、昭和十五年には「関口みぐさ」と改号している。

2　すゞのみぐさ女の境涯俳句の特徴

すゞのみぐさ女の俳句を「句と評論」誌上で時系列で通覧すると、いくつかの特徴が浮かび上がる。すなわち、連作の形で詠まれているものが多いこと。銃後俳句を積極的に作っていること。出征した夫の武運を念じつつ、子どもをかかえ銃後をしっかりと護っている主婦の境涯が髣髴すること。銃後俳句が多い背景には、夫の出征があるだろう。

藤木清子が新興俳句のモダニズムや社会性の表現などに影響を受けたのに比べ、みぐさ女の俳句にはモダニズムは

あまり見られない。その中で、

扉に立てるガルソン青き春服を　（「句と評論」昭9・7）

は「ガルソン」というフランス語を用いて新春のホテルのボーイを詠んだモダンな句。

自己の生活や身辺を詠んだ境涯俳句では、家庭の幸福というステータスを反映した明るく、満ち足りた生活を反映した句が特徴だ。藤木清子のような孤独な疎外感や、竹下しづの女のような子育てに苛立つ姿は見られない。

鋪道《みち》ゆきて黄葉は眸をねぎらひぬ　（「句と評論」昭10・1）
毛糸編み立ちがてにゐれば呼ばれける　（「句と評論」昭10・1）
枯菊のさきみな折れて日が当る　（「句と評論」昭10・2）
色足袋をはくにをんなの心湧き　（「句と評論」昭10・2）
吾子の服しろければ白き薔薇を繍《ぬ》ふ　（「句と評論」昭10・8）
湯に浸り嬰児の臍窩華のごと　（「句と評論」昭11・4）
きぬいとを針にとほせば春雷す　（「句と評論」昭11・7）
はぎの道ゆきゆきて白き萩の門　（「句と評論」昭11・11）
夏来ぬとしろきいとにて編む帽子　（「句と評論」昭12・7）
立秋の白きシーツに飄と寝ぬ　（「句と評論」昭12・10）
秋立つ日簾きりりと捲きあぐる　（「句と評論」昭12・10）

嬰児や幼児と過ごす母として、また、主婦としての明るく満ち足りた生活、時間が詠まれている。東鷹女や藤木清子のように際立った鋭敏な感性や才気は見られないが、俳句的着眼や視角をしっかりと心得た俳意確かな作風が基本になっている。新鮮味もあり、けっして凡ではない。

モダニズムの影響はあまり見られないと前に言ったが、「白」の多用には新興俳句のエスプリ・ヌーボーの影響が窺える。また、

吾子の服しろければ白き薔薇を繍《ぬ》ふ　（「句と評論」昭10・8）

には「白」の色だけでなく、

ちるさくら海あをければ海へちる　高屋窓秋（『馬酔木』昭８・４）
あまりにも石白ければ石を切る　渡辺白泉（「句と評論」昭10・７）

など、新興俳句の確立した新文体の影響が見てとれる。

上記の諸句は俳句的な着眼に揺るぎがなく、佳意たしかな佳句ではあるが、表現史に刻まれるほど独自な傑出した句とは言えない。

3　すゞのみぐさ女の銃後俳句の特徴

すゞの女の句を表現史的に眺めた場合、表現史に名を刻む句は銃後俳句の連作「夫出征」六句であろう。みぐさ女の銃後俳句は駅前での「千人針」を詠んだ連作五句から始まる。その中では、

くれなゐの糸にてしかと千人針

が、いちばん心がこもる。以下、順にたどれば次のとおり。

①「夫出征」六句（昭13・１）
②「陣中だより」六句（昭13・４）
③　子は父も忘れ戦争は続きたり（昭13・10）
④「英霊還りぬ」五句（昭14・１）
⑤「○○陸軍病院にＳ隊の勇士を見舞ひて」五句（昭14・10）
⑥「帰還」五句（昭15・10）

①から⑥までの表題と俳句を眺めると、「夫出征」から夫の「帰還」までによって構成された一編の銃後俳句の連作を見るようだ。実際、みぐさ女はそうした連作の流れを意識して句を作っている。それを裏づけるために、①②⑥の各連作を次に引用してみよう。

①「夫出征」

菊咲けりよくぞ召されて人征きぬ
菊咲けり大君のへに人征きぬ
我家の柿をたうべて人征きぬ
ばんざいのばんざいの底にゐて思ふ
人征きし部屋の燈を消し歩く
人征きしあとの畳に坐りつる

②「陣中だより」

軍事郵便くる日の門べ掃きゐたり
たたかひし兵がわらひてゐし写真
うつしゑの西湖の楊柳芽ぶきけむ
うつしゑの西湖にふるは春さめか
西湖畔めぐむ柳にひげそるか
軍事郵便涙ながれてあたたかし

⑥「帰還」

子を抱き人の肩越しなる夫帰還《かへ》る
うしろでの耳が日灼けて夫帰還《かへ》る
軍服の肩巾褪せて夫帰還《かへ》る
わが家の青柿ふとり夫帰還《かへ》る
新しき畳の上に夫帰還《かへ》る

①の「我家の柿をたうべて人征きぬ」という出征と符丁を合わせて⑥の「わが家の青柿ふとり夫帰還《かへ》る」という帰還が詠まれている。「柿」は今生の別れと奇跡的な再会とのシンボルだ。また、「柿をたうべて人征きぬ」とは、今生の別れに際しての夫婦の契りの代替行為とも読める。①の「人征きしあとの畳に坐りつる」という夫の出征を見送った後の放心・虚脱・悲しみと対照させて、⑥の「新しき畳の上に夫帰還《かへ》る」という夫の無事帰還への喜び、安堵が詠まれている。みぐさ女はそういう首尾の結構について意識的である。いま対比した①の二句と⑥の二句とは表現自体のレベルにおいてはほとんど差はないが、読み手の心への浸透力は①の二句のほうが圧倒的に強い。特に、①の「人征きしあとの畳に坐りつる」は読み手の心に深く滲み込む。それは、再会の喜びよりもわかれの悲しみのほうが人の心を打つという読み手の心理的機制にもよるが、夫の出征を見送り、帰宅した後の妻の心的状況を「あとの畳に坐りつる」という外的な行為のディテール（細部）によって表現したことによる。それによって妻の放心・虚脱・悲しみの複合した心的状態が読み手の胸に滲み込む。

三つの連作を表現力と構成力の両面で比較してみると、優れているほうから①②⑥の順になる。①は新興俳句の銃後俳句の連作の中でも傑出したものの一つであろう。では、どこが優れているのか。この連作は冒頭の一句の読み解きにかかっている。冒頭句を読み解くには補助線として他の二つの句との読み比べが必要だ。

菊咲けりよくぞ召されて人征きぬ　すゞのみぐさ女

大戦起るこの日のために獄をたまわる　橋本夢道

訣別（卒業、即日出発、下関港より出港の吾子を見送る）

一群の飛魚濤を蹴立てゆきぬ　三橋鷹女

夢道の句は昭和十六年十二月八日、太平洋戦争（大東亜戦争）勃発当日の作。皇軍が鬼畜米英を撃つ聖戦に決起したこの記念すべき日のために、反戦を唱えてプロレタリア俳句を推進してきた私は畏れ多くも皇国の現人神天皇より獄を頂戴したのだ、というのがこの句の表面的な句意。「獄をたまわる」という天皇に対する謙譲語による敬意表現を用いた痛烈なイロニーがすごい。国家権力、皇国イデオロギーによる危険分子の排除、弾圧。夢道は、その皇国国家を俳句固有の一本の鋭いイロニーの針で刺し貫いたのである。つまり、この句は天皇への敬意表現を逆手に取った痛烈なイロニーの句だ。

鷹女の句は府立四中（現・都立戸山高校）を経て陸軍経理学校を卒業した一子陽一が、昭和十九年五月十九日、中支派遣部隊付主計将校として下関港より出征するのを見送ったときの作。吾が子を含む出征兵士を「一群の飛魚」に見立て、勇躍出征する若き兵士たちの勇姿を「濤を蹴立ててゆきぬ」と詠んでいる。ここには一片のイロニーもない。武運と戦勝を祈願する国民感情に根ざした「若き勇姿」の出征という公のイメージがあるばかり。個としての内面の私的感情は閉ざされている。ちなみに、鷹女がこの句の詞書で青年となった息子を「吾子」と言っているのにも注目したい。その背景にはすでに触れたように、関東大震災で罹災した親子の奇跡的な生に因る濃密な母子一体感があった。

補助線の二句を読み解いてみたが、では、みぐさ女の句はどう読み解くべきなのか。皇国や天皇の象徴である「菊」が咲き香るこの佳き日に、わが夫は畏れ多くも皇国の天子に召されて聖戦に征くことよ、というのが、この句の表面的な句意。では、この句は鷹女の句と同様、天子の赤子として報国のため聖戦に征くことを公の国民感情としてストレートに詠んだ句なのか。そうではあるまい。それでは逆に、「よくぞ召されて人征きぬ」は夢道の句と同様に、イロニー（反語）であって、国家権力によって夫が戦地に征かされることへ妻としての忌避の思いを詠んだものなのか。そうでもあるまい。この句を読み解くためには、もう一つの視点が必要だ。それはこの句だけを見るのではなく、六句全体の構成に目を注がなければならない。この連作は夫が出征する日の一日を時系列で詠んでいる。最も高潮しているところは第四句の歓送の場面。歓送者たちが唱和する「ばんざいのばんざい」の声は忠君愛国の合言葉による高揚した公の国民感情を表す。他方、「底にゐて思ふ」は夫を戦地に征かせることを忌避したい妻の私的感情を表す。つまり、第四句は天子の赤子として御国のために夫を征かせねばならないという公の国民感情と、夫を戦地に征かせたくないという私的感情に引き裂かれた妻の切ない感情が詠まれているのだ。そういう高揚したアンビバレンツな感情表現の句に目配りすれば、第一句はその序章として読み解かねばならない。つまり、第一句は「菊」が咲き香るこの佳き日によくぞ夫は「召されて」と、天子に対する尊敬語を用いた敬意表現によって天子の赤子として征く命運を畏れ多きこととして表面的には詠んでいるが、その裏には夫を戦地に征かせたくない妻の私的感情がある。妻の心は公と私との感情に引き裂かれているのだ。この冒頭句の心情を受けて展開する第二句、

　菊咲けり大君のへに人征きぬ

も、表面的な句意は天子の赤子として聖戦に征くことを畏れ多しとしているが、裏には私的感情に引き裂かれた切ない心情が流れている。

井上白文地にも母と子の出征の別れを呼んだ同様の哀切な句がある。

　征く人の母は埋もれぬ日の丸に　（「京大俳句」昭12・9）

出征する兵隊の名前を墨で大書した幟が立ち並び、兵隊を見送る群衆の振る日の丸の小旗の波の中に小さな母は埋もれてしまい、溢れる涙で、征く息子の姿をしかとは見届けられない。日の丸の旗は皇国国家への一体感と母子を引き裂くものとして背反的コードである。

この連作の第三句に、

我家の柿をたうべて人征きぬ

を置いた構成も効果的。昭和十八年の秋、石田波郷が出征に際して詠んだ有名な句に、

応召

雁や残るもの皆美しき　（「鶴」昭18・10）

がある。この「残るもの皆美しき」とは、いわゆる末期の眼による風景との美的一体化である。この句が物語るように、出征とは未来に確実な死が待っていることの別名であった。みぐさ女の第三句は前に読み解いたように、夫は、いわば夫婦の契りの代替物として末期の眼ならぬ末期の食べ物として馴染みの「我家の柿」を口にして死地に出向いた、と読み解ける哀切な句である。

第五句の、

人征きし部屋の燈を消し歩く

の「部屋の燈を消し歩く」もいい。「燈」は家庭の幸福、家族団欒の象徴。夫のいるときの夜は部屋部屋に燈があった。だが、夫が征ってしまった今は、不要になった部屋部屋の燈を一つ一つ消して歩く、というのである。それは家族の団欒を奪われたこと、家庭の幸福の喪失を意味する。そして最後の第六句で、

人征きしあとの畳に坐りつる

と締め括る。夫のいない部屋の畳の上にへたりとすわりこんだまま、虚脱感で呆然としている主人公の妻。

この連作は、「菊咲けり」や「人征きぬ」など、繰り返しが多く、一見構成が拙劣に見える。だが、人物の状況や

行為が時系列で進行する中で、主人公の妻の感情や意識の流れが放物線状に起伏してゆくのは、見事である。やはり、新興俳句が生み出した連作俳句の傑作に恥じない。

②の連作「陣中だより」の構成も巧みである。

　　軍事郵便くる日の門べ掃きゐたり

夫からの軍事郵便が来る日に、夫を迎えるかのように門のあたりをきれいに掃いておく、という妻のふるまい。便りとともに同封されていた軍服姿で屈託なく笑っている夫の写真。その写真から夫のいる西湖畔や夫について想像をめぐらす。その三句目から五句目までは写真を契機としたいわゆる想望俳句だ。「うつしゑ」とは写真のこと。そして、夫のことを思いつづけていると、涙が溢れ、あたたかく頬を伝う、と締め括る。

以上を要するに、すゞのみぐさ女の銃後俳句は、大君（天皇）に忠を尽くすべく夫を征かせなければならないという公の国民感情と、夫を戦地に征かせたくないという妻の私的感情に引き裂かれた、当時の国民に広く該当する真実の姿に迫ったものであった。それゆえ、彼女は連作の銃後俳句において表現史に残る傑作を刻んだ女性俳人として忘れてはならない俳人である。

四　竹下しづの女

東鷹女と同様に新興俳句の外周にありながら、鷹女とは大きく異なる俳句を生み出した竹下しづの女に言及しよう。しづの女は、昭和十年代の日中戦争の状況下に、時代と社会に正面から向き合って、彼女独自の境涯俳句と銃後俳句を作った。

1　竹下しづの女のプロフィールと俳歴

「ホトトギス」「天の川」「成層圏」所属。二男三女（長女は結婚）を持つ寡婦で、福岡県立図書館勤務のキャリアウーマンで五十歳前後。　明治二十年三月十九日、福岡県稗田村（現・行橋市）生れ。本名静廼《しずの》。同三十九年、福岡女子師範学校（現・福岡教育大学）卒。尋常小学校訓導を経て小倉師範学校助教諭となり、国語と音楽を担当。大正元年、福岡県立福岡農学校教諭の水口半蔵と結婚（養子縁組）。五人の子供（二男三女）を育てるが、昭和八年、夫は脳溢血で急逝。しづの女は翌年から福岡県立図書館に勤務、同十四年辞職。

今まで見てきた東鷹女・藤木清子・すゞのみぐさ女は主婦や寡婦という一つの顔しか持っていなかった。それに対して、竹下しづの女は五人の子供を育てる家庭の主婦としての顔と、福岡県立図書館司書というキャリアウーマンの顔を持っていた。当時としては珍しいインテリであり、時代状況を読み解くリテラシーの高さがあった。音楽・漢文・古典文学などが得意で教養豊かだった。いわば姐御肌で、知的・論理的であり、かつ意力と情熱に溢れていた。そのことが彼女の俳句にも影を落としている。小倉中学（現・県立小倉高校）教諭の杉田宇内と結婚して小倉に住んだ杉田久女も東京女子高等師範学校（現・お茶の水女子大学）附属高等女学校卒のインテリだが、家庭婦人の顔だけで、「外」の顔は持たない。

しづの女の俳句へのかかわりは、大正八年、夫の代作がきっかけで、前年に福岡市で「天の川」を創刊した吉岡禅寺洞に指導をうける。同九年四月、高浜虚子の「ホトトギス」に初投句、一句が載る。（六月号）。同八月号で、

　短夜や乳ぜり泣く児を須可捨焉乎《すてつちまをか》

などの句で雑詠蘭の巻頭に躍り出た。これは女性としては初めての快挙であり、その漢文表記の会話体の新風がたちまち評判を呼んだ。この句は「天の川」でも巻頭となった。しかし、翌年、句作上の主観と客観や、季語の問題に悩み、句作を中断してしまった。中断中も「ホトトギス」や「天の川」に文章類は書いた。昭和三年、虚子の福岡来訪を機に句作を再開し、同九年六月に「ホトトギス」同人となった。ところが、その二年前に、「天の川」の吉岡禅寺

洞としづの女の関係が破綻する事件が起こっていた。

「天の川」は昭和初期、芝不器男が彗星の如く出現し、清新な詩情に溢れた珠玉を遺した後、同七年頃には横山白虹や神崎縷々らが炭坑労働者の生活を対象にした社会性の濃い句を盛んに作った。その前年には水原秋桜子が「ホトトギス」を離反し、「馬酔木」に拠って連作による抒情俳句を推進した。俳壇には「馬酔木」と「天の川」を中心に反「ホトトギス」の新興俳句のうねりが生じていたのである。さらに、昭和九年には「天の川」に篠原鳳作が登場し、

　しんしんと肺碧きまで海のたび

など詩情豊かな無季俳句で俳壇の注目を浴び、無季俳句推進の先頭に立った。

こうした俳壇状況を背景にして、しづの女の「禅寺洞ばかりでなく天の川はかりゐるのですよ」「一体天の川はアンチホトトギス気分が盛んですよ。中には猛烈なアンチがゐますよ」（禅寺洞「私の立場を語る」―「天の川」昭7・12／しづの女「公開状」―「天の川」昭8・5）などという発言を巡って、禅寺洞との間に誤解や齟齬が生じ、それを修復できないまま両者の関係は破綻してしまったのだった。

昭和十一年、長男の吉仭《よしのぶ》（俳号・龍骨）が高等学校俳句連盟を結成し、翌年、機関紙「成層圏」を創刊した。しづの女は同十六年の終刊（通巻十五号）まで、その指導に情熱を傾けた。「成層圏」誌上に図書館勤務のキャリアウーマンとしての俳句や銃後俳句など時代と向き合った句を意欲的に発表し、また、評論や作品評にも積極的に筆を執った。「成層圏」はしづの女の要請で中村草田男を顧問に迎え、二人で指導に当たった。当時、草田男は無季俳句をめぐって新興俳句と激しく対立していたが、時代と向き合った新風を目指すという理念では新興俳句と通じていた。しづの女も伝統を重んじつつ革新を目指すという点で相通じるものがあり、草田男に協力を要請したのである。

昭和十五年に三省堂の俳苑叢刊の一冊として、しづの女の唯一の句集『颸』が刊行された。その巻末には「俳歴」が付されているが、「天の川」や吉岡禅寺洞に関する文言は一切ない。これは昭和七、八年に禅寺洞との関係が破綻したことや、同十五年の「京大俳句」弾圧事件など新興俳句誌への国家権力（特高）の諜報活動が厳しくなったことが

要因であろう。

2　竹下しづの女の人となりの特色

ここで、しづの女の「内」なる母の顔を示す初期の代表作「短夜や乳ぜり泣く児を須可捨焉乎《すてつちまをか》」に通じる激しい母性愛、人となりを紹介しておこう。来客中に二男の健次郎が床に頭を打ちつけて脳出血を起こしたときのこと。

> 十年、十五年すると、この子はあはれな一塊の汚血動物！「ああ、死ね死ね。いつそ死んでしまへ」畜生、悪魔、修羅。私の一生を呪ふ。（略）「本当に殺してやらう、そして私も死なう！」すると、冷い岩石が柱を抱へてゐるかのやうに感じた。しかし膝の上に不図、目を落すと、健坊は氷嚢を当てた下から可愛らしい眉と長い睫毛の目を閉ぢて、神様のやうな顔をして眠らうとしてゐる（「明るいカンナ」（大9）―『定本　竹下しづの女句文集』昭39・所収）。

しづの女は知性の人であり、情熱の人でもあった。また、リテラシーの高いインテリで、論理的で、独立不羈の人でもあった。しづの女の句を時系列で通覧して気づくことは、所属結社や同時代の支配的な作風にほとんど掣肘されていないことである。「ホトトギス」や「天の川」に関係しながら、客観写生やエスプリ・ヌーボーに倣った作風は見られない。虚子が福岡を訪れたとき、「あなたは、どうも、主観が強すぎて……」と言われて、「その、主観を封じられてしまはれまして、私は手も足も出ません」（「雑言」―「天の川」昭6・2）と応えたエピソードは、しづの女の独立不羈をよく物語っている。その点では東鷹女（のち三橋鷹女）に近い。鷹女もしづの女も所属結社や同時代の支配的な作風に掣肘されることなく、自らの才能を信じ、自ら試行錯誤の努力を重ねつつ、それぞれ独自の作風を築き上げた、という感が深い。

3　竹下しづの女の漢文訓読体の特色

では、しづの女独自の作風とは何か。文体面では漢文訓読体を確立し、多用していること。男性俳人では山口誓子が『凍港』時代に漢文訓読体を確立していたが、女性ではきわめて異色である。

這婢少《わか》く背の子概ね日傘の外　（大9）
今年尚其冬帽措大夫《づま》　（大9）
学校の音春眠を妨げず　（昭6）
明けて葬《はふ》り昏れて婚《めと》りや濃紫陽花　（昭10）
汝儕《きやつら》の句淵源する書あり曝す　（昭10）
瑞葦に風鈴吊りて棲家とす　（昭11）
紅塵を吸うて肉《しし》とす五月鯉　（昭11）
緑樹炎え日は金粉を吐き止まず　（昭11）
汗臭き鈍《のろ》の男の群に伍す　（昭11）
我を怒らしめこの月をまろからしめ　（昭11）
月まろし恚らざる可らずして怒り　（昭11）
一重帯黒髪断つて光陰あり　（昭11）
秋雨《しゅうう》来ぬ重き征衣を重からしめ　（昭12）
台風鬼吾が裳を翼とし翔《かけ》る　（昭12）
苺ジヤム男子はこれを食ふ可らず　（昭13）
無月にもあらずさやけきにもあらず　（昭14）
我が子病む梅のおくるるの所以なり　（昭15）
降るは落葉樹《た》つは胸像来るは学徒　（昭15）

このように書き写してくると、初期の代表句「短夜や乳ぜり泣く児を須可捨焉乎《すてつちまをか》」が異色の漢文表記を用いた会話体の魅力であったように、昭和十年代のキャリアウーマンとしての「外」の顔を見せた代表句「汗臭き鈍《のろ》の男の群に伍す」などの句の魅力も、その簡潔で歯切れよい漢文訓読体の魅力に負っていることが明らかとなる。

また、初期の畳みかけるような文体も、しづの女の独創と言っていい。

弾っ放して誰そ我がピアノ夏埃　（大9）
処女二十歳《はたち》夏痩がなにピアノ弾け　（大9）
カルタ歓声《どよみ》が子を守るわれの頭を撲つて　（大10）

4　竹下しづの女の主婦としての「内」なる顔

しづの女が結婚して、五人の子供の子育てをしていた大正時代は、男は「外」・女は「内」という日本の伝統的な性役割《ジエンダー》が揺るぎなく定着していた時代であり、育てる子供も多かった。現在は少子化で、イクメンなどと呼ばれる父親も登場している。その反面、幼児虐待やネグレクトと呼ばれる母親も跡をたたない。女性にとっての家事と育児にかかわる肉体的、精神的な負担や心労《ストレス》は時代のパラダイムを超えたものがある。

短夜や乳足らぬ児のかたくなに　（大9）
短夜や乳ぜり泣く児を須可捨焉乎《すてっちまをか》　（大9）
乳啣ます事にのみ我が春ぞ行く　（大9）
夏痩の肩に喰ひ込む負児紐　（大9）
カルタ歓声《どよみ》が子を守るわれの頭を撲つて　（大10）

これらの句には子育てに苛立ち嘆いたり、子育てのためカルタ遊びから疎外されている母の顔がある。これは杉田久女の、

寒風に葱ぬくわれに弦歌やめ

の疎外された主婦としての顔に通じている。

ところで、有名な「短夜や乳ぜり泣く児を須可捨焉乎《すてっちまをか》」にはいくつかの問題が含まれているので、それに言及しておこう。まず、この句の表記の問題。この句の表記は「ホトトギス」大正九年八月号で巻頭を占めたときのもの。ところが、後にしづの女が書いた短冊や、『ホトトギス同人句集』（三省堂・昭13）では「泣く」が「啼く」と改められた。現在では「啼く」の表記に定着している。

次に、しづの女が書いた漢文「須可捨焉乎」の表記の問題。訓読すれば、「すべからくすつべけんや」と読むのであろう。だが、下五の字数に合わせようとしたため、強引な漢文表記になっている。「須」は「すべからく…べし」と読む再読文字なので、下の「可」（べし）は重複する。また、「焉」と「乎」はともに「や」と読み、疑問や反語を表す助字なので、これも重複する。したがって、「須捨焉」または「須捨乎」とするのが一般的ではなかろうか。もっ

とも、「須」を再読文字として読まず、また、「焉」も語調を整える置き字として読まないとする考え方もありうるかもしれない。つまり、「須《ラク》可《ケン》レ捨《ツ》焉乎」という読み方である。ともかく、しづの女の漢文表記は異例な表記であろう。

さらに、この漢文表記の意味と「すてつちまをか」というルビの意味の問題。しづの女は「自句自解」（「天の川」大10・1）で、

「須可捨焉乎」ですが、これは仮名で「すてつちまをか」と書いても句の増減はないのです。只、私は漢文を平気で書く癖があつて、寧ろ、「すてつちまをか」といふ口語を思ひきつて使つた方が自分に問題としてゐました。只、口語詩などがあるから俳句だつて最も現代的な語での迫つたところを表はしてもよいのだらうと断行したのです。

と言う。また、しづの女の三女竹下淑子《としこ》氏の回想によれば、この漢文表記について母から「あれは反語である」と聞かされていた、という（『回想のしづの女』私家版・平14）。

漢文表記を「すべからくすつべけんや」と読めば、それは反語表現であり、意味は「必ず捨てる必要があろうか、いや、その必要はない」ということになる。だが、「すてつちまをか」というルビは、そういう意味ではない。しづの女（この句の主体としての母）の心は本当に子供を捨ててしまうことにあるのではないから、その意味では反語である。が、本来の文法上の反語の用法である「どうして捨てられようか、いや捨てられない」という意味からは、ずれている。「すてつちまをか」の意味、ニュアンスは、杉田久女がいみじくも書いているとおりだ。すなわち、

此句には、出ぬ乳にしやぶりついてむづかり泣きつゝ、母をいらだつる嬰児。かはいさあまつて、エエもう捨ちまほう《（ママ）》か！とさへ疳しやくの起つて来る短夜の母の焦慮を大胆に万葉の振仮名付で、ポンと投げ出してゐる

（「女流俳句と時代相」―「花衣」四号、昭7・8）。

つまり、「すてつちまをか」は苛立ち、癇癪が口を突いて出た激発的表現であり、いわゆる反語表現とは異なる。その母親の苛立ちを会話体で端的に表現したことが絶妙な効果を上げている。「自句自解」にもあるとおり、しづの

女の狙いもそこにあったのである。

とすれば、漢文表記の反語と、ルビの会話体表記の苛立ちの激発表現とは反りが合わず、相乗効果が出ない。逆に足をひっぱる。しづの女の意図を生かすには、

短夜や乳ぜり泣く児を捨（す）てつちまをか

のほうがすっきりするということになろう。竹下淑子氏もその点を問題にして、

「漢文を何の顧慮もなく書いた」というが、それに反語の意味があったとしたら、口語の「すてつちまをか」は直接法的で意のせまったところを充分に表し得たかどうか、という問題が残りはしないだろうか（『回想のしづの女』既出）。

と鋭く指摘している。

5　竹下しづの女のキャリアウーマンとしての「外」なる顔

しづの女には、このような「内」としての性役割《ジェンダー》に苛立つ母の顔の他に、久女にはない叱咤し、教育する母の顔もあった。

弾っ放して誰そ我がピアノ夏埃　（大9）
鍵板《キイ》打つや指紋鮮かに夏埃　（大9）
処女二十歳《はたち》夏痩がなにピアノ弾け　（大9）

しづの女は自宅でもピアノを教えていたのだろう。「弾っ放して誰そ」「夏痩がなにピアノ弾け」の強い調子には意志と情熱の人しづの女の面目躍如たるものがある。この母の顔はキャリアウーマンとしての「外」なる顔に繋がっている。

三井銀行の扉の秋風を衝いて出し　（大9）

学校の音春眠を妨げず　（昭6）
汝儕《きやつら》の句淵源する書あり曝す　（昭10）
書庫瞑く春尽日の書魔あそぶ　（昭10）
汗臭き鈍《のろ》の男の群に伍す　（昭11）
そくばく《(ママ)》の銭を獲て得しあせぼはも　（昭11）

これらはキャリアウーマンとしての顔が表れた諸句。「三井銀行」の句は「ホトトギス」大正十年三月号に掲載された。「内」なる主婦の顔としても読める句だが、颯爽としたキャリアウーマンの顔の俳句として読んだほうが一段とそのモダンさが際立つ。この句が作られた大正九年といえば、若き日野草城が、

唇に触れてつぶらやさくらんぼ　（大9）

という斬新な感覚句を作った年である。この草城の句に魅了されて山口誓子が俳句を作るようになったエピソードは有名だ。大正後期の草城のモダニズムに遜色のないモダンな句をしづの女も作っていたということを明記しておきたい。

「汝儕《きやつら》の句」以下の四句は、夫の急逝により寡婦となったしづの女のキャリアウーマン（福岡県立図書館司書）としての顔の表れた諸句。「汝儕《きやつら》の句」の句は司書として曝書の仕事をしていた際、偶然にも或る俳人たちの句のプレテクストを見つけてしまったときの句。「汝儕《きやつら》」という敵対心をあらわにした表現から、その対象は、すでに吉岡禅寺洞との関係が破綻していた「天の川」の俳人たちであったかもしれない。ここで想起されるのは中村草田男の有名な一句、

金魚手向けん肉屋の鉤に彼奴を吊り　（昭14）

である。草田男の句はしづの女の句に淵源していた（プレテクストにしていた）と想像してみることは楽しい。もしそうであれば、汝儕の句∧しずの女の句∧草田男の句の三句は入れ子型の引用になっていたということだ。

「書庫瞑く」の句は、しづの女独特の想像力が現れた句。他に書庫の「書魔」を詠んだ句として、

書庫瞑く書魔生《あ》る、春逝くなべに　（昭10）
書庫瞑しゆう（ママ）べおぼろの書魔あそぶ　（昭11）
赫茶けし書魔におぼろの書庫燈る　（昭11）
書魔堰いて書庫の鉄扉が生む朧　（昭11）
書庫古りて書魔老ひ（ママ）て花散りやまず　（昭11）

現在「書魔」というと、「メモ魔」や「電話魔」と同様、度を越して一つのことに熱心な人という意味で使うことが多い。が、しづの女の「書魔」はそうではなく、書物の中に棲む超自然的な魔性のもの、という意味である。しづの女には、さまざまな物の中にはそういう魔性のものが棲みついていて、時としてそれが姿を現すという独特の観念、想像力が働いている。

滝見人水魔狂ひ墜つ影見しか　（大9）
台風鬼吾が唇の朱を奪ふ　（昭12）
台風鬼吾が黒髪を獲て狂ふ　（昭12）
台風鬼吾が裳を翼とし翔《かけ》る　（昭12）

の「水魔」や「台風鬼」も同様の想像力が生み出したもの。

この「書魔」の諸句はしづの女独特の想像力が生み出したなかなか味わい深いものだ。晩春の候、年月を経て古びた書庫の中は人気がなく、森閑としている。すると、書物の中からうっすらとした影のごとく書魔が現れて、遊び戯れたりする。また、新しく書魔が生れたり、老いた書魔が現れたりもするのである。

「汗臭き」の句はキャリアウーマンの顔を表す代表句として知られる。この句は一日の勤務を終えての帰宅途中の場面。自分の前後左右を歩く男たちを「汗臭き鈍《のろ》の男」と捉える眼には、社会的に自立し仕事のできるキャリアウー

マンとしての意識が明白に反映している。それだけでなく、のろのろと、歩いている鈍で、凡庸な男たちと見る眼には、亡くなった夫を理想的な男とする対比の意識もあるだろう。これは杉田久女や藤木清子とは対蹠的である。久女自身の意識において「恥ずかしい夫」しか持ち得なかった杉田久女。夫との「よきおもひ出」を持ち得なかった藤木清子。それに対して、しづの女の夫は、

子といくは亡き夫《つま》といく月真澄　（昭14）

と理想化されている。

「そくばく《(ママ)》の」の句は、「そこばくの銭」（いくらかの銭）と「あせぼ」が等価のものとして相殺されるという勤労者の生活の悲哀が滲み出ている。

6　竹下しづの女の銃後俳句の特徴

最後に、昭和十年代にしづの女が作った銃後俳句に言及しよう。「花鳥諷詠」を標榜した「ホトトギス」に所属しながら銃後俳句を詠んだ中村草田男が「ホトトギス」の異端の男性俳人であったように、同じく「ホトトギス」に所属しながら銃後俳句を詠んだしづの女も「ホトトギス」の異端の女性俳人であった。その点で、しづの女は中村汀女や星野立子とは明確に一線を画する。すなわち、草田男もしづの女も有季定型を遵守しつつも、新興俳句の外周近くを走っていたのである。その二人が高等学校俳句連盟の機関誌「成層圏」の指導に当たったのは偶然ではない。

たゞならぬ世に待たれ居て卒業す　（昭12）

十月支那事変応召の友を歓送して　三句

秋の雨征馬をそぼち人をそぼち　（「成層圏」昭12・10）

焦げし頬を冷雨に搏たせ黙し征く　（「成層圏」昭12・10）

秋雨《しゅうう》来ぬ重き征衣を重からしめ　（「成層圏」昭12・10）

心灼け指灼け千人針を把る　（「成層圏」昭12・10）

千人針に夏往き秋来かくてなほ　（「成層圏」昭12・10）

国の秋学徒夜業の灯を絶たず　（「成層圏」昭12・10）

夜学の燈断つて機と征き艦と征き　（「成層圏」昭12・10）

夜学の燈断ち爆撃機となり征きぬ　（「成層圏」昭12・10）

図書館に客だしぬけや鴟日和　（「成層圏」昭13・1）
憲兵を案内す書庫の冱てし扉に　（「成層圏」昭13・1）
憲兵氏さぶき書廊に図書を繰りぬ　（「成層圏」昭13・1）
吹雪く車輛征人窓に扉に溢れ　（「成層圏」昭14・2）
車輛吹雪き軍服床に藉きても寝る　（「成層圏」昭14・2）

雪峯を車窓に英霊ひたかへる　（「成層圏」昭14・2）
雪峯富士に軍帽を挙ぐ征人なり　（「成層圏」昭14・2）
国を挙げてたたかへり吾れ麦を蒔く　（「俳句研究」昭17・1）
麦を播きて皇国《みくに》につくし奉る　（「俳句研究」昭17・1）

しづの女の銃後俳句を眺めて気づくことは、全体的に表現の基調が戦争への過剰な思い入れ、感情移入が少なく、思い入れを抑制した写実的な表現になっていることだ。「心灼け」の句のように千人針への感情移入が強い句も混じるが、「支那事変応召の友を歓送して　三句」のような写実的抑制の利いた句が多い。その要因としては、しづの女は東鷹女のような主婦とは異なり、時代状況を読み解くことができるリテラシーの高いインテリのキャリアウーマンであったことに因ろう。もう一つの要因としては、しづの女が確立した漢文訓読体という簡潔な文体も作用しているであろう。そういう写実的な表現をとることで、秋雨に濡れそぼちながら出征する兵隊たち・出陣する学徒たち・吹雪く中、軍用車両に溢れて出征する兵隊たち・列車に揺られながらひたすら故郷に急ぐ英霊たちなど、銃後の厳しい現実がリアリティーをもって伝わってくる。

たゞならぬ世に待たれ居て卒業す　（昭12）

と詠むしづの女は戦争や出征という厳しい現実から眼を逸らさず、受け止めている。
　戦争は対外的にも出征という厳しい現実を突きつけてきたが、対内的にも言論統一・諜報活動・言論弾圧という時代閉塞の状況へと向かわしめた。昭和十二年七月七日に日中戦争（支那事変）が勃発してから数ヶ月後には、早くもしづの女が勤める福岡県立図書館に突如憲兵が図書の検閲に訪れている。しづの女は、

かじかみて禁閲の書を吾が守れり　（「成層圏」昭13・1）

とも詠んでいる。「禁閲の書」とは皇国思想に敵対するマルキシズム、左翼思想の書ということだろう。危険思想の

書物の検閲に訪れた憲兵を、しづの女は「憲兵氏」と揶揄している。そこには軍国の国家権力へのしづの女の嫌悪、抵抗が見てとれる。リテラシーの高いしづの女は時局を冷静に読み解く洞察力を持っていたと言えよう。ここでしづの女が使った「憲兵氏」という表現に関連して想起されるのが、「京大俳句」昭和十四年十一月号に中村三山が発表した「退屈な訪問者」である。これは個人宅への特高の訪問を詠んだ十三句から成る連作だが、次に抄出しておこう。

特高が擾す幸福な母子の朝
特高のさりげなき目が書架に
遊びに来給へと特高君さも親しげに
特高去り母と無言の昼餉
知人録に特高君の名も書くか

中村三山も「特高君」と揶揄している。しかし、三山はしづの女の「憲兵氏」をプレテクストにしたのではあるまい。三山が発行部数の少ない機関誌「成層圏」を目にしていたとは考えにくい。むしろ、国家権力の手先への嫌悪や反発を表現する場合には揶揄という類想のメカニズムが働くと考えるのが自然だろう。ちなみに、昭和十四年には特高の諜報活動は新興俳句やプロレタリア俳句に対して着々と進められていたにもかかわらず、この連作のように全く無防備であった。ために、翌年二月十四日、第一次「京大俳句」弾圧事件が起こり、三山も治安維持法違反容疑で検挙された。それを思うと、しづの女は昭和十三年の初めにきわめて危険な句を作っていたのだった。竹下淑子氏によれば、しづの女の家に特高が訪れたのは、「成層圏」の終刊号（昭16・6）を発行した昭和十六年の秋頃と思う、という（『回想のしづの女』）。

それでは、しづの女の戦争に対する姿勢や意識はどうだったのだろうか。戦争という厳しい現実に正面から向き合っていることは前の引用句から分かる。また、憲兵や特高などの検閲や諜報活動への嫌悪や反発も見てとれる。しかし、昭和十五年の新体制運動から大政翼賛会の成立（十月）へと国家統制が進み、俳句もいわゆる聖戦俳句が中心になる趨勢の中で、しづの女もその趨勢を受容し、同調していかざるを得なかったのではなかろうか。いわばその傍証となるのが、引用した最後の二句であろう。この二句は「俳句研究」（昭17・1）の太平洋戦争開戦特集号に寄稿したもの。

国を挙げてたたかへり吾れ麦を蒔く　（「俳句研究」昭17・1）

麦を播きて皇国《みくに》につくし奉る　（「俳句研究」昭17・1）

前句は「吾れ麦を蒔く」をどう読み解くかにかかっている。すでに見てきたすゞのみぐさ女の「夫出征」を詠んだ、

菊咲けりよくぞ召されて人征きぬ　（昭13）

は「菊」に象徴される御国のために征かねばならぬという公の国民感情と、夫を戦地に征かせたくないという妻の私的感情とに引き裂かれた句だった。また、藤木清子の、

出征のどよめき遠き丘にのぼる　（昭13）

は戦意高揚、戦勝報国という国民感情に囚われず、そこから冷ややかに距離を置いた余計者、疎外者の意識が表れた句だった。

では、しづの女の句は清子の句と同様に、「国を挙げてたたかへり」という公の国民感情に対して冷ややかに距離を置いて、吾は戦争にかかわりなく一人麦を蒔いて暮らしているだけだという方向の句なのだろうか。そうではあるまい。「国を挙げてたたかへり」という公の国民感情に対して、戦争に征けない女である吾はせめて「麦を蒔く」ことで御国のために報いようという公の国民感情に同調していかざるをえない意識の句ではなかろうか。そういう読み解きは後句によって裏づけられる。「麦を播きて皇国《みくに》につくし奉る」とはストレートな聖戦俳句だ。竹下淑子氏によれば、淑子氏が「蒔きもしないのに」とひやかすと、しづの女は「蒔く人の気持ちになっての句だ」と言った、という。このしづの女の言葉も公の国民感情への同調という方向を後押しするものだろう。すでに時局は太平洋戦争勃発直後。しづの女とかぎらず、この時局においては「俳句研究」のような全国メディアで公の国民感情に不同調を表す

ことはタブーだったのである。

五　中村節子

昭和十年代の初めに「鶏頭陣」誌上で東鷹女と競い、同十三年に「旗艦」に移り、同誌上で藤木清子と競った女性俳人として中村節子（旧号・節女）がいた。しかし、今日、中村節子の名前を知る人はごく少数であり、節子への言及は皆無と言っていい。また、藤木清子と同様、中村節子も謎の多い女性である。

1　中村節子のプロフィール

生没年未詳。「鶏頭陣」「旗艦」所属。東京の新聞社のタイピスト。独身か。旧号中村節女。「鶏頭陣」昭和十年六月号に二句初入選。以後、同誌上で、東鷹女と競う。十二年八月、中村節子と改号。十三年三月、藤木清子とともに「旗艦」同人に推挙される。以後、同誌上で藤木清子と競う。

2　中村節子への同時代評

東鷹女と共に、小野蕪子門に才媛を謳はれた中村節女が、新しく「吾等の仲間」に加はるやうになつた。（略）かつて、タイプライターを習ふことなしに、いまのK新聞社にタイピストとして入社してしまひ、ぬけぬけとしてゐる中村節子ではあるが、俳壇ではまさかそんな調子でもゆくまい。果して新興俳句作家として立ち得るかどうか、中村節子はいまその岐点に立つてゐる。まごまごしてゐると往年の中村節女は消えてなくなつてしまふのだ。八月の「セルパン」に発表した「稲妻」などの作品を見ると、伝統俳句作家としての節女と、新興俳句作家としての節子が、いりまじつてゐる感じのやうである。一大奮起を希望する次第である。

春雷やイチゴミルクを少年と　節子

（安寿厨子夫「我等の仲間―東京同人記」―「旗艦」昭13・8）。

「K新聞社」の名称は不明だが、節子はそこにタイピストとして入社したことが分かる。「鶏頭陣」から「旗艦」に移ってきたことについて、やや棘のある文章で、必ずしも歓迎されていない空気が伝わってくる。それが小野蕪子門によるのか、節子個人のキャラによるのかは定かでない。昭和十三年の時点では小野蕪子の国家権力との密着という風評は顕在化していないようだ。「旗艦」昭和十四年四月号では、「中村節子氏　最近会社を辞された由」という消息を伝えている。

3「鶏頭陣」における中村節子と東鷹女の競合

昭和十年五月十九日に銀座の明治製菓ビル四階の一室で「鶏頭陣」創刊十周年記念俳句大会が催された。「初夏」の席題で、東鷹女は、

蕗の葉に日輪躍り初夏は来ぬ

などの句で蕪子選に入選している。「蕗の葉に日輪躍り」と捉えた点に鷹女らしい才気が窺える。「鶏頭陣」五月号は十周年記年号。鷹女は、

春のゆめみてゐて瞼ぬれにけり

を含む「春の夢」の句が三句入選。

中村節子の句はその翌六月号に二句が初めて入選。

春の蚊を打てばみどりにつぶれけり　東京　中村節女

アネモネの青きが吸へり煙草の輪

「みどりにつぶれけり」と表現したところ、「アネモネの青きが吸へり」と擬人化したところに節女の凡でない才気が見える。

同年八月〜九月合併号で鷹女は自選五句を発表。その中の一句に、

節女より手紙が着きぬ油照

がある。十月号では鷹女は蕪子選雑詠欄で巻頭五句を占める。その中には、

夏痩せて嫌ひなものは嫌ひなり

夏逝くとしん〳〵とろり吾が酔へる

という鷹女独特の才気ある句に混じって、

夏逝くやいみじき嘘をつく女

という気になる句がある。同号に節女は、

秋立つや袋を破り青りんご

の一句が載る。十二月号では鷹女は、

幻影はくだけよ雨の大カンナ

を含む「カンナ」の句が三句入選。節女もそれに符丁を合わせるかのように、

鶏は頭であるき大カンナ

という斬新な句が入選している。「鶏は頭であるき」という卓抜な俳句的アングルと、真っ赤な鶏冠と真っ赤な「大カンナ」とのアナロジー（類比）。わたしはこの句を中村節子の代表作の一つだと考えている。

昭和十一年三月号では鷹女は、

暖炉昏し壷の椿を投げ入れよ

暖炉灼く夫よタンゴを踊らうか

を含む四句が入選。節女は、

　ゴムの木にはるけき想ひだんろ燃ゆ

が入選。同年四月号では節女は、

　春の夢夢みし人もみしやらん

が入選。この句は昭和十年五月号に入選した鷹女の次の三句、

　びろうどの枕にねたり春の夢
　獺魚によびかけられぬ春の夢
　春のゆめみてゐて瞼ぬれにけり

をプレテクストにして、鷹女の句に唱和したものであることは明らか。唱和というより、挑んだ句というほうが適切だろう。

　このように見てくると、昭和十年から十一年にかけて鷹女と節女はお互いに強く意識しあっていることが窺える。鷹女は「節女より手紙が着きぬ油照」と詠み、節女は「春の夢夢みし人もみしやらん」と詠む。また、鷹女は「幻影はくだけよ雨の大カンナ」、節女は「鶏は頭であるき大カンナ」と詠み、それぞれの才気を競い合っている。このことからわたしは次のような大胆な想像に駆られるのを抑えがたい。すなわち、

　節女より手紙が着きぬ油照　（「鶏頭陣」昭10・8〜9合併号）

と詠まれた節女からの手紙には、節女の虚飾に満ちた文言が書きつらねてあった。そこで鷹女は、

　夏逝くやいみじき嘘をつく女　（「鶏頭陣」昭10・10）

と、あてこすって詠んだ。「いみじき嘘をつく女」とは節女のことに違いない、と。これはわたし好みの空想のようなものだが、二人の間には女の意地と意地がぶつかり合うような過敏な意識が働いていたであろうことは、十分に窺える。

昭和十一年十月号に節女は、

我まゝな吾に撫子折れやすく

夏が来て処女は肥り夢多き

が入選。翌十二年一月号には三句が入選しているが、所在地は「大阪」となっている。同八月号では、

麦秋の単彩の女海より来

が入選しているが、「東京　中村節子」となっている。この約八ヶ月の間に起こった住所と俳号の変更の背景に何があったかは不明。

4　中村節子の「旗艦」参加の謎

「鶏頭陣」をつづけて繙いていくと、中村節子は昭和十三年後半からは雑詠欄に名前が見られない。この時期を「旗艦」誌上と照合してみると、「旗艦」昭和十三年三月号に、いきなり中村節子は藤木清子とともに「旗艦」同人に推挙されている。藤木清子はすでに斬新なエスプリ・ヌーボーの句や寡婦の孤心を底に湛えた独特の境涯俳句によって活躍していたので、同人推挙は極めて自然である。だが、「東鷹女と共に、小野蕪子門に才媛を謳はれた中村節女」（安寿厨子夫「我等の仲間─東京同人記」既出）ではあっても、「旗艦」に移っていきなりの同人推挙は極めて異例であろう。そもそも小野蕪子は高浜虚子や原石鼎らの指導を受けた俳人で、その主宰誌「鶏頭陣」は伝統派の俳誌である。「旗艦」は新興俳句誌であり、両誌の俳句理念、主張には大きな隔たりがある。また、そもそもなぜ中村節子は「鶏頭陣」を去り「旗艦」に参加しようとしたのか。「健康俳句」を唱える蕪子の伝統的な作風に、才気ある節子は物足りなさを感じていたのだろうか。すでに昭和十一年五月には、原石鼎の「鹿火屋」の有力俳人であった山本湖雨や加藤しげるらが「鹿火屋」を脱退し「紺」を創刊。鷹女も「鶏頭陣」に在籍したまま、「紺」に参加していた。「紺」は新興俳句に接近した俳誌であった。節子は鷹女のそういう動静に刺激され、「旗艦」参加に踏み切ったのだろうか。

そういう文学的理由とは別に、節子の「旗艦」参加には、後に触れるように、政治的な黒い策謀が匿されていたのだろうか。また、節子の「旗艦」同人推挙に関しても、文学的理由とは別の力が働いたのだろうか。当時、小野蕪子は日本放送協会文芸部長の要職にあった。日野草城は「旗艦」に節子を迎えるに際し、そういう蕪子の社会的地位を斟酌して節子を優遇したのだろうか。それとも、蕪子が政治的な黒い策謀を秘めて草城に節子の処遇の便を依頼したのだろうか。

5　「旗艦」誌上における中村節子の俳句の諸相

〈ア　中村節子のモダニズムの句〉

風やさし円柱により人待てば　（昭13・7）

朝のサロン（新鋭集）

朝のサロン壁画の裸婦に対して待つ　（昭13・9）

白い婦人青年と対きノーストツキング　（昭13・9）

石投げて空の深さのきはまれり　（昭13・12）

「風やさし」と「円柱によりて人待てば」の照応、「朝のサロン」と「壁画の裸婦」の照応、「ノーストツキングの白い婦人」と「青年」の照応、「石投げて」と「空の深さのきはまれり」の照応には、新興俳句が目指したエスプリ・ヌーボーのモダニズムや新感覚に倣おうとする節子の試みが窺える。「風やさし」と「石投げて」の二句はその新感覚が自然なかたちで発露しているが、「朝のサロン」の二句はモダニズムを際立たせようとする意図に囚われすぎている。

〈イ　中村節子の銃後俳句〉

弾道下精神だけの躰《み》を運ぶ　（昭13・8）

稲妻す湖底の屍相倚れり　（昭13・8）

この二句はどういう状況を詠んだものだろうか。おそらくこれは戦火想望俳句であろう。前の句は銃弾がとびかう下を移動していくときの恐怖で凝り固まった精神を詠んだものだろう。「精神だけの躰を運ぶ」は一見才気ある表現に見える。節子の表現の苦心も読みとれる。だが、やはり、これは背伸びした観念的な未熟な表現と言わざるをえないだろう。かつて藤木清子が伝統的な俳誌「蘆火」から新興俳句誌「旗艦」や「天の川」「京大俳句」に移ったとき、新興俳句の社会性の表現に倣って、

北風つのり巨き資本の息荒く　（「旗艦」昭11・3）

飢えつゝも知識の都市を離れられず　（「天の川」昭11・3）

の傍線部のような、背伸びした観念的な表現に陥ったことがあった。節子の表現もそれと同じことが言えるであろう。後の句は湖底に沈んだ二人の兵隊の屍が稲妻によって照らし出されるイメージを詠んだものか。この句は稲妻から「湖底の屍」へと想像を飛躍させたところに新奇さがあり、節子が作った戦火想望俳句の秀句であろう。

〈ウ　中村節子の境涯俳句〉

富士泰然船頭とわれら風に吹かれ　（昭14・7）

浅草

雑踏にわが顔をおき春愁なり　（昭14・7）

青りんご憂き人の掌に冴えぬ　（昭14・11）

虹二重乳くさき子を抱いて出る　（昭14・11）

化粧するは愉し戦の最中《さ》なれど　（昭15・1）

アマリリス（女流作家集）

卒業の日の淡雪で今日も降る　（昭15・5）

卒業の思ひ出ぬくし花を購ふ　（昭15・5）

アマリリス筐底にあまたリボン古りぬ　（昭15・5）

アマリリス口に消えしは少女の唄　（昭15・5）

油性クリーム塗り少年のごと着るパジヤマ　（昭15・5）

白い墓

雨ひかる仏魔となりえず命二つ　（昭15・7）

捨てし恋悔なき暁を閑古鳥　（昭15・7）

一諦の身に海山の微風　（昭15・7）

石の明るさ夜を羽搏かぬ鳥とゐる　（昭15・7）
白い墓白花に埋れうぐひすをきけり　（昭15・7）
　旗艦作品
夢かなし美はしき人も年をかさね　（昭15・7）
久に逢ふ人の紫烟は梨花の穹に　（昭15・7）
旅のひと日寺の階に花を踏み　（昭15・7）
喬木の若葉朝飯を胃に落す　（昭15・7）
摘草は籠に満ち一瞥の人すがしき　（昭15・7）
軽雷を来て地下室の野菜の前　（昭15・7）
八重ざくら額にわが家に旅了る　（昭15・7）
　清子氏に
新樹の波止世のかなしみをかなしみあへり　（昭15・7）
波止の夕友の掌ぬくし郵便車　（昭15・7）
はつなつの雨やはらかく寝がへりぬ　（昭15・8）
婚約者とほし一瞥の日の鮮しく　（昭15・8）
婚約者とほし海原の虹に母と佇つ　（昭15・8）
夜の汽車虫原にひゞき家にひゞき　（昭15・10）
深更のしめれる顔に銀河垂る　（昭15・10）
青りんごゆたかに人をおもふ今夜《よひ》　（昭15・10）
離り住み銀河さやぐと見てい寐る　（昭15・10）
雨の音崩れ鳴虫の闇ひろごる　（昭15・10）
階重し別離の人等秋風裡　（昭15・11）

昭和十四年から十五年までのほぼ全句を時系列で抜き出してみたが、藤木清子の独自な境涯俳句と比べて、全体的に陳腐、低調である。「鶏頭陣」で東鷹女と競っていたときのような才気が影をひそめてしまっている。たとえば、「一諦の身」や「鳴虫の闇」などは熟さない表現であり、「油性クリーム塗り少年のごと着るパジヤマ」は冗漫な散文的表現であり、新興俳句の負性の一つであった散文的表現に陥っている。

　浅草
雑踏にわが顔をおき春愁なり
虹二重乳くさき子を抱いて出る
　白い墓
捨てし恋悔なき暁を閑古鳥

清子氏に
新樹の波止世のかなしみをかなしみあへり
婚約者とほし一瞥の日の鮮しく
婚約者とほし海原の虹に母と佇つ

これらの句は節子の境涯を濃く反映させていると思われるもの。「乳くさき子を抱いて出る」と詠んでいるが、これはわが子を詠んだものなのだろうか。一方では、「捨てし恋」、「婚約者とほし」とも詠んでおり、独身を思わせる。引用した多くの句からの印象では、妻や母の視点や匂いは伝わってこない。これらの句から推して、節子は独身だったのではないか。そして、寡婦だった藤木清子と同様、家庭の幸福から疎外された匂いが伝わってくる。

最後に、節子にまつわる黒い噂に触れておかねばならぬ。桂信子によれば、「中村節子は危険な女性だから、近づかないように」という指示が「旗艦」内部で密かに流された、という。「危険な女性」とは国家権力に通じている密告者（スパイ）という意味である。短詩型文学への特高の弾圧が最初に行われたのは「川柳人」に対してであった。昭和十二年十二月二日に「川柳人」主宰の井上信子（井上剣花坊の妻）と編集担当の喜多一二の二人が検挙された。喜多は有名な鶴彬《つるあきら》である。

特高は昭和十三年ごろから全国の組織をあげて、俳句に対しても諜報活動を活発化させていったようである。昭和十三年にはプロレタリア俳句誌「俳句生活」の発行人橋本夢道が東京月島署に呼び出されている（霜井草二「新興俳句と弾圧」―「俳句研究」昭47・3）。また、「京大俳句」昭和十四年十一月号では、中村山三が特高が自宅にやってきた体験を句に詠んだ「退屈な訪問者」十一句を発表している。このころには新興俳句系の句会や個人宅に特高が訪れることは日常化していたようだ。そして、翌十五年二月十四日には第一次「京大俳句」弾圧事件が起こったのである。

小野蕪子の俳句弾圧への関与が明らかになっている最初の事例は、昭和十五年、永田耕衣が蕪子の脅迫的な言動により新興俳句誌「鶏座」の選者を辞退せねばならなかったことである。耕衣は後に大河喜栄宛書簡（昭和四十八年四月八日付）で「アレ（「蠍座」の選者辞退―注・川名）は「俳句事件」と専ら関係があり、小生は師の小野蕪子氏から脅迫的に蠍座などの関係を絶つように迫られたのが真因でした。」と真相を明らかにした。

以上のように、俳句に対する特高の諜報活動や弾圧を見てくると、「旗艦」の内部に「中村節子は危険な女性だから、近づかないように」密かな指示が流されたのは、昭和十四年から十五年にかけてであろう。その背景には小野蕪子に関しても危険人物という風評が密かに立っていたことが窺える。ただし、中村節子は小野蕪子が「旗艦」や新興俳句の動静をさぐるという深謀のために「旗艦」に送り込んだ女性であったか否かは定かではない。

六　丹羽信子

藤木清子が「旗艦」誌上に、

征信

水平線まるし瑞々しきいのち　（「旗艦」昭14・3）

戦死せり三十二枚の歯をそろへ　（「旗艦」昭14・3）

のような戦火想望俳句（銃後俳句）の傑作を発表していた頃、新しく「旗艦」に入ってきた新鋭の女性俳人として丹羽信子（のち桂信子）がいた。信子はやわらかな瑞々しい詩情を湛えた句で「旗艦」にデビューする。

短日の湯にゐて遠き楽を聴く　（昭14・2）

1　丹羽信子のプロフィール

大正三年、大阪市生れ。府立大手前高女（現・府立大手前高校）卒。昭和十四年結婚、桂姓となる。二十代中ごろの主婦で子供なし。十六年、夫と死別。戦後は「太陽系」「アカシヤ」「青玄」などを経て、四十五年、「草苑」創刊主宰。平成十六年逝去。句集『月光抄』（昭24）『女身』（昭30）『草樹』（昭61）など。

2　丹羽信子の境涯俳句の特徴

「旗艦」誌上に載った信子の句を時系列で追ってみよう。

梅林を額明るく過ぎ行けり　（昭14・4）
沈丁に朝の素顔がよつて来る　（昭14・6）
「源氏」読む朧夜の帯かたく締め　（昭14・7）
春雷や夕べひとりの食卓に　（昭14・7）
ひとづまにゑんどうやはらかく煮えぬ　（昭14・8）
きりぎりす素顔平らにひるねせる　（昭14・9）
短夜の畳に厚きあしのうら　（昭14・9）
入道雲を背になまぐさき町帰る　（昭14・9）
なまぬるき水を呑み干し忿りつぐ　（昭14・11）
秋たのし時計正午の針を揃へ　（昭14・11）
柿つや、か人の憂と向ひゐる　（昭14・12）
枯園に人の言葉をかみ砕く　（昭14・12）
逝く秋の翳深き顔を撮られたり　（昭14・12）
白昼眩し身内に忿り持ち帰る　（昭14・12）
新人集
霧の夜の鍵穴に鍵深く挿す　（昭14・12）
廃園に一つの記憶新しき　（昭14・12）

以上は昭和十四年の作。

春雷や夕べひとりの食卓に

という句もあるが、藤木清子の寡婦としての孤心やアウトサイダーの意識が基底をなす句と比べて、信子の句の色調は全体的に明るい。

ひとづまにゑんどうやはらかく煮えぬ
秋たのし時計正午の針を揃へ

新妻となり（「ひとづまに」の句は師草城に倣ったフィクションだが）、家事を無難にこなせるようになった喜びなど、日々が明るく楽しく、満ち足りたこころが伝わってくる。これは清子には見られない信子の特徴だ。そうした両者の違いは、たとえば、

きりぎりす素顔平らにひるねせる　信子

きりぎりす昼が沈んでゆくおもひ　清子

と並べてみると、いっそう明白となる。

この年、信子は二十四歳で独身。夏、「旗艦」新人クラブに出席し、日野草城に初めて会う。十一月に、国際汽船勤務の桂七十七郎と結婚。大阪から転居し、神戸市東灘区に新居を構えた。子のない中年の寡婦として兄夫婦の家に寄食生活を送る清子と、新婚前後の楽しく満ち足りた生活を送る若い信子。両者の対照的な境涯が、句の色調の明暗を分ける要因となっていることは明らかだろう。

初期の代表作、

ひとづまにゑんどうやはらかく煮えぬ　（昭14・8）

は新婚前の作であることに注目しよう。すなわち、この句は未だ独身の自己を「ひとづま」に仮構し、「ひとづま」物語の主人公になりすますというナルシシズムが基底になっている句だ。数ヶ月後に訪れる新婚への甘い夢がこのような「ひとづま」物語の先取りを仮構させたのだろう。平仮名を多用した表現も一句の内容と照応して効果的である。まだ「旗艦」に投句して間もない信子ではあるが、このように表記上の効果にも繊細な感性を働かせている。そればかりでなく、

沈丁に朝の素顔がよつて来る

のように、主体と客体を転倒させた斬新な視角《アングル》や、

梅林を額明るく過ぎゆけり

のような清新な感性に新興俳句の女性俳人らしい稟質が窺える。さらに、

白昼眩し身内に忿り持ち帰る

などの句からは、戦後の句集『女身』（昭30）で見せた激しい情念の噴出に通じる信子の芯の強さが感じられる。信子が親炙したフランス文学者の生島遼一は信子の第一句集『月光抄』（昭24）の「序」で、

行儀のいい、冷静な、しとやかな信子さんもやはり内にあらあらしい激情をつつんで、それをあゝいふ端正そのもののやうな表現でおさへてゐる古典主義者なのであらうかどうか。

と書いているが、信子の稟質には芯の強さが一本貫いている。

昭和十五年になると、従来の新妻や主婦としての明るく、満ち足りた顔の他に、やや翳りを帯びた別の顔も見えてくる。十五年の作を時系列で追ってみよう。

朝光に紅薔薇愛《かな》し妻となりぬ　（昭15・1）
妻となりぬ紅薔薇にほふ窓を開けぬ　（昭15・1）
昼のをんな遠火事飽かず眺めけり　（昭15・3）
一日暮れ風なき街の空やさし　（昭15・3）
曇り日のひとりの昼にジヤズ終りぬ　（昭15・4）

女流作家集

春素描

ひとひらの雲の真下にゐる乙女　（昭15・5）
乙女を地に雲なめらかに行き交ひぬ　（昭15・5）
白装の乙女を置きて昏る、野か　（昭15・5）
水光り墓石墓石と対き合へり　（昭15・5）
墓石吹かれ落暉の人を近づくる　（昭15・5）
風落ちて人語ひそかに樹を巡り　（昭15・5）
囁きと梨花のまはりにある夕べ　（昭15・5）
たんぽゝの中に笑はぬ乙女も居ぬ　（昭15・5）
夕桜静かに女《ひと》の酔さむる　（昭15・5）
樹々の耀りあざやかに思念《おもひ》詩となりぬ　（昭15・5）

旗艦作品

霜柱悔なき朝の髪正し　（昭15・5）
ピアノ古り人恋情に堪へんとす　（昭15・5）
蟹あまた売れ残り春陽暮れ初むる　（昭15・5）
春深く芋金色《こんじき》に煮上りぬ　（昭15・5）

珊瑚礁　安住敦選

短日の机平凡に影を置く　（昭15・5）
春昼の隣家の時計正確なり　（昭15・5）
冬ぬくし子なきを望む夫と住む　（昭15・5）

無題

激情あり嶺々の黒きを見て椅子に　（昭15・7）
雲、山に下り来激情の唇乾く　（昭15・7）
困憊のまなこ大蝿飛び立たず　（昭15・7）
樹とわれと匂ひ声なき園昏るゝ　（昭15・7）
夕月にゐて人間の声太し　（昭15・7）

旗艦作品

桜花爛漫と夫の洋服古びたり　（昭15・7）
蟻殖えてひとみ鋭く夫病みぬ　（昭15・7）
毛虫涼し寝覚の顔を陽にさらす　（昭15・7）
朝の素顔かゞやく微塵の中をゆく　（昭15・7）
思慕ふかし人の背にバスの影流れ　（昭15・7）

珊瑚礁　安住敦選

花の夕一人の視野の中に立つ　（昭15・7）
夫働きわれはもの食み春暮れぬ　（昭15・7）
落葉踏みて瞬時の思ひ出あり　（昭15・7）
シユーベルトあまりに美しく夜の新樹　（昭15・10）
盛夏昼のむなしさ道は白くつゞき　（昭15・10）
蟬時雨夫の静かな眸にひたる　（昭15・10）
夫とゐる安けさ蟬が昏れてゆく　（昭15・10）

旗艦作品

漕ぐわれに水の豊かさばかりなる　（昭15・11）
ひとり漕ぐ心に重く櫂鳴れり　（昭15・11）
月の夜の胸に満ちくるものいとし　（昭15・12）

十五年一月号からは「桂信子」の名前で投句。まず、目につくのは新婚の妻の生活にかかわる句が多くなったこと。そこには二つの方向が見られる。

妻となり紅薔薇にほふ窓を開けぬ
春深く芋金色《こんじき》に煮上りぬ
蟬時雨夫の静かな眸にひたる
夫とゐる安けさ蟬が昏れてゆく

これらは新妻となった晴れやかな気持ち、家事を無難にこなせるようになった喜び、夫との穏やかな生活・信頼・安らぎなど、明るく安らかな方向である。他方、

昼のをんな遠火事飽かず眺めけり
曇り日のひとりの昼にジャズ終りぬ
冬ぬくし子なきを望む夫と住む
蟻殖えてひとみ鋭く夫病みぬ
夫働きわれはもの食み春暮れぬ

といった方向の句もある。すなわち、夫を職場に送り出した後、一人で昼間を過ごす精神的な空白感や、夫の病気、さらには子を欲しない夫など、新婚生活に翳りが生じた方向である。それは翌十六年に、

クリスマス妻のかなしみいつか持ち　（昭16・3）

へと繋がっていく。そして、その年の九月二十三日には、喘息発作による夫の急逝へと暗転する。夫が子を望まなかったのは喘息の苦しみを慮ったからかもしれない。この方向の句で、表現史的に優れているのは、

昼のをんな遠火事飽かず眺めけり

であろう。新婚の主婦である自分を「昼のをんな」と一般化し、白昼を無為に過ごし精神的に空白感を抱いている女が、その空白感を満たすかのように「遠火事を飽かず眺め」ている、というのである。

3　丹羽信子のモダニズムの俳句の特徴

境涯俳句の他に、もう一つ特徴的なのは、いわば一周遅れのような形で、エスプリ・ヌーボーの俳句が詠まれていることである。

船中にて

夜の船室《ケビン》静かにりんご傾きぬ　（昭15・8）

ボーイ白く船室《ケビン》へ南風と吹かれ入る　（昭15・8）
　亀ノ井ホテル
鰐の背は乾き閑寂とあるホテル　（昭15・8）
　　珊瑚礁　安住敦選
　別府行
白き部屋白きボーイを立たしむる　（昭15・8）
夜のケビン天井に靴歩み去る　（昭15・8）
廊の靴正し南風吹き通る夜を　（昭15・8）

一周遅れと言ったのは、こうしたエスプリ・ヌーボーの句は、新興俳句では昭和十年代の初期に多く詠まれていたからである。藤木清子の、

　しろい昼しろい手紙がこつんと来ぬ

と比べると、同じ「白」でも、清子の空虚感を滲ませたコノテーションに対して、信子の「白」はピュアを含意するコノテーションという違いが明らかである。寡婦と新妻という境涯の違いが主因であろう。

信子は新妻の句（境涯俳句）とエスプリ・ヌーボーの句に佳作をものしたという点では藤木清子に雁行しているが、銃後俳句に佳作を遺せなかった点が惜しまれる。

七　志波汀子

昭和十年代の主要な新興俳句雑誌は、東京に「句と評論」（のち「広場」）「土上」、関西に「京大俳句」「旗艦」、九州に「天の川」の五誌である。その中で、知性派で論と作の両面で中心的な存在であったのは「京大俳句」である。戦争俳句（銃後俳句）では渡辺白泉・西東三鬼・井上白文地・石橋辰之助・杉村聖林子・仁智栄坊らがそれぞれ独自の作風を示した。だが、元々「京大俳句」は京大出身者を中心とする男性中心の結社であり、女性の同人（「京大俳句」では会員と称した）はいなかった。

「京大俳句」の作品発表欄は三ランクに別れており、上より順に「会員集」（同人欄）「自由苑」（成績優秀な一般投句者が自選句を発表できる欄）「三角点」（一般投句者の雑詠欄）。この「三角点」欄は平畑静塔・西東三鬼・井上白文地が選者となっており、投句者は自分の好みで選者を選んで投句できるようになっていた。たとえば、藤木清子は白文地選に投句していた。「三角点」欄には数は少ないが、女性俳人たちも投句しており、そこで活躍が目立ったのが藤木清子。他に橋本雅子、大間知君子らがいた。その藤木清子よりもさらに一ランク上の「自由苑」欄において、奔放かつ特異な作風で活躍していたのが志波汀子であった。ちなみに、汀子・雅子・君子の三人は井上白文地が教鞭をとっていた大阪府立女専の出身である。

しかし、今日、志波汀子の名前を知る人はほぼ皆無と言っていいだろう。

1　志波汀子のプロフィール

生没年未詳。兵庫県西宮生れか。大阪府立女子専門学校卒。「京大俳句」会員の柴田水鴟と結婚。「京大俳句」昭和十年九月号の「誌友俳句」（昭和十一年から「三角点」となる）に初めて作品六句が載る。同十一年六月号に生れた男子を詠んだ連作九句が載る。翌十二年一月「自由苑」作家に推薦される。同十五年一月（終刊一ヶ月前）、同誌会員（＝同人）となる。

2　志波汀子への同時代評

堀内薫は「京大俳句」昭和十三年十一月号で、嶄然頭角を現した女性俳人として藤木清子・東鷹女・志波汀子の三人を挙げ、その作風に言及している。そして、汀子については次のように言う。

ここに母性愛を力強く歌つてゐる新興閨秀俳人がある。西宮の人志波汀子その人である。汀子はあまり作らないが、作れば大部分子供を讃美する句である。（略）清子にしろ、鷹女にしろ斬新な内容を歌つてゐるが、飽まで既成の俳句に属する美である。然るに汀子のは昭和俳壇の新風である。女性の貞淑さを失はずに而も叡智に輝いてゐる（「女性俳句の性格と諸相」）。

3　志波汀子の境涯俳句の特色

「京大俳句」を時系列で通覧すると、堀内が言うとおり、汀子の「自由苑」への発表は間歇的である。そして、詠む対象は子供が大部分を占める。「母性愛を力強く歌つてゐる」といっても、中村汀女の句集『春雪』（昭15）における母子俳句の柔軟な作風とは大きく異なる。

春は今生れし男の子に乗りて来しか　（昭11・6）
今生れし男の子にそゝぐ五彩の春　（昭11・6）
吾子の眼に春光あふれまばたかず　（昭11・6）

×

風車みどりの風を吾児に寄す　（昭11・6）
小さき眼に頬にみどりがにほふ頃　（昭11・6）
歌へ歌へみどりの風の子守歌　（昭11・6）
ワルツ聴き吾児はみどりの夢とゐる　（昭11・6）
ワルツ聴きめざめの吾子のよきゑまひ　（昭11・6）
吾児笑むとみどりの庭の夫に告ぐ　（昭11・6）

Our Gang《イトシゴ》

這ひよりて夕餉の卓をみだすもの　（昭12・2）
熊も犬ものりこへのりこへやつて来る　（昭12・2）
小さき手が指をひらきて襲ひくる　（昭12・2）
とゞむ間もあらず皿をなげやりぬ　（昭12・2）
叱り得ずみはる夫の眼と卓のみだれ　（昭12・2）
ギヤング寝て物を編む間を母は得ぬ　（昭12・2）

子供の言葉

ママの瞳にちつちやな僕が映つてる　（昭13・6）
ママ、風と松がけんくわをして寒い　（昭13・6）
けんくわ、けんくわ自動車二つぶつかつた　（昭13・6）
銀の着物《べべ》嬉しくて魚《トト》はねんのよ　（昭13・6）
雨阿呆《あつぽ》僕の辷り台《スベリコ》ぬれるのよ　（昭13・6）
ママと僕みかんと海へ行つて来た　（昭13・6）
海?海つてママとみかんたべるとこ　（昭13・6）
舟ゐないみかんの皮だけ浮いてんの　（昭13・6）

かまれたよ石にかまれたよママいたい　（昭13・6）
青芝に幼なら朝のパンをはむ　（昭13・9）
青芝に白きミルクのしたたれり　（昭13・9）
幼ならの笑ひ肩より頬より来《く》　（昭13・9）
青芝にまろび朝の太陽《ひ》のはだえ（ママ）　（昭13・9）
青芝を走りボールよりまろき顔　（昭13・9）
沛然と雨白く来て青く去る　（昭13・9）

志波汀子の境涯俳句はもっぱら母子俳句だが、その作風は新興俳句が試みたモダニズムの一変種と看做すべきものだろう。渡辺白泉は新興俳句の多様な試みを総合的に振り返り、次のように言う。

我々は俳句の素材を詩因を広く自由な天地にもとめました。我々は俳句に於ける感覚及び情緒を生新溌溂たるものに致しました。我々は俳句と共に我々の思想を高く深い方向へ進めるべく努力致しました。（略）我々は短歌的発想法、一般詩的発想法を学び、そして散文的発想をまで俳句のうちに植ゑ付けようと致しました。我々は連作を試み、無季俳句を拾ひ上げ、口語の使用価値を研究し、構成俳句の理論をまで発展せしめました（「新興俳句の業績を省る」――「俳句研究」昭12・6）。

汀子は二十代の若い母親と思われる。新婚、男の子誕生、嬰児の成長という境涯を反映して、その句の特徴は明るく、喜びに満ちた吾子俳句。白泉のいう試みを汀子の俳句の試みと照合してみると、「Our Gang《イトシゴ》」では幼児をわが家のギャングに見立て、「子供の言葉」では幼児の視点から対象を捉え、ママに呼びかける発想をとり、会話体を取り入れた口語文体を試みている。端的言えば斬新な発想、視点、文体の試みということになろう。異色な発想、用語、文体という面が目立つ作風で、そのため表層的な斬新さにとどまっている。前に引用したように、堀内薫は、藤木清子と東鷹女の句は「既成の俳句に属する美である」が、「汀子のは昭和俳壇の新風である。」と言う。しかし、清子・鷹女の二人と比べ、汀子に不足しているものは、対象への独自の鋭敏な詩的感覚であろう。

ひとりゐて刃物のごとき昼と思ふ　清子
昼顔に電流かよひゐはせぬか　鷹女

このように対象に突き刺さっていくような、あるいは対象に切り裂かれるような鋭い詩的感覚は汀子の句には見られない。

歌へ歌へみどりの風の子守歌

のように表層的なところで軽やかに歌われている。そこに汀子の句の一過性の弱さの要因があるように思われる。

4　志波汀子の銃後俳句の特徴

志波汀子は子供を対象とした句ばかりを詠んでいたわけではない。銃後俳句も詠んでいる。

戦地の夫を思ひつゝ死の床にある若き従妹よ

死の床に軍事郵便の封きられ　（昭13・4）
死の床の静寂《しじま》凱旋の靴ひゞく　（昭13・4）
死の床の静寂爆音のうちにあり　（昭13・4）
今日も又行くよ西へと行くよ二機　（昭13・4）
死の床のシーツ白きに堪へてあり　（昭13・4）

銃後

天高く女は痩せて妊れる　（昭13・12）
戦場の夫よ妊れる身の憂　（昭13・12）
胎動にまじり砲声高き夢　（昭13・12）
木犀にひとりの朝の食細く　（昭13・12）
編隊機天翔くる時陽は白く　（昭13・12）
飛機見ゆとさやに胎動たかまりぬ　（昭13・12）
一枚の軍事郵便《たより》に結ぶ父と胎児《こ》と　（昭13・12）

この二つの連作は「死の床から戦場の夫を思う若妻」と「戦場の夫を思う妊れる妻」といういわば感傷に惑溺した仮構の物語である。渡辺白泉は高屋窓秋の書き下ろし句集『河』（昭12）に対して、

これは感傷である。烈しい浪漫的気質をもつた感傷の惑溺者がとる当然の帰結ながら（略）作者が未だこれに居をおく限り、その狙ふ社会的現実を如実に把捉し、新たなる立場に立つ芸術的創造をなすことは不可能だ（「風」第二号―昭12・6）。

という有名な評を下したが、汀子の仮構の物語は、それよりももっと思い入れの強い感傷的な物語である。

死の床の静寂《しじま》凱旋の靴ひゞく
　飛機見ゆとさやに胎動たかまりぬ

の傍線部の感傷的な思い入れの表現に端的に表れているように、銃後の現実に至る前に、作者自らが仮構した感傷的な物語の中に自らが溺れ込んでしまっている。新興俳句における銃後の仮構表現の最も弱い部分に汀子の銃後俳句の表現は陥ってしまった、と言えよう。

八　坂井道子と古家和琴

新興俳句の主要五誌の中で「土上」（嶋田青峰主宰）は庶民生活や社会状況をリアリズムによって表現することを強く打ち出した俳誌である。古家榧子《ひし》（のち榧夫《かやお》）や東京三（のち秋元不死男）がリアリズムと社会性を標榜した論陣を張り、実作では京三のほか、坂本三鐸・嶋田的浦・嶋田洋一らが活躍した。が、他の四誌と比べると、詩人的な感性に恵まれた俳人は少なかった。この雑誌も女性俳人が少なく、その中では坂井道子（のち舟越道子）や古家榧子の妻古家和琴らが目立つ存在だった。

今日、坂井道子も古家和琴もほとんど知られていない。坂井道子については、むしろ高名な彫刻家舟越保武の妻舟越道子（あるいは舟越桂・直木の母）として知られているだろう。両者には共に一冊の句文集がある。すなわち、舟越道子著『青い湖』（角川書店・平9）と古家愛子著『和琴句集』（私家版・昭61）。両者には地縁・学縁・古家榧子を介しての俳縁があった。特に昭和五年の夏、阿寒湖畔から川湯までのキャンプでの三人の邂逅はドラマチックである。両者の句文集から、まず二人のプロフィールを紹介しよう。

1　古家和琴と坂井道子のプロフィール

古家和琴（「和琴」は北海道屈斜路湖の和琴半島にちなむ俳号）は旧姓を磯部愛子と言い、明治四十年、北海道釧路生れ。父は市内で知られた磯部酒造を営み、愛子は兄弟姉妹七人の中の三女であった。大正九年、創立二年目の釧路高女（現・釧路江南高校）に入学。坂井道子は大正五年、北海道釧路生れ。父は市内で木材業を営み、道子は兄弟姉妹九人の中の二女であった。昭和四年、釧路高女に入学。

こうした地縁・学縁の他、二人にはいくつかの共通点がある。二人とも多くの兄弟姉妹の中で自由にのびのびと育てられ、性格も闊達、絵が得意であった。のち愛子は恩地孝四郎に個人指導を受け、道子は女子美術専門学校（現・女子美術大学）に学んだ。容貌も、愛子は丸顔、道子は面長という違いはあるが、共に美貌に恵まれた。「土上」投句時代の写真では愛子は洋装、道子は和装であるが、道子が洋装であれば、さらにモダンな印象を与えるだろう。「土上」の小柳昌は古家榧子の家で会った道子の印象を、

　北海道の自然を死ぬほど愛してゐるといふこの詩人（略）今春文化学院に入つた坂井道子さんは、ときに男の子みたいな声で元気よく話します。阿佐ヶ谷の駅近くなつてから制服の妹さんと二人で歌ひました。（略）恍惚とさせられる類ひの歌声でありました（「坂井道子さんの印象」―「土上」昭13・6）。

と記す。

この二人と古家榧子との奇跡的な出会が生れたのは昭和五年の夏。愛子の従兄磯部正巳の早稲田大学の後輩で、まだ在学中の坂井純一（道子の長兄）が友人の古家を伴って帰省した。古家は本名を鴻三と言い、明治三十七年、横浜生れ。横浜二中（現・横浜翠嵐高校）を経て一高中退、研究社に勤めていた。古家と愛子は、正巳や坂井家の長兄純一・次兄基《き》始《し》良《ろう》・道子らと一緒に、阿寒湖畔からパンケトウ・屈斜路湖畔・川湯までキャンプツアーを過ごした（『和琴句集』では三日間、『青い湖』では十日間とある）。毎夜キャンプファイアーを囲んで、古家の指導で句作。道子は初めて俳句を作ったという。愛子も初めて作ったのであろう。時に愛子二十三歳、道子十三歳。

この出会によって古家と愛子の間に恋が芽生えたが、翌年、磯部酒造は倒産。一家をあげて上京した。そして、昭和十年三月四日、古家と愛子は結婚（この日、偶然にも道子の長兄純一も結婚）。古家は昭和四年から嶋田青峰に師事し、「土上」に作品を発表していた。

他方、道子は昭和七年、十五歳で「土上」に作品を掲載。同十一年「土上」同人。同年、『現代名家女流俳句集』（交蘭社）に「北の海のうた」二十六句が収録される。女子美術専門学校を経て同十三年、御茶ノ水の文化学院文学部に進学。同十五年一月、第一回土上賞受賞。この間の生活は起伏があり、女子美在学中に肺結核に罹り、伊藤柏翠が療養生活を送っていた鎌倉七里ヶ浜の鈴木療養所に入ったり、故郷釧路で静養したりした。また、同十四年、文化学院在学中に再発して、釧路で静養することになった。しかし、この再発が翌十五年、舟越保武と結婚するきっかけとなった。同十三年、釧路高女時代の親友が洋画家の笠井忠朗と結婚し、笠井家で出会ったことがある舟越が、道子が上野駅を発つときに、見送りに来てくれ、プロポーズの手紙を渡したのだった。結婚以後、句作を断念。平成二十二年没（和琴は、夫榧子が昭和十六年「土上」弾圧事件で検挙、起訴され、太平洋戦時下苦難の人生を歩まねばならなかった）。

2　坂井道子の俳句の特徴

昭和十年代の「土上」誌上で坂井道子と古家和琴の俳句を時系列で通覧すると、それぞれの一貫した特徴が窺える。まず、坂井道子から見ていこう。

前にも触れたように、昭和十一年刊行の『現代名家女流俳句集』（交蘭社）には道子の「北の海のうた」と題する二十六句が収録されている。道子はまだ十九歳の学生であり、異例の抜擢と言っていい。それは道子の作品が従来の伝統的な俳句概念を破って、同時代の新興俳句のパラダイムや新風にフィットしていたところに主因があったであろう。「北の海のうた」は四つの連作で構成されているが、その中で道子の特色が鮮やかな三つを引用しよう。

道産子（北海道生れの子）のうたへる

蝦夷の民族の血を受けわれら野に生れし

母の母もその母もみな野に生れし
血に流る野人の叫びわが持てり
たぎり来る血をわが持てり蝦夷の血を
縦横に海ゆきし大祖父の血をわれも

日光浴

裸身まぶし日浴みすベッド純白に
純白のベッドに秋の怖れあり
日浴みするベッドは空に真近なる
日を浴みて琥珀色なる女の裸身
おほらかに秋の裸身は空と触れ
白壁に秋の裸身を浮彫りす
堕ちかゝる空あり秋の昼澄める
言もなし男女は裸身日に曝し
秋日ざしうごめく肺と白きベッド
花のごとし乳房ベッドにまろければ

沼の伝説（アイヌ）

相恋ふる男女に沼の秋深く
遂ぐるなき恋なれば沼は魂招く
兄の掌に手をおきメノコ恋の眼を
兄妹の恋秘めコタン秋に入る
タブー犯せし月下の恋を沼は見き
タブー犯せし男女のカヌー今は無し
そのかみの恋秘め沼は秋を深む

「道産子（北海道生れの子）のうたへる」は蝦夷の民族の血を継ぐ道産子の「われ」を、「沼の伝説（アイヌ）」は近親相姦のタブーを犯したアイヌの若い男女の伝説を、それぞれ浪漫的な物語として仮構し、そこに感傷的に感情移入して歌うというナルシスティックな作風。これは志波汀子の銃後俳句における感傷的な思い入れの強い作風に通じるものと言っていい。

また、「日光浴」は日光浴をする裸身の男女を詠んだものだが、これは日野草城が「ミヤコ・ホテル」（「俳句研究」昭9・4）を発表したのを皮切りに、「俳句研究」に「婚約時代」（昭9・6）「日光と風」（昭9・12）「やさしきベル」（昭10・6）「胎動」（昭11・1）など意図的に同系列の連作を発表したものから大いに影響を受けたものだろう。ちなみに、「日光と風」は「欧羅巴裸体倶楽部」を仮想した三十六句からなる連作で、道子の「日光浴」の作風はその亜流とも言えるもの。感傷的、自己陶酔的に浪漫的な物語を仮構して、そこに自ら溺れつつ歌うという道子の基本的な作風は、その後も一貫している。

朝の光

恋ふるとき女《おみな》はかなし身を持てり　（「土上」昭13・3）
わが眼君に抱かれしとき澄めり　（「土上」昭13・3）
君がため今日着し衣は真青なり　（「土上」昭13・3）
君と歩むとき結ふ髪を今朝ゆひぬ　（「土上」昭13・3）
わが髪の元結君が手にありぬ　（「土上」昭13・3）
朝の鏡澄めりふたりに恋情《おもひ》あり　（「土上」昭13・3）

夜光虫

夜は我に港の灯のみまたゝけり　（「土上」昭14・2）
海よわれは婚約者《ひと》に離りて来し少女《をとめ》　（「土上」昭14・2）
このうなじ切《せち》に接吻けを欲《ほっ》せしが　（「土上」昭14・2）
夜に遠き君よ少女は身を守れり　（「土上」昭14・2）
我が胸に火燃ゆひとりを恋ふ胸に　（「土上」昭14・2）
夜は我と港にともす灯もて来ぬ　（「土上」昭14・2）

この二つの連作を評して、芭蕉なら「言ひおほせて何かある」（『去来抄』）と言うだろう。また、石田波郷なら「俳句は文学ではない」（「鶴」昭14・1）と言うだろう。さらに、西東三鬼なら「作者に云ひたいことは、俳句はお話をする道具ではないといふことだ。この全部はおしやべりが過ぎる」（「青天」八号―昭21・11）と言うだろう。

「朝の光」は朝の光につつまれた若い男女の恋情や抱擁を自己（女）の視点から想像力を逞しくして詠む。「夜光虫」は婚約者の元を逃れて夜の港に来た自分が意中の男性を思慕するという内容を「少女《をとめ》」に見立てて、想像力を逞しくして詠んでいる。前に読み解いたすゞのみぐさ女の銃後俳句の連作「夫出征」と読み比べてみれば明らかだが、坂井道子の句には俳句表現に必須な表現の抑制がない。

朝の鏡澄めりふたりに恋情《おもひ》あり
我が胸に火燃ゆひとりを恋ふ胸に

このように浪漫的な物語を仮構して、その中に自分が入り込んで歌い尽くし、説明し尽くしている。俳句で歌っているのである。したがって、表現の空白を詠み手が想像力によって読み味わう余地がない。言い換えれば、道子の俳句は、自己の浪漫的な資質を「切れ」による俳句独特の二重構造の表現によって抑制していく表現力を十分に体得するには至っていない。ちなみに、「夜光虫」の一連は昭和十五年に第一回土上賞受賞作（審査員は嶋田的浦・古家榧子・坂本三鐸・東京三・山畑一水路）。若い道子に対して甘い採点と言わざるをえない。むしろ、道子が遺した佳句は次のような作品であった。

午睡より醒めし男に草光る　（「土上」昭13・11）
月経《つき》めぐる夜は乾草の酸き匂ひ　（「土上」昭13・11）
コック場の午後ひつそりと肉の赤さ　（「土上」昭14・9）

特に「月経《つき》めぐる」の句は女性の生理と乾草の酸き匂いとの詩的交感《コレスポンダンス》が絶妙で、坂井道子の句の中で最も記憶されるべき句だろう。

3　古家和琴の俳句の特徴

では、古家和琴はどんな俳句を作ったか。同様に連作作品を二編引用してみよう。

北の春
海氷のきらめきに着ぶくれて子等遊べり　（『和琴句集』）
氷群を翔け来て風は冬眠の町へ　（『和琴句集』）
千鳥消す夕靄より鷗現《あ》れ続げり　（『和琴句集』）
町廃れ雪の光と暮れ行けり　（『和琴句集』）
廓はるか凍る渚に灯つらぬ　（『和琴句集』）
燈台の幽光白き海を裂きて彷徨ふ　（『和琴句集』）

草に伏し鈴蘭の香をひたに嗅ぐ　（「俳句研究」昭12・8）
せゝらぎと郭公の声秘めし谿　（「俳句研究」昭12・8）
雲雀鳴く姿覓むるに春陽まぶし　（「俳句研究」昭12・8）
草に伏し流るゝ雲に心虚ろ　（「俳句研究」昭12・8）
北海旅情
海凍てし静けさに鷗《ごめ》の声かぼそく　（『和琴句集』）

和琴の句は、道子のように浪漫的な物語を仮構して、その中に自分が溺れ込んで歌い尽くす作風とは対照的である。

対象となる情景や行為などを外面的になぞることに終始している。外面的、説明的である。「切れ」による俳句独特の二重構造を十分に生かして、読み手の想像力を喚起するという表現にはなっていない。連作の構成についても、単に情景を集めたり、時間の流れに従って並べたりするだけで、全体を立体的に盛り上げる斬新な工夫が見られない。『和琴句集』全体を通覧しても、残念ながら和琴の佳句を見出せなかった。

まとめ

以上、九人の新興俳句の女性俳人（東鷹女・竹下しづの女は新興俳句の外周にいた俳人）の境涯俳句と銃後俳句に言及してきた。それを要するに、彼女たちの境涯俳句は彼女たちの実生活上の立ち位置の差異が強く反映している。また、銃後俳句についてはそれに加えて、戦争に対する姿勢や意識が強く反映している。その中で極めて個性豊かで、独自の俳句表現を鮮やかに示したのは、藤木清子・東鷹女・すゞのみぐさ女・竹下しづの女の四人に絞られるだろう。すなわち、この四人の新興俳句の女性俳人はそれぞれの独自な俳句表現を同時代の俳句表現史に深く刻んだのである。その四人の差異性が際立つ銃後俳句を座標上に位置づければ、公の国民感情に冷ややかに距離を置いた藤木清子。その対極に国民感情に溺れた東鷹女。国民感情と私的感情に引き裂かれたすゞのみぐさ女。戦争の時局に正面から冷静に批判的に向き合いながらも、太平洋戦争下の時代の趨勢の中で公の国民感情に同調していかざるを得なかった竹下しづの女、ということになろう。

中田青馬は特高のスパイだったのか

――特高のスパイの風評に対する中田青馬の手紙と「京大俳句」弾圧事件に関する天皇関西行幸説

「芝火」をいつも有難うございます。過日は穂波(注)さんから記念號に執筆せよとの命誡に光榮に存じますが、もう一二ヶ月向ふにして頂きたく思ふのです。小生病中でありその上むしやくしやする事がありますので、とてもゆつくり執筆できさうにありません。何卒御諒解下さい。

實は林政之介君より知らせて貰ひ小生が京都俳壇で「京俳事件」に關するスパイだなど、心外なる噂を立てられてゐる事を知りましたが、青馬は誌上ではあくまで論争しても、裏へ廻つて策動するやうな、そんなケチな人間ではありませぬ。とりあへず本日「土上」と「天香」へ詳細の釋明狀を出しておきましたが、果して誰がデマの張本人かわからず弱つてゐます。「京俳事件」は勿論大したものでなく、關西行幸をひかへての思想分子の一齊検擧の波にまきこまれて要視察人物たる京俳會員もやられたのです。（誰々が「京俳」でやられたのかわれわれ無關係なので一切不明。林君よりきいた事の受賣をしてゐるだけです）密告やスパイ行爲があつてもなくても、一度は納めねばならぬ年貢が「京俳」にたまつてゐたわけで、昭和八年行幸以來の大檢擧ですから仕方ありません。林君へは碎壺氏より至急出頭せよの速達がとんだとか、林君のところへは目下一ばん警察がよく行くので實に可哀想です。東京の御連中、こんな田舎の慘狀をちつとも知らずに、スパイの糞のとのんきなデマを馬鹿々々しくとばしたりして、實に情けない俳壇雀共よといひたいです。小生には何らやましい處はありません故、何卒御諒察の上、そんな噂を打消して頂くやう、御努力をお願ひしたいのです。（「京俳」起訴にはならぬでせう）貴誌の御發展を切に祈りつゝ。

四月二日夜　（中田青馬）

芝火編輯同人御一同様

（「芝火」昭和十五年六月号）

この中田青馬の書簡は昭和十五年四月二日夜に書かれたもので、宛先は新興俳句誌「芝火」（大野我羊主宰・横浜市）の編集同人一同となっている。文面は同年二月十四日の第一次「京大俳句」弾圧事件（平畑静塔・井上白文地・仁智栄坊・中村三山ら八名検挙）に関して、中田はそのスパイだという風評を京都俳壇や東京の連中にも立てられているが、それはデマであり、自分は潔白である。そんな噂を打ち消していただきたく、御努力をお願いしたい、というもの。また、「京大俳句」弾圧事件は「關西行幸をひかへての思想分子の一齊檢擧の波にまきこまれて要視察人物たる京俳會員もやられたのです。」という注目すべき「関西行幸」説も記されている。

中田青馬は新興俳句誌「火星」（岡本圭岳主宰・大阪）を経て「旗艦」（日野草城主宰・大阪）に所属。同誌にしばしば評論を載せており、「基準律」の言説で知られた俳人である。では、中田は風評どおり、特高のスパイだったのだろうか。中田の書簡では、林政之介（「旗艦」の俳人）からの知らせで自分が京都俳壇でスパイの噂を立てられているのを知った、とある。また、林政之介へは「旗艦」編集の水谷砕壺から至急出頭せよという速達がいったとある。これは林政之介にもスパイの噂が立っていたということだろうか。しかし、当時、中田のどのような言動を根拠にしてスパイの噂が立ったのかを実証する文献は、見つかっていない。中田スパイ説に関する記述・発言が出現するのは十数年後である。それは、昭和十五年八月三十一日（土）に検挙された西東三鬼の取り調べを担当した京都府特高課の高田警部補が取り調べ中に漏らした言葉を三鬼が回顧し、それについて発言したり、記述したりしたものである。

三鬼の最初の語りは、座談会「風にそよぐ葦」（西東三鬼・石田波郷・山本健吉―「俳句」昭27・12）で、次のように語られる。

西東　警部補曰く、「三ヶ月も勉強したのに、あんたはヌラリクラリ胡麻化してばかりゐる。素人だと思つては困りますよ。毎週、毎週、レツキとした講師から講習を受けてゐるんだから素人扱ひされちや困ります」というんだ。

山本　誰だい?

石田　N……?

西東　え丶、確証はないけれども、いろんな点を綜合すると、彼は要視察人だつたので、まづ引つぱつてね、脅かしつけたんだね除外する交換条件に講師になれといつて、新興俳句の解釈をさせたんだ。

次は『現代俳句全集　第三巻』（みすず書房・昭34）に収録された三鬼の「現代俳句思潮と句業──俳句弾圧事件の真相──」。そこで三鬼は次のように記す。

警部補は、西東の自解を読んで、それが何等「危険思想」でないのに怒り、不用意にも、彼等は半年以前から、京都在住の新興俳人某（特に名を秘す）を講師として、新興俳句作品の句解を教わっていた事実を洩らした。後日になって某は且ての要監視人であり、この講義を引受けねば検束すると脅迫され、已むなく御用をつとめた事を知った。

さらに、自伝「俳愚伝」（「俳句」昭34・10）では次のように記す。

京都府警特高部は、大本教事件で一躍名を挙げたが、その後就任した中西警部という、とんでもない出世慾の強い男が、前任者に劣らぬ事件を探していた時、人民戦線運動にひつかけた、全国的な文化弾圧が始まつた。そこで中西警部は、先ず京都で発行されていた「世界文化」を検挙し、つづいて「京大俳句」に眼をつけ、要視察人であつた某新興俳人を強要して講師とし、六ヵ月間新興俳句解釈法なるものを学んだ。この講習会は京都府警察部の一室で行われ、それには特高課警部補以上が出席、受講した。これは私を担当した高田警部補が、奇妙きてれつな俳句解釈をするので、私が笑いとばすと、彼は憤然として「僕達は専門家に講習をうけたのだ」と口ばしり、私に追及されて以上のことを白状したのである。

この三鬼の三つの資料にはいくつかの矛盾がある。「某新興俳人」による新興俳句解釈を受講した期間を「三ヶ月」としたり、「六ヵ月」としたりしている。また、新興俳句解釈の講師を務めた「某新興俳人」について、「確証はないけれども」「N」だとしたり、「後日になって某は且ての要視察人であり、この講義を引受けねば検束すると脅迫され、巳むなく御用をつとめた事を知った」と、確証があるように書いたりもする。昭和二十七年の座談会「風にそよぐ葦」から昭和三十四年の「現代俳句思潮と句業」の間に「某新興俳人」が脅迫され、巳むなく御用をつとめた事を知った、ということではないだろう。

三鬼が高田警部補から「某新興俳人」による新興俳句解釈の講習会を聞いたとき、「N」のことが頭に浮かんだのは、「芝火」編集同人一同宛の中田青馬の書簡と同趣旨の「天香」宛の中田青馬の書簡を、既に昭和十五年四月上旬に見ていたからであろう。「芝火」編集同人一同宛の中田の書簡には「とりあへず本日（四月二日）「土上」「天香」へ詳細の釋明狀を出しておきましたが、果して誰がデマの張本人かわからず弱つてゐます。」とある。「天香」の同人は石橋辰之助・三谷昭・渡辺白泉・東京三・西東三鬼・杉村聖林子の六名で、皆東京在住。「天香」の四月創刊号は三月十八日発売。発行部数三千部。中田の書簡が「天香」編集部（三谷昭の自宅）に届いた四月上旬には五月号を編集中であった。したがって、中田の書簡は三鬼をはじめ同人全員が読んだであろう。同人たちと親交のあった石田波郷も読んだであろう。座談会「風にそよぐ葦」で波郷が「N……?」と発言した淵源にはこの中田の書簡があったであろう。それにしても、三鬼が高田警部補の話から「某新興俳人」を「N」だと特定する確証はどこにもない。また、中田が特高に新興俳句解釈の講師を務めたという風評を裏づけるものもない。三鬼は「N」が「講義を引受けねば検束すると脅迫され、巳むなく御用をつとめた事を知った。」と書くが、いつ、どういう形で「知った」のか不明である。仮に三鬼がいうとおり、「N」即ち中田青馬が講師をつとめた「某新興俳人」だったとしても、それは所謂「スパイ」

ではない。特高に拉致され、脅迫的に講師を務めさせられた、いわば拉致被害者ということになろう。

中田青馬の書簡には、スパイの風聞に関することの他、「京大俳句」弾圧の背景・契機に関する注目すべき記述が含まれている。次の文言だ。

「京俳事件」は勿論大したものでなく、關西行幸をひかへての思想分子の一齊檢擧の波にまきこまれて要視察人物たる京俳會員もやられたのです。（誰々が「京俳」でやられたのかわれわれ無關係なので一切不明。林君よりきいた事の受賣をしてゐるだけです）密告やスパイ行爲があつてもなくても、一度は納めねばならぬ年貢が「京俳」にたまつてゐたわけで、昭和八年行幸以來の大檢擧ですから仕方ありません。

「「京俳事件」は勿論大したものでなく」と書き、「一度は納めねばならぬ年貢が「京俳」にたまつてゐたわけで、昭和八年行幸以來の大檢擧ですから仕方ありません」と書く。同じ新興俳句陣営の俳人としてこの文言は異常に冷ややかだ。「京大俳句」は治安維持法に触れる俳句活動をしたから検挙は当然だという口吻が感じられる。この冷ややかな口吻の背景は今後の研究課題だが、この引用箇所には文意が判然とせず、史的事実とも矛盾するところがある。

「昭和八年行幸以來の大檢擧」とは「（京俳事件を含む）關西行幸をひかへての思想分子の一齊檢擧」を指すものと思われる。「京俳事件」を指すとすると、誰が検挙されたのか一切不明という文言と矛盾する。また、第一次「京大俳句」弾圧の検挙者は八名なので「大検挙」には当らない。では、十四年から十五年にかけて関西での「大検挙」はあったのか。天皇の関西行幸は昭和十五年六月九日〜十三日までと判明している。（当初は皇紀二千六百年に際し、四月に関西行幸の予定だったが、御叔母宮竹田宮大妃昌子内親王薨去により、宮中喪明けの六月に延期）。特高年報『社会運動の状況』（内務省警保局編）の治安維持法違反検挙者統計表の昭和十四年分では東京警視庁は一八六名だが、京都は〇名。一五年分では東京警視庁は三六五名、京都は二〇名。このデータによれば、「關西行幸をひかへての思想分子の一齊檢擧」という「大検挙」は行われなかったということになる。

では、関西行幸説は仮説に過ぎなかったのか。そうではなく、この問題は昭和期における学問・言論・思想弾圧をめぐる京都という土地柄と京都府特高との継続的な関わりの中で捉えてゆくべきものだろう。昭和八年十月二十一日～三十一日にかけて天皇の関西行幸が行われたが、この年の一月には大阪で一二〇名の共産党員の検挙があり、京都では三月までに四〇一名が検挙された「京都共産党事件」があった。まさに「大検挙」である。五月から七月にかけていわゆる「滝川事件」がおこり、京大の七教授、五助教授などが辞職した。十年には反権力思想を掲げ、戦争反対を叫びつづけた出口王仁三郎の大本教が弾圧され、綾部・亀岡の本部がダイナマイトで爆破された。十二年には「滝川事件」後、学問、言論への弾圧に反対する京大の中井正一を中心とする「世界文化」同人が一斉に検挙された。元来、学問や言論の自由を尊び、反権力志向の強い京大を中心とする伝統的な土地柄の中でのこうした継続的な弾圧が行われてきたのであり、その路線で、昭和十五年四月の関西行幸をひかえて、京都大学を中心とする「京大俳句」が狙い撃ちされた、と考えるのは自然ではあるまいか。この四月の関西行幸は、奇しくも第一次「京大俳句」弾圧事件がおこった二月十四日の「朝日新聞」の朝刊に詳細な行幸コースが報じられている。したがって、この行幸は宮内省で二月以前から計画されており、それは特高関係へも内々に知らされていただろう。四月の行幸が延期になった後、六月九日から十三日までの関西行幸時には、十一日の午後、京大の国策科学の研究の業績に関する陳列品の天覧も行われた。この時点で、西東三鬼を除く「京大俳句」被検挙者十四名は全員京都で勾留中だった。したがって、中田青馬が書簡の中で触れた「京大俳句」弾圧の背景としての「関西行幸説」は極めて信憑性が高いと言えよう。

［注］

「芝火」同人の久保田穂波。

GHQの俳誌検閲と俳人への影響

一　GHQ／SCAP（連合国軍最高司令官総司令部）によるメディア検閲・言論規制の流れ

戦時下の俳人たちは主に二つの国家機関によってその文学活動を掣肘、監視されていた。一つは、内閣情報局による俳人統合（日本文学報国会俳句部会）と俳誌統合。もう一つは、内務省検閲課（のち情報局第四部第一課）および内務省警保局傘下の全国の特別高等警察（特高）課検閲係による俳書、俳誌の検閲（発禁）や特高による俳人の動静への諜報活動（俳人検挙）。（情報局の井上司朗や「鶏頭陣」主宰の小野蕪子らが日本文学報国会俳句部会を差配したり、権力を揮ったことは多く語られている）。

敗戦後、日本文学報国会や特高などは解体されたが、占領下において俳人たちはGHQによる俳書、俳誌の検閲という新たな掣肘を加えられた。GHQは昭和二十年九月にプレスコード（新聞遵則）を出し、全メディアの言論統制を開始。書籍・雑誌の事前検閲は二十二年十月（書籍）／同年十二月（雑誌）まで行われた。以後、事後検閲へと移行（主因は（注1）政府の財政軽減（注2）や日本国憲法と背理する検閲への米国内からの批判であったという）、二十四年十月には検閲制度自体が廃止された（主因は同上）。しかし、GHQにより特高が解体された代わりに創設された公安警察による言論や人物への情報収集は内密裡に今日まで行われている。

二　GHQ／SCAPのメディア検閲に関する研究史

検閲の全体像に関する論考は江藤淳『閉された言語空間』（文藝春秋・平元）、山本武利『占領期メディア分析』（法政大学出版局・平8）、竹前栄治・中村隆英監修『GHQ日本占領史17　出版の自由』（日本図書センター・平11）、奥泉栄三郎編『占領軍検閲雑誌目録・解題』（雄松堂書店・昭57）など多数。江藤の著作はこの分野の研究の先駆的なものだが、山本武利によれば、江藤説の難点は検閲方針の時期的変化と、日本の民主化（洗脳）を推進した公然の組織であるCIE（民間情報教育局）の機能を等閑視したことだという。基礎資料はアメリカのメリーランド大学図書館所蔵の「プランゲ文庫」（検閲用に全メディアが提出した書籍・雑誌・新聞などのコレクション）のマイクロフィルム化（国会図書館・平8）を経て、近年は「占領期新聞・雑誌情報データベース」（早大20世紀メディア研究所）、『占領期雑誌資料大系―文学編』『同―大衆文化編』（各五巻・岩波書店・平20〜22）に至っている。文学分野の検閲に言及したものは「特集被占領下の言語空間」（「文学」平15・9・10月号）、「特集占領期の検閲と文学」（「intelligennce」平19・4）、山本武利他編『占領期雑誌資料大系　文学編』（岩波書店・平21〜22・全五巻―一〜四巻は一年刻みの年度別、五巻はジャンル別）など。短歌の検閲に関する論考は渡辺順三『近代短歌史　下巻』（春秋社・昭39）、木村捨録「戦後短歌の出発」（「短歌」昭48・12〜同49・3）、篠弘『現代短歌史Ⅰ』（短歌研究社・昭58）三枝昂之『昭和短歌の精神史』（本阿弥書店・平17）など多数ある。しかし、俳句のそれは、管見の限りでは川名大「現代俳句史―新風の相貌」（「俳句四季」連載）以外見当たらない。俳句の検閲に関する研究はいまだ緒にも就いていないと言えよう。

三　ＧＨＱ／ＳＣＡＰによるメディア検閲の検閲指針と、検閲後の処分ランク

検閲はＣＣＤ（民間検閲局）の下に全国四か所（札幌・東京・大阪・福岡）に民間検閲支隊地区司令部が設けられ、各地区の民間検閲支隊によって極秘裏に行われた（主に英語が堪能な日本人・日本人二世が検閲を担当。(注3)ピーク時は総員八七〇〇名中、日本人八一〇〇名であったという）。ＣＣＤは検閲に当たって出版社に手続きを示す文書（事前検閲は校正刷り二部を提出など）を送付。そこでは「墨による記事の削除・伏字」など検閲の痕跡を遺すことの禁止や、「大東亜戦争・八紘一宇・英霊」など戦時用語の禁止が指示された。

検閲指針としてプレスコード違反に準拠した「削除・発表禁止理由の類型」三十項目が作成された。それを大きく分類すると、

①　連合国最高司令官・占領軍・連合諸国を批判するもの。
②　日本の軍国主義・国家主義・大東亜共栄圏・封建思想などの宣伝となるもの。
③　極東軍事裁判を批判し、戦犯の弁護を正当化するもの。
④　暴力または社会不安の煽動となるもの・真実でない記述・時期尚早な情報の公表となるもの。
⑤　検閲への言及。

となる。この三十項目に基づいて検閲が行われた。事前検閲後の処分には、①Pass《パス》（違反なし）、②Change《チェンジ》（語句の変更）、③Delete《デリート》（一部削除）、④Suppress《サプレス》（発表・発行禁止）、⑤Hold《ホールド》（処分の一時保留）の種類があった。

四　研究の目的と得られた結論

今回の研究目的は「プランゲ文庫」（国会図書館所蔵のマイクロフィルム）の検閲俳誌資料を調査、分析して、俳誌検閲の実態とその俳人たちへの影響を明らかにすることである。「プランゲ文庫」の俳誌資料以外に、戦後の句集については検閲の痕跡の有無を調査した。また、俳人たちへの影響については金子兜太氏ら戦後派俳人への聞き取り調査も行った。(注4)なお、調査に先立って、検閲の対象や推移はGHQの占領政策の推移（国家主義の民主化↓アジアの反共の砦）や、戦後日本の社会情勢や思潮の推移（国家主義↓民主勢力の台頭）と連動しているだろうという予測の下に調査に臨んだ。

「プランゲ文庫」によれば、検閲をパスした俳誌は「現代俳句」「馬酔木」「太陽系」「萬緑」「天狼」など二百九十五誌。検閲処分を受けた俳誌は『俳句研究』「風」「寒雷」「鶴」「俳句人」「ホトトギス」など九十六誌。後者のうち主要な俳誌を調査した結果、判明した主なものは次のとおり。

1　検閲の事後処理はCCDの指示どおり、検閲の痕跡を遺さないように行われていること。これは戦中の日本の検閲とはまったく異なる。

考察――GHQはCIE（民間情報教育局）により「太平洋戦争史」（新聞連載）、「真相はこうだ」（ラジオ放送）など日本のメディアを使って公然と日本を教化するとともに、CCDにより日本人の反感や日本国憲法（第二十一条――検閲は、これをしてはならない）に抵触しないように極秘裏の検閲で言論を規制し、教化しようとした。

2

検閲は不徹底な部分もあり、検閲指針に触れる作品がパスしたり（「国飢ゑたりわれも立ち見る冬の虹」西東三鬼）、俳誌で削除された句が、後の句集ではパスしたりした（「飢餓地獄夏の障子のましろきを」加藤楸邨）。

考察——戦後の混乱期、膨大な検閲資料、短詩型独特の表現などが検閲の不徹底の背景にあったと思われる。

3

事前検閲では主に国家主義・皇国思想や、原爆・飢餓など占領国による日本の惨状に触れたものが削除や語句の変更を求められた。

考察——敗戦直後の日本の世情や思潮と、ＧＨＱの日本の民主化政策が背景にあるだろう。

4

事後検閲に移行するに従って左翼的言説に触れたものが「３」と同様の検閲を被ることが多くなった。

考察——背景にＧＨＱの占領政策の急激な右旋回（日本の民主化↓アジアの反共の砦）や、日本国内の左翼的思潮・行動の台頭があるだろう。したがって、「検閲は国家主義的なものに厳しかった」という一元的な江藤淳説は退けられ、国家主義的なものと左翼的なものと両方への検閲が行われたという山本武利説が裏づけられた。

5

検閲処分を受けた句を句集に収録しなかったり、戦中の句集に収めた聖戦俳句を戦後の句集から除いたり、戦中の聖戦俳句を戦後の句集に収めなかったりする俳人の行為が見られた。

考察——ＣＣＤの検閲を恐れ、意識した俳人の自主規制であるとともに、戦後の厳しい「俳人の戦争責任」追及を回避しようとする意図などもあっただろう（戦後の句集に聖戦俳句を収録しなかった要因については第6章「検閲が俳人たちに与えた影響」で言及する）。

6

旧世代俳人（敗戦前に登場した俳人）と戦後派俳人との間には検閲に対する温度差（旧世代は検閲に意識的、戦後派は無意識的）が見られた（戦後派俳人の検閲意識については、金子兜太氏らからの手紙や聞き取り調査を行った）。

考察――戦中の俳句弾圧などの恐ろしさを十分知っている旧世代と、青春を死と向き合って生きた戦後派との思想、生活体験の差などが主因だろう。この温度差は歌壇でも同様に見られたという（三枝昻之氏による戦後派歌人近藤芳美氏などへの聞き取り調査による）。温度差の主因は俳壇と同様であろう。

五　検閲実態の主なサンプル

1　「戦時用語」の禁止を犯したもの

①石田波郷「鶴の諸作」（「鶴」昭21・11～12合併号）

事前検閲　（以下前とする）

会ふすべもなき竹伐りつ星祭　緒方由起

「特攻隊懐出」の前書がある。特攻隊といふものが如何なものであつたか、われわれは之を苦痛の思なくして考起すことは出来ない。この句に於ては、特攻隊員として死んでいつた一人を、相会ふべく待ちに待つてゐた人の句である。戦は敗れ去つて一年の月日がめぐつてきた。敗れても還りくる者はよい。又尚還りくるものを待ち得る者は幸である。（略）↓傍線部をDelete（以下、傍線はDeleteやChangeされた箇所を示す）

②「鶴」同号の「雑詠」欄（投句欄）前

特攻隊追懐　↓Delete

我が胸を人に言ふまじ星まつり　秩父　緒方由起

③古家榧夫「戦争中の俳壇」（「俳句人」創刊号—昭21・11）前

（略）西の大関たるべきは「石楠」の主宰臼田亜浪である。「人」と云ふ監獄新聞に大東亜戦争の赫々たる皇軍の戦果に対する感激を長々と解説づきで作品を書いたのは此の人である。↓Change

古家の論は俳人の戦争責任を追及した有名なものだが、傍線部は削除され、「Change "Daitoa" to "Taiheiyo"」とコメントされている。

２　「神国日本の宣伝」の禁止を犯したもの

①佐野青陽人「作品評　健全な作品」（『俳句研究』昭21・3）前

二日月神州狭くなりにけり　水巴

（略）人或は「今更神州でもあるまい」と云ふかも知れないが、戦争に敗れたから神州と云へないとは思はれない。戦争指導者達が利用した神州は排他的な歪められたウソの神州である。もつと広義に解すべきである。同じ作者の古い句に　↓Delete

空澄みて拝むほかなき枯野かな　水巴

（略）世界至るところ神州だ。日本と雖も例外たり得ない。八紘一宇《（ママ）》は正しい意味に於ては民主主義には抵触するものではないと信ずる。我々は今回の敗戦に鑑みていよいよ神州済潔の民なるべき理想を堅持しなくてはなら

ないのではないか。つひ脱線してしまつた。↓Delete

②桑原武夫「第二芸術―現代俳句について―」（「世界」昭21・11）前

元日や一系の天子不二の山　鳴雪

↓Delete

雪残る頂一つ国ざかひ　子規

赤い椿白い椿と落ちにけり　碧梧桐

（初等科国語、巻六）

3　「戦争擁護の宣伝」の禁止を犯したもの

①潁原退蔵「江戸文芸への新しき回顧（一）」（『俳句研究』昭21・3）前

（略）日清、日露の戦役から世界大戦へと、その都度に日本は勝つた。国威は宣揚された。自ら一等国とも称した。けれどもこの事が日本国民に重大な錯誤を起させた。（略）終には国を指導する権力が、平和を愛するものよりも、戦争を好むものによつて握られるに至つたのである。↓Delete

今日から見れば常識的な歴史観だが、二十二行分が削除された。「戦争擁護」と看做《みな》されたのだろう。

②徳川無声のエッセイ「千手観音」（「春燈」昭21・7）前

（略）その悪天候を冒し、空には轟々の音と共に、飛行機の編隊が、次々と行くのであつた。外を見ると、月が出てゐて、雲が走り廻つてゐる。これらの飛行機に乗つてゐる諸君に、その時私は心から頭を下げた。サイパン危ふく、銚子の（略）この烈風中の編隊爆音が、いかにも頼もしく○えたことかである。（注・○印は判読不能）

↓Delete

このエッセイが削除されたのは、悪天候を突いての帝国陸海軍航空隊の練習飛行の飛行機の編隊を頼もしいと表現したことが、「戦争擁護」と看做されたからだろう。

4　「飢餓の誇張」の禁止を犯したもの

○加藤楸邨の作品「市井」の冒頭句（『俳句研究』昭21・9）前

　飢餓地獄夏の障子のましろきを　→Delete

(Poem Deleted—overplaying starvation) とコメントあり。この句は前に触れたとおり、『俳句研究』では削除されたが、句集『野哭』（昭23）に収録されている。事後検閲で見落とされたものと思われる。

5　「GHQ／SCAPに対する批判」の禁止を犯したもの

○「座談会　現代俳句の方向に就いて（中村草田男・大野林火・中島斌雄）」（『楽しきかな俳句』創刊号、昭22・4）の中村草田男の発言　前

（略）つまり或程度、或範囲の自由を許されてゐるに過ぎないことは意識してゐなければいけないといふのですが、それは確かにさうだと思ひます。（略）　→Delete

6　「GHQ／SCAPが憲法を起草したことに対する批判」の禁止を犯したもの

○伊丹三樹彦「新人探求」（『芝火』昭21・8）前

（略）議会ですら、連合国の指令によるとは云へ、とに角、大多数の新人議員によつて日本再建の為の民主憲法その他が検討されてゐるのである。（略）　→Delete

7 「連合国の戦前（戦中）の政策に対する批判」の禁止を犯したもの

○高屋窓秋（注5）「秀句遍歴」（「暖流」昭22・7）前

有名なる町—抄出—

広島に月も星もなし地の硬さ　西東三鬼
広島の夜陰死にたる松立てり　同
広島や卵食ふ時口開く　同
広島が口紅黒き者立たす　同

（略）有名なる町「広島」は、今次大戦の惨禍を告げる世界的代表都市の一つである。ここでは一瞬にして数万の人命が飛び、同じく数万の人命が傷き（ママ）、そして無数の生物が死滅した。一瞬の白光の後には、地上には、破壊された一切のもの以外には残らなかつた。死の町、ヒロシマは、最早われわれの記憶から、生涯消え去ることはない。（略）／そこには、月も星もない。黒い生の可能なき大地があるばかりだ。（略）枯れた松は、死の象徴の如く、恐しく闇の中に立つてゐる。／作者は陰惨な事実に強く打ちひしがれて、顎は硬直し、口を堅くとざして、最早ものを云ふ元気さへもない。辛うじて一個の白い卵を食ふために、わずかに口を開くばかりだ。／そのヒロシマにも、生きんとするものはゐる。唇を濃く塗つた、闇の女だ。ヒロシマがそうした女を立たせてゐるのだ。そして、それは、敗戦後の日本の都市の象徴だ。（略）　→ Delete

窓秋の鑑賞文は全体が太い線で囲われ、また、三鬼の引用句中三句も太い線で囲われ、削除された。最後に検閲官（NAKAJIMA）の次のコメントがある。

Both the selected Haiku-Poems above mentioned composed by Sanki SAITO and the commendation on the poems by Soshu TAKAYA are better to be deleted. Because they cause resentment of the allies, I'm afraid.（三鬼の抄出句と窓秋の解説は共に削除するのが望ましい。なぜなら、それらは連合国の憤りの原因となるからだ、という主旨）。

三鬼の「有名なる町」八句は最初「俳句人」（昭22・5）に発表されたが、そこでの検閲は違反なしだった。それは検閲官が見落としたか、俳句が読めなかったかであろう。

8 「軍国主義の宣伝」の禁止を犯したもの

○渡辺順三「『何を』『如何に』の問題」（「俳句人」昭22・7～8合併号）前

（略）資本の集中独占化と共に専制的独裁が強化されてくる。そこからファシズムの台頭が必然となる。ヒットラーやムツソリーニの出現がこれであり、日本でわ《ママ》天皇制絶対主義の強化であつた。軍国主義、侵略主義もここから成長し、人民大衆のあらゆる非人間的抑圧が進行する。この事実は太平洋戦争中のわれわれの生活を思い出せば何人も首肯することができるであろう。　→ Delete

9 「占領軍軍隊に対する批判」の禁止を犯したもの

①桑原武夫「第二芸術―現代俳句について―」（「世界」昭21・11）前

勝者より漲る春に○○○○せ　草田男
言挙げぬ国や冬濤うちへかす　かけい

両句とも○にはよく解りかねるが、草田男のは、われわれは戦争に負けたが、アメリカ人などより充実した春をしみじみ感じてゐるといふ○○○○あらうか。しかしそれはさう観念的に思ひなす貧困にしてコウガンな精神主義にすぎない。○○○○○○○（注・○印は判読不能）　→ Delete

草田男の句とその評五行が削除されたのは「占領軍軍隊に対する批判」「合衆国に対する批判」の検閲指針に触れたからだろう。

②阿部筲人「定型と自由と（一）」（「俳句人」昭22・1）前

（略）官僚の行動は（略）行動が予め規定されてゐるから行動を裏づけるべき精神の煩ひは一切省略されてゐる。却つて、精神上の自由さがそこに在りはしないか。、また、○での軍人といふ生活は、日常の言語動作に至るまで、一定の型に嵌めて訓練されてゐた。それが却つて、衆人の間に互して自由闊達に振舞へる。（略）（注・○印は脱字）

→Delete

この削除された部分は軍人生活に言及したもの。前に触れた「削除・発表禁止理由の類型」三十項目には軍人生活批判の禁止項目はない。内容上「占領軍軍隊に対する批判」にも該当するので、その項目として分類した。

10　「その他の宣伝（共産主義）」の禁止を犯したもの

①芝子丁種「再起抄」（「俳句人」昭22・12）事後検閲（以下後とする）

闘え同志ついにゼネストの時いたる　→Delete

②大木石子「オルグの生活」（「俳句人」昭22・12）後

蒔かせ刈らせ米も麦もうばわれ貧農

地主は子供からそれから馬を売れと

麦熟れたぢゝもばゝも腰のばし出る

米つくり米が食へない貧農で闇する

以上四句→Delete

③堺燐太郎「公安条令上程」（「俳句人」昭24・9）後

ふまれけられつきとばされ同志のイキドオリが赤旗ふつて　→Delete

「公安条令上程」の冒頭句だが、全四句に「Communism」のコメントあり。

11「第三次世界大戦への言及」の禁止を犯したもの

○「座談会　続現代俳句批判（神田秀夫・金子兜太・原子公平・加倉井秋を・志摩芳次郎・沢木欣一）」（「風」昭24・7〜8合併号）の志摩芳次郎の発言　後[注6]

僕が新俳句人連盟にはいった最大の理由は、広く見渡して日本の文化人、そういう人たちが現在世界で高まりつゝある戦争の危機に対応し、文化人としての立場から、はつきりと平和擁護の意思表示をしてをるわけですが。（略）　→Delete

六　検閲が俳人たちに与えた影響

1

検閲が俳人たちに与えた最大の影響は、戦時下、日本文学報国会俳句部会に統合された俳人たちの中で実権を握った明治生まれの旧世代の俳人たちの多くが、戦中の聖戦俳句を意図的に戦後の句集に収録せず、戦後俳句史の空白が生じたことである。聖戦俳句は戦況と連動しており、戦捷のときは皇国的情動が昂り、負けいくさや玉砕のときは皇国的情動が慷慨沈痛化する。劇的な戦況と連動した聖戦俳句の代表的サンプルを次に示す。

①高浜虚子の聖戦俳句

戦ひに勝ちていよいよ冬日和　（昭16・12・17）

新嘉坡陥落

勝鬨はリオ群島に谺して　（昭17・2・14）

諸新聞より徴されたる句

十二月八日といふ日太陽《ひ》の如し　（昭17・12・8）

二句連句

食飽かずとも煖とらずとも　（昭19・2・15）

美しき御国の空に敵寄せじ　（昭19・2・15）

「俳句は（戦争によって）何の影響も受けなかった」という戦後発言から、虚子は聖戦俳句を作らなかったという虚子神話が生まれた。しかし、虚子は「ホトトギス」に「句日記」として日付入りで数多くの聖戦俳句を発表した。そこに歴史（戦争）の波に洗われつづけた虚子の姿が浮かび上がってくる。

②大東亜戦争宣戦（真珠湾奇襲）の戦捷

年の瀬や洋のたゞ中に戦勝つ　前田普羅

寒林の疾風《はやち》呼ぶごと国起ちぬ　富安風生

冬日寂と聖天子戦ひをのらしたまふ　滝春一

あふぎたる冬日滂沱とわれ赤子　長谷川素逝

大東亜戦争詔勅を拝す

十二月八日の歴史軀もて経し　竹下しづの女

（以上『俳句研究』昭17・1）

③山本五十六元帥国葬

蘭の花葉先の夜空神山本　加藤楸邨

松蟬や提督の死処天涯に　山口誓子

提督のおんうつしゑに結夏かな　飯田蛇笏

巨き屍雲染め雲の灼くるなり　臼田亜浪

（以上『俳句研究』昭18・7）

④陸海軍特別攻撃隊頌

神鷲と言ひいはれもす畏しや　阿波野青畝

軍神をおもふ夜々霜夜軍神若く　中塚一碧楼

雲金に凍て身は爆弾となりて翔く　山口青邨

水仙や此の花よりも若き神々　渡辺水巴

ますらをはすなはち神ぞ照紅葉　水原秋桜子

（以上『俳句研究』昭20・2）

これらは戦意昂揚や皇国の観念を先験的に用意した句で、本質的な作品ではない。これらの聖戦俳句を収めなかった彼らの戦後句集は次のとおり。

虚子『六百句』（昭22）、普羅『春寒浅間山』（昭21）、風生『村住』（昭22）、春一『常念』（昭21）、素逝『定本素逝集』（昭22）、橋本多佳子『信濃』（昭22）、蛇笏『春蘭』（昭22）、誓子改訂版『激浪』（昭23）、亜浪『定本亜浪句集』（昭24）、萩原井泉水『原泉』（昭35）、青邨『露団々』（昭21）、阿波野青畝『春の鳶』（昭27）、三橋鷹女『白骨』（昭27）、久保田万太郎『草の丈』（昭27）、楸邨『野哭』（昭23）、中村汀女『花影』（昭23）、草田男『来し方行方』（昭22）、阿部みどり女『笹鳴』（昭22）、長谷川かな女『雨月抄』（昭23）、秋桜子『重陽』（昭23）など。

新興俳句の俳人たちも軍国の世に棹さして聖戦俳句を作った。

神々の跫音に醜の敵崩る　水谷砕壺

あだなすは七つの洋をこえて撃つ　片山桃史

凍天に旗か丶ぐるとさへ昂ぶる　安住敦

巨塞陥つしんしん春の雪降る日なり　富沢赤黄男
（以上「祝新嘉坡陥落」――「琥珀」昭17・3）

彼らもまた、戦後の句集に聖戦俳句を収めなかった。『水谷砕壺句集』（昭29）、敦『古暦』（昭29）、赤黄男『蛇の笛』（昭27）、桂信子『月光抄』（昭24）など。

考察――彼らが戦後句集に戦中の聖戦俳句を収録しなかった要因は、およそ次の五点に絞れるだろう。

①外圧としてのGHQによる検閲処分を回避するため。
②外圧としての戦後高まった俳人の戦争責任追及を回避するため。
③内発的要因として、各自の聖戦俳句は俳句報国のイデオロギーを優先させた類型的な駄句という自己認識が働いたため。
④聖戦俳句は民主化という戦後思潮に合わないという自己認識が働いたため。
⑤根本的な要因として、自ら聖戦俳句を作ってしまったという作家的負性を、自己の生の軌跡からリセットしてしまいたいという心根があったため。

これらの要因は俳人たちの心中で複雑に絡み合っており、その要因間や俳人間の温度差も一様ではない。私が最も重視するのは⑤で、聖戦俳句を作った作家的負い目を自己の生の軌跡からリセットしたいという心根は、GHQの検閲という外圧によって逆説的に遂げられたといえよう。

次に検閲の影響の主なサンプルを挙げる。

2

西東三鬼は句集『夜の桃』（昭23）に「有名なる町」を収録せず。

考察――戦中に特高に検挙された体験を有する三鬼は、自分や高屋窓秋に検閲による被害が及ばぬよう自主規制したと思われる。

3

山口誓子は改訂版『激浪』（昭23）で聖戦俳句を削除。

考察――戦後版『激浪』（昭21）で聖戦俳句と後記の削除という検閲処分を受けたため、残った聖戦俳句を削除する自主規制を行ったと思われる。なお、ＣＣＤは検閲の痕跡を遺すことを禁じたが、戦後版『激浪』は切り貼りして製本してあり、検閲の痕跡が顕著なものであった。飯田蛇笏の『春蘭』（昭22）も若干検閲の痕跡らしきものが窺える。

4

長谷川素逝は、『定本素逝集』（昭22）に従軍句集『砲車』（昭14）の全二百五十句中の二百四十七句の従軍俳句を収録せず。また同『定本素逝集』に『三十三才』（昭15）、「幾山河」（『現代俳句』第二巻・昭15）、『ふるさと』（昭17）の従軍俳句（前線俳句）・聖戦俳句類を収録せず。

考察――検閲処分回避と戦争責任追及回避を意図したものだろう。

5

富沢赤黄男は「句日記」（昭12～昭21）の文言を戦後に修正。

考察――軍国主義・皇国思想に触れた「句日記」の文言を検閲処分を危惧して修正したと思われる。

サンプル　「ヒトラーわが闘争を今日初めて読んだ。強烈な意欲に打たれる。が？」（昭15・10・14）。「が？」は戦後の加筆。

6

桑原武夫は「第二芸術」（昭21）中の加藤かけいの句とそのコメント九行を『現代日本文化の反省』（昭22・5）で削除。考察――「連合国への批判」の文言が検閲処分となるのを危惧しての自主規制であろう。

ところで、昭和十九年十月に兵役法が改正され、徴兵の対象年齢が満十七歳～四十五歳へと拡がったが、明治生まれの旧世代俳人の多くは兵役に服することはなかった。他方、渡辺白泉や石田波郷を最年長として鈴木六林男・佐藤鬼房・金子兜太ら大正世代の青年たちの多くは出征した。

前者は銃後で類型的な「聖戦俳句」を歴史に刻み、後者は前線で本質的な「戦争俳句」を歴史に刻んだ。

遺品あり岩波文庫「阿部一族」　六林男

濛濛と数万の蝶見つつ斃る　鬼房

魚雷の丸胴蜥蜴這い廻りて去りぬ　兜太

これは俳句史上の大いなる逆説と言わねばならない。

［注］

（1）山本武利「占領下のメディア検閲とプランゲ文庫」（「文学」平15・9～10月号）

（2）江藤淳『閉された言語空間』（文藝春秋・平元）

（3）注1に同じ。

（4）金子兜太氏からの私信によれば、「検閲のことを念頭においていた記憶はないし、原子・沢木・古澤といった人たちと、そのことを話し合ったこともない。関西に行ってからは益々無関心でした。」という。

（5）GHQの事前検閲の処分にあった場合は、その処分のところを修正して発行された。高屋窓秋の「秀句遍歴」中の三鬼の「有名なる町」を鑑賞した文章（「暖流」昭和二十二年七月号の二十三頁）はDeleteの処分を受け、山口誓子の「艶なるや海のおもてのいなびかり」の句の鑑賞文（高屋窓秋）と差し替えて印刷済みになっていた。ところが、なぜか元のまま三鬼の「有名なる町」の鑑賞文を収録した形で発行された。印刷、製本上のミスか否か、原因理由は不明である。

（6）「座談会」における志摩芳次郎の発言は Delete の検閲処分を受けたが、なぜか元のままの発言が収録されて、発行された。

［付記］ＧＨＱは戦後刊行された書籍や雑誌類に対して検閲処分を行っただけでなく、戦前・戦中に刊行された左翼系出版物（マルクス思想の出版物）や右翼系出版物（皇国思想の出版物）に対しても没収処分を行った。昭和二十一年三月付けのＧＨＱの覚書によって没収が指令され、追加四十六回に及び、七七〇〇冊余りの刊行物が没収を指定された。『連合国軍総司令部指令　没収指定図書総目録』（連合国軍総司令部覚書　文部省社会教育局編・今日の話題社刊・昭57）によれば、俳句関係の出版物で没収指定を受けたものはそれほど多くはない。次のような書物が没収指定にリストアップされていた。

○『新戦場俳句と作法』　島東吾　教材社　昭13・12・20
○『聖戦俳句集』　田村木国　山茶花発行所　昭14・5・10
○『聖戦俳句集』　胡桃社同人（編）　都祥閣　昭14・4・30
○『聖戦俳句選』　日本放送協会（編）　日本放送出版協会　昭17・4・20
○『戦ふ俳句』　田村木国　三省堂　昭18・4・15
○『俳句と戦線』　岩井徳祐　蛍雪書院　昭15・5・1

三橋鷹女の「年譜」の書き替え

――新資料「遠藤家、東《ひがし》家、及三橋家の家系大略」『成田市史叢書』（第二集・第三集）に拠る

現在、三橋鷹女に関する最も詳しい年譜は「俳句研究」昭和四十六年二月号（三橋鷹女特集）に鷹女自身が執筆した「三橋鷹女略年譜」である。それに次ぐのが『三橋鷹女全句集』（立風書房・昭51）所収の「三橋鷹女略年譜」（高柳重信編）である。後者は前者の鷹女自筆年譜及び三橋剣三提供の資料をもとに、高柳重信が編んだもの。

このたび、新資料「遠藤家、東家、及三橋家の家系大略」（東謙三＝俳号剣三自筆稿・三橋家所蔵）及び『成田市史叢書』第二集（成田市立図書館編・平11）、同第三集（同編・平12）に基づき、三橋鷹女の「年譜」を書き替え、増補する必要が生じた。そこで、右の新資料に従って、主要な点について、新資料を引用、紹介しつつ、伝記的な事実を書き替え、増補する。

一　三橋家・東家両家の家系図

1　三橋家家系図

初代　三橋重郎兵衛　近江国野州郡戸田村辻重右衛門男　安政六年九月一八日没　（一八五九年）
妻　成田町三橋作左衛門女（本家）　天明四年一月二五日　（一七八四年）

二世　三橋重郎兵衛　文政元年五月一九日　（一八一八年）
妻　文化元年三月九日　（一八〇四年）

三世　三橋重郎兵衛　天保一四年一二月二〇日　（一八四三年）
妻　嘉永七年一〇月二六日　（一八五四年）

四世　三橋重郎兵衛　鶴彦　享年五五歳　文久二年八月五日　（一八六二年）
妻　香取郡名古屋村成瀬作右衛門女　明治一三年一二月二八日　（一八八〇年）

五世　三橋重郎兵衛　貫雄　遠山村小菅藤崎庄左衛門長男　享年七五歳　明治三八年一二月一八日　（一九〇五年）
妻　ひさ　四世重郎兵衛長女　享年八一歳　明治四二年一月五日　（一九〇九年）

長女　光　慶応三年二月一九日　（一八六七年）

六世　三橋重郎兵衛　文彦　久住村飯岡神山金兵衛次男　昭和七年一月三〇日（一九三二年）
「玄徳院香霞文彦居士」
妻＝みつ　享年八九歳　昭和三二年六月四日（一九五七年）
「惇徳院寿康妙満大姉」

七世（襲名せず）長男英治　三井物産勤務　享年五五歳　昭和一七年二月二五日（一九四二年）
「梅照院覚阿道英居士」

次男慶二郎　享年三六歳　昭和六年三月九日（一九三一年）
「持久道慶信士」

八世（襲名せず）謙三　安房郡那古町東誠一三男　享年九二歳　昭和五七年七月五日（一九八二年）
※六世重郎兵衛の長男英治死去のため遺言により東家より入籍
「善寿院詩覚道謙居士」
妻＝たか　六世重郎兵衛の三女*　享年七三歳　昭和四七年四月七日（一九七二年）
「善福院佳詠妙鷹大姉」

*過去帳や東謙三の記述に「二女」とあり、それに従う。

（『成田市史叢書第二集』に基づき作成）

2

東家家系図

旧本多藩家老職遠藤家
本多豊前守の姫
＝婿
萬右ヱ門（遠藤家を継ぐ）
仲右ヱ門（遠藤家別家を創る）

仲右ヱ門＝志保
- 鍛＝志満
  - 長男＝妻
    - こう（吉田朋吉に嫁す）
  - 二男
  - 三男（後に同藩中村家を継ぐ）
  - 四男録四郎後に誠一（東家の婿養子となる）

東誠一（嘉永5・5・6～大正9・9・23）＝かね（慶応3・7・5～大正9・2・2）
- 長男芳隆（明治9・5・8～明治44・1・14）（明治32年京都帝大医科第一回卒・福岡県若松病院医師）＝フミ（明治18・10・25生）
  - 二男二女あり、長男晃が東家を継ぐ
- 二男順一（明治18・4・28～明40・11・5）
- 三男謙三（明治23・4・23～昭和57・7・5）（明治40年安房中学第二回卒・歯科医師）＝たか（大正5年成田高女卒）（明治32・12・25～昭和47・4・7）
  - 陽一＝絢子
- 四男恭則（明治29・6・5～昭和60・12・18）＝さ登（明37・1・31～昭和60・12・7）
  - 三男四女あり、二女洋子は俳人石原八束と結婚

（「遠藤家、東家、及三橋家の家系大略」に基づき作成）

二　三橋鷹女と東謙三の結婚の経緯

鷹女自筆「年譜」の大正十一年には「三月三十日、歯科医師東謙三（千葉県館山市那古病院を経営、三十一歳）と結婚。二十二歳。」とある。成田の三橋たか（「年譜」には「本名たか子」とあるが、戸籍上の名は「たか」）と安房郡那古町（現・館山市那古）の東謙三が、遠距離にもかかわらず、どんな経緯で結婚に至ったかについては、従来、謎であった。それが東謙三自筆「遠藤家、東家、及三橋家の家系大略」によって判明した。

東謙三の父誠一は明治九年、県立千葉病院創立に当り医員兼教師を命ぜられた。同十二年、職を辞し、千葉県安房郡那古町に私立那古病院を設立、内外科一般の診療に従事した。「那古病院」は安房国内に於ける病院の嚆矢であった。病院は四方より患者が来集し、繁盛した。父誠一の許には常に医師志望の書生たちが五、六名常住し私塾のような有様であった。入院室も最初の六室から十二室に増加し、いつも満室の状態が続いた。

しかし、明治四十年十一月、次男順一の病死に始まり、同四十五年、長男芳隆が腸疾患により急逝。大正九年一月には父誠一が脳溢血で倒れ、九月二十三日に死去した。後には株暴落による多額の借財が残った。焦眉の問題は、今後病院を如何に継続させるか、莫大な借財をいかに処理してゆくかであった。

新資料「遠藤家、東家、及三橋家の家系大略」で東謙三は次のように記している。

結局月給で医師を雇うよりは診療室、入院室や、必要な器械器具類を使わせて、家賃という形で希望者を探す方がよいと決断するに至つた翌年夏、幸にも退役陸軍三等軍医正四野宮氏の来訪あり、話はスムースに進み、毎月百円の家賃では安すぎるとは思つたが契約が成立いよ〳〵大正十一年より内、外科其他一般の治療を再会したのである

――○――

私が妻たか子に初めてめぐり合つたのは恰度この頃であつた。たま〳〵歯科治療のため来院した彼女は成田市三橋重郎兵衛二女三橋たか子であつた。彼女の長兄英治（三井《ママ》物産社員としてニューヨークに勤務中病の為一時帰国、療養のため隣町の船形町に転地療養中であつて母と共に三人で滞在中であつた。

生涯を共にすべき適当な人がなきまゝ三拾歳も過ぎるまで独身を続けて来た私であつたが、彼女を知り、両親、兄達とも相識るようになりようやく結婚生活に入る決心をしたのであるが、現在東家最悪の状態の折柄彼女を犠牲にするようなもので申訳無い事であると結婚の申出を躊躇されたのであつたが、結局有りの儘の状態を彼女にも両親にも打明け、その了解を得る事が出来た事は生涯の喜びであつた。

話は順調に進み、翌大正十一年三月、高木医師高川医師（成田市開業、御両人共もと父の門下生）両先生の媒酌の下結婚式を挙ぐ。

幸にして兄英治も健康を回復しつゝあり、私も書生や下女ばかりで生活上不自由でもあり、病室其他離れ家も無人の為、兄と母には今までの借家を引払つて同居して貰う事にし、とりあへず病室の一号室、二号室に来て貰う事になり、萬事好都合となつて（多少の収入の足しにもと多分の家賃を出して貰つた）病院も診療を復活以来経営は順調に進み、毎月の銀行への利子支払も余祐《ママ》を以て出来るようになり（以下略）。

三　関東大震災罹災の状況

鷹女と謙三が結婚した一年後の大正十二年一月七日には長男陽一が誕生。その喜びとともに前途に光明を期待できるまでに至った。しかし、同年九月一日の関東大震災がその前途を打ち砕いた。

鷹女の自筆「年譜」では「九月一日、突如として起こった大地震により、一瞬にして病院・住宅・土蔵など一切崩壊、自身は幼児を抱いたまま倒壊家屋の下敷きとなり、三時間後、奇蹟的に足部の負傷だけで救出された。」とある。また、この「年譜」に基づいた中村苑子の講演「女流俳句の先覚者　三橋鷹女」（「成田市史研究」二四号―平12・3）では、「自宅にいらしった《ママ》鷹女さんは生後八ヶ月の陽一さんを抱いたまま倒壊した家の下敷きになって足を怪我して動けず、謙三さんが病院から自宅にたどり着いた時は三時間後だったそうです」と語られている。

だが、この自筆「年譜」や中村苑子の語りは正確ではなく、誤りも含まれている。東謙三の前記新資料では次のように記されている。

大正十二年九月一日!!!午前十一時三十分。突如として起つた激震は一瞬にして我が家から医師一人、入院患者二人の貴い人命を奪い病院、病室、住居、離れ家、土蔵など建物一切を潰滅せしめ私だけは病院内で一瞬戸外に脱出、難を免れたが、兄と母は病室の倒壊と共に下敷となったが幸に無難に脱出出来たが、母屋ではたか子は一年八ヶ月（注・数え年―川名）の幼児陽一を抱いたまゝ倒壊家屋の梁の下敷となり動かれず奇蹟的に五時間後に救出され足部の負傷だけで死を免れたのである安房中学も校舎は損害を受けたが生徒達は無事に脱出し通学中の晃も二時頃無事帰宅した（以下略）。

四　那古病院跡の土地売却と借財の清算

関東大震災で「那古病院」が倒壊した後、災害の整理のため仮住宅に四ヶ月を過ごし、翌十三年一月、成田の実家の三橋家に身を寄せた。その後、故郷を引き払って上京。東京府下戸塚の早稲田大学近く（グランド坂下）の市電終点のところに、二月六日、歯科医院を開業した。上京から七年後（昭和六年）、那古病院跡の土地売却の登記をするため安房の国を夫婦で訪れた。前記の新資料で謙三は次のように記している。

私達は結婚以来新婚旅行などする余裕もなかつたのでこの時、地所売却の登記を兼ね七年振りにたか子と陽一を伴ひ七年振りに故郷の地を踏み、昔の面影はない淋しい町を見て其の夜は僅かに那古海岸に一軒有つた小さな旅館に投宿、翌日かねて連絡してあつた津田氏と安西氏と北条の登記所で落合い《ママ》。それ〲登記を完了。二千円と五千円合計七千円の金を受け取つた。これで東家の事がすべて解決したのでは無いが、一時的にも気分が解放され、生涯の記念の為、其の足で鴨川に向い吉田屋旅館に投宿した。時恰も二月中旬の事であつたが、さすがにここは暖かく、窓外に広がる鴨川の海を眺め、浪近く舞い遊ぶ鷗の群や、渚にあそぶ鳥の群と共に終日を送つた。

結婚以来心の支えとして共に始めた俳句生活は当時の貧乏暮しの生活の中では、最も安価な手頃の趣味と教養のようすがであつたがこの時たか子は
『詩に痩せて二月渚をゆくはわたし』の句を作つたが後年彼女の代表句の一つとして有名になつた句である。
かくして私達は寸時の弛緩も許されぬ苦闘の連続、撓まぬ努力とによりようやく父の残した借財を返済する事が出来、身に余る負担を免れ、ようやく私の第二の人生を始める事になつた。

これは昭和六年の二月中旬のことであるが、鷹女自筆の「年譜」や全句集の「年譜」の昭和六年には記載されていない。したがって、新たな伝記的事実として補っておきたい。なお、東謙三は鷹女の有名な句、

詩に痩せて二月渚をゆくはわたし

について、この時の旅行で鴨川の吉田屋旅館に投宿し、鴨川の海を眺めて終日を送ったときの作であると記している。しかし、これについては若干疑念が残る。この句は句集『向日葵』（昭15）の「昭和十二年―十三年」の句の中に収められており、「房州白浜」という詞書きのある六句中の第二句である。初出は「紺」昭和十三年三月号と推定される。この時の旅行のことを思い浮かべて昭和十三年に作り、発表したという推測は成り立つが、昭和六年に作った句を十三年に発表したとするのは不自然である。また、詞書が「房州鴨川」ではなく、「房州白浜」とあることも矛盾する。

そこで、以下、二つの考え方をしてみる。一つは、この時の旅行で「白浜」に行き白浜海岸を歩いたときのことを回想して、昭和十三年に作ったという推測。当時の安房の国における汽車やバスの交通事情を詳しく調べたわけではないが（JR館山駅で当時の汽車とバスの運行状況を調べてもらったが、当時のダイヤの記録は残っていないとのこと）、鈴木真砂女は鴨川から東京まで汽車で行き来していたので、鴨川までは鉄道は通じていた。また、白浜から館山駅近く（館山市八幡）の安房中学（夫謙三の母校で、現・県立安房高校）に通学するのにはバスで館山駅まで来て、そこから歩いて学校へと通っていたことから、館山駅から白浜までバスは通じていた。ただし、白浜から千倉までのバスは通じていなかったようである。

昭和六年二月中旬の旅行で、午前中、土地売却の登記を済ませた後、バスで白浜に行き、海岸のあたりを見物。その後、再びバスで館山駅に戻り、そこから汽車に乗って鴨川に向かうという行程は時間的にかなり厳しい。しかし、何とか夕方の六時ごろには鴨川の吉田屋旅館に着くということは不可能ではない。夫の謙三は「窓外に広がる鴨川の海を眺め、浪近く舞い遊ぶ鷗の群や、渚にあそぶ鳥の群と共に終日を送つた」と記しているので、これは翌日のことであろう。吉田屋旅館にもう一泊して、東京に帰る途中、白浜を回って帰ったという推測も成り立たないわけではない。

もう一つは、昭和十三年の二月に「白浜」を訪れ、白浜海岸を歩いたときの体験をもとに作ったという推測。次に挙げる傍証から前者の推測のほうが妥当であろう。

鷹女の「詩に痩せて」の俳句が、昭和六年二月中旬の旅行の回想句であろうという推測を裏づける有力な傍証がある。それは、この句が作られたと思われる昭和十三年には、他に、

夏藤のこの崖飛ばば死ぬべしや
しやが咲いてひとづまは憶ふ古き映画

の句が作られていることである。「夏藤」の句は成田の生家の裏山の「不動ヶ丘」の小高い崖腹に、初夏になると、

その崖肌を覆いかくして咲き競う純白の無数の藤房や少女時代の思いを回想、イメージして作ったものである。「しやが咲いて」の句は「ひとづまは憶ふ古き映画」とあるように、句の中の主人公であるアンニュイな気分の「ひとづま」は未婚時代に見たロマンチックな映画を懐かしく回想している。この過去を回想して詠むという同年作の二句を傍証として、「詩に痩せて」の句も同年作の回想句とする推定は信憑性が高いだろう。

ちなみに、鷹女と謙三が宿泊した鴨川の吉田屋旅館（現・鴨川グランドホテル）は、後に高名な俳人となった鈴木真砂女の生家であるが、この時真砂女は東京日本橋に嫁いでおり、鷹女と真砂女が吉田屋旅館でめぐりあうことはなかった。

五　東文恵から東鷹女への改号、「鶏頭陣」への出句

鷹女自筆の「年譜」の「昭和九年」には、

「鹿火屋」に思いを残しながら両人退会。東鷹女と改名。同年、小野蕪子の「鶏頭陣」（剣三同人）に出句。

とある。また、全句集の「年譜」の「昭和九年」には、

思いを残しながら、夫・剣三と共に「鹿火屋」を退会。剣三が、同人として在籍する小野蕪子主宰の「鶏頭陣」に出句。この頃より東鷹女と改名。

とある。しかしながら、東文恵から東鷹女への改号と、「鶏頭陣」への投句を「昭和九年」とすることは誤りであることが、資料から裏づけられた。

鷹女が投句した「鹿火屋」（原石鼎主宰・大10・5創刊）と「鶏頭陣」（小野蕪子主宰・昭4・1創刊）の両誌を時系列で繙いていくと、次のような事実が判明した。「鹿火屋」昭和四年七月号の石鼎選の「雑詠」欄（投句欄）に、

相反く人等うつくし春の宵　文恵

とあり、これが「鹿火屋」誌上での最初の入選句だと思われる。当時、鷹女は「東文恵」と号していた。同年十月号には、

虫ばめる蕗の広葉や更衣　文恵

ぬりかへてボート伏せあり月見草　剣三

とあり、夫婦揃って入選。昭和五年三月号には、

初夢のなくて紅とくおよびかな　文恵

という初期の代表句も載る。以後、昭和七年まで二句～四句が毎号のように入選しているが、同七年十一月号には、

白々と暁はさみしき切籠かな　東京　鷹子

白玉の露にぬれたる切籠かな

有明の松にかゝれる切籠かな

流れゆく瓜のお馬よ水に月

百聯の提灯ゆくや魂送り

と、初めて五句入選。しかも、俳号が「文恵」から「鷹子」へと変わっている。同七年十二月号でも「鷹子」として二句入選。翌八年一月号では「東鷹子」として三句入選。そして、同八年七月号では、

うち開く香のとりぐ〱や香り傘　東京　東鷹女

すゞらんの香はしけやし香り傘　同

龍王を描きし日傘も香り傘　同

日のもとの乙女よろしも香り傘　同

とつ国の娘もぞかざせば香り傘　同

と「東鷹女」の俳号で初めて巻頭を得た。

他方、「鶏頭陣」では、昭和八年九月刊行の合同句集『塔』（「鶏頭陣」百号記念第一句集・小野蕪子編）では「東文恵」の俳号で「一むらのおいらん草に夕涼み」（昭5・10）の一句が入集。同年十月号の小野蕪子選の「雑詠」欄（投句欄）では「東鷹女」の俳号で、いきなり七句が載っている。

以上の調査から、俳号の改名は「東文恵」から昭和七年十一月に「鷹子」となり、さらに翌八年七月に「鷹女」となったことが分かった。また、昭和五年には「鶏頭陣」へ投句していることが分かった。

したがって、「年譜」にある昭和九年の「東鷹女と改名」は昭和八年、「鶏頭陣」への出句は昭和五年ごろと書き改められねばならない。

六　同人誌「紺」の終刊と三橋鷹女の同人参加期間

鷹女自筆の「年譜」の「昭和十一年」には、
俳誌「紺」創刊と共に参加。女性欄選を担当し、山本湖雨・加藤しげる・京極杜藻・永田竹の春、その他先輩諸氏の下で俳句に専心した。二年余にして、同誌廃刊。
とある。また、全句集の「年譜」の「昭和十一年」にも、ほとんど同趣旨の記述がある。同人誌「紺」の創刊は昭和十一年五月であることは判明しているが、主要な図書館には「紺」が揃っておらず、その終刊は定かでない。『俳文学大辞典』（角川書店）では昭和十四年終刊とあるが、これは『現代俳句大辞典』（明治書院）の孫引きと思われる。「紺」の同人であった永田竹の春が執筆した「三橋鷹女と「紺」の時代」（「俳句研究」昭46・2）には、次のように記されている。
「紺」の創刊は昭和十一年五月で、加藤しげる・山本湖雨・吉田楚史らの「鹿火屋」系俳人の共同研究雑誌として世に現れ、昭和十五年三月まで存続、引き続き「平野」となって終戦間際まで活動を続けた個性の強い俳誌であった。（略）「紺」は戦争の激甚化につれ、雑誌統制の圧力の下に他誌を併号して「平野」と改題、終戦に至るまで活動を続けた。加藤しげるは依然として句作の中心となるに足る情熱を持ち続けていたが、東鷹女の姿は、この群から次第に遠ざかりつつあったのである。

「紺」の終刊号が未発見の現状においては、「紺」の終刊はこの永田竹の春の記述に従って「昭和十五年三月」としておくのが妥当であろう。ただし、「紺」が俳誌統合によって「平野」となったとする記述には若干疑問が残る。俳誌統合は昭和十五年に内閣情報局の指導監督の下に日本出版文化協会が設立された以後に始まるのであるが、昭和十五年四月ごろの「平野」への統合というのは時期がいささか早いように思われる。また、「平野」が「終戦に至るまで活動を続けた」というのも事実に反する。「平野」は昭和十九年五月、俳誌統合により「鹿火屋」に統合された。原石鼎の句集『花影』（昭12）の「著者年譜」には「（大正十年）一月より蕪子氏名義に発行しゐたる「草汁」を、余の経営に移し、之を機に雑詠選に当りゐし「鶏頭陣」、「平野」、「ヤカナ」等を一団として一旦「草汁」に合併す。」とある。「平野」や「鶏頭陣」は大正十年以前から発行されていたことがわかる。石鼎の妻コウ子は楠本憲吉との対談で「伊藤左右亭という、これは石鼎に心酔した人ですがね、その人が「平野」という俳誌を大正六年頃から出して、石鼎はその雑詠選をしていました」（「対談俳句史第8回」―「俳句」昭35・3）と語っている。三橋鷹女は「紺」の創刊同人であるが、「紺」の終刊まで所属していたのか、引きつづき「平野」にも参加したのかは、永田竹の春の記述では定かではない。

七　三橋鷹女が夫と共に長子陽一の出征を見送った港

鷹女の一子陽一は太平洋戦争下の昭和十九年、主計将校として中支に出征するが、鷹女自筆の「年譜」の「昭和十九年」には、次のように記されている。

五月十九日、中支派遣軍部隊付主計将校として赴任の途に向う一子陽一を、夫と共に九州博多港に満腔の禱りをこめて見送る。

全句集の「年譜」の「昭和十九年」の文言もほぼ同じである。しかしながら、この「博多港」というのは鷹女の記憶違いである。東謙三自筆の「遠藤家、東家、及三橋家の家系大略」には、次のようにある。

昭和十九年四月陽一陸軍経理学校本科を卒業、即日士官候補生として同期生十五人の総代として共に中支方面に出征する事となりこれが最後の別れとなるやも知れぬ、せめて九州の出発点まで見送ろうと吾等両人一行と行を共にし、九州博多及下の関《(ママ)》の宿屋に二泊し、下関出航の軍用艦上一行と離別した。

また、『成田市史叢書』第二集に収められた「三橋鷹女について」では、三橋陽一が次のように語っている。

私も、戦地へ行くときは、下関の港から朝鮮経由でずっと北支那、中支那の方へ行ったんですけれども、そのときは旅行したことのない母が、珍しく父と二人で私と同じ汽車で下関まで送ってくれました。初めは博多から出る予定で福岡まで行ったんですけれども、船が変わって下関に一晩また余計に泊まったんですけれども、そのときは一緒に行く仲間一五、六人が、一緒だったんですけれども、そのときも父と母が行ってくれてね。最後まで見送りをしてもらって、その帰りに広島だとかいろいろ行ったことのないところを転々と、京都なども降りて見て歩いたらしいんです。

以上二つの資料から、鷹女自筆の「年譜」の「昭和十九年」にある「中支派遣軍部隊付主計将校として赴任の途に向う一子陽一を、夫と共に九州博多港に満腔の禱りをこめて見送る」の「九州博多港」は「山口県下関港」と訂正されねばならない。

八　「ゆさはり句会」の発足

鷹女自筆の「年譜」（「俳句研究」昭46・2）の「昭和十二年」には、

資源局（注・内閣資源局。昭和八年、資源局の人々十数名と牛込句会発足―川名）は廃止され企画院となり、会員離散のため牛込句会解散。その後間もなく日鉄鉱業社内文化部に「ゆさはり句会」発足、毎月、句会に出席、選句講評に当たり、各地に吟行旅行を試る《ママ》など、この会は以降十数年間つづいた。

とある。鷹女は昭和十二年に日鉄鉱業社内文化部に「ゆさはり句会」が発足したと記すが、これは鷹女の記憶違いで、「ゆさはり句会」の発足は戦後である可能性が高い。

戦後、「ゆさはり句会」の中心となって活動した三村勝郎は、次のように記す。

三橋鷹女さんと私たちとの邂逅は、戦後に始まる。終戦後、世の物情が騒然としていたとき、私たちの職場（日鉄鉱業）の同僚有志が集まって心の拠りどころを求めようと、ささやかな職場句会を持った。師事する方もなく、ただやみくもに句作にふけるようになったとき、たまたま、職場の同僚の一人である大森丈生氏が、この小さな芽に関心を持って入会し、同氏の遠縁にあたる鷹女さんに話を持ちこんでくれたのが、御縁の初まり《ママ》である。（略）鷹女さんを迎えた最初の句会は、当時、まだ焼ビルを改修した四谷の本社（現在は丸ノ内に戻った）で、十名前後の同僚とともに開かれた。（略）このときから、私たちの句会も、それまでの「半月句会」から「ゆさはり句会」と改称し、名実ともに新たな出発を誓うことになった（略）会を重ねるにしたがって、新たに剣三先生も御一緒にお迎え出来るようになったことは、また私たちの大きな喜びであった。昭和二十五年の春の一日、私たちは私の生まれた土地、横浜で吟行会を行なうことが出来た。（略）その他、毎年のように、葉山の海の家、箱根の山の家などに泊りがけの吟行会を持つことが出来た（略）その後（略）会員の中にも、停年で退職する人、お嫁に行く人などが次々に出てきて、メンバーも入れかわり全国に散ってしまったので、「ゆさはり句会」も、しばらく中絶の時期がつづいた。しかし、昨年、東京在住の元会員有志が音頭をとり、鷹女さんを中心に「ゆさはり通信句会」が、北海道から九州に及ぶ旧会員を結集して新たに結成され、再度、活動期に入った（「三橋鷹女と「ゆさはり句会」」――「俳句研究」昭46・2）。

この文章が執筆されたのは掲載誌の発行から逆算して昭和四十五年十二月ごろだろう。「ゆさはり句会」の経緯は、敗戦後間もなくのころ、職場の同僚で鷹女の遠縁の大森丈生の縁で鷹女を迎えて発足。昭和二十五年ごろからは、毎年のように泊りがけの吟行も行い、活発だったが、その後、会員の諸事情でメンバーも入れ替わり、全国に散ってしまったので、会はしばらく中断。昭和四十四年に再び旧会員が結集して鷹女を中心に「ゆさはり通信句会」を結成した、という。

この三村勝郎の記述を裏づける貴重な資料として、『市民が語る成田の歴史』（成田市史叢書第三集・成田市立図書館編集・成田市教育委員会・平12・3刊）に収録された「ゆさはり句会と三橋鷹女先生」がある。これは「ゆさはり句会」会員七名が座談会形式で「ゆさはり句会」の歴史を語ったもの（司会・成田市立図書館寺内博之）。その中で、「ゆさはり句会」発足にかかわる主な発言を拾ってみると、

「日鉄鉱業というのは八幡製鉄（日本製鉄から現在新日本製鉄）の時、製鉄部門と鉱山部門の二つがあったわけです。それが、昭和十四年に鉱山部門が日鉄鉱業に分離して新しい会社となったわけです。」（羽磨富男）

「俳壇では昭和十二年に牛込句会解散。そして日鉄鉱業社内サークルにゆさはり句会発足云々となっています。この部分が違うのです。」（三村ふく子）

「間違いありません。みんな気になっていたんですよ。」（一同）

「ゆさはりの前は半月句会というのをやっていたんですけど、さっぱりだめだというので大森丈生が「おれの親戚（鷹女の夫である東謙三氏）の嫁さんに三橋鷹女という人がいるので今度連れてくるから」ということで、三橋鷹女先生が見えたんだと思います。（羽磨富男）

「僕はね、ゆさはり句会の第一句集『ゆさはり』（昭和三十年九月一日発行）の濱東一郎さんが書いたあとがきに「ゆさはり句会に鷹女先生をお迎えしてから昨秋で六年になりました」と、これを逆上っていくと、ゆさはり句会の名称にしたのは、二十三年ないし二十四年の秋ぐらいになるわけ。」（安村和馬）

この座談会の最後には、座談会の諸発言に基づいた「ゆさはり句会略年譜」が付されている。それによると、昭和二十三年～二十四年に「社内サークルゆさはり句会が誕生する／鷹女先生を迎え四谷本社ビルで最初の句会、／月に一回程度の句会を開く」とある。また、「ゆさはり句会」が中断するのは、昭和三十六年以後であることがわかる。これを鷹女自筆の「年譜」の「昭和十二年」にある「この会は以後十数年間つづいた。」という文言と照合すると、「ゆさはり句会」発足（昭23～24）から中断（昭36～37）まで約十三、四年で、鷹女の文言と符号する。もし、昭和十二年の発足だとすると、中断まで約二十四、五年ということになり、鷹女の文言と大きくずれる。以上のことから、「ゆさはり」句会の発足は、鷹女の「年譜」にある昭和十二年ではなく、「ゆさはり句会」の会員たちが言う「昭和二十三、四年ごろ」とするのが妥当であろう。

［付記］

関東大震災で罹災した東鷹女は、後年「私は気を失つてはゐなかつた。足を拉がれ、嬰児を抱きしめた私が、崩れ落ちた土蔵造りの母屋の底から助け出された時は、隣町は炎々と燃え上り、轟々と鳴りどよむ海鳴りに続いて、余震の波がほ絶え間なく襲ひ来るのであつた。」（「鴟」――「俳句研究」昭15・9）と回想している。

ゆさはり句会略年譜

年月日	ゆさはり句会出来事	鷹女先生に関すること
明治32年		12月24日成田町に生まれる
大正11年		3月30日東謙三氏と結婚
昭和8年		市ヶ谷牛込柳町に転居 句会を自宅にて開催する
昭和14年	日鉄鉱業が設立	
昭和15年		第1句集『向日葵』刊行
昭和16年		第2句集『魚の鰭』刊行
昭和22年	3月～4月に三村勝郎氏の呼びかけで社内で俳句のサークル「月曜句会」が発足する。 その後社内の他の課の人も参加するようになりサークル名を「半月句会」と改称する。 大森丈生氏らが鷹女先生の自宅（牛込）に俳句を持って行く 大森丈生氏と鷹女の夫である東家とは遠縁に当たり、大森氏が鷹女の存在を会員に紹介する	
昭和23年～24年	この頃社内サークルゆさはり句会が誕生する 鷹女先生を迎え四谷本社ビルで最初の句会、月に一回程度の句会を開く。	
昭和25年	春、横浜で吟行 冬、日鉄鉱業ダンス部主催のダンスパーティーが京橋で開かれ、鷹女先生や長男陽一氏が出席する 以降毎年のように吟行が行われ先生ご夫妻で参加された	
昭和26年頃	箱根吟行	
昭和27年頃	葉山の海の家吟行（葉山海の家は毎年行っていたらしい）	第3句集『白骨』刊行
昭和30年	9月、第1句集『ゆさはり』刊行	
昭和34年頃	鷹女先生とともに群馬県で吟行	
昭和36年	1月、第2句集『叫鹿』刊行 12月、築地の灘万で行われた『羊歯地獄』出版記念パーティーにゆさはり句会会員全員招待される	第4句集『羊歯地獄』刊行
昭和44年	第1通信句会を開始する	
昭和45年		第5句集『橅』刊行
昭和47年	鷹女先生死去のために通信句会が自然流会する	4月7日死去、享年73歳
昭和59年	鷹女先生の13回忌、お墓参りと再起句会を成田で開催し通信句会（第2期）を再発足した。	
昭和60年	第3句集『暁掌』刊行	
平成元年	第4句集『鷹天』刊行	
平成6年	第5句集『織影』刊行	
平成11年	11月第83回通信句会開催	
平成13年	第6句集『杪葉』（うれは）刊行	
平成17年	第7句集『たきしろ』刊行	

（『成田市史叢書第三集』に基づき作成。一部補足）

真砂女の海――昭和十年代（「春蘭」「縷紅」時代）の鈴木真砂女

一　安房の海――二つの風土と文化圏

鈴木真砂女は鴨川の前原海岸を正面真近に臨む老舗旅館・吉田屋の三女に生まれ、私は館山市に隣接した平久里川流域の滝田村増間という農山村に生まれた。平家部落と言い伝えられた、今でも山深い集落だ。安房国という地縁はあっても、平久里川流域の平群《へぐり》郡（中心は館山市北条）と加茂川流域の長狭《ながさ》郡（中心は鴨川市）とでは風土や文化圏を異にする。東京湾に面し、東京が近い館山文化圏の方が早くから開けていた。気候・風土にしても、真砂女は『生簀籠』（昭30）の巻頭で「初凪やものゝこほらぬ国に住み」と詠んでいるが、私の幼少体験では雪も降り、氷も張った。父や祖父は「今朝は氷が張って、てんぽんひゃっけえ」（とても冷たい）、「今日はならい（冬の西風）が吹いて、さびい（寒い）」とよく言っていた。

真砂女は「きさらぎのあけくれ波の音ばかり」と詠んだとおり、外房の荒い濤と潮騒を毎日、見聞きして育ったが、私は中学の遠足で誕生寺やおせんころがしに行くまでは外房の海は見たことがなかった。ただ祖父や父が「今日はいなさ（台風季の強風）が吹いて東の海が鳴っている」と言うのを聞いて山襞々の彼方の荒海を想像するばかりだった。

私が親しんだ安房の海は小学校の遠足で毎年行った那古船形の海岸と高校時代の北条海岸（鏡が浦）である。まぶしく光りながらおだやかに寄せては返すさざ波。その渚の砂の中には浪の子（小貝）が眠っていた。
外房の大波に両手を広げた前原海岸と鏡が浦の小波を抱く北条海岸。これが安房の海を象徴する二つの顔だ。

二　真砂女の海――そのエリアと二つの作風

かつて安房に地縁のある俳人として四人の俳人がいた。関東大震災で自宅が倒壊した那古町の三橋鷹女。「雲母」の古老として戦後も活躍した丸村の間立素秋。「旗艦」などの会員だった鴨川町の刈込砂吐子《さとし》。渡辺白泉らの「風」同人だった船形町の飯島新松子。しかし、真砂女は地縁に因らず、昭和十年に急逝した長姉柳《りゅう》（俳号梨雨女《りゅうじょ》）が「蕉風」主宰の天野雨山に師事していた俳縁に因り、翌十一年一月に創刊された「春蘭」に投句、大場白水郎らに師事した。また、同年、一回り違う義兄と再婚、吉田屋の女将となった。「春蘭」は情趣・調べ・季語・切字を重んじた伝統派の俳誌だが、「天の川」や「句と評論」等の斬新な作風も論評するなど開かれた俳誌だった。

どこまでの古街道や夏霞　　白水郎『縷紅抄』
矢車《やぐるま》草の色とりどりに吹かれをり　　白水郎『縷紅抄』

真砂女は以後、「春蘭」（昭15・5終刊）「縷紅」（昭16・1〜昭19・1）の同人として、こうした作風を学んだ。

冬の海昼顔枯れて居りにけり　　安房　鈴木真砂女

他一句が「春蘭」昭和十一年二月号に初入選。因みに同年五月号には私が師事した高柳重信の中学生時代の句、

高々と煙突たてり春の空　　東京少年高柳重信

が初入選しており、奇しき俳縁を感じる。真砂女は、十一年十二月から銀座六丁目の交詢社ビル慶応倶楽部で始まっ

た「水仙会」（月例会）には毎月出席した。当時、鴨川から両国まで汽車に乗り、交詢社ビルまでは五時間以上はかかったろう。義兄との夫婦仲が必ずしもしっくりしなかった分、俳句への情熱は高まったのだろう。

真砂女が親しんだ海のエリアは鴨川町を中心に東は天津町の鯛の浦から南西は白浜町に及ぶ外房の海。

春の雨鯛の生洲《ママ》にしづかなり　（『春蘭』昭14・5）
二階より嶋々見えて風光る　（『春蘭』昭12・5）
春寒く江見和田浦は荒磯かな　（『春蘭』昭12・4）
なか〳〵に海女浮いて来ず春風寒し　（『縷紅』昭17・8）

詠む対象は海辺の生活から嘱目する四季折々の波・風・魚介類・植物・生活の営みだが、それらが俳句的着眼と巧みな表現によって繊細な動静・濃淡を捉えており、すでに戦後の『生贄籠』以降の作風の骨格が窺われる。

春潮や捕へし章魚のたあいなく　（『春蘭』昭15・5）
寄するより引く汐早き秋日かな　（『縷紅』昭17・8）
ほつ〳〵と小鯵捕れ来ぬ夏隣　（『春蘭』昭12・7）
潮落ちて春月屋根にかゝりけり　（『縷紅』昭18・5）

特に冒頭句は私の推賞句。春の大潮のころ、岩礁の間から出てきた章魚を素手で捕えて、浜に持ってくる。浜に上げられた章魚はもうぐにゃとして、実にたあいないものだ。

鉱脈は海へと走り大南風　（『春蘭』昭12・9）
紫陽花や女は情《こころ》厚きもの　（『縷紅』昭16・9）

の二句は大景と女心の核心を大摑みにした対照的な句。真砂女には初期の頃から繊細かつ単一的な自然詠と嘆かいの心情詠という二つの作風が潜在していた。その資質を見抜いていた師の久保田万太郎は『生簀籠』の序に自句「生簀籠春かぜうけてゆれにけり」「あきかぜにふるゝあはれや生簀籠」を引き、あなたはどちらをとりますか、と問いかけたのだ。抒情を重視して感傷を排した万太郎。だが、真砂女が、安房の海から戦後、嘆かいへ傾斜したのは抑えがたい女心ゆえだろう。

飯島晴子論——俳意たしか、ニュートラルな世界

俳句の創作方法や創作過程に極めて意識的にかかわろうとする俳人たちに多大な影響を与えた言説は、高柳重信の〈「書き」つつ「見る」行為〉（「俳句」昭45・6）である。この言説への誤解（誤解は多くの伝統派や「海程」などにも見られたが）から飯島晴子の評論と作品が始まった。それが自己の資質に逆らった『蕨手』（昭47）から『朱田』（昭51）への混濁、錯誤の展開だった。これは奇矯な説ではない。

では、飯島の誤解とは何だったのか。高柳は次のように書いた。

> 僕にとつて、感動とは、時に言葉のなかに何かを見た場合の感情である。要するに、僕は、ある時、一つの言葉に出会う。（略）このあとは、ちょうど十七字の分量のコップのなかに、すでにある言葉が招いている言葉を次々と流しこむだけである。（略）こんな作業を、現実に紙の上に文字を書いてゆくというかたちで行つていると、ふと、何かが見えたような気がする瞬間がある。僕が、その言葉を通して、何かを見たと信じ、それを見たことによつてなにがしかの感動めいた興奮が生まれたとき、それは僕の作品として書きとめられる。

この言説の意味するところは、作品は言葉によって仮構された言語空間であり、見るべきものは言葉や文字や心象《イメージ》が誘発する連想や映発の中で見えたときに、俳句として文字に書き留められて、初めて顕在化する、ということである。

だが、高柳の言説を世に「言葉派」と括ったように、言葉プロパーの創作方法と見る誤解が生じた。高柳は常々、俳句にかかわる者の前提として、自己の生の基層に根ざした重要な主題を内包すべきことを説き、また、句柄の大きな句を作るには人間が大きくなる必要を説いていた。だから、高柳が説く、言葉の中に手応えのある何かが見えた瞬間とは、生の基層に触れるような潜在的な見るべきものが言葉の中に顕在化した瞬間と言っていい。世人と同様、飯島にも潜在的な見るべきものを見落す誤解があり、その上、見るべきものの出現過程を言葉の取り合わせという技術論と受け取る誤解が重なったのではないか。『蕨手』から『朱田』への句業から、飯島の見るべきものが伝わってこない要因はそこにあるのではないか。飯島の言説を引いてみる。

俳句作者は、全くの素人の着流しで、いき当りばったりの手近の入口から何の予定もなく、とにかく入る。（略）言葉の偶然の組合せから、言葉の伝える意味以外の思いがけないものが顕《た》ちのぼったり、顕《た》ちのぼりかけたりすることを体験した（「言葉の現れるとき」―「文学」昭51・1）。

何の予定も目算もなく言葉と絡まってもがいていて、何かの拍子でカタッと一つの言葉がうごくと、それらの言葉の絡み合いの向うに、いままで見たことのない世界が（略）展けることがたまにある。こうして私は、事物のなかに直接的に世界を見ようとするより、言葉のなかに間接的に世界を見ることに熱中した（「写生と言葉」―「青」昭50・8）。

高柳の言説を下敷にしたこれらの言説には前記の二種類の誤解が窺われる。前者の誤解から連作俳句を否定したりもする。（「水原秋櫻子の意義」昭55）。また、傍線部の表現からは、どんな俳句も言葉に表現されて初めて世界が顕在化するという言語空間への透徹した認識に至らぬ危うさが窺われる。「散文の言葉と実物との間はおおむね地続きであるが、詩の言葉と実物との間には、解明不可能の深い闇の溝が横たわっている」（「言葉桐の花は」昭56）などがその証左だが、こうした認識は自己の俳句の言葉の力に関する検証の危うさとも無縁ではなかったと思われる。

作品を検証しよう。

これ着ると梟が啼くめくら縞　『蕨手』
さるすべりしろばなちらす夢違ひ　『朱田』
色鳥やだるき柱を授かりて　『朱田』
天網は冬の菫の匂かな　『朱田』
人の身にかつと日当る葛の花　『朱田』
蜆汁深空のなかはさだまらず　『朱田』

これらの『蕨手』『朱田』を代表する秀句。成立の過程の追尋は困難だが、自句自解に「天網と冬の菫とは、言葉としては悪くない配合」とあることなどから、取り合わせの技法に因ったものかもしれない。ともあれ、結果として取り合わせの絶妙なアナロジーによる詩的交感が生じ、世界が立ち顕われる。たとえば、夜行性で昼は目が見えない梟と紺無地の着物・めくら縞という言葉との交感など。

だが、『蕨手』『朱田』は、

さくら鯛死人は眼鏡ふいてゆく　『蕨手』
白味噌の甕の中ゆく旅人や　『朱田』

のような結像が混濁した句や、

孔子一行衣服で赭い梨を拭き　『朱田』

のような、いわば絵空事の結像句が中心。ここには意外性に富んだ言葉を取り合わせて斬新な像を立ち上げることを目的とした志向が窺える。それは「秋の芽」「秋の婿」「朝山の朝」など、頻出する強引なフレーズにも表れているが、それを象徴するのが『朱田』という造語。「赤土」「赭田」とでもしなければ、太古の時代は立ち上がらないだろう。さらに言えば、「ベトナム動乱キヤベツ一望着々捲く」など、いわゆる社会性俳句の悪しき後遺症を引摺る句や、「黒い手をいつぱい放ち葡萄の丘」など、前衛俳句の喩のコード化に陥ったような句も散見する。

以上を要するに、『蕨手』から『朱田』への句業は、取り合わせによって新奇な像を立ち上げようとして自己の資質に逆らって背伸びし、言葉の中に見るべきものが未だ混濁した状況を呈したもの、と結論づけられよう。飯島は、後年、「私も非写実で瓦礫《がれき》の山を築いた時期があった。だが瓦礫の山がなければできなかった句もある。」（「私の俳句作法」平2）と省察した。それはその通りだが、「俳句はどんな作法を用いても、瓦礫の山のなかから少数の成功作が得られるという詩形」（同前）というのは、俳人独自の様式（作風）の確立を無視した誤解だ。それは、飯島が独自の様式を確立した『儚々』（平8）の秀句群が何よりも証明している。

＊

飯島は創作過程にかかわる自己の資質について、初期から自覚的だった。「私は机に座る前に吟行をして歩き回らないと俳句が出て来ない。これは本当ではないと思いながらも四十年近く、毎月儀式のように吟行をしている。」（「わたしの吟行」平8）「俳句に出会った最初から私のなかには写実へ傾く要素があり、作法としてもずっと潜在的に在ったと思う。」（「私の俳句作法」平2）というのがそれだ。この、足で歩き、目で見るという、いわば実の人としての資質が、「私のなかにまず何らかの思いがなければ、どんな景色を見ても何も起こらないということも経験した。」（「私の内部の景色」昭55）ことと出会ったとき、飯島の資質に基づく見るべきものの発見の端緒があったのではないか。

その時期は定かではないが、その端緒は、昭和五十年ごろの飯島のホトトギス的俳句発見ではなかったろうか。「咲きひらいている睡蓮からすこし離れたところに、睡蓮の蕾が二つ三つ水の上に首を出しているのが眼に入った。そこで私にひらめいたのは、これはホトトギス的瞬間ではあるまいかということであった。」（「写生と言葉」昭50）。これは作品で言えば、『朱田』の末期の「人の身にかつと日当る葛の花」などが該当しよう。飯島にとっての見るべきもの、根源的なモチーフは俳句的発見、つまり俳意たしかな自由闊達の世界の発見と言っていい。端的に概括すれば『春の蔵』（昭55）以後の句業はその実現を目ざしたもので、その頂点が『儚々』ということになる。

うしろからいぼたのむしと教へらる　『春の蔵』

鳶尾草《いちはつ》にさつぱりとした顔を出す　『春の蔵』

月光の象番にならぬかといふ　『春の蔵』
逝く年のやさしきものに肉糯袢　『春の蔵』
茶の花に押しつけてあるオートバイ　『八頭』
金蠅も銀蠅も来よ鬱頭《うつあたま》　『八頭』
麦莚四隅ほつれてゐたりけり　『八頭』
金屏風何んとすばやくたたむこと　『八頭』
でで虫の繰り出す肉に後れをとる　『八頭』
みぞはぎは大好きな花愚図な花　『寒晴』
老爺ゐて柚《ゆず》かと問へば柚《ゆう》と云ふ　『寒晴』
ぼろ市の嵐寛《あらかん》のブロマイドかな　『寒晴』
蛍の夜老い放題に老いんとす　『寒晴』
寒晴やあはれ舞妓の背の高き　『寒晴』
猪の這入りし稲田どれどれと　『寒晴』
初夢のなかをどんなに走つたやら　『僾々』
干大根いまはかけがへなきいろに　『僾々』
豆ごときでは出て行かぬ鬱の鬼　『僾々』
さつきから夕立の端にゐるらしき　『僾々』
萍のみんなつながるまで待つか　『僾々』
芋の露真ん中に寄せ気の済めり　『僾々』
翔べよ翔べ老人ホームの干布団　『僾々』
たんぽぽの絮吹くにもう息足りぬ　『僾々』
柏餅餡片寄るも大事なし　『僾々』
陰岩《ほといは》を蹴りもしてみる寒さかな　『僾々』

これらが日常生活の些事の中に飯島が発見した俳意たしかな自由闊達の世界。これらの句の一句一句は俳句的発見の手掛りとして主に一人だけの吟行を重ねることを通して苦吟の末に成就したもの。これらの句に共通して見られるのは、斬新な俳意の発見のために様々な俳意崩しが行われていることである。たとえば、「初夢」の中の懸命な走りに口語文体を使い、あるいは「茶の花」に風雅と隔絶したオートバイを押しつけてみたり、あるいは三橋鷹女の「つはぶきはだんまりの花嫌ひな花」の句をプレテクストにして「大好きな花愚図な花」ともじってみたり、と。

それらの中で他の女性俳人と違って、飯島の特徴が顕著なのは、「金蠅も」「蛍の夜」「豆ごとき」の句である。これらの句は自己の鬱や老いの意識が背後にあって詠まれた句だろうが、それを内向的に詠まず、自己諧謔的に詠んでいる。飯島の句には自己の肉体へのナルシズムや、女性的な情念や、境涯の情緒的な詠出は見られない。鬱の句のように自己の境涯にかかわった句を含めて先に列挙した『儚々』を中心とする秀句は、いわゆる女性性が希薄で、極めてニュートラルだ。要するに、飯島が確立した世界は日常の些事に根ざしたニュートラルで、俳意たしかな自由闊達の世界と結論づけられよう。句集で代表させれば『儚々』となる。これは女性俳人の中では独自な位相だ。強いて近い俳人を挙げれば、細見綾子だろう。細見にも、

　雪合羽汽車に乗る時ひきずれり
　蕗の薹見つけし今日はこれでよし

のような俳意たしかな自由闊達の世界があった。

最後に『平日』（平13）に触れておく。

　わたくしに鳥柄杓はまかせておいて
　柿の棹あれにもこつがあるのかも
　ばか生りの柿の下にて亡国論
　丹田に力を入れて浮いて来い

など、『平日』にも俳意溢れる自由闊達な秀句も散見されるが、全体として俳意が活発化していない。俳意を打ち出すためには、その根底に持続的な気力がいる。その点、老齢と病いの中で、『平日』は辛い句集ではなかったろうか。

新資料で読み解く新興俳句の興亡

富澤赤黄男没後五十年　句日記「佝僂の芸術」初公開

富澤赤黄男はいわゆる十五年戦争という厳しい時局下、私生活上でも不如意な状況下で二冊の句日記を書き遺している。すなわち、一冊は「佝僂《くる》の芸術」と題する昭和九年九月二十日から同十二年九月九日までの三年間のもので、第一書房の「自由日記」（判型は14㎝×20㎝でA5判より若干小さい）に記されている。もう一冊は赤黄男に日中戦争の動員令が下り（昭和十二年九月十二日）、十一月に中支へ出征したときの「憂々とゆき憂々と征くばかり」から戦後の「太陽系」第二号（昭21・6・30）に寄稿した「春」と題する九句の草稿までのもの。こちらは建設社の「日記」（判型は15㎝×20㎝でA5判より若干小さい）に記されている。「映像（イメージ）の詩人」と呼ばれ、現代俳句を近代詩の水準に引き上げる独自の画期的な様式をうち立てた富澤赤黄男の没後五十年に際し、ここに初公開の句日記「佝僂の芸術」を抄出して、紹介する。

佝僂の芸術

おのれが／いのちこそ／いのちなれ／　赤黄男

本当に俳句をやりたくなつた。旗艦が創刊せられる事は現在の僕には初めて俳句を心から初《（ママ）》める気を起さしめる。旗艦の発刊と父の重患と、生活の不安と僕自身の進路の不確と何もかも一緒に蔽ひ来たこの年。昭和十年よ。苦みも悶も、憂も愁も、情も思想も、みなこの日記に書きつゞりて、病の父に与へんと思ふ。

人間の眼は如何に完全な時でも
所詮は曇つた悲しい鏡に過ぎない。
　　ボオドレエル

「ボオドレヱルの秋の歌」より　青嶺十二月号自選句
○秋の暗黒《ヤミ》枯枝の音をみなぎらし
○わが魂《ココロ》おののき秋の響《オト》をきく
○秋の閨房くらきに海の陽を恋へる
○わがいのち晩秋《アキ》のひかりにぬかづきぬ（注・この句は棒線で抹消されている）

十一月二十四日（注・昭和九年）
幻想　天の川一月号へ
　貪婪の青蛾の眼闇にひらく
　白蛾舞ひ青蛾は闇を闇をける
　白蛾まふ夜のおもひに堪《ママ》えかねて
◎白蛾まひ青蛾はいのちかけて舞ふ
　青き蛾は白き蛾に添ふ翅をふるふ
　月魂をまふ蛾のいのちながけらし

十二月十五日
暴力……改作　天の川二月号へ
　起重機の腕荒海を吊り上ぐる（注・「海」の右に「波」とある）
◎起重機のチエーン寒禽は近よらず（注・「寒禽は近よらず」の右に「寒禽を近よせず」とある）
　起重機が鋼鉄板《マガネ》をつかみ冬空へ
◎起重機がたてし腕は雪を呼ぶ
　起重機は聳《タ》ち雪嶺をかへりみず
　起重機は飢え寒風にうそぶける

一月十三日（注・昭和十年）
「天の川」へ原稿を送る。『河川を素材とした、河川に取材した俳句の鑑賞』――十五枚……（天の川よりの申出による）（注・「一月十三日」の上部に「一月十三日砕壺氏ヨリ葉書来ル」とある）

一月十二日
旗艦第二号来る。四冊の中二冊を八幡浜今田、坂本両氏に贈呈す、（「文学」分析）――拙文掲載あり

一月十三日
砕壺氏より「銀河」送付し来る。

一月十四日
京大俳句二月号来る。

一月十七日
京大俳句一月号遅刊送付し来る
一月十九日
吉岡禅寺洞氏より原稿の礼状来たる。（注・「天の川」三月号に寄稿した「水を歩く」の原稿をさす）
四月十三日
ある会話（俳人の会話）　無季俳句への進展と建設の最初の意図として、
辻馬車の燈《ランプ》のやうな貝がある
さゝやきは玻璃窓にきえたオキシフル
甘い歯が燃えてゐる名門の庭
黄の壁が冴してくる　片翳（注・「壁が」の左に「パイプを」とあり、「が」の右に「を」とある。また「片翳」の右に「音響学」とある）
紙切刀が暗記してゐる象徴文字（「紙切刀が」の右に「カミキリの」とある）
（注・右の五句は大きな×印で抹消されている）
うすき雨ふりいで麦の穂はあをき
菜の花に波の光のてりかえす《（ママ）》

四月十六日
詩をつくつた時ほど
寂しい時はありません
それは
詩が私を慰めるからです
慰められるといふことほど
寂しいものはありません
慰められることがなかつたら
私は
もつと強い人間になつてゐたでせう、
四月十八日
『土龍』
男は
女の胸の中で、（注・「胸の中で」の右に「乳のした、りに」とある）
土龍のやうに濡れてゐる、
（注・右の短詩は『土龍』という題を含めすべて棒線で抹消されている）
—○—○—○—
俳恋人は土龍のやうに濡れてゐる、

黄い（ママ）声　富澤赤黄男

新興俳句は、流行であるか。それはかなしい「さくら音頭」であるか。

そうだ、指向する自我の、刻々の永遠の流行である。

×

新興俳句は解放であるか。

解放は上昇する。そして、凄烈な理想へまで上昇する。

解放は、強制と諦観のロープを截ち切つて上昇する。

×

創作する姿。

　球体

　　円錐体

　　　多角錐体

僕は最後のものをとる。

×

「自己の作品を、傑作だと信ずることの出来ないものは、文学をやめたまへ」と

僕も、さう信ずることにする。

×

季題――従軍徽章

「俳句は裸になりて恥づるところなかりき」

――○――

窓秋といふ人は、正直な人であつた。

×

俳句研究六月号　文学形式としての「俳句性」……栗林一石路氏を読む。即ち俳句性……「三脚の法則」に根拠し　即ち「三つの観念群」によつて成立するもの――俳句。と

　1　2　3

盤然と草が。　のしかゝつて枯れて。　骨ばかりの塀で

……一石路

　1　2　3

シヤボン玉の中へは　庭は這入れない　周囲《まはり》をくるくる廻つてゐる………コクトオ

あゝコクトオは　俳句作家でもあつたのか。

（注・右の「黄い声」は「旗艦」七月号に掲載された）

俳壇四月記、山口誓子がホトトギスを出た。そして馬酔木へ客分となつた、俳壇の伊達者な旅人《ニン》さんである、草鞋をぬいだのが先づ馬酔木お江戸の秋桜子親分宅なんだ。

こゝで仁儀（ママ）をすまして杯を返へ（ママ）したホトトギス親分への挨拶状も一寸面白い。三羽烏や十哲の中で青邨が淋しがつてゐる、

草田男なんてまだ青いホーバイにや誓子の生一本さは判らねえ。

五月四日　旗艦　七月号

星
夜を游ぐ南洋航海の羅針盤

夜
○恋人は土龍のやうに濡れてゐる

初夏
○南国のこの早熟な青貝よ

月光
○膝の上に真青な魚がおちてゐる

光
紫外線　黄蜂ゆるゝ縞々々

追慕
妊娠をしてゐる水へ柳ちる

女
○春宵の黄金色の鳥瞳に棲める

青潮
海女の乳房にみなぎれよ海潮音

霧
○魚の背のマスト角燈皃をゆる

赤道
マドロスはバナナのやうな月を恋ふ

以上十句。

六月三日　僕の俳句は／堆積の俳句であるか／五月二十四日、天の川　五冊分送金（六月分）

（六月二十七日以後）

俳句は詩である　富澤赤黄男

俳句は詩である。といふことは、その本質が詩的であり、その内容が詩的であり、その精神が詩的であることを意味する。

現代詩人は「詩《ポエジー》」を詩的本質、詩的内容、詩的精神として適時適応に流用してゐるやうである。

俳句は「詩《ポエジー》」に基立する点に於て、一般詩と何等異るところをもたない。即ちその本質に於て何等の相違あるべきではない。

表現が内容であるといふなれば、その意味に於ける詩《ポエム》としての発現の上に、十七音調なる範囲制限を、特に摘出し、指向するであらう―その特異性を示す事が出来るに過ぎない。換言すれば、俳句は「詩《ポエジー》」の基立に於て、五七五調の範疇に於て、詩を発現し、一般詩《ポエム》を超過する詩《ポエム》だと言ひ得るであらう。

俳句は詩である。

俳句は強靭なる詩であるという意味には、俳句の弾力性、柔軟性が含まれてゐる。

「詩《ポエジー》」の発現として俳句形態、五七五調形態をとる所以のものは実にこの凝集的弾力性を愛するが故に外ならない。

「詩《ポエジー》」は、極度に凝結され、圧結されて、かの狭少な容器に盛らるゝがため、その発現はより極度に弾撥する。切迫性はこゝより発し、強靭な結晶として光る。

五七五調は、十七といふ数の故を以て短詩としての緊密性を云々されるのではなく、五七五の粘着による弾力的流露さの故を以て採択される。

盛らるゝ文学的意慾の凝結、と発現さるゝ表現態の緊迫とが相関した詩《ポエム》として俳句を讃《（ママ）》えねばならない。（略）

俳句は詩である。

現代文明の高度の多様複雑性は、詩《ポエジー》の多様複雑を必然しなければならない。

現代詩人のそれは明かに従前の詩人のそれと著しき特異をもつであらう。

現代作家の詩《ポエジー》は、より人間化し、肉化する。

意識、観念、欲望は、より現代を生活する「人間」としてのものとして逞しく肉化されつゝ、裸となつて奔走するであらう。

文学は現代意識の赤裸々な発現としてある。

「詩《ポエジー》」は裸形のスピードと飛躍を当然とするであらう。

蠢めくファンテジーは、それは絶えざる飛翔をつゞける。個性の、ファンテジーは、現実の外に一つの世界を創る。このオリヂナルな世界での「詩《ポエジー》」の莞爾たる姿。現実を摘出する知性の微笑……作家は何のために作るか……このアンケートは、すくなくともこれを以て答とはならないであらうか。（以下略）

（注・右の「俳句は詩である」は「旗艦」十月号に掲載された）

九月六日
争議（鉄骨争議）
労働と資本の隙に鉄光る
幾何学と力学が蒼空へ伸ぶ
労働と資本の隙に鉄錆ぶる
鉄骨の死角を埋めて人群るゝ
鉄骨のかの断頭台《ギロチン》に風絶えよ
九月五日
五十崎古郷昇天さる、哀悼

十月四日

旅情四、

　繋　船　十二月号自選句四句

○黄昏のカンカン虫はどこへゐつた

○深き夜の波が舷燈《ランプ》を消しにくる

　水母かなしや錨鎖に昏き灯をともし

○月のない夜の煙突の臭おそろし

○甲板は星の砕片《カケラ》でいつぱいだ

十月十四日

十四日上阪　夜　ガスビルに砕壺氏を訪ね伴《(ママ)》に渡辺橋の草城氏を訪ねた。新井牧品氏も来られ茶房にて四人種々快談草城牧品氏と別れ、時に草加江氏来られ三人更に食堂にて食事、更に屋上のスケ！トリンクへ見に行き同夜九時近く別れて帰宅、（略）十九日正午帰町す。（注・当時、赤黄男は郷里愛媛県西宇和郡保内町川之石に住んでいた）

十一月二十五日

十一月廿一日　喜多青子逝去さる、／遂に一度も会ふ事のなくゆけり

一月（注・昭和十一年）

　旗艦誕生一週年《(ママ)》

僕の俳句は同じく一年を経ぬ、既に作歳三年、その間「泉」に依つて句作を続けたれども、省みて如何に自己の色彩の浅かりしものばかりなりしぞ己の進むべき望みて止まざりし文芸への情はいかに無残に叩かれしぞ。漸くに己のものとして心に喜び自らをこれに駆らしめるべき依らしむべき旗艦の新しき興起の下に唯一途莞爾として今ぞある！句才四才なれど実は以つて一才を経たるに過ぎず、我いま漸く句才一才を経たる、ひたすらに望むべし赴くべし

一月廿八日

無題

　家を売る紅き椿の花《(ママ)》ける家

古郷を去りゆく顔に雪降れり

馬車につむありなしの荷に雪降れり

つや、かに売り残りたる海鼠の火鉢

古郷よここより曲る雪のみち（注・この句は棒線で抹消されている）

二月九日

本日愈々内子へ向つて家を出る、荷物を醤油会社の貨物に頼《(ママ)》込んだ。

働くことは希望への最初の段階だがその希望と同時に故郷を去る惜別の懐感《（ママ）》　父母を残すべき骨肉の愛愁《（ママ）》と更に今後の生活を如何になすべきやに思ひ至るとき果してこれが希望と光明に一人喜ばるべき出発なりや、山の町内子町にはいまだ雪ふりしきれり（略）夜十一時過ぎて漸く内子町に到着　忙々と荷を下して深夜の冷き空気を吸ひたり（略）
（注・赤黄男は岳父菊池愛太郎の関係の酒造会社へ入社。愛媛県喜多郡内子町の菊池家へ転居した）

三月二十日
笠原静堂より見舞状が来た、（注・赤黄男は二月二十三日～三月五日まで急性肺炎に罹った）

四月六日
四月締切の作品が出来さうもないので気がいら〳〵してくる
今夜と明日とで頑張らねばならない。
俳句新聞の幡谷氏より来信、
渡辺白泉君よりも来信
　書中の句に
　　断層と海とあかるくはるのあめ
　　黒猫の瞳に春雨はふりにしか
とあつた。第一句を特に愛する、第二句は氏の詩感の上に「鶏たちにカンナは見えぬかもしれぬ」があるので全体感として一脈類似してゐる気がして第一句には比せられまい。白泉氏は小生にあまり無理するなと言つて来て呉れた、感謝の外ない。（略）草加江、砕壺共書で来信、小生の身体を心配して頂いた。深く友情を感ずる。日誌に俳句の作品が埋らず。どうもいかんぞ！

九月十六日
幡谷梢閑居君より来信、
内田暮情氏を中心として原新興俳句諸士《（ママ）》の結束の下に新俳誌『螺旋』発刊の由同慶す、同人参加の勧告なれども、同人名を差し控《（ママ）》さして貰《（ママ）》らひ単に賛同者として仲間入をする事に返事をしたり
同日、桃史兄より来信　口語俳句についての考察を書けと言ふ、出来さえ《（ママ）》もない、言ひたい事は多々ある　ペンを持つのが嫌だ。然し――

九月十九日
改造社「俳句研究」編輯部より句稿依頼状来る、

九月三十日

ベリカン《ママ》（駝鳥）　俳句研究十一月号送稿九句

○ベリカンは秋晴れよりもうつくしい
秋の風駝鳥は歩るく《ママ》大股に（注・この句は棒線で抹消されている）
○秋の翳にはペンギン鳥をひとつおく
○秋の日が墜ちる駱駝はかんがへる
○孔雀の羽根が噴水になつた夕焼
○秋の風ふいてゐる駝鳥大股に（注・この句は「俳句研究」十一月号では二句目にある）
○黒豹はつめたい闇となつてゐる

×

○どんぐりがころがる音のノスタルジヤ（注・「俳句研究」十一月号では「郷愁《ノスタルジヤ》」とある）
○落葉ふる青白い想ひ出ばかり
○ふりむいてみてだれもゐない白い秋（注・「俳句研究」十一月号では「みて」は「みる」とある）

昭和十一年九月

篠原鳳作氏が逝くなられた。
つとに氏と白泉と三鬼を心の相手として
来た僕にはたまらなく寂寥を感ずる、
「泉」時代から共に来た氏であるだけ猶更にいたいたしい、
沖縄の青い詩人は死んだ、
僕は矢つ張り雲彦が頭に残る、

十月二十二日、

こゝに深き決意の下に、大阪移住を覚悟したり　直ちに会社専務へ辞意を述べぬ。「明日を如何にせんや」既に先づこの一事を考慮せざるべからざる吾等の生活をもてり無一文の家族を率て無謀この上なき挙に出でんとする。世の人々よ嗤へかし。常識を離れしこの無暴さを。されど。予とて上阪後の極度の窮乏を知らざるにあらず知り過ぎたるが故に、更に路あらんことを望み希ひて豈てこの挙をなさんとする。苦しきは、悲しきは唯南国を離れゆくこゝろ、真白き蘓の花をつれなくも忘じ果てるにはあらず、桃色の貝の一片を忘じ果てしにあらず、この外に途なきわが身のあはれさを、亦よく知られかし、あゝこの身をきらるる想ひ。

十一月八日

篠原鳳作氏霊前へ左の一句を供へたり
茫々と雲を追ふ雲雲を追ふ雲

昭和十二年となりぬ
憂愁の十一年、焦燥のこの一年、憤怒のこの一年
悲しきも苦しきこの年は今逝けり、
凡てを忘れしめよ、夜を安らかに睡らしめよ、
遠き南国の貝殻に陽よ恵めよ
爽朗の風となりて鶴をとばしめよ、
されどまた風は寒く
われまた愛に渇くかな

一月六日
夕便《(ママ)》にて岩城君より来信、旗艦作家の沈滞を責め来れり、彼の言亦きくべきところあり。正しく陳套に堕せんとするもの、こゝに新しき出発を用意せざるべからず、吾等は常に新しき出発点を用意すべきなり。セルパン寄稿落手の通知来る。幡谷梢閑居より賀状来る。

五月一日
高松夜九時着
五月五日より第三回復南役演習召集のため善通寺へ出発する、五日迄中四日間を高松にて過せり　君島を見　栗木公園をみる、四日、午后三時　善通寺着、

七日（注・五月）、
遂に病床につく。

十二日（注・五月）
再び病床につき二十六日迄演習に出です《(ママ)》して解除となる、
「蒼白の魂　漂へる海月《くらげ》」

六月八日
風昏集
以上これまでの句を一冊にまとめたいと思ひ既に原稿にまとめて題して「断崖」と名付けたり、即ち今日迄、の、そして今日の吾が生活の窮迫と心の、切迫とを表したるものとして名付けたり、

六月十六日
終日（詩）（注・「終日」は棒線で抹消されている）
おち葉の上のおち葉の上の白き雨（この句は棒線で抹消されている）
◎落葉の上の
落葉の上の
雨

雨

二十九日（注・七月）

二十八日

『桃史出征』見送る

砕壺と共に、大手前までゆく。

八月十六日

内子　母、しげ子、謹五、三人来宅　二晩宿つて十八日朝八時十分汽車、にて帰途につく、もてなさんすべもなし。さむ〲とわれあり　第十一師、第三師、動員初《ママ》まる

砂時計　富澤赤黄男

（注・この「砂時計」は「旗艦」十月号に掲載された）

八月〇日

僕の俳句は感傷で埋つてゐるかもしれない。少年のやうにセンチメンタルで、甘いかもしれない。しかし僕は、これらの感傷や甘さの純真さを、世間的な分別臭さで誤間《ママ》化さうとは思はない。（略）心の奥底には、誰がどう言はふ《ママ》とも、あの青梅の香と団栗の淋しさを失ひたくないと思ふのである。無雑のまゝでもつてゐたいのである。

八月〇日

大手拓次の「藍色の蟇」をもつてゐるひとがあれば借りたいと思ふ。

砂時計　富澤赤黄男

（注・この「砂時計」は「旗艦」十一月号に掲載された）

八月〇日

自分は俳句する場合、一度でも自分を誤つたり、誤間《ママ》化したりしたことはない。僕は今日迄多数の俳句を作品したけれど、それがまたどんなに鑑賞に堪え《ママ》ない愚作であつても、決して自己を偽つたことはないのである。作品の「味噌汁」を発表した当時はいろ〲のひとから、ドギツイ感傷、鼻持ちならぬ感傷の故をもつて非情な扱ひをせられたこともあつた。当時の俳句にはまだ厳秘な主観を生地のまゝで投り出して詠嘆するといふ態度があまり見られなかつた。表現の上に新しい方法を持ちつゝなつてきながら、

どこかに俳句的な客観即物的な白さを曳きづつてゐたのである。僕は、自分の惨めな生活陰鬱な環境の中に血のたれるやうな悲痛をかみころしてゐた当時であり、自己の裂帛な嘆き、困憊、暗愁をなにかによつて吐出さねば生きてゆけない気持であつた。

妻よ歓いて熱き味噌汁をこぼすなよ

句の価値評価を云ふのではない。その一聯を詠嘆し、想像せずにはおられなかつた自己の熱情を考へるのである。あるひはひとの言ふ如く小児的感傷であるか、単なる感傷への惑溺であるか、ドギツイ感傷の鼻持ならぬものであるか、それはどうであつてもいゝ。僕は少くとも頭だけで、唇先だけで、詠つてはゐない。僕は僕自身の肉体《からだ》で咏つてゐるつもりである。この作品にひとは感傷と持ち上げる、しかし僕には感傷といつた生ぬるいものなんか含んでゐるとは思つてゐないのである。それでもひとはこれから「感傷」だけを引き出して問題にしようとしてゐた。

表現の不備、魂の不発、拙劣な主観として厳正な鞭の下に引き出されることなしで唯一一見的な態度で「感傷」だけをとりあげようとする同情の無を憤ると同時に批評家が自分の生活環境に安住した態度の批評が如何に滑稽であるかを感じさせられる。

すくなくとも、作品の巧拙価値とは別にしてでも、作者の魂にだけはまつさきにふれてやらうとする態度がない批評は結局作者を誤らしむる責任を自ら負ふべきであらう。

俳句を批評する場合何といままでは作者そのもの、魂のありかたや、作者即意、引いてはなほ環境まで伺つてやる親切さがなかつた。「何がこの作品をつくらしめたか」を考へてやる同情がなかつたといつてよい。

花鳥諷詠派の俳句に対するこれが一番の罰責として残されたものである。彼等は、作品から作者を知らうとする親切といふものを忘れてしまつた。むしろ或は自らそれを捨て去つたといふべきであらう。「何がこれを認めしめたか」と作者自身の中に考へてやらうとはしない。

この態度がつい最近まで俳句批評の態度の中に打消されずに来てゐたのである。風景を自分にいゝところだけこうつま楊子でほり出してみるといつた態度をつひ最近まで俳句批評として肯定されてゐたのだこれは怖しいことである。

解説

新興俳句の代表的な俳人富澤赤黄男と篠原鳳作。赤黄男は「旗艦」において、鳳作は「天の川」においてそれぞれ代表的な俳人となったが、両者は無名時代から山本梅史の「泉」（大阪堺市）への投句を通じて互いを意識していた間柄であった。「泉」への投句は鳳作のほうが早く、昭和五年三月号。

赤黄男は昭和七年二月号。詳細は「「泉」時代の篠原鳳作と富澤赤黄男」（『新興俳句表現史論攷』桜楓社・昭59）を参照されたい。

その後、鳳作は「天の川」の昭和九年十月号に、

しんしんと肺碧きまで海のたび

など新鮮な詩情に溢れた無季俳句を発表する一方、「二つの問題」（「天の川」昭9・9）で「季なき世界こそ新興俳句の開拓すべき沃野」であると主張し、論作両面で先頭に立って無季俳句を推進した。昭和九年の時点では赤黄男はまだ習作時代を脱し切れておらず、「青嶺」「馬酔木」「天の川」「句と評論」などへも投句を試み、自己の俳句の可能性を探っている段階である。

その頃から赤黄男は「佝僂の芸術」と題する句日記を書き始めている。それは「おのれが／いのちこそ／いのちなれ／赤黄男」の言葉を冒頭に置き、昭和九年九月二十日の「枇杷」五句から始まる。そして、赤黄男に日中戦争の動員令が下る（十二年九月十二日）直前の十二年九月九日の「カンナと女」六句（「旗艦」十月号へ投稿）に至るまで三年間のもの。

昭和九年十二月一日発行の第一書房自由日記（定価三円）が使用されている。判型は14㎝×20㎝でA5判よりやや小さい。内容は膨大な分量だが、俳句（推敲、○や×、棒線による抹消が多く含まれている）が中心で、短詩も多い。その他、俳句観・俳人との交流、影響関係・困窮の実生活などに触れたものが記されている。巻末には赤黄男自筆のペン画六枚と、俳句結社および俳人詩人の住所録が記されている。昭和十年代初期に、赤黄男が新興俳句の新鋭俳人として台頭するに至る時期の俳句観、作句法、俳人たちとの交流や影響関係、実生活などが窺えるもので、赤黄男俳句の研究上、貴重な資料である。赤黄男没後五十年に際し、上記の特色が窺えるものを中心にして時系列で抄出した。原典では日付けは上部、その下に俳句や日記が記されているが、抄出に際しては日付けは改行して独立させた。また日付けが変わるところは一行空きとした。赤黄男の第一句集『天の狼』（昭16）を眺めただけでは窺えない赤黄男の相貌が浮かび上がってくる。

それらのうち、幾つかについてコメントしておく。まず俳句では、相反するような二つの相貌が窺える。一つは鋭敏な感覚・詩情や豊かな想像力に基づく浪漫的・象徴的傾向。モダニズムの傾向。高屋窓秋の「青蛾」（句集『白い夏野』所収）に刺激されたと思われる「幻想」（昭和九年十一月二十四日）や「恋人は土龍のやうに濡れてゐる／南国のこの早熟な青貝よ」（昭和十年五月四日）などに代表される句で、『天の狼』に繋がるもの。もう一つは、困窮の実生活や社会の現実を直接的に反映した生活的・現実的な傾向。「妻よ歔《な》いて熱き味噌汁をこぼすなよ」を含む「熱き味噌汁」十九句（昭和十年

六月四日）・「争議」五句（同年九月六日）・「金銭《かね》借（ママ）して呉れない三日月をみて戻る」（昭和十一年九月三〇日）・「失職日誌」二句（昭和十二年二月五日）など、この傾向の句も多い。この生活的・現実的な傾向の句群は『天の狼』からは除かれ、『魚の骨』（河出書房『現代俳句』第三巻・昭15）にかなり収録されている。この二つの傾向は赤黄男独自ではなく、新興俳句における赤黄男の同行者であり、好敵手でもあった西東三鬼・篠原鳳作・渡辺白泉らにも見られた。その背景には彼らに共通して見られる実生活の貧しさがあるだろう。

　次に俳句観。昭和十年六月二十七日以後に書かれ、「旗艦」同年十月号に掲載された評論「俳句は詩である」で、「俳句は「詩《ポエジー》」の基立に於て、五七五調の範疇に於て、一般詩《ポエム》を超過する詩《ポエム》だ」という。これは有季と無季を「詩《ポエジー》」の次元で止揚した超季の詩的認識である。鳳作や白泉も同様な認識を抱いていた。この認識が赤黄男の浪漫的・象徴的傾向の俳句を支えていた。「むかふにゐるひと達は、なぜ坐してばかりゐるのであらうか。むかふにゐるひと達は、なぜ季節の衣ばかりまとつてゐるのであらうか。季節の衣のほか、まとふものがないやうに見える」（『魚の骨』の「まへがき」）ともいう。他方、前に引用した「味噌汁」など困窮の実生活を直接的に反映した句については、「僕は僕自身の肉体《からだ》で咏つてゐるつもりである。（略）俳句を批評する場合何といままでは作者そのもの、、魂のありかたや、作者即意、引いてはなほ環境まで伺つてやる親切さがなかつた」（昭和十二年八月〇日「砂時計」）という。ここには言葉の次元としての作品の自立という明晰な認識がまだ十分でなく、創作を精神主義的に捉えたり、作品を作品以前の実人生と癒着させて捉えたりする認識が窺える。

　作句法については、ボードレールの「秋の歌」や、バルビュスの『地獄』などに想を得た作句法が見られる。これは白泉など新興俳句の新鋭俳人も試みていた方法。同じモチーフを短詩と俳句で詠んだり、短詩を俳句に織り直したり（昭和十年四月十八日の『土龍』など）ということは多く試みている。これは短詩を多く書いた赤黄男に見られる独自性だろう。

　書簡などで交流があったり、強く意識していた俳人としては、篠原鳳作・渡辺白泉・西東三鬼・喜多青子・山口誓子・高屋窓秋・内田暮情などが窺える。巻末の住所録には俳人四十七名、詩人五名が記されている。「旗艦」の日野草城・水谷砕壷・片山桃史・西東三鬼（のち「京大俳句」）・笠原静堂・安住あつし・神生彩史ら。「句と評論」の渡辺白泉・小沢青柚子。「京大俳句」の和田辺水楼。「土上」の古家榧子。「螺旋」の内田暮情・幡谷梢閑居。詩人は萩原朔太郎・竹中郁・室生犀星・丸山薫。ちなみに俳句雑誌は「旗艦」「泉」「天の川」「馬酔木」「京大俳句」「南風」「渦潮」「銀河」「糸瓜」

「早稲田俳句」「北支俳陣」「地帯」「句と評論」「さいかち」「芝火」「白堊」「傘火」「自鳴鐘」「東南風」「螺旋」「層雲」「俳句生活」「風」「俳句研究」「俳句新聞」「セルパン」（文化情報総合雑誌）。これらの人名・雑誌名も赤黄男の人脈・読書範囲を知るとともに、それらを通しての影響、受容関係を考察する上で貴重な資料である。

渡辺白泉と新興俳句同人誌「風」

「句と評論」の主要な新鋭俳人六人（小澤蘭雨・小澤青柚子・渡辺白泉・小西兼尾・熊倉啓之・桜井武司）は、昭和十二年三月に揃って同誌を脱退した。（高篤三も脱退の予定だったが、湊楊一郎の説得で脱退せず）。そして、同年五月に白泉を中心にしてこの六人で新興俳句の同人誌「風」を創刊した。

彼等をそういう行動へと衝き動かした動因は定かではない。三橋敏雄は「「句と評論」の内部で多くの先輩に伍して行くよりも、自ら恃む青春の血気を、敢えて「風」に賭けようとしたのではなかったか。」（「俳句研究」昭44・3）という。この推測は妥当であろう。あるいはこうも言えるだろう。「句と評論」の中枢であった旧世代の松原地蔵尊や湊楊一郎らは良識派ではあっても、本質的に白泉のように詩人ではなかった、と。

「風」は創刊号の巻頭に掲げた「風はとどまる時がない。」という言葉どおり、自由主義の下、新風を目指した。しかし、資金不足に同人たちの出征が重なって、昭和十三年四月、七号で終刊した。各号三十二頁（六号は十七頁・七号は十九頁）ほどの薄い雑誌ではあったが、作品と批評の両面で俳句表現史上、逸することのできない成果を上げた。

以下、主要な作品と文章類を精選して時系列で抄出する。

第一号（昭和十二年五月）

巻頭に「風の言葉」がある。

風はとどまる時がない。風のとどまる時は――即ち風のない時である。

目次

創刊の言葉　4

作品　6

小澤蘭雨　小澤青柚子　小西兼尾　渡辺白泉
熊倉啓之　桜井武司　高井泗水　渡辺保夫　中村秀湖
荒木海城子
天のかけはし　小澤青柚子　22
作品
飯島草炎　南雲山査子　熊木一男　稲川栄一
太陽のまんなかにゐた冬ひと日　桜井武司　28
早春雑筆　小西兼尾　30
龍之介と春彦　小澤蘭雨　34
東西南北　渡辺白泉　37
編輯後記　42
――表記・カット　小澤青柚子

「創刊の言葉」は次のとおり。

昭和十二年の春、われらが『風』はうまれ出づべくしてここにうまれた。／われらはおのが信念をあくまで信ずるがゆゑに、これをもつて昭和聖代の一慶事に数へ、おもふに憚るところなし。／往昔芭蕉に根ざし、蕪村に樹ち、近世子規によつて培はれたる斯の道は、大正を閲し、昭和俳句の確立するに及んで、まさに永劫不抜の一世期をもつであらう。／しかも昭和俳句の確立こそは、われらが究極の目的かつ使命とするところ。われらの責務は重くわれらの意気は高く、信念は磐石に通ふ。／旧套を脱し、新たに天地をひらく、名づけて『風』といふ。これまことの芸術道場を創制し、名づけて風といふ。これの称呼たる、爾今の大計に基き、方針を示し、襟度を伝へむとするゆゑんのものにほかならぬ。／ゆくとして自由自在融通無碍なる、蓋し風に若くものはない。時あつて吹き出づるすなはち東西南北を問はず、春夏秋冬を選ばず、あるひは颶風となり、あるひは微風となり、おのづから吹くべきに吹き、やむべきにやむ。他力に動揺することなく、群騒に混迷することなし。これひとつには真個の自由主義。真の芸術はやがて真の自由主義に胚胎する。世に帆船的羅針盤的自由主義あらばすみやかに消滅せよ。正しき自由主義はまた『風』に創まる。／由来俳人たるもの俳句を作るをもつてその名がある。俳句雑誌また俳句の雑誌たらざるべからず。方今時流に謬られ挙げて論議を主とし実作を従とするの傾あるは、本末顚倒われら甚だ寒心に堪へざるところ。このゆゑに『風』及び『風』の作家は常に作品第一主義を綱領とする。／われらはまた大結社主義を斥ける。結社の大はおのづから成るべく、かまへて為すべきものではない。ただわれらはわれらの信念をあくまで信ずるがゆゑに、徒らに墻を高くして高邁を衒ふことなく、むしろこれが徹底普遍をも本意とする。趨勢もしあやまりなくんば、われら達旨の日もまた遠いことではなからう。／『風』の『風』たるゆゑんはおほよそ右のごとし。／大志細心、昭和俳句確立のためにはわれらただ邁進の一途あるのみ。時まさに陽春五月、郭公暁天を告ぐるのとき『風』はいま漂漂颯颯と出発する。文神まなこあらば幸に祝福を垂れたまへ。

昭和十二年春

小澤蘭雨
小澤青柚子
渡辺白泉
小西兼尾
熊倉啓之
桜井武司

この「創刊の言葉」の主旨は、大結社主義を排し、自由主義の下、作品第一主義によって新風を開こう、ということである。文末に六名の名前が併記してあるが、彼らは皆、同年三月に「句と評論」を脱退した新鋭俳人たちである。創刊号には他の俳人たちの作品や文章も載っているが、この「創刊の言葉」の署名によって、右六名によって創刊されたことがわかる。

次に作品欄を眺めてみる。「実作第一主義」という「創刊の言葉」の意気込みや、「作品欄が充実したので何より嬉しい」（白泉）という言葉とは裏腹に、全体的に低調である。

好き日にて荷物電車の音ゆけり　小澤青柚子
帝大
生理学教室コップが一つ乾きゐる　渡辺白泉
真夜を覚め妻十三夜なりといふ　荒木海城子
海兵の挙手のうしろの秋桜　南雲山査子

評論、エッセイ類では断然、白泉の「東西南北」中の「(二) 批評について」に指を屈する。即ち、

賞揚はすでに批評ではない。それはあなたの夢がわたしの作物を枕として如何に美しくゑがかれたかといふことに対する単なる謝礼だ。美酒をわたしの前の盃へ注いで下さるのは、それはあなたの自由である。作者はそのこころざしのみを受けよう。之を乾すことは堕落への一歩である。作者は鞭を欲する。急所にひたひたと触れて来る鞭を！私はこの笞のもとに額づくであらう。神よ、痛き言葉もてる批評者を白泉にくだしたまへ。煉瓦職人白泉の上へ。／作者は魂を曝け出して解剖台へとわれか

ら身を横たへてゐるのだ。批評者は刃をとらねばならぬ。（略）蓋し批評とは、一の魂の尖端を以つて他の一の魂の内部をば静静とあばき開くところの、厳粛と壮烈とをきはめた儀式だ。

同じく「（四）誓子の胸など」も、白泉の誓子への尊敬の念を伝えるものとして貴重だ。即ち、

山口誓子氏は私が最も尊敬する先輩である。その制作のあとを辿る時私の頭はどうしても下がつて来る。この常に努めてやまぬ天才には、正に俳句の鬼の称号こそ相応しい。未熟の末輩たる私は、その作物によつて、レムブラント、セザンヌのごとく教へられる所多く、スゴンザツク、モヂリアーニに抱くやうな懐しさを投げかけられ、そしてパブロピカソに対するごとき猛烈な挑意を触発せしめられる。（略）

「編輯後記」は白泉が書いており、「編輯は当分小澤青柚子、奥澤青野、渡辺保夫、それに僕とこの四人が之に当る。」とある。また、「鳳作へ一部贈ることにした。好晴の日一冊を灰にして青柚子と僕と二人の手から風船と共に天上せしめる手筈になつてゐる。」ともある。前年、無季新興俳句を推進する途上で夭逝した篠原鳳作との文学的友情の絆の強さを示す言葉である。「句と評論」の先輩であった湊楊一郎によれば、「句と評論」を脱退した白泉ら六人は「句と評論」の中枢トリオの松原地蔵尊・湊楊一郎・藤田初巳に対して反抗的だった、という。「五月号から発刊された「風」は、地蔵尊・楊一郎・初巳には送って来なかった。句と評論社宛に一冊送って来た。」（「俳句研究」昭47・3）という。白泉ら気鋭俳人には、地蔵尊らは旧套を脱しえない俳人と映っていたことを物語る。

第二号（昭和十二年六月）

目次

作品
小澤蘭雨　小澤青柚子　小西兼尾　熊倉啓之
桜井武司　高井泗水　渡辺保夫　中村秀湖
荒木海城子　渡辺白泉　2
俳句の天　小澤青柚子　13
　渡辺白泉
作品
飯島新松子　飯島草炎　江原佐世子　南雲山査子　18

長谷川友太郎　樹立茂　熊木一男　稲川栄一
西塔白鴉
東西南北　渡辺白泉　23
樹南坊夜話　小澤青柚子　28
●編輯後記　32
——表紙　カット・青柚子

作品欄は好調とは言えない。

春の夜の子の影法師あくびしぬ　小澤蘭雨
黒牛と春の夜の坂のぼりつむ　小西兼尾
理髪鋪の鏡の中の春の時化　高井泗水
春の雪春の青山の上にふる　渡辺白泉
われは恋ひ君は晩霞を告げわたる　渡辺白泉

新企画の「俳句の天《そら》（一）」は青柚子と白泉による現代俳句の批評、鑑賞（対象句は各俳誌より抽出）。三句抄出しておく。

咳の子のなぞなぞあそびきりもなや　中村汀女（ホトトギス五月号）

如何にも女性の作品らしい。きめのこまかな情緒が、ぐるぐるとめぐるやうな快い韻律の波に乗つて読者の胸へふれて来る。冬の日の稚子たちのはてしもない謎かけ遊びは、なかなかに哀しく深い味はひをもつ。但し「咳の子」とは拙い。（白）

一の字に遠目に涅槃したまへる　阿波野青畝（同）

美男におはす悉達は、臂まろまろとし給ひし手枕に御身横たへ、切長の瞼のあたりには遥か宇内の果を望むが如き眼差しを恍惚と浮べたまひつ、今鬱金の光に包まれて涅槃の息を引き給ふ。一の字に遠目に——この俚俗の言葉は、仏陀が往生のきはの臈たけた姿をいと気品高く描いた。が、この平安な旧世界観に我々が身を任すことは今更勿論許されない。（白）

羽田飛行場
冬天を降りきて鉄の椅子にあり　西東三鬼（京大俳句二月号）

こわれやすい羽衣に乗つて冬の空からひえびえと降りて来た人間が、今や大地に植ゑた鉄製の椅子にガツンと腰をおろし、肱かけなど諸手に握つた安堵の表情である。モダニステイツクモダニズム。椅子は必ずタイルか三和土の上にあらねばならぬ。私はこれをば三鬼作品中の第一流に数える。二十や三十でこのおもしろさのわからぬ人は少々悲観してよろしい。音律に修辞に、三鬼はこの作においてあくまで周到である。（青）

白泉の連載「東西南北」中の「(八) 句集『河』高屋窓秋著」は、新興俳句における社会性の表現の根幹に触れた画期的な批評。

本日——五月十八日『河』を買つた。著者窓秋氏は嘗て馬酔木誌の同人であり、繊美な作風によつて少からぬ愛好者を有した人。

降る雪が川の中へもふり昏れぬ
ちるさくら海あをければ海へちる
山鳩よみればまはりに雪がふる

このやうな世にも美しい情操に恵まれたこの作者の俳句が、秋桜子氏の膝下を去つて後果して如何なる転移を辿つてゐるかといふことは久しい間私の気に懸つてゐたところである。句集『白い夏野』は昨盛夏の版。そして今私の前にはその後の彼の魂の進行を包んだ『河』が、初夏の燈かげを白々と射かへしてゐる。

収めるところ九篇、四十句。一頁に一句を組んだ。無季俳句がその大方を占め、自由律にもまた乏しくない。

開冊、「河」四句は力作である。

河ほとり荒涼と飢ゆ日のながれ
肥沃地も民衆は飢ゆ河のながれ
日空しくながれ流れて河死ねり
河終る工場都市にひかりなく

直ちに、「観念的」の一語を以て之を蔑する人も多からう。「荒涼と飢ゆ」「河死ねり」「工場都市にひかりなく」——これらの誇張的語句はまさしく観念的の名に該当する。しかしながら我々は、これらのナマな新聞用語の中に、如何に作者の情象がはげしく立ちのぼつてゐるかといふことを見定めねばならないのである。

私は第一句を推す。のみならず私は、この集が我々の前に繰りひろげる総ての価値と意義との象徴をこの一句に見るのである。

我々はこの句の内側を清喨とつらぬく秀抜な音律に耳を傾けることから、作者の精神の中奥へ深く踏み入つて行かねばならぬ。君は幽暗に閉された世紀の末の呻き声を聞きとめるだらう。多数者の愴はしげな呟きの騒然とあがつて来る傍らで、若く真面目な一つの魂がそれらのものごゑと和唱を交してゐるのを聞きわけるであらう。そして君は、君にその素質があるならば、いつしかそのうたごゑと歩調を合せようとしはじめる君自身を見出すであらう。——さて、そこへ達した時、はじめて我々の眼は冷く光らねばならぬのだ。

これは感傷である。烈しい浪漫的気質をもつた感傷の惑溺者がとる当然の帰結ながら、この個人的な凡ゆるものを投棄てて掛らねばならぬ立場に於て、極度に自我を追及しつつその余り、作者は民衆そのものの中へ身を沈めることをつひになし得ず、再度おのれの感傷へ立戻つてしまつてゐる。私の言葉は痛烈を極めるやうだが、この世界では小児であることは許されないのである。嘗て作者の美しい俳句の源泉であつた感傷——作者が未だこれに居をおく限り、その狙ふ社会的現実を如実に把捉し、新たなる立場に立つ芸術的創造をなすことは不可能だ。ここに芸術一般に携はる者の本質の問題が頭をもたげる。本質は不変でありませうか。——答へは否と然りの二つである。私の答へは否だ。それ故私は、窓秋氏が、やがてこの棘立つ道における努力の果に他日凱歌をあげる時のあることを信ずるものである。

第三号（昭和十二年八月）

目次

作品　4
渡辺保夫　渋谷吐霧　中村秀湖　阿部青鞋
渡辺白泉　小澤青柚子　高井泗水　荒木海城子
小西兼尾　熊倉啓之　桜井武司　岡崎北巣子
俳句の天（二）　14
作品　18
江原佐世子　飯島新松子　飯島草炎　長谷川友太郎
南雲山査子　熊木一男　稲川栄一　西塔白鴉
三橋敏雄
批評耀くべし　渡辺白泉　24
風鈴だより　会津隆吉　27
尊のお面　高　篤三　30
風俳句会案内　30
波郷と虚子　白泉記　31
葛飾の冬（作品）　阿部青鞋　32
風窗雨室（一）　渡辺白泉　36
雑録　39
後記　40
——表紙　小澤青柚子

作品欄から主な句を抄出しておく。

どん底はこがらし不二は死火山なり　渡辺保夫
五月富士父が樹木にのぼりゐる　渡辺保夫
受験生電線近き部屋をもち　阿部青鞋

こほろぎの二つ跳びては曇り居る　桜井武司

靖国神社二句

灼けて照る機雷の球《たま》に触るるべからず　渡辺白泉

九段坂田園の婆汗垂り来《く》　渡辺白泉

更年の姉のたちゐの春深し　熊倉啓之

花火の夜椅子折りたたみゐし男　三橋敏雄

雨一つたしかに落ちし葱ばたけ　阿部青鞋

「俳句の天《そら》（二）」より鑑賞二句抄出。

日出前五月のポスト町に町に（馬酔木五月号）石田波郷

これは健康極まりない郷愁の歌である。「町に町に」──あたりに胎されてゐるまなこを射抜くやうな色彩感は、そのさんらんたる色彩感は、なんたる甚しさなのだ。これは作者の即物的感覚が対人生と言はんより、対生命との意欲の坩堝の中で煮えくりかへつてゐるところの様相である。（略）（渡辺保夫）

秋雞が見てゐる陶の卵かな　（句集霊芝）飯田蛇笏

茲に来ると作者は聊か微笑して立つてゐる。陶卵を抱かせられるプリマスロツクの逞しさ、をかしさ、そして哀れさもひそかに混つてゐることを見逃してはならぬ。

（岡崎北巣子）

白泉の「波郷と虚子」は、或る日、白泉が馬酔木発行所を訪れ、波郷と談論風発、波郷が無季俳句に対して独自の見解を述べたことが記されている。また、或る夕、白泉の勤務先の三省堂で高浜虚子を招いて俳句の講話があり、三、四十人の出席者の隅で白泉も拝聴した。虚子の次のような言葉が耳に残っているとして、曰く、

──森羅万象季の影響を被らざるものはない。例へば此処にあるテーブルにしても、今は夏だから「夏の卓」と言つてはじめてそれが今とつてゐる存在への位置（虚子氏のくだけた言ひかたを私は忘れた）が判然とするのだ。夏の人間が夏の卓を見るので、つい感覚の上で夏といふものを観じわすれてしまふのである。（そこで、汗症の私は、夏の汗をかきながら夏の虚子氏の大きな耳朶に感嘆してゐたわけである。）

すでに白泉は「季語の作用と無季俳句（上・下）」（「句と評論」昭10・9〜10）で超季の認識を切り開いていた。引用文中の傍点部からは白泉の虚子の俳句認識へのイロニーが伝わってくる。

白泉の「編輯後記」には「高屋窓秋氏が新に同人に加はり、その上読者作品欄を担当して下さることになつた。この卓抜な理解をもつ作者の選評は、諸氏の俳句修業の上に必ずや裨益する所多いと信ずる。」とある。

第四号（昭和十二年九月）

目次

作品　4
小澤青柚子　小西兼尾　渡辺白泉　熊倉啓之
桜井武司　渡辺保夫　中村秀湖　飯島草炎
江原佐世子　南雲山査子　長谷川友太郎　三橋敏雄
俳句の天（三）　13
作品
岡崎北巣子　阿部青鞋　渋谷吐霧　古川衛士
中島叢外　冬木胖
俳句について　会津隆吉　25
消息・俳句会案内　27
出征賦　桜井武司　28
渡辺保夫
瑯玕亭雑記　小澤青柚子　29
同人住所録　33
後記　34
——表紙・カット　小澤青柚子

「俳句の天《そら》（三）」より鑑賞批評の一句抄出。

夏の河赤き鉄鎖のはし浸る（馬酔木九月号）山口誓子

俳句の表現を規定するものは、堅くひきしまつた形式を希求する精神である。このことは、俳句の形式に就ての観念が五七五定型を尊重すると否とを問はず、何れの場合に於ても亡失されてはならぬことである。内容するものの旧態墨守は勿論その作品の価値を著る（ママ）しく低下せしめるけれども、それと並んで、表現の弛緩散慢（ママ）はその作品を卑賤なものにする。世に自由律俳句と称するものには、得てして、天から吊下げられた褌のやうに、ひよろひよろと徒らに長くたるんだものがある。又さうしたものは、定型作品、殊にちかごろ試みられてゐる口語俳句（これは旗艦が最も熱心にやつてゐるやうである）や準定型作品（と呼んでいいであらう、例へば天の川八月号所載の山口草蟲子氏の諸作のごとき）などにも少からず見出される。自由律俳句そのもの、口語俳句乃至準定型俳句そのものには何の罪もないのであるが、これは多分、作者達の俳句に於ける表現精神の認識に欠くるところあるか、或ひはその表現技術が及ばないせいであらう。俳句性といふ奴は、内容上の特別に設定された境域内にあるのでもなければ、五七五律といふ歴史が自然にのこした形式にあるのでもない、俳句の最も重要な特性は、勁く緊密な表現を尚ぶ表現精神の内にあるのである。

芸術の表現方法に、叙情的と叙事的との二種類がある。最短詩型といふものが小さいながらも一つの芸術世界を形造るものであるとすれば、そこにも此の二つの表現的に相違した種類があるわけである。そして、俳句の特質を、同様に短い形式をもつた短歌から見分けようとすれば、我々はそこにどうしても、比較的叙情的な表現をもつものとしての最短定型詩即ち短歌と、比較的叙事的な表現をもつものとしての最短定型即ち俳句との区別をみとめざるを得ないのである。このやうな互ひに異る性質をもつたことが、この二つの最短詩型をして互ひに食ひ殺し合をさせるでもなく両者各々に発展の領地を与へて来たのである。（俳句が短歌の変体である連歌から生れて来たといふことは、俳句の作者にとつて非常に興味深い考察の主題となるのであるが、ここには省略する。）詠歎的詞句が短歌に於て発達し、俳句に於ては、その最も短簡な形としての「や」及び「かな」がひとり幅を利かして来、又「けり」といふ冷静な叙法が特殊の位置を保つて来たことは、ここに縁由するのである。そこで、我々は「や」「かな」を捨てた。といふことは、つまり、俳句に遺されてあつた詠歎的表現の最後のものを、換言すれば、俳句の形式から詠歎そのものを、完全にかなぐり捨てたといふことになる。そして、俳句は、俳句として一層純粋な道――叙事に終始し、叙事に全てを盛りこまうとするところの、冷徹な静的芸術へ一歩を進めたのである。いや、進めた筈なのであつた。

ところが、「や」「かな」を排する人々の内には叙情的気質を多分に恵まれた作者達があつた。その人々は、「や」「かな」の程度の詠歎にとどまることに窮屈を感じ、より一層広くのびやかな短歌的詠法に魅力を感じ、その理由から「や」「かな」の固さを排したのであつた。すなはち、そこには、一層俳句的に進まうとする作家と、俳句発生の母胎であるところの短歌的なものに退かうとする作家がゐて、共に全く相反する動機から、伝統俳句への反逆を試みたのであつた。そして残念ながら、作家の数に於ても質に於ても、後者の短歌的抒情的の作品が勝利を占めたのであつた。その間にあつて、敢然として前者の努力を益々強く努力して来た作者の代表者は、山口誓子氏である。叙情的の作品も全くないわけではないが、それももう一つの叙情的作品群とは異種である。それらのことに就ては、来月以降勉強してみようと思つてゐるところの「山口誓子論」に詳細に述べようと考へてゐる。

以上のべたやうな我々の貧困は、ここに突然、一箇の金貨を与へられたのである。掲出した一句がそれである。もはや行数がないので、かんじんのところへ来て筆を捨てる破目になつてしまつたが、此の、名詞が多く（夏、河、鉄鎖、はし、、の四箇）、助詞が少く（二個、しかも二つとも、我々の意識に向つて最も素朴に何気なく響くところの「の」である）、形容詞も動詞も語幹に唯一音の語尾しか伴はない簡潔な表現は、今日の俳句作者が是非とも学びとらねばならぬ技術であり、精神である。

誓子氏は再び軍旗を担つたのである。（渡辺白泉）

この白泉の文章に若干私見を加えておきたい。白泉は「や」「かな」を排する二つの相反する動機として、一層俳句的に進もうとするものと、短歌的なものに退こうとするものを挙げる。そして、作家の数においても質においても、後者の作品が勝利を占めたとする。秋桜子の句集『葛飾』と誓子の句集『凍港』の出現によって、俳壇に叙情的文体（秋桜子）と硬質な即物的文体（誓子）という二つの規範的文体が確立し、二大文体として俳壇の潮流におおきな影響を与えた。白泉はその潮流のことを言っているのであろうか。もしそうだとすれば、いわゆる「馬酔木」調といわれる流麗な文体が、白泉のいうように俳壇で支配的であったかどうか、歴史的な検証が必要である。

第五号（昭和十二年十月）

目次

作品
奥澤青野　桜井武司　渡辺保夫　小西兼尾　三橋敏雄　4
渋谷吐霧　長谷川友太郎　飯島新松子　渡辺白泉
俳句の天（四）　10
作品
高屋窓秋　中村秀湖　阿部青鞋　江原佐世子
冬木肸　飯島草炎　稲川栄一　小澤青柚子
天津のこと　会津隆吉　20
応召短信　渡辺保夫　22
愚昧の言　三橋敏雄　24
はせをのその　26
雑録　27

作品その三　高屋窓秋選　28
立場と方針　高屋窓秋　30
後記　32
――表紙　小澤青柚子

作品欄より抄出。

軍歌ゆく白き夏帽は棄つべきか　小西兼尾
軍歌ゆくただならぬ世を夏痩せたり　小西兼尾
町々にをさなら暁けてはだかなる　三橋敏雄
花かげの妊娠河ひえびえ　高屋窓秋
バス来れば国とりあそびふた岐れ　小澤青柚子

高屋窓秋選の「作品その三」（一般投句作品）では、竹下しづの女の子息竹下龍骨の句も採られている。四句中の二句を抄出しておく。

兵《つはもの》たち鉄路を見つめ征きにけり
兵たち歓呼に笑まず征きにけり

第六号（昭和十三年三月）

目次

作品　1
高屋窓秋　小澤青柚子　小西兼尾
渡辺白泉　熊倉啓之　桜井武司
俳句の天（五）　渡辺白泉　5
作品
渡辺保夫　三橋敏雄　高井泗水　中村秀湖
飯島新松子　熊木一男　南雲山査子　江原佐世子
童子（文章）　渡辺白泉　14
作品　高屋窓秋選　15
かねもと青虹　山口水星子　竹下龍骨　勝田洋
東条晴年　藤本春緒　前川龍落胤　吉村静枝
政家耕青
後記　17

作品欄より抄出。

トーチカの青空あかい血がながる　高屋窓秋

クリークの雨雨かなしい蘆となる　高屋窓秋
　事変
ものいはぬ馬らも召され死ぬるはや　小澤青柚子
軍事郵便街の灯のなか湿り来ぬ　小西兼尾
寒き夜を機関車走り出でむと動く　三橋敏雄

「編輯後記」では白泉が四ヶ月遅刊したことを記した後、特高の諜報活動に触れて、次のように記している。

（発行所の）兼尾さんは大分御苦労様だつたのである。警察の人がたびたび調べに来たり、これはまあどこでもの話だから、別に問題の起こらなかつたことを幸としなければならない（略）。

第七号（昭和十三年四月）

目次

戦争　三橋敏雄　1
前線より　桜井武司　9
　奥澤青野
友よ　高屋窓秋　11
凱旋道路　渡辺保夫　11
わが今年の冬のうた　阿部青鞋　12
都会　小西兼尾　12
偃松地帯　稲川栄一　13
髪長姫　江原佐世子　14
二月の木木　小澤青柚子　15
車輪　渡辺白泉　16
　終刊の挨拶　18
後記　19

作品欄はこの終刊号が最も充実している。巻頭の三橋敏雄「戦争」は全十二章五十七句で構成された戦火想望俳句。（後、「サンデー毎日」誌上で山口誓子に激賞された。）4と5の二章を引用しておく。

4
嶽々《やまやま》の立ち向ふ嶽《やま》を射ちまくる
機関銃嶽の斜面に射ちさだまる
嶽を攻む小銃腕にほのけぶり
嶽を攀ぢ射たれたり転げ落ち怒《いか》る

5
嶽を撃ち砲音を谿に奔らする

砲撃てり見えざるものを木々を撃つ
そらを撃ち野砲砲身あとずさる
撃ちつげる砲音の在処《ありか》おなじならず

他の作者の作品を抄出する。

あつくあつく世は戦へり君と会へり　高屋窓秋
胸はあつく君のむかうに戦火がある　高屋窓秋
月赤くわが千人針洗ひ汗す　渡辺保夫
戦域（ニュース映画より）
鉄かぶと低きところにころび居る　阿部青鞋
黒板に雪と書きたり雪が降る　小澤青柚子
遠き遠き近き近き遠き遠き車輪　渡辺白泉
銃後と言ふ不思議な街を岡で見た　渡辺白泉
遠い馬僕見て嘶《な》いた僕も泣いた　渡辺白泉
海坊主綿屋の奥に立つてゐた　渡辺白泉
春雷し美しき少女入社せり　渡辺白泉

「終刊の挨拶」には

拝啓　春酣な季節となりましたが、ますます御健勝のことと存じます。／前々より『風』のためいろいろと御配慮を賜はり有難く御礼申し上げます。／さてこのたび、俳壇一般の情勢に鑑み、『風』に代るべく更に高い使命のもとに、よりよき集団として、新たに雑誌『広場』を発刊致す運びと相成りました。／ついては『風』は第七号をもつて一応解散の形式をとりますが、実質的には『風』を継承してゆくのと同じ結果になりますので、引続き読者として御支援下されたくお願ひ致します。

編輯同人　謹記

とある。

「編輯後記」では白泉が、

巻頭、三橋敏雄君の「戦争」五十余句は大勉強である。若いから、お年寄りだからといふ条件を芸術の世界で云為することは無意味なことでしかないが、この二十歳に満たない青少作家の将来はわれわれの注目に値する。この稚い混沌のなかには少からぬ金純分量が含まれてゐると思ふ。慢心と自恃とを混同せず、あくまでもその粘り強い根気を経とし、若々しい才気を緯として、精進して行つたら、素晴らしい作家となるにちがひない。（略）来月から風がなくなつて、広場が出来る。作品本意の自由な雑誌になる筈である。風と同様、大方の御支援をお願ひする。

と記している。

巻末には「広場の会会則抄」として六項目が記され、その後に委員と顧問として次の名前が記されている。

委員　高篤三　小西兼尾　高屋窓秋　中台春嶺
　　藤田初巳　細谷源二　渡辺白泉　小澤青柚子
顧問　松原地蔵尊　湊楊一郎　（五十音順）

ここで、「風」の終刊から「広場」の発刊に至る経緯や背景に触れておく。湊楊一郎の「私説・渡辺白泉」（「俳句研究」昭44・3）および「「句と評論」―「広場」」（「俳句研究」昭47・3）と、三橋敏雄の「噫　渡辺白泉」（「俳句研究」昭44・3）を参照すると、概略は次のとおり。

昭和十二年三月に突然、白泉ら六人の新鋭俳人が「句と評論」を脱退したことは、「句と評論」を支えてきたトリオ（地蔵尊・楊一郎・初巳）には大きな衝撃だった。特に白泉らと世代が近い藤田初巳の落胆は大きく、秋になって「句と評論」をやめると言い出した。打開策を話し合った末、「句と評論」は初巳に任せ、地蔵尊と楊一郎は顧問となるという結論を年末にえた。（誌上の発表は「句と評論」昭和十三年三月号）他方、白泉主導で何とか七号まで発行してきた「風」は資金面で逼迫していた。そこで初巳と白泉らが話し合い、双方から主要メンバーを委員とすることで折り合いがつき、「広場」の創刊に踏み切った。そのことを初巳は地蔵尊と楊一郎の承諾を得ずに行ったため、二人は初巳に協力的でなくなった、という。

最後に概括すれば、「風」七冊は小雑誌だったとはいえ、渡辺白泉の「銃後といふ不思議な街を岡で見た」の句や、三橋敏雄の戦火想望俳句の大作「戦争」を得たことで、俳句表現史に大きな足跡を遺した、と言えよう。また、高屋窓秋の句集『河』に対する白泉の透徹した峻烈な批評など、批評の水準を大いに高めたことも見逃せない。

増補・渡辺白泉評論年表

この年表は『渡辺白泉全句集』(沖積舎・平17)に収録した「渡辺白泉評論年表」(川名大編)に遺漏があったものを収集し、大幅に増補したものである。なお、沼津市立沼津高等学校や香陵俳句会関係の資料の中には、鈴木蚊都夫著『現代俳句の流域』(至芸出版社・昭55)や今泉康弘「エリカは目覚む」(「円錐」40号~53号)を参照したものを含む。

年	月	論題	誌名・書名
昭和9年	5月	句と評論俳句鑑賞	句と評論
	6月	句と評論俳句鑑賞	句と評論
	8月	句と評論俳句鑑賞	句と評論
	12月	句と評論俳句鑑賞	句と評論
		「赤城山」	句と評論
10年	1月	鑑賞十句	句と評論
	2月	「渦潮」をのぞく	句と評論
	5月	選者の嘆き	句と評論

年	月	論題	誌名・書名
10年	6月	新人俳句問答(対談)	句と評論
		合評	句と評論
	7月	自己の為の俳句	句と評論
	8月	短夜座談	句と評論
		課題句評	句と評論
	9月	季語の作用と無季俳句(上)	句と評論
	10月	季語の作用と無季俳句(下)	句と評論
	10月	記憶に残る作品	句と評論
	11月	傘火読後感	傘火
	12月	鑑賞の論理	句と評論
		篠原鳳作論	傘火
11年	1月	鑑賞の論理	句と評論
		猟人手帳	句と評論
	2月	猟人手帳	句と評論
		鑑賞の論理	句と評論

年月	論題	誌名・書名
11年3月	山脈帆走	句と評論
	猟人手帳	句と評論
4月	猟人手帳	句と評論
5月	蕪村	句と評論
	名作図解	句と評論
	構成俳句座談会	句と評論
	猟人手帳	句と評論
11年6月	猟人手帳	句と評論
	課題句評	句と評論
7月	山脈帆走	句と評論
8月	猟人手帳	句と評論
	新人展望	句と評論
9月	我等が井之頭吟行報告	句と評論
	鑑賞者入用！	句と評論
10月	鳳作昇天	句と評論
11月	一万人の天才	句と評論
	課題句評	句と評論
12月	十一年の佳作	句と評論
12年1月	白虹氏の「役の行者」を読む	自鳴鐘
	最新型とけい広告文案	自鳴鐘
	十一年の鳳作	帆
	この作家群（上）	句と評論

年月	論題	誌名・書名
12年2月	この作家群（下）	句と評論
3月	横山健夫と林龢―又は横山白虹と木々高太郎	傘火
4月	循環批評（内田暮情俳句の批評）	京大俳句
5月	東西南北	風
	批評家と朧月	京大俳句
6月	新興俳句の業績を省る	俳句研究
	俳句の天（一）	風
	東西南北	風
8月	俳句の天（二）	風
	俳句作家としての静塔	京大俳句
	批評耀くべし	風
	波郷と虚子	風
	風窗雨室（一）	風
9月	俳句の天（三）	風
	戦線異状なし（15日付）	俳句新聞
10月	俳句の天（四）	風
	西東三鬼論	傘火
11月	亡鳳之記	傘火

年	月	論題	誌名・書名
12年	11月	会員集合評	京大俳句
13年	3月	俳句の天（五）	風
		童子	風
	4月	前線俳句の収穫	俳句研究
	5月	観能	広場
	6月	波郷俳句鑑賞（一）	鶴
13年	7月	サアカスの獅子	広場
	8月	戦争俳句その他（座談会）	俳句研究
	9月	広場俳句選評	広場
	10月	広場俳句選評	広場
	11月	滑走路選評	広場
14年	1月	選後評	広場
		私の嘱望する作者	京大俳句
	5月	俳句の復活（一）	京大俳句
	7月	蒼白なるものの上に―聖林子小論―	京大俳句
	10月	俳句の復活（二）	京大俳句
15年	2月	雑感	俳句研究
	5月	俳壇時評	天香
		現代百句鑑賞（一）	天香
17年	5月	昼鎖録（筆名・石山夜蝶）	鶴

年	月	論題	誌名・書名
22年	10月	俳句の技術	現代俳句
23年	1月	月評	現代俳句
		逃走	俳句世紀
	2月	月評	現代俳句
	3月	月評	現代俳句
	7月	俳句と象徴	俳句界
23年	12月	続・俳句の技術	現代俳句
24年	2月	不器男の俳句	現代俳句鑑賞読本（白鷺書房）
	6月	菊のにほひ（一）	馬酔木
	7月	菊のにほひ（二）	馬酔木
26年	6月	現代俳句の盲点	俳句研究
28年	2月	なんしい・りい（詩）	あしたか九号（沼津市立沼津高等学校文芸部）
30年	11月	鑑賞ノート	芭蕉
31年	11月	現代俳句私見一束	馬酔木
41年5月～42年5月		現代俳句読本	沼高新聞八十号～八十四号

年	月	論　題	誌名・書名
41年	9月	石内学校への入学	鷹峯（沼津市立沼津高等学校）
59年	1月	ああ京都（38年～44年に書かれた草稿）	第三回「白泉忌」資料
41年	10月	俳句の音韻	沼津市立沼津高等学校論叢　第一集
	12月	巌の地下水（三橋敏雄句集『まぼろしの鱶』書評）	俳句研究
42年	6月	自作とその解説	沼津・香陵俳句会会報第十九号
	7月	近作二句について	沼津・香陵俳句会会報第二十号
	8月	近作二句について	沼津・香陵俳句会会報第二十二号
43年	3月	鯉とオカリナ――『万座』による不死男素描――	氷海
	6月	現代の芭蕉たち――句集『万座』	俳句

年	月	論　題	誌名・書名
43年	9月	続・俳句の音韻	沼津市立沼津高等学校論叢　第二集
	11月	無創の獅子（阿部筲人追悼）	好日
44年	3月	湿潤派叢譚（上田五千石句集『田園』書評）	氷海
	4月	芭蕉と現代俳句	合同句集『香陵』

三橋敏雄と新興俳句同人誌「朝」

新興俳句の同人誌「朝」についてやや詳しく言及した最初のものは、幡谷東吾の「新興俳句・俳誌総覧」（『俳句研究』昭47・3）であろう。そこでは、「昭和十三年一月創刊。終刊時不詳。東京。三橋敏雄の発行したもの。のち『芭蕉館』に合併となった同名誌の『朝』もあるが、それとは別の作家構成による。」とあり、原典に基づいた記述ではなく、他の文献や記憶に頼った記述であろうと思われる。そのため事実関係に誤りがある（正しい事実は後述する）。

その後、昭和四十九年から五十三年にかけて、湊楊一郎・三谷昭・三橋敏雄・川名大の四名で「新興俳句研究会」を開いた際、三橋氏から「朝」を所蔵していることが明らかにされた。しかし、新興俳句の俊英俳人を多く擁する「風」誌と比べてマイナーであるということで、同研究会資料にリストアップしなかったため、初見の機会を失してしまった。

平成に入って、角川書店の『俳文学大辞典』（平成七年刊）が企画された際、編集委員として新興俳句関係の人物・書目、雑誌・用語、事項などの立項を担当した私は、俳句辞典類で初めて「朝」を立項し、その執筆を三橋敏雄氏に依頼した。三橋氏は所蔵の「朝」に基づいて、次のように記述した。「俳誌。昭和一三（一九三八）・一、東京市（東京都）で創刊。月刊。企画三橋敏雄、発行人寺川峡秋。同人誌。蠟ほむら（のちの磯辺幹介）・石川桂郎《けいろう》（一雄）・林三郎・岡沢正義らが所属。昭和一三年四月、第四号で終刊。」この記述によって、先に引用した幡谷東吾の記述では明らかでなかった点が詳しく補充された。しかし、この時点では、まだ「朝」創刊号から第四号までの四冊の具体的な内容は明らかでなかった。

平成十三年十二月一日、三橋氏が逝去されたが、一年の喪が明けた十四年の暮れに私は孝子夫人から「朝」（注1）三冊（第三号は欠本）を譲渡され、初めて「朝」を見ることができた。

「朝」は賛助員として藤田初巳・中台春嶺・西東三鬼・渡辺白泉・小沢青柚子を迎えて、編集兼発行者寺川峡秋、同人に三橋敏雄・林三郎・蠟ほむら（のちの磯辺幹介）・石川一雄

（のちの石川桂郎）らによって創刊された同人誌で、同人誌のメンバーから明らかなとおり、「句と評論」の傘下の俳誌である。さらに絞って言えば、「句と評論」から昭和十二年三月に渡辺白泉・小沢青柚子・小沢蘭雨・小西兼尾・熊倉啓之・桜井武司の主要な新鋭俳人六人が脱退して、五月に創刊した「風」の傘下の俳誌と言える。つまり「句と評論」＞「風」＞「朝」という入れ子型の関係の中で、いちばんマイナーな俳誌である。しかし、先に列挙した同人名でも明らかなとおり、この俳誌には高屋窓秋・渡辺白泉・細谷源二なども作品を寄せ、三橋敏雄・磯辺幹介・石川桂郎など後年名をなす重要な俳人が所属しており、彼らの初期の活動を知るうえで貴重な俳誌である。紙幅の制約上、すべてを紹介することはできないので、主要俳人の作品や評論、昭和十年代の俳壇状況などに触れた文章などを中心に抄出して紹介したい。

その前に、二点補足しておきたい。先に引用した三橋敏雄氏の「朝」についての記述によれば、「朝」は三橋氏が企画したものであるが、昭和十三年の初めの時点で、三橋氏らはなぜマイナーな同人誌「朝」を創刊したのか、という点が第一点。「句と評論」は松原地蔵尊・湊楊一郎・藤田初巳という明治三十年代生まれのオールド世代のトリオによって運営された俳誌であり、「風」はそこから育った新鋭の花形俳人六人を中心とする俳誌であった。「朝」を創刊した三橋敏雄・寺川峡秋・蠟ほむら（のち磯辺幹介）・林三郎らは、昭和十二年の時点ではまだ「句と評論」の雑詠投句欄「句と評論俳句」や「新暦集」に投句している無名の俳人たちであった。三橋敏雄は「風」第三号（昭和十二年八月）から同人として参加しているが、三橋が俳壇で一躍有名になるのは、「風」第七号（昭和十三年四月）に全十二章五十七句からなる連作の大作「戦争」を発表して、山口誓子の激賞を受けてからである。（注2）ちなみに「句と評論」は昭和十三年に「広場」と改題し、藤田初巳一人の編集となるが、三橋がその新同人になるのは、昭和十三年、寺川、蠟、林が新同人になるのは昭和十四年であった。つまり、繰り返して言えば、昭和十二年の時点では「朝」の同人たちは皆無名の俳人たちにすぎなかったため、師事ないし兄事するにふさわしい才能豊かな新鋭の花形俳人である渡辺白泉・西東三鬼・小沢青柚子・細谷碧葉（のちの細谷源二）らを賛助員に迎えて、俳壇的ステータスを築いていくための自分たち無名俳人だけの自由な活動の場として「朝」を創刊した、と言えるだろう。

もう一点は、冒頭に引用した幡谷東吾の記述では、のちに「芭蕉館」と合併した別の「朝」が存在したことになっているが、「朝」第四号（終刊号）の「お知らせ」欄には「此の度、いろいろの都合上「朝」を「芭蕉館」と合併し、朝同人は「芭蕉館同人」として勉強してゆきたいと存じます。」とあり、幡谷の記述が誤りであることが判明した。
以下「朝」を抄出、紹介する。

第一号

昭和十三年一月一日発行。編輯兼発行者寺川長次。発行所東京市荒川区南千住町六ノ一二二寺川方朝発行所。A5判十六頁。謄写印刷本。

〈俳句作品〉

青　山　　藤田初巳
墓地に来ぬ枯草に入る日を見むと
供華枯れてゆふべ電車のひゞき来ぬ
墓地下の夜霧に石を刻む家

中台春嶺病む　　細谷碧葉
戦車工造りつかれて冬病めり
戦車工病み大陸に戦車めぐる
陸《くが》の果の凪に職工坐り病む
海ざばと襖にかよひ病職工

病む　　中台春嶺
工場動員職工病みて海へ来ぬ
白砂に来て脈太き手ぞ卑し
この一日冬海に没つる日燃えたり
日輪の下海荒れぬうち向ふ
千鳥啼く夜やはぐるまが頭に旋る

I　氏

断　章　　三橋敏雄
友の眼鏡夕陽にきらり鑄(ママ)釣れぬ
窓の海あかときくろしちるいてふ
水重く飲めり陋巷のからす啼き
かぜのまの家々くろく落葉せり
月あかり衢に坂が多く照る

日　光
日はしろき神厩あり馬を見ざる

製図工　　寺川峡秋
製図工つつと線引き落葉期
図工わかく昼はぐるまの蔭にきし
落葉風きては図工の図を越ゆる
図工掌をひらきて玻璃の日に向ふ
玻璃しろく昏れたり図工図をたゝむ
製図室たかき銅像の蔭に昏れ

（無題）　　蝋ほむら
冬海のみえたる橋をかへりみたり

さむざむとのど渇きたり日がかたむき
冬海のみえたる橋にもどらざりき

水族館　石川一雄

雪を来し目を魚族の目に見られ
水槽の鋭角にうを凍て、生く
雪降る日喜怒哀楽をうを忘れ
いちまいの魚へらへらと水の闇
魚の目をそびらに雪の街いそぐ

傷心—傷病兵の詠へる—

林三郎

機銃撃ち撃ちしを睲めて腕ぞ無き
戦友の遺族と会へりわれは病めり
硝煙弾雨とほし傷心横たへぬ
死にたしと戦争ニユースききぬ病み
戦友《とも》ら果ててわが傷身にめぐる日々

（他に野村盛明・岡沢正義・星暁光・寺島椰葉子・林美江・神谷霜葉・吉田美正・伊丹黄葉・塩沢幹雄の作品あり）

〈評論〉

戦争と俳句　林三郎

日を遂ふに随つて、戦線に行きたい心でゐる自分を見出し、友からの硝煙生々しいたよりにわづかを慰めてゐる。戦地に行きたいことはなにも若きヒロイズムに捉はれてゐるのではない。再び遇へるかどうかわからないこの世代の、貴い体得を積みに出かけたいのだ。（略）云ふまでもなく、機銃をとらず鉄帽を冠らないでも、銃後の一員である以上その俳句文学もおのづから緊迫せる社会状勢を映し、戦争に対する個人の意志を表はすものであつて、戦争俳句は必ずしも戦線に文学せねばならないものでもなく、さうした呼称を欲するのでもないが、巨大なる力の前になげ出して自己を苛み、更にほりさげてみたい衝動にかられてゐるのである。（以下略）

〈編輯後記〉

・蒲《（ママ）》田初巳・細谷碧葉・中台春嶺・東三《（ママ）》鬼・渡辺白泉・小沢春抽《（ママ）》子氏を替《（ママ）》助員としてお迎へ致しましてこゝに「朝」創刊号をお送りいたします。

編輯部長切つて諸氏の御期待に沿ふ様努力して居ります。乞ふ諸氏の御活躍を。（峡秋）

・昨日のかゞやかしき新興俳句運動をこゝにわれらが心情にふかくふかかく受け次ぐべく、その出発点を、この「朝」に託したからには、先づもつてそれを実行いたさねばならぬ　（敏雄）

・朝、風を鳴らして飛ぶ鞭が欲しい。そのもとにわれわれを横たへよう。

限りなく脱皮しつゝ　（三郎）

第二号

昭和十三年二月一日発行。編輯兼発行者寺川長次。発行所東京市荒川区南千住町六ノ一二二寺川方朝発行所。A5判二十二頁。謄写印刷本。

〈俳句作品〉

三　章　小沢青柚子

落日は軌條に照る　電車来れ
霧の夜の提灯行列にあふ
元日のゆふばえ　外濠にも

（無題）　渡辺白泉

木と霜と少女の髪を見しは朝
休日の幸日暮里に霜の崖
自転車の双輪霜をりりと踏む

鉄工忌　細谷碧葉

風花に冬愁ふかき鉄工忌
鉄工忌鉄管《パイプ》の穴に風凍る
鉄工忌油槽に写《（ママ）》る貌枯れたり
鉄工忌鉄うちまつ毛雨に濡る
玻璃さむく地震《ナヰ》びんとすぎ鉄工忌

路　傍　林三郎

冬朝のバスに富岳は見つゝ慣れ
砂利山の霜朝月は白かりき
靴音とあへり疎林の霜きびし
遮断機に並び馬方マスクせり
寒き肩かへり鎧戸ぎぎとしまる

（無題）　石川一雄

人の門を出て獅子舞のひとりごと
獅子の頭に小農の掌をかくし舞ふ
落日に獅子舞醜の頭を垂しつ

（無題）　蠍ほむら

彗星をかんがへてゐる風のまどに
彗星をかんがへてゐる椅子に坐り
彗星がかんがへのそとに出られない
かんがへが彗星を去るつめたくゐる

多摩御陵　三橋敏雄

陵の苑こがらしの梢湛めつつ
冬の陵玉砂利をふむ音停り
冬日とほき陵墓石階を重ねたる
陵に昏れ短日の星斗たちまち見ゆ

陵を去るつねの冬服にわが背あり

（無題）　寺川峡秋

辻楽師蠟燭の焔のめらめらくづれ
北風駆る地にぺつたりと辻楽師
機関車の車輪昼餉の駅にあり
機関車の胴体冬の日にひたる
凍る河鉄橋架ける燈に映えし

（他に塩沢幹雄・小此木閃子・早《（ママ）》暁光・野村盛明・吉田美正・伊丹黄葉・林美江・神谷霜葉・岡沢正義・寺島椰葉子・瀧川彊の作品あり）

〈同人作品評〉

朝にほふ　藤田初巳

『朝』創刊号の作品とその作者たちの平均年齢とは、新興俳句運動の将来にあかるい希望を約束してくれる。きはめてたのしい心でこの一冊を読みをはつたことをまづおしらせするのが、わたくしの義務である。

窓の海あかときくろしちるいてふ　三橋敏雄
水重く飲めり陋巷のからす鳴《（ママ）》き
月あかり衢に坂が多く照る
日はしろき神厩あり馬を見ざる

第一句――くらくかなしい風景である。この風景の前に坐つてゐる作者の、じいつと死を見つめてゐるやうな心がしんしんと伝はつてきて、われわれをひきずりこむ。「窓の海」といふ思ひ切つた表現も、それから「くろし」で切つて「ちるいてふ」としづかに結んだ手法も、このくろい恐怖をよく伝へてゐると思ふ。

第二句――「陋巷のからす啼き」によつて「水重く飲」んだひとの、おそらくはわびしく切《せつ》ない胸裡は理解し得るのであるけれど、「水重く飲めり」（２３２《（ママ）》）といふ、中七の中途で切る叙法であるためか、その「理解」が論理的理解にとゞまつて、感情的、感覚的にひゞいて来ない憾みがありはしまいか。

第三句――内容は非常にうつくしい。「衢に坂が多く（あつて、そして）照る」といふ意味であるに違ひはないのだが、どうも第一誦の印象では「多く」が「照る」にかかる副詞《（ママ）》のやうに誤られ易いと思ふ。下五の中に二つの観念をつゞけて結びつける叙法は山口誓子のしばしば用ゐる手だが、よほど上手にしないと、せゝこましくなるか、あるひはこの句の場合のやうに、意味の混乱を招き易い。（以下略）

〈編輯後記〉

三日の新年句会（於細谷碧葉氏宅）は出席者十一名。高屋窓秋、藤田初巳、渡辺白泉、小西兼尾等の諸氏お出席。昭和十三年度のトップを切つた句会と盛《（ママ）》大であつた。同人諸氏よ句会にはなるべくお出席下さい。

第三号

残念ながら欠本であるが、第一号、二号、四号の奥付けの発行日から推して、昭和十三年三月一日発行と思われる。また、第四号で具体的に紹介するが、第四号に小西兼尾による「朝第三号作品評」が載っており、そこから第三号に三橋敏雄が発表した「雪つのる展望」五句の俳句作品を知ることができる。

第四号

昭和十三年四月一日発行。編輯兼発行者寺川長次。発行所東京市荒川区南千住町六ノ一二一寺川方朝発行所。Ａ５判十六頁。謄写印刷本。「扉」に「終刊号」とある。

〈俳句作品〉

（無題）　寺川峡秋

暁はとがる靴穿き工場へ
割引電車ぞくぞく職工乗りあまる
作業服すつぽりときて長身なる
鉄階を降りて機械にくわへ《（ママ）》られ
しみじみと落暉に電車交叉せり

（無題）　蠟ほむら

舟の火を街衢の底に瞰たるゆう《（ママ）》べ
舟の火は夕街衢より暗きいろ
川口を車掌と瞻たりまぶしきゆう《（ママ）》べ
いつ《（ママ）》そうの川舟すべる朝にあふ

機　械　林三郎

飯終へて職工雪のそらあふぐ
雪の日の屋階にのぼる人を見ず
黒き機械と対し職工飯を食み

戦　争　三橋敏雄

鉄兜樹間にかむり鬱と立つ
河の天《そら》故に砲声も流れ冷ゆ
あを海へ煉瓦の壁が撃ちぬかれ

河辺の家　高屋窓秋

弔旗垂れ黒き河なみはながれき
朝に泣き夕べは河なみとながれき
英霊を抱き夜明くる河の汚穢

（無題）　小澤青柚子

青服の支那兵天にゆき撃たれ

葦原にて擬装斥候のびあがる
塹壕を走りいでんとする吹雪く

（無題）　細谷源二

塹壕のねずみ昼出て水を吸ふ
寒木が燃え遺棄死体陰つくる
天皇旗背に弾道へうなり跳ぶ

（他に小此木閉子《ママ》・小川白土星・神谷霜葉・帆司紀世史・行方文花の作品あり）

〈同人作品評〉

朝第三号作品評　小西兼尾

雪つのる展望

機業地区ひゞきまひるの雪をふかむ
雪ふれど高台のなき機業地区
煙突林まさしく雪はふりつもり
一斉に雪の煙突これは黒し
ふる雪の斑は天《そら》に窓に満つ

三橋敏雄

この作家の勉強ぶりの凄まじいことは衆知の事実であつて、その結果が今日の彼の作品の強固さをもたらして来たことは否み難い。『鷹』（注3）誌上で青柚子君が用語の適確さを述べてゐられたが、同時には構成の緻密、好ましき限りに於いての才気のひらめき等々をあげることが出来る。そしてそれにも増して推さねばならぬことは彼の作句態度である。ひと度ある素材を発見するや実にしぶとく喰ひ下つて、いかにして素材の真骨頂を把握せんかと、らんらんと輝きを増す彼の眼である。平たく云へば、如何なる角度から眺めたら、どんな色彩を以てしたならば、いかなる文化面をその背後に装置したならば、いかなる技巧を用ひて表現したならば、その素材が厳として動かす可らざる天与の性格を完全に描写し得るか！といふ事に就いて彼自身の思考を全く一致する迄研究する真面目な態度である。

彼、敏雄君の作品に於て甚だしき失敗作のないことはそれを証明して余りあるものである。

第一句　一聯の構成上、先づ第一句に於て鮮明に機業地区の風貌を読者に印象せしめ、いかなる場合の機業地をゑがかんとするのであるかを、パン（遠望又は俯瞰的技法）に依つて展開せしめ、順次機業地区を構成してゐる核心的物質をクツキリと画くことに依つて細部的印象を深からしめてゐる。個々の句に於て見るならば、前述したやうに第一句に於て僕等は機業地区の或一角に誘かれて無限に降りついで来る雪の中に立ちつくし、半透明な視野のうちにとほく微けく、而も間に生産の烈々たる力をこめた機械のひゞきをきゝとる事が出来やう。それは遠い日の揺籃の唄にも似たハーモニイを伝へて来る。なつかしくまた少し物憂いひゞきである。雪の中だ。

第二句　だが作者はそんな感傷にいつまでも浸つてはゐない。深く観察する目は此処で一つの平凡なる事実を発見した。だが平凡なる発見（これとても困難な事だ）を平凡に報告したのでは価値低いものになる。高台のない平原のうちに、遠く目をやれど遮るものとてない曠野の一点に、雪はしんしんとこの一部落を包んでゐる。……この間の情趣をよく味覚したならば上五の「雪ふれど」の「ど」といふ助詞の用ひ方が決しておろそかでないと思ふ。注目すべき作家である。（以下略）

〈お知らせ〉

・此の度、いろいろの都合上「朝」を「芭蕉館」と併合し朝同人は「芭蕉館同人」として勉強してゆきたいと存じます。尚詳細は追つて他の形式で発表いたします。（編集部）

〈編集後記〉

・三月十二日の第二土曜日に細谷源二氏を責任者として迎へ同人句会を聞いた。

出席者は新同人の小川白土星、行方文花両氏と細谷源二、帆司紀世史、蠟ほむら三氏と僕あはせて六名、人数は少かつたが熱のある会で大いに勉強になつた。

以上が「朝」第一号から第四号（第三号は欠本）までの抄出、紹介であるが、第四号について若干補足をしておく。第四号に掲載の三橋敏雄作品「戦争」三句は、「風」第七号（昭和十三年四月）に掲載の「戦争」五十七句の中の作品と重複するものである。また、「朝」第四号に掲載の高屋窓秋作品「河辺の家」三句は、「京大俳句」昭和十三年四月号に掲載した作品と重複するものである（のち、第三句集『石の門』に収録）。「朝」第四号の「編集後記」に高屋窓秋の「朝」への参加のことが記されないまま、いきなり窓秋の作品が掲載されていることから推して、窓秋は第三号から賛助員として参加していたと思われる。

「朝」が昭和十三年四月に第四号で終刊になり、「芭蕉館」と併合した事情や、その後の「芭蕉館」については不詳である。

ただし、「朝」が終刊になった背景、事情については、「風」が昭和十三年四月に第七号で終刊となり、五月から「句と評論」の誌名と組織を改変して再出発を図った「広場」に吸収された（＝出戻った）出来事の余波を受けたものであると言えるだろう。

「風」の終刊、「句と評論」の誌名および組織改変、「風」の「広場」への吸収については文学的な事情と経済的な事情が幾重にも絡んでいた。「句と評論」を脱退した渡辺白泉ら新鋭俳人六人が「風」を創刊したのは昭和十二年五月だが、湊楊一郎によれば、既に昭和十一年の暮れにはそうした動きを高篤三から聞いたという。[注4]「風」は高篤三を含む七人で発刊する予定だったが、湊の説得などもあって高篤三は発刊に加わらなかったという。「句と評論」の有力な新鋭俳人たちが反旗をひるがえした理由について、後年、湊は雑詠制を含む古い機構に対する若者の拒絶反応という推測を下しており、[注5]彼らは「句と評論」の中枢である松原地蔵尊・湊楊一郎・藤田初巳という三人のオールド世代には反抗的だったという。[注6]「風」創刊号の「編集後記」で白泉が、急逝した「天の川」の「（篠原）鳳作へ一部贈ることにした」と記す一方で、松原地蔵尊ら三人へは一冊も贈らなかったことが「反抗的だった」ことを裏づけている。松原と湊は樺太大泊中学の同級生で、「句と評論」の組織の中枢であったが、実作者としては凡庸であり（湊はすぐれた理論家だった）、詩才に恵まれた白泉ら新鋭俳人にとっては既に仰ぐべき俳人ではなかったのである。「風」は月刊でスタートしたが、湊の文章によれば、[注7]第三号を出した時点で最年長の小澤蘭雨（小澤青柚子の叔父）と白泉との間に意見の衝突があり、六人の結合に破綻が生じ、以後、白泉の独走になった、という。その間、桜井武司と、創刊号から編集を担当した渡辺保夫・奥澤青野の三人が相次いで出征していった。さらに細井啓司の言によれ[注8]ば、「風」の経済面を支えていた小澤蘭雨が肺結核のため富士見高原病院に入院することになったという。こうした諸事情によって、昭和十二年の秋ごろには「風」の運営は行詰っていたという。[注9]

一方、「句と評論」では、白泉らが脱退した衝撃で編集担当の藤田初巳が編集をやめると言い出し、廃刊の危機に陥った。幸い、帝都書院の孝井亀之助が、ページを減らし補助金なしで印刷してくれることになり、危機は免かれた。そこで、昭和十二年秋から暮れにかけて、白泉ら「風」グループとの間に復帰の相談が進められる一方、松原地蔵尊と湊楊一郎の二人が引退して、藤田初巳が中心となるという組織改革による再出発が進められた。昭和十三年四月に「広場の会」を作り、その委員の座に「風」の有力俳人である白泉・青柚子・兼尾、それに高屋窓秋も就いた。つまり、松原や湊のように実力俳人でない旧世代の俳人に代って、白泉や青柚子のような実力俳人が、それにふさわしい委員の座に就いたのである。そして、この委員には「朝」の賛助員である藤田初巳・細谷源二・中台春嶺もなっていた。「風」が終刊し、「句と評論」を改題して新組織で「広場」が創刊されるに際し、「朝」の賛助員であった有力な先輩俳人の大部分が「広場」に移り、その中心的な座に就いたこと。このことが「朝」の終刊に大きくかかわっていただろう。

【注】

(1)「朝」第一号・第二号・第四号の原本は「朝」創刊同人であった岡澤正義氏所蔵本であったが、昭和十年代の謄写印刷本のため紙のいたみがひどいため、原型をとどめている間にコピーして三橋敏雄氏の所蔵となったものである。
(2) 山口誓子「無季前線俳句に就て」(「サンデー毎日」昭和十三年六月二十六日)。
(3) 渡辺保夫が編集していた「生活感情」と南雲忠勝(山査子)が編集していた「野茨」の両誌に所属していた俳人たちが、昭和十三年一月に創刊した俳句同人誌。渡辺保夫・三橋敏雄・伊丹黄葉・岡沢正義・吉田美正・塩沢幹雄らが参加。謄写印刷本。
(4) 湊楊一郎『句と評論・広場・風全要綱』(再会社・平成元年五月)
(5) 湊楊一郎「私説・渡辺白泉」(『俳句研究』昭和四十四年三月号)
(6) 湊楊一郎「「句と評論」―「広場」」(『俳句研究』昭和四十七年三月号)
(7) 湊楊一郎「私説・渡辺白泉」(『俳句研究』昭和四十四年三月号)に引用された熊倉啓之の話。
(8) 細井啓司氏より直接聞いたもの。
(9) 湊楊一郎『句と評論・広場・風全要綱』(再会社・平成元年五月)

新興俳句の新星・磯邊幹介の稿本句集『春の樹』初公開

「しんしんと肺碧きまで海の旅」（河出書房『現代俳句』第三巻の「海の旅」所収）の代表句で知られる篠原鳳作は、新興俳句の先頭に立って果敢に無季俳句に挑戦した。が、惜しくも病のため昭和十一年九月十七日、三十歳で夭逝した。晩年はヴァイタリズム（生命象徴主義）を唱えて、「一塊の光線《ひかり》となりて働けり」「太陽に襁褓かゝげて我が家とす」など、力強く、生き生きとした労働俳句・生活俳句を志向していた。

　昭和十二年以後、新興俳句の大半が戦争俳句へとシフトしていく中で、あたかも鳳作の化身のごとく登場した新興俳句の新星が「広場」（旧「句と評論」）の磯邊幹介《いそべもとすけ》である。磯邊は当時、東京帝国大学国文学科の学生であった。その俳句志向は「私たちの願ふ今日の美しさは、労働—この生の基底—から目を離し足を離したところには存在しない」（「広場」昭15・2）というように、無産大衆の現実に根ざした労働俳句・生活俳句にあった。作風の基調は、

　くるま座のめいめいの酔がさめてゐる

　鉄でよごれた貌を赤んぼにさはらせる

など労働者の現実を直視した生活俳句であるが、その中に時々、

　春の樹樹少年少女手あげたり

　太陽は野菜畑にころがしとけ

など清新な詩情や感覚が発揮された句が交じる。

　磯邊は昭和十三年から十五年にかけて新興俳句で最も期待された新鋭であった。それは炯眼の渡辺白泉が嘱望する俳人のトップに磯邊を挙げ、「磯邊幹介氏の俳句は、無産大衆に対する深い愛から発する」（「京大俳句」昭14・1）と評したことが物語る。ところが、磯邊も鳳作と同様、病に冒され、昭和十五年十月十二日、二十六歳で夭逝した。

　没後、藤田初巳によって句集『春の樹』の刊行がゲラ刷りの段階まで進んだが、昭和十六年二月五日の「広場」弾圧事件などにより未刊に終わった。幸い、藤田が所持していたゲラ刷りを「広場」の三井菁一が筆写した稿本『春の樹』が遺っ

ていた。

稿本『春の樹』は四六判二七六頁。「俳句」(二六二頁)「短歌」(六頁)「磯邊幹介略年譜」(四頁)母・隆子による「あとがき」(四頁)の四部から成る。「俳句」は逆年順に二六〇句を収録。その年度別内訳は、昭和十五年＝五三句、同十四年＝九五句、同十三年＝七八句、同十二年＝三四句。なお、一頁一句で筆写されているが、「広場」昭和十五年十一月号(磯邊幹介追悼号)の巻末に掲載された『春の樹』の広告には「四六判一二八頁」とあることから、原句集は一頁二句組であったと推測される。以下、稿本『春の樹』の本文を紹介する。

稿本句集『春の樹』

昭和十五年

くるま座のめいめいの酔がさめてゐる
酔つて言つたあいつの言葉が胸にしみる
さびしがつてゐるんだな、さう思つて別れた
月が、ばかに遠方まで照らしてゐる
貧乏人だといふこの気持なげうてるか
太陽は野菜畑にころがしとけ
少年のかつぐ野菜の鮮しさ
鍬の手を休めてゐても日は沈むよ
麦を播くゆふべの煙しづかにて
父母とゐるこのしづかさと父母の老《おい》
新月の下もどり来て言ふことなし
夜の喇叭今宵もかなたにて吹かれ
世の中のはなし短くして別れ
いつになく親しく話すこの人もさびしい
日ちりぢり夕餉の親子あひよれば
雪がくるのかあの月のしろかつたこと
窓は霧語る兄弟貧しくて
ゆく年の日の出にむかふ昨日今日
伐採林赤き日ひとを染めてしづか
雪になるかと見あげる父と立ちどまり
麦踏んで戻るゆふべの雪来るか
夜が明ける藁火のけむりなほながれ
熊が出る噂あかんぼうまれ
赤んぼが笑ふからつい戻つてしまふよ
藁をうつ音を立てつつさびしかりし
あひよりて冬の夜も食ふしあはせはあり
声あげて笑ふ弟妹稚《をさな》くて
土しづか父母は夕日のかたにをり
青空に鍬をさげくる思しづか

春の樹樹少年少女手あげたり
いままた征く夜のうたごゑの若くして
駈けすぎる兵士が吐きし一つの息
可愛想に、靴屋になつて死んだのか
パンを焼くパンやのぞけば、なにかかなし
電柱に太陽のあるかがやかしさ
夜の人語坂をおりゆくもあはれなれ
高架駅童女はおしつこをしてしまふ
青空に鍬をふるへば妻も来て
われら燃えゆふべの地上いま赤し
そよぎたつ若葉樹夕日より赤し
あかんぼと青空、蜂が怒つてゐる
野菜籠ころがり朝のひかりあふれ
赤んぼときやべつの玉と光ある
朝焼の野菜車に積む野菜
雷のあときやべつの玉がころげをり
小学生とほりゆき朝日の野菜
暁の蟬をききしよりさめゐたり
或童女の貌をおもひつつめざめをり
隣人はすでに起きいで水くみをり
朝の日は夏深き樹をはげしく照らし
少年の読書豪雨の隣家にあり
或友が軍医になりしたよりもあり
卑怯者となりて逃げはしる夢さめたり

昭和十四年

往還に地主のわらひがはじけてゐる
白日下税吏がふたりまたひとり
税吏の前禿げた農夫がちひさくなる
買はれてゆく少女をころげ落ちる蜜柑
夜天のもと地主哄笑の家ひとつ
三人の魚屋乗せて朝の電車
赤んぼのはなししゐたる運転手
夜の電車に港人夫の深きねむり
夜の電車に港人夫の落す銀貨
控所に深夜の火夫ががくと睲める
交替の貌をあげたる火夫の老《おい》
ちひさなる腰かけにゐて火夫老いたり
火夫がのむ深夜の水は床《ゆか》にこぼれ
機械工ベルトにすがりつつ風雨
風雨の夜職工父子が停留所に
鉄塊をどしんとおろしおしころがし
鉄をうちをはる息吐くひとりひとり
ハンマーをにぎりなほす掌熱し夜は

高架電車のとどろく魚をくひゐたり
橇馬のたてがみ少年の顔に触れ
赤き肌着きたる農夫は殊に老い
勘次たちが移民に行つた日も吹雪
とほいほど農夫のすがたはさびしくて
この朝の汽車ぼうぼうと山隠《やまがく》れ
赤んぼをだきよせてねる深くつかれ
野良着ぬぐ老《おい》のつかれをおしだまり
北の海へゆく汽車にのる農夫たち
漁場のこと話すひとりは年老いし
赤んぼのひた泣く車窓吹雪となる
この朝の老朽漁船にのるひとびと
そのとき彼《あいつ》も夜の鉄うつ貌をあげた
鉄でよごれた貌を赤んぼにさはらせる
赤んぼが笑へば鉄をうつた貌でわらふ
葱を買ふ鉄工の帽子は燈にさはり
つるされた魚のしたにくるひとびと
暗き巷《まち》の少年の嚙む雪素《しろ》き
低空機少女翳らせたるつかのま
煙突は煙を吐き童女は泣きつかれ
昨日もみたぼうぼうあたまのこの少年
大連であつた男にあふ裏街

ぶつかりさうになつた少女と笑つてしまつた
伝馬船から林檎を買ひに来た少女
伝馬船から少女の貌がみあげてくる
夜の酒場にさむざむと来たあの男だ
雪となる太陽は消え農夫は飢ゑ
赤い日が沈んでしまふ地のひとびと
老い疲れて農夫は死んだ夜は明けたが
ゆく移民にあさひが白く騰《あが》つてゐて
伐採林日はみえかくれそのそらに
この巷《まち》の鎖つくりも年老いて
少年が兵士のうたを船にうたふ
さびしい目が貨物駅から私を見た
ひとりくる兵士のにほひはげしくて
麦を刈る父母兄弟に月は照り
麦を刈る月夜の汗は手でぬぐふ
麦刈りし顔あふむけて月のした
かつぎゆく麦のにほひのさびしくて
ほうほうと梟の呼ぶ月の夜に
歯車が油をたらす下に人間
天井に燈る歯車あふぐつかれ
歯車の嚙みあふ夜の掌のよごれ
夜の汗いくたびもぬぐふ歯車のした

夕日田に少年の貌かくもつかれ
少年も農民のおもざしなせるあはれ
蜜蜂が少女の鼻にぶつかつて
草刈ればそこに雀ははばたいて
草刈れば朝の螢は手に濡れて
山墾《ひら》く、一羽の鳩は来て去りて
山墾く汗拭きゐたり日のましたに
鍬をとぐ、ラムプをそこに移し来て
鍬をふり夕日の方へ夕日のはうへ
警官の貌蒼かりし月夜の坂
まつしろな丸太をかつぐ人がゐて
戦争をいふかたはらに酔ひつぶれ
馬走り少年走り濃霧となる
濃霧となる日輪濡れてぬれて消え
赤き鼻の祖父が語るは海のこと
少年はねむり濃霧は月となる
山山の底にうまれて死児であつた
煤煙の吹きおろす日に死んでいつた
夜の汽車少女は寝貌あふむけて
兵士となる、古き鎌さげもどり来て
兵士となる、にはかに老いし母ひとりに
兵士となる、紅き日章旗うち立てて
兵士となる、あとをたのむとただにいひて
雀追ふ少女の朝の頰ねむたき
雀追ふ少女あけぼのいろになる

仏蘭西革命抄

民衆！といふよりはやく死にし若さ
わかきひと殺され市民魚《さかな》を啖ふ
自由！とするどき鎌をさげていふ
かくつどふ農民に夕日遍照し
唯我等に土地を与へよ！といひて死にし
はなしごゑすぎゆけり公傷の夜をゐれば
急坂に夜の出征旗うちふられ
出征旗少年の鼻をはたはたうつ

昭和十三年

夕晴や母に似たひとがとほりゆき
白き犬おくれてゆくを市電に睹てゐたり
民族の貌のせ市電はしりゐたり
地下疾走の車輛響きて風景なし
地下の駅頭上の街に出るほかなき
彗星をかんがへてゐる風の窓に
彗星がかんがへのそとに出られない
かんがへが彗星を去るつめたくゐる

冬海のみえたる橋をかへりみたり
さむざむとのど渇きたり日がかたむき
冬海のみえたる橋にもどらざりき
曇日と浚渫船がおのおのひとり
魚屋のうたふ辺を過ぎあをぞらなる
石段でお辞儀されたりのぼりをはる
腹いつぱい食はむと思へりバスをよぎり
てんぷらの横町ぬけたり赤き星へ
しろき日が落ちつつゐたり山路《やまみち》に
日は暮れむ海にそひゆくみちのしろさ
土工の背あしもとにせり崖に来り
土工の背のむかうの涯に緑の屋根
とまりたる鴉の位置が高かりき
わすれたる鴉がすでにゐなかりき
日の枯木みやびたりわが齷齪す
川口を車掌と瞻たりまぶしきゆふべ
舟の火を街衢の底に瞰たるゆふべ
舟の火は夕街衢より暗きいろ
わが散歩漁業組合にゆきどまる
掃除する二階の貧しさのましたに来る
浚渫川子をいだくひと古窓に
煤煙を太しとおもふまむかひゆき

少年は車掌台を愛す貧しければ
険しき目トラックにゐき青く眸《さ》しき
朝睹しはハンマーをふりくらき人
ハンマーふる人に響にわが真対ふ
人面にさらに馬身に褐《あか》き夏日
夏日より瑞瑞しきは褐き汗馬
この息づく汗馬の腹を誰かみる
汗馬ゐて褐くて街衢傾斜なす
首つきて汗馬はただに食へり坂に
鉄をもちきたりておろせりわがまぢかに
鉄をおろしおもしといへりわがまぢかに
かんかんとにはかに鉄をうてりそこに
かんかんと鉄うつひとはみればわかき
電工が火焔をそらにもてる夏
電工のズボンがそらに青き夏
柩車発つ車輪にじりたりはしり出づ
葬り道少年追ひすがらむとくる
葬り道喬木とほくみえわたる
自動車のタイヤをころがしてゆく男
長靴の男が木材をひきずつた
地平線浮浪児がてまへをよぎり去る
河岸食堂浮浪児が立ちどまりあるき去る

伝馬船がとほる浮浪児がみる夕日
地平線農婦が貌をかなしくあげる
野天にて乳房に黄いろなるあかんぼ
畑にて母の乳房をみる少年
赤んぼが泣きだす農夫惨と酔ふ
農夫一家寝入りたる燈が蛾を落す
夜刈るに父がなにかいふ川が鳴るに
母が負ふ稲にましろき月の照《てり》
汽車煌《あか》くすぎる夜の田を母に傍《そ》ひ
工場を噴き出る顔のひとつが咳く
工場から河岸の酒場へ来たひとむれ
機械工赤い蛾が搏つ燈で夕餉
路地に嘔き少女はころがる野菜を見る
銭ぬすむ少年の貌しろき夏
稼ぎにゆく父はつまづいて出て行つた
浚渫夫の酒焼けの首赤し街に
浚渫夫巷にまぎれゆけば雨
浚渫夫ひとりの少女もちて冬
浚渫船しぶきせり少年走りくる
浚渫船しぶき浚渫夫すでに濡れ
浚渫船虹いろなせり遠ざかり
堆藁にがさと触れつつもどるつかれ
水門が朝は激せり農婦わかし
少年と野菜車上にあり朝は
農夫立ち官有林へ日は沈む
古外套ひきずり老農町へ出る

昭和十二年

ひとの母の黄いろい乳房電車はしり
女体欲りすなはちねむりこけたりき
白日の跫音《あおと》たかまりはてにけり
燈《ひ》深《ふか》し犬の跫音地をはしり
地をはしる童子らに樹樹高くありし
あかあかと家屋照りきのふにかはらざりし
市電にてまひる乳児の眼に逢へり
増上寺山門赤し日暮のごとし
燈にゐたり昏れはてし風吹きおこる
短脚の犬去り朝の嗽ひ吐けり
鴉啼く曇り日深《ふ》けてわがゐたり
初夏の雲みだれをさなき犬ゐたり
雨の窓明るくあかるくとざしてある
雨あかりこまやかになにか思ひだせない
くゎうくゎうと轢音おこる遠きところ
白日の遠き轢音絶えざりき

雲がながれ草刈鎌はころがつてゐる
とめどなき星の出に耐へ地にゐたり
わが頭上星座完成せり蚊を殺せる
群星の地にぞ司令官の放送きこえ
晩夏照り寂びにし樹樹と身にしみぬ
身にしみて照りて晩夏は夕づきぬ
晩夏照りもつともあかるきゆふべなりき
朝の道てばなしで泣く童女に遇ふ
なにかなく描きし円のまるきを愛す
二階家に独楽を愛せりこほろぎ鳴き
あをぞらの車輌の女人とどろき過ぎ
車輌ゆき鉄橋を青空にのこせりき
あかあかと地ぞ起き伏すひとりゆけば
赤蜻蛉飛ばし深紅をこらへつつ
砲隊の響とすれちがひいつぽんみち
浚渫船街に睹たる日ただに昏れぬ
蜻蛉にとまられむとしいま虔む
蜻蛉にとまらるる歓喜ひそかに来

春の樹――短歌

昭和十一年作

5月

今日もまた炭屋の馬鹿のまんまるな首が二階からみおろしてゐる

あかあかと顔に夕日を染めてくる女の人をよく見ざりけり

夕空は光あふれてゐたりけり犬と人とにゆきあひにけり

あはれいま按摩の笛がきこえたりまれにききたる音《ね》いろのさびしさ

ゆくりなく按摩の笛をききしかばこころ稚《をさな》くて窓からのぞく

10月

とほくなりて按摩の笛がまた鳴れりしづかにきけば按摩の跫音

大蔵

おどろけばすぐ木がくれに農夫ゐてひたすらに土を赤くしてゐる

12月

窓あけておどろきにけりひさかたの月はま朱《あか》くいまをのぼ

るに

十三年　6―8月

輓かむとしからすべりせる馬蹄の音硬く響きたりその束の間を

競馬のすがたに遽にうごきし心を路頭束の間のものとは思はず

磯邊幹介略年譜

大正四年九月

三日、天津曙街軍司令部副官官舎に於て出生。父磯邊民彌母隆子の四男。外伯父に阿部章蔵（水上瀧太郎）あり。

大正十三年四月　八歳

赤坂尋常小学校入学。

昭和三年四月　十四歳

東京高等学校尋常科入学。

昭和八年九月　十九歳

同校高等科第二学年在学中、肋膜炎を発し、腹膜炎を併発。漸次恢復するも体質弱きを以て二年間休学を続く。

昭和十年九月　二十一歳

原級に復学。

昭和十一年末頃　二十二歳

句作を始め、蠟ほむらのペンネームを以て『句と評論』に投句す。

昭和十二年四月　二十三歳

寺川峡秋・三橋敏雄・林三郎・野村盛明等と俳句雑誌『朝』を創刊。(注1)

昭和十三年三月

ペンネーム蠟ほむらを本名磯邊幹介に改む。(注2)この頃より句境に変化を来し、衆人の注目を集む。

同年五月

病患再発。休学。

同年七月

「此岸」（随筆）広場七月号

同年九月

「現代俳句の即時代性」（評論）広場九月号

同年十二月

「鉄の近傍にて」（評論）広場十二月号

昭和十四年一月　二十五歳

「認識のために」（評論）広場一月号

同年四月

「孤高性から大衆性へ」（評論）広場四月号

同年六月
　広場会員となる。「立場の問題」（評論）広場六月号
同年七月
　「歴史への参加者」（評論）広場七月号
同年八月
　「寺川峡秋」（評論）広場八月号
同年九月
　「鑑賞の対立」（評論）広場九月号
同年十月
　「抑圧の底に」（評論）広場十月号
同年十一月
　「主として知性に就いて」（評論）広場十一月号
昭和十五年一月　二十六歳
　広場編輯を担任。「口語俳句の進出」（評論）広場一月号
同年二月
　「蜜柑を見落すべからず」（評論）広場二月号
同年三月
　病勢昂進のため広場編輯を辞す。「鯨のゐなくなつた話」（随筆）しろそう三月号
同年十月
　十二日午前九時二十分、永眠。
同年十一月
　広場磯邊幹介追悼号に散文詩及び書簡の一部を発表。

母磯邊隆子によるあとがき

　藤田初巳先生の御言葉によりまして、幹介生前の事を少し書かせて頂きます。

　幼少の頃から至つておとなしい、然し気丈で責任感の強い子でございました。身体も至つて健かに小学校高等学校と進んで参りました。家庭に在つては誠に無口で読書にふけつて居りましたが、人を笑はせる事も上手でございました。学校では中々元気でございまして、囲碁、将棋、相撲、柔道、水泳、野球等盛んに致したさうでございます。父も私も此の子の行末を楽しみにひたすら愛育致して居りましたが、高等科二年の秋意外にも病に冒されまして、二年間休学致しました。全快後又勉学を続け無事に卒業致しまして兼ねて志望の東京帝国大学国文科に入学致しました。其時の嬉しさうな顔を今も忘れる事が出来ません。

　先生に成つてよい生徒を仕立てよう。

　何より好きな俳句に精進しよう。

　希望に燃えつつ幸福な日を送りましたのも一年程《ママ》り、昭和十三年の春再び発病致しました。春から秋にかけては庭の芝

生の上に、冬は暖かい縁側の籐椅子の上に静かに身を横たへて、本を読み筆を動かしながら俳句を唯一の楽しみとして一心に養生を続けてをりました。

昭和十五年三月頃から病勢は追追と募つて居りまして、梅雨期に入り最早絶望と宣告されました。丸二年の長い間只只幹介の看護に全力を尽して参つた私共はどうしてもあきらめる事が出来ませんで、万に一つの望を抱いて幹介と共に病と闘つて参りました。暑い夏の盛りには兄を楽にさせようと弟や妹が庭に打水をして呉れました。父や兄は勤めのかへりには幹介の悦びさうな物を見つけては買つて参りました。庭の鳳仙花と葉げいとうを眺めながら、いかにも楽しさうな日常でございました。然し十月に入り立つことさへ困難と成りましたが、猶ひたむきな養生を死の前日まで怠りませんでした。

遂に十月十二日午前九時二十分、朝露の消える様に静かに母に手をとられながら二十六歳を一期として此の世を去りました。此度先生が幹介の遺稿をおまとめ下さいます由承りまして、私共は始めて暗の中に一点の光明を見出す事が出来ました。幹介の満足さうな在りし日其ままの笑顔がはつきりと眼に浮んで参ります。

昭和十五年十一月三日　　磯邊隆子

［注］

（1）俳句雑誌「朝」の創刊は昭和十三年一月である。

（2）「蠟ほむら」から「磯邊幹介」への改名は「広場」昭和十三年七月号からである。

『天の狼』上梓の経緯——富澤赤黄男の「日記」から

　富澤赤黄男の第一句集『天の狼』（昭16・8—旗艦発行所刊）は、周知のとおり、新興俳句運動の掉尾を飾る句集。ちなみに「初版当時の情勢で差し控へた二、三の作品」を含む三十七句を増補した和装の再版本は昭和二十六年に上梓された。内容は昭和十年から十六年に至る六年間の作品を逆年順に配列し、全四章に構成したもの。現在、初版本も再版本も稀覯本であり、両書を実際に手にとって閲覧した人は極めて少ないだろう。特に初版本は表紙カバー付きの完全な形ではなかなか見られない。表紙カバーは小著『モダン都市と現代俳句』（平14・9—沖積舎）の表紙カバーのデザインとして使用したので、それを見られたい。ハードカバーの表紙には中央に「皿と魚」の絵のデザインがあるだけで、句集名や作者名はない。

　本稿では、富澤赤黄男の二冊目の「日記」（昭和十五年～二十一年までの日記で、東京建設社発行の日記帳—判型は15㎝×20㎝でA5判よりやや小さい—に記載したもの）に基づいて、『天の狼』の上梓に至る経緯をたどってみたい。

「日記」に句集出版の話が記されるのは昭和十六年五月十七日（土）が最初である。

一時半　安住氏（注1）とコロンバンで会ふ約束をしてゐたので、少し早目に会社を出て、途中、紀伊国屋に立寄、一時半過き（ママ）コロンバンに出掛けた。
安住先着、待つてゐて呉れた、二時半砕壺（注2）に会ふつもり。
安住、小生の句集出版を薦めて呉れるが、何分自家版で出すとしても目下、直ちには金がないので困る。然し、六月二十日頃にはなんとかなるだう（ママ）から、直ちに準備にかゝつてもいゝやうにも考へるが。

五月十九日
午后二時　安住敦に電話して句集上梓の事に触れた。盛んに出版する様すゝめられる。或は思ひ切つて出さうかと思つたり、まだ少し早く、せめてあと一ケ年経てばもう少し面白いものが出来さうな気がするが、そしてもう少しまとまつたものが（注・「ものが」の右隣りに「句集が」と併記）出来さうな気がするのだが、
ともかく午后五時半　コロンバンで会ふ約束をした、
――午后六時近くコロンバンで会ふ、早速、句集出版の話にとりかゝる。矢張り、琥珀発行所から出す事にして、紙が二連必要なことや活字の大さ（ママ）、や装幀は僕自身やること等々について談し合ふ。

大体、二百五十部限定版で、百三十頁程のもの、装幀も、北園克衛氏の「ハイブラオの噴水」のやうな爽明な感じのものにしたいと思ふ。

印刷の方は或は亦坂口有漏男君や、其他紙の入手は関葉（注3）太君山口（注4）君がやつて下さるらしく。安住敦も、その点楽歓（ママ）してゐるやうだ、
細目については皆と充分打合はせて、萬遺漏なきを期するらしい。萬事頼んでおくことにする。到底今の僕の時間の関係や体力の関係では、こうした雑多な事はやれないのだから。

それにつれても　まづ最初の紙代金と、印刷者への内入金とを工面する必要があるので　安住敦が真剱に考へてゐてくれ出版への熱意のためにも、是非、なんとかして工面しなければならない気持だ。

いろ〳〵話し合つた末、明日安住居へ同人が集るから僕にも出て来て呉れるやうにと（ママ）事で別れた。

五月二十一日
午后六時　安住君の宅へ出掛ける、（略）山下（注5）、古川（注6）先着、話の途中、関、武藤（注7）両人来着、種々琥珀の事で話し合つた後、小生の句集出版の事が相談された。関　武藤氏等盛にすゝめる。連中は既に安住（注8）の句集や、暦日の出版で経験済みだから、今度もウンと早く出版してしまふと頻りに意気捲いて呉れた。友情のありがたさを深く思ふ。題は「天の狼」にしたいといふ僕の言葉に、賛成してくれた。十一時迄話し込んで、帰宅十二時、

五月二十八日
安住敦は既に琥珀へ「天の狼」の廣告紙型を送つた由、然し、最早六月号には間に合はないだらうと思ふ。
関君と敦と、三人コロンバンで合ふ、
天の狼の編輯装幀で種々相談する
「吾八」でみつけたものをとつて、表紙包装の写真刷を

する事に先づ一決、
紙質見本と扉紙をみた、素張《ママ》しく豪華なものだ、
敦と別れ関と二人で夕食後別れた

六月三日
コロンバンで敦と会ふ、表紙其他の装幀構図を既に作つて来てくれた、表紙には敦が探して呉れた「皿と魚」の図を写真刷にする事にした。少し薄色のの《ママ》を濃ゆ目にすることに話す。
装幀は萬事敦に一任したので少々気持が楽になつた。到底今の僕は落付《ママ》かず出来さうもないので、いづれ誰かのの《ママ》を思切つていゝ奴を装幀したいと思つてゐる。

六月八日
砕壺より電話があつて、正午会ふ。
食事を共にして天の狼の事や琥珀の事を話す
五時半コロンバンで　敦と三人会ふ事に約束して別れた。
五時半頃三人で会ふ、夕食を「今新」でとる、
「天の狼」出刷について砕壺から既に萬事引受けた由の電報をもらつていたが今日敦へ三百円の費用を出して呉れた。
なんといつて感謝していいのか僕にはわからん。（略）

六月十三日　小雨
午后五時、山下青芝君来社　一緒に出てコロンバンでお茶をのみつゝ、話す、「天の狼」の廣告を東京堂月報にのせやうといつて呉れる　難有く思ふ。萬事よろしく頼むだ
増刊の事は安住君と萬事打合すことにしておいた。

ここから「日記」は二ヶ月近く空白があり、いきなり『天の狼』上梓の日記となる。

八月五日
「天の狼」が愈々出来上つた、
夕刻から安住敦宅へ行き、関、武藤山下氏等と発送を初《ママ》める、何から何まで凡て厄介を掛けてしまつた、素張《ママ》しい本になつて自分で驚いてしまつた、内容がお恥しいものになつて来た。
寄贈本も一先づ発送してしまつた。（略）
十時帰途につく
山下青芝は十部を銀座の近藤書居へ持参するべく早く帰る、「天の狼」の素張《ママ》しい廣告ポスターを武藤君が持参された、東宝の廣告宣伝部の方の作だ。これも近藤書店

へ貼り出す。三人で大井町駅まで歩るく《ママ》、何か巨きなものを忘物でもした様な変に放心した気持だ、（略）。

八月十一日以後の「日記」には『天の狼』の寄贈を受けた人々からの礼状が届いたことが記されている。その人物名を順に記すと、高祖保、手代木啞々子、新井哲夫、第一公論安本、八幡城太郎、坂口有漏男、内田慕情《ママ》、前川佐美雄。また、八月十三日には「高篤三氏よりも喜んで頂いた。一度近日會ひたいと思ふ。」とあるので、高篤三にも寄贈したものと思われる。

八月廿七日
（略）「天の狼」近藤書店で賣切近しとの事にて亦関君等十冊持参す。（略）

八月廿八日
（略）夕刻コロンバンで敦、葉太郎と会ふ、拙著の出版記念会を、砕壺上京を期して開会したいといふ。初めは矢張例によつて三四十人の会にと話をすゝめたが、小生の気持から、それを止めて、我々グループだけて《ママ》、しんみりと膝をまぢへて話したい。それが一等いゝ出版記念になることを主張して、でハ来月九日頃向島「雲水」でそれをやらうといふ事に決つた。（略）

九月十一日
〈天の狼〉出版記念会を向島「雲水」でやる、精進料理はうまい、
高篤三さんが司会をやつて呉れた、
賀田□（注・判読できず）咲氏（注・読売新聞社員）も来て頂いた、水谷、岡橋（注9）が出席して呉れる　関君がはるばるとポータブルを持参して、伴奏附の作品（小生の）朗詠をやつて呉れた、

ランプ（注10）
ある地形（注11）
　関君
青い弾痕（注12）
其他
　安住君
　　が素張《ママ》らしい、

胸のあつくなるやうな記念会であつた。

以上、「日記」を通して『天の狼』上梓の発案（昭和十六年

五月十七日）から『天の狼』の上梓（八月五日）、そして『天の狼』出版記念会（九月十一日）までの経緯を追ってきた。わずか二ヶ月半という短期間で内容、装幀ともに見事な『天の狼』が上梓されたのである。昭和十六年はまだ紙質の劣悪化を免れていたことも幸いした。資金面を全面的に支えた水谷砕壺、編集の中心となった安住敦、そして宣伝や販売に尽力した関葉太郎、武藤芳衛、山下青芝らの厚い友情に支えられたものだった。富澤赤黄男と安住敦との蜜月時代の記念碑的な一冊と言っていい。

「日記」によれば、初版は二百五十部の限定出版とある。また、「増刊」のことも話し合われている。八月二十七日の「日記」では銀座の近藤書店では売切近し、とある。初版は売り切れて、再販したのだろうか。「日記」にはその記載はない。今後、別ルートでそれを追跡することを課題としておきたい。

〔注〕

（1）安住氏＝安住敦。
（2）砕壺＝水谷砕壺。
（3）関葉太＝関葉太郎。
（4）山口君＝山口一夫。
（5）山下＝山下青芝。
（6）古川＝古川克己。
（7）武藤＝武藤芳衛。
（8）安住の句集＝『まづしき饗宴』（昭和15）
（9）岡橋＝岡橋宣介。
（10）「落日に支那のランプのホヤを拭く」で始まる八句からなる連作。
（11）「困憊の日輪をころがしてゐる傾斜」で始まる六句からなる連作。
（12）「憂々とゆき憂々と征くばかり」で始まる十二句からなる連作。

「京大俳句」「新興俳句・プロレタリア俳句諸俳誌」に対する特高の諜報活動資料

資料1　「京大俳句会」の会員構成図

（『社会運動の状況』昭和15年・内務省警保局）

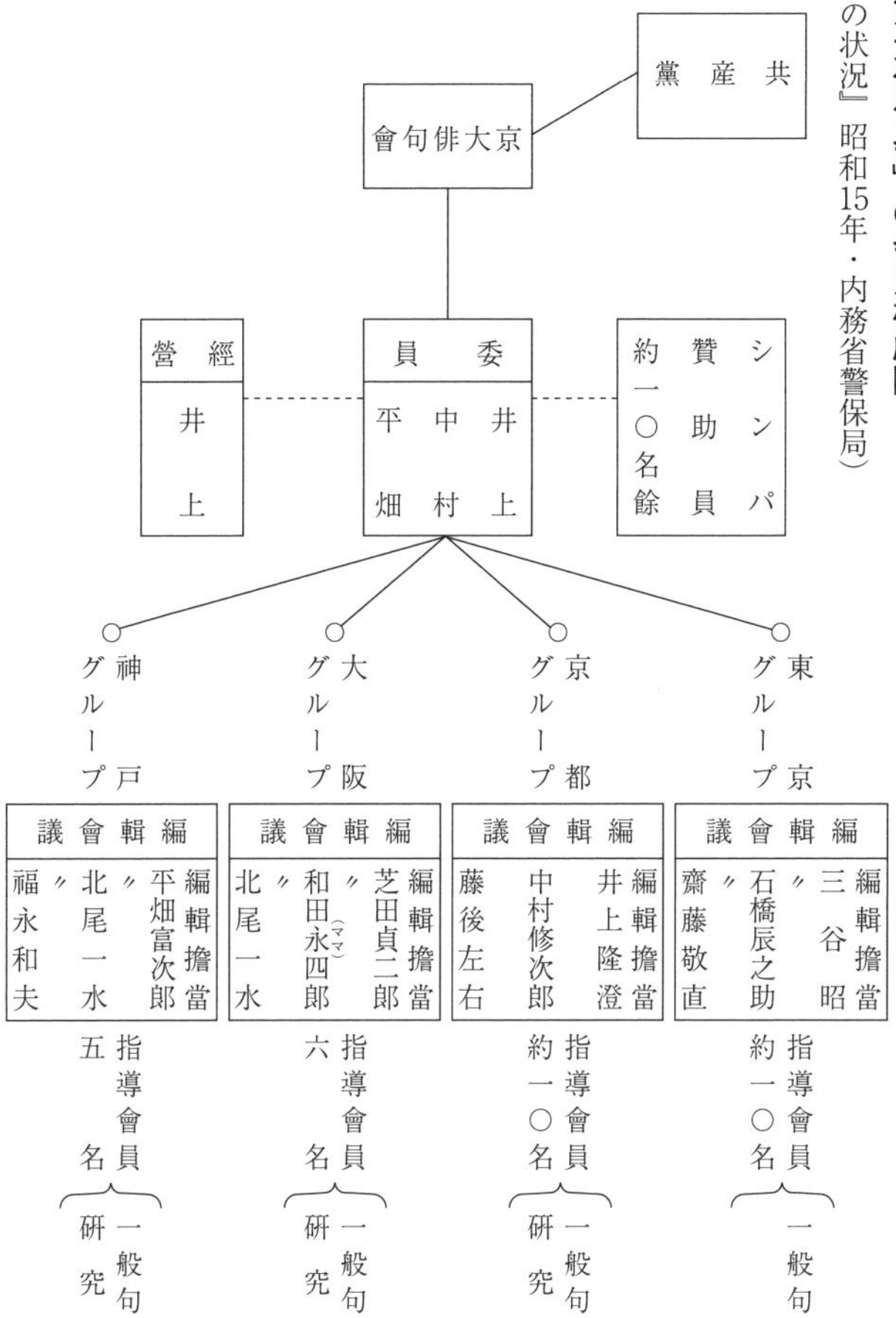

資料2　新興俳句・プロレタリア俳句結社系統図（「特高月報」昭和16年2月分・内務省警保局）

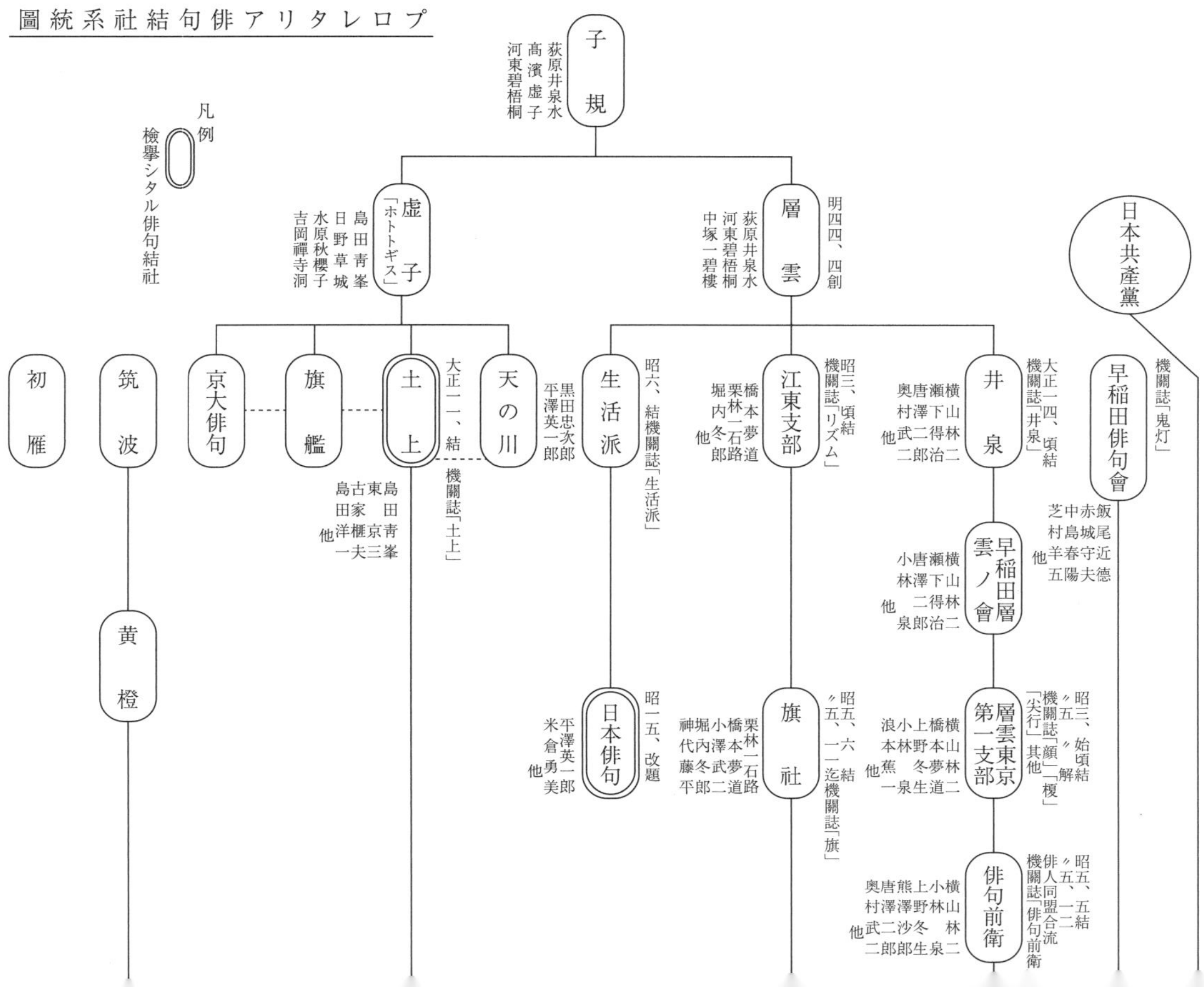

（注）機関誌の表記に「誌」と「紙」が混在するが、「誌」に統一した。

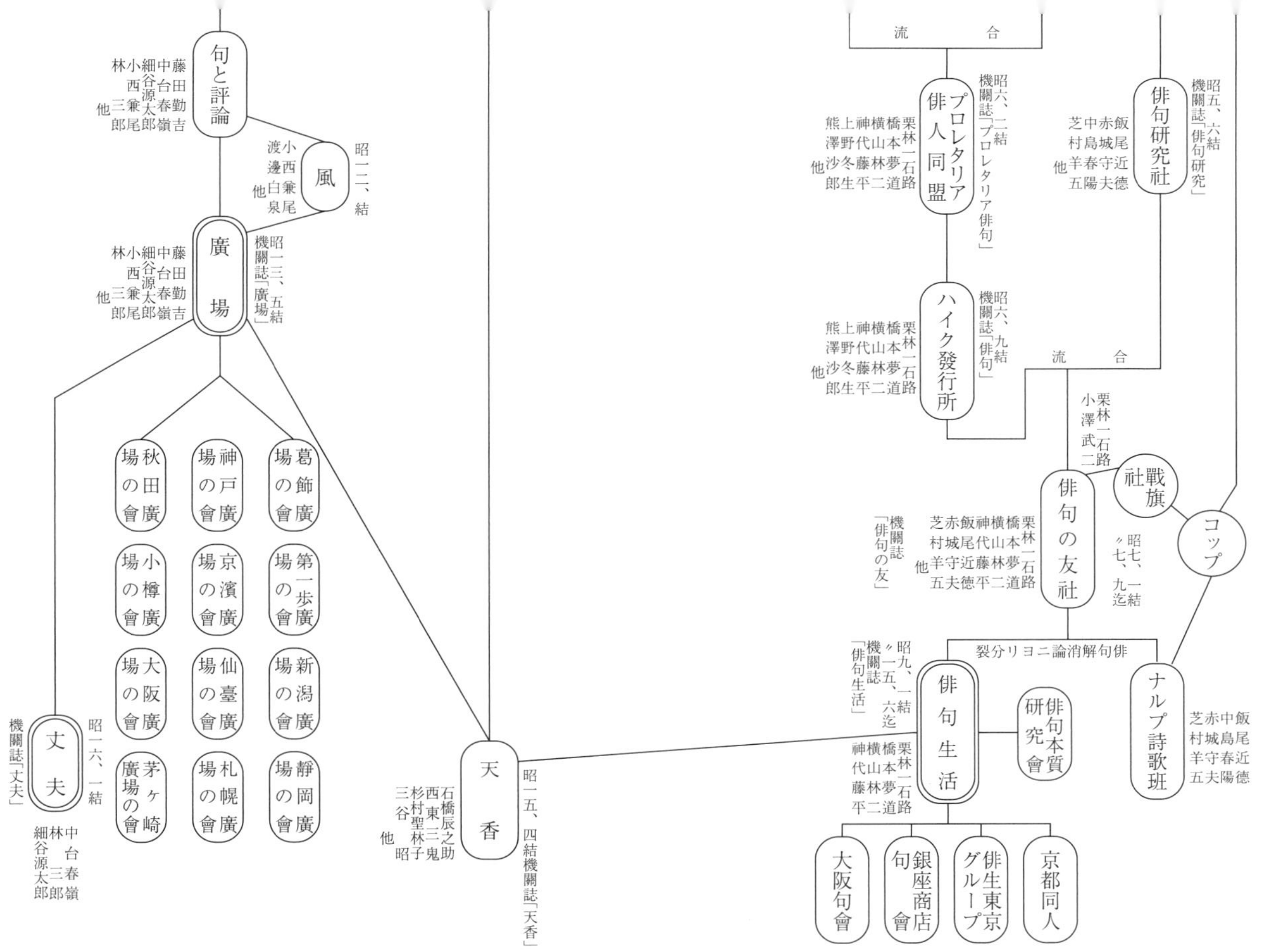

句と評論
藤田勤吉 中台春嶺 細谷源太郎 小西兼尾 林三郎 他
風
昭一二、結
小西兼尾 渡邊白泉 他
廣場
昭一三、五結 機關誌「廣場」
藤田勤吉 中台春嶺 細谷源太郎 小西兼尾 林三郎 他
葛飾廣場の會
神戸廣場の會
秋田廣場の會
第一歩廣場の會
京濱廣場の會
小樽廣場の會
新潟廣場の會
仙臺廣場の會
大阪廣場の會
靜岡廣場の會
札幌廣場の會
茅ヶ崎廣場の會
丈夫
昭一六、一結 機關誌「丈夫」
中台春嶺 林三郎 細谷源太郎
天香
昭一五、四結 機關誌「天香」
石橋辰之助 西東三鬼 杉村聖林子 三谷昭 他
合流
プロレタリア俳人同盟
昭六、二結 機關誌「プロレタリア俳句」
栗林一石路 橋本夢道 横山林二 神代藤平 上野冬生 熊澤沙郎 他
ハイク發行所
昭六、九結 機關誌「俳句」
栗林一石路 橋本夢道 横山林二 神代藤平 上野冬生 熊澤沙郎 他
俳句研究社
昭五、六結 機關誌「俳句研究」
飯尾近德 赤城守夫 中島春陽 芝村羊五 他
合流
栗林一石路 小澤武二
戰旗社
コップ
俳句の友社
昭七、一結 〃七、九迄
機關誌「俳句の友」
栗林一石路 橋本夢道 横山林二 神代藤平 飯尾近德 赤城守夫 芝村羊五 他
俳句解消論ニヨリ分裂
俳句生活
昭九、一結 〃一五、六迄 機關誌「俳句生活」
栗林一石路 橋本夢道 横山林二 神代藤平
俳句本質研究會
ナルプ詩歌班
飯尾近德 中島春陽 赤城守夫 芝村羊五
京都同人
俳生東京グループ
銀座商店句會
大阪句會

資料3　「京大俳句」と友誼関係にある新興俳句団体

（「特高月報」昭和15年5月分・内務省警保局）

京大俳句會關係治維法違反事件の第二次檢擧狀況

本年二月檢擧に着手したる京大俳句會關係治維法違反事件は、其の後京都府當局に於て鋭意取調中なるが、彼等は新興俳句の名の下に俳句の持つ合法性を巧みに擬裝し、反戰反フアツシヨ運動を通じて共產主義思想の普及に狂奔しつゝありたる事實明瞭となりたるを以て、更に本月三日關係者中の意識分子と認めらるゝ三谷昭外五名を警視廳、大阪府、兵庫縣各當局の協力を得て檢擧し、引續き取調中なり。（檢擧者氏名等別項參照）

尙別記の新興俳句團體は京大俳句と友誼關係にあり、相當容疑の點あるを以て、關係當局に於て目下內偵中なり。

別　記

京大俳句と友誼関係に在る新興俳句團體（○印は傾向容疑ありと認めらるゝもの）

（一）　警視廳

○「廣場」（藤田初己《ママ》）
東京市澁谷區代々木初臺

○「土上」（島田青峰、古家榧子）
東京市牛込區若松町

○「東南風」（長谷川天更）
東京市下谷區御徒町一の一二

○「俳句生活」（栗林一石路）
東京市京橋區月島西仲通二ノ二一

○「生活派」（小澤武二）
東京市淀橋區東大久保二ノ三三

「馬醉木」（水原秋櫻子）

「春光」（天野雨山）

「さいかち」（杉野《ママ》自得）

「俳詩稿」（西垣輝子）

「石楠」（臼田亞浪）

○「天香」（石橋辰之助、齋藤敬直）
東京市四谷區信濃町一

（二）　大阪府

○「旗艦」（日野草城）
大阪市此花區玉川町一ノ七三

「火星」（岡本圭岳）

「斷層」（吉田忠一）

「第二土曜日」（牧山牧句人）

（三）　神奈川縣

○「芝火」　（大野我羊事大野正義）
横浜市鶴見區鶴見町一〇一四
（四）静岡縣
「しうそう」(注)(ママ)　（光橋又は三橋光波子）
（五）岡山縣
「香魂」
（六）福岡縣
「新大陸」　（赤部左城子）
○「天の川」　（吉岡禪寺洞）
福岡市今泉九
（七）朝　鮮
○「崖」　（山口聖二事山口成二）
京城社稷町一四二

（注）「しろそう」は昭和三年十一月「紫露草」として創刊。その後「志ろさう」→「志ろそう」→「紫露草」→「しろそう」と表記が変わり、昭和十六年一月終刊。

資料4　プロレタリアリアリズム乃至社会主義的リアリズムを基礎理論とする新興俳句社調（『社会運動の状況』昭和15年・内務省警保局）

雑誌名	主幹者又は中心人物	發行所
天の川	吉岡禪寺洞	福岡市今泉町
旗艦	日野草城	大阪市此花區玉川町一ノ七三
廣場	藤田初己(ママ)	東京市澁谷區代々木初臺
土上	島田青峰　古家榧子	東京市牛込區若松町
東南風	長谷川天更	東京市下谷區御徒町一ノ一二
芝火	大野正義	横濱市鶴見區鶴見町一〇一四
俳句生活	栗林一石路	東京市京橋區月島西仲通二ノ二一
生活派	小浄(ママ)武二	東京市淀橋區東大久保二ノ二三七
天香	石橋辰之助　齋藤敬直	東京市四谷區信濃町一
火星	岡本圭岳	大阪市
崖		朝鮮京城府
しろさう(ママ)	光橋某	静岡市

資料5　雑誌「京大俳句」に登載されたる主なる俳句（『社会運動の状況』昭和15年・内務省警保局）

（イ）プロレタリアリアリズム俳句
黙々と鐵槌ふり我等何を得る

風寒し土を擔保に金を得る
ビルを脊に靴を磨いて生きて居る
ビル建てるセメントは汗練りこんだ
薄給でそれで體重を意識する
ネクタイを締めて薄給かくす夏
旋盤は脳を削つてほそくする
薄給を嗤へ鑛爐のましろき焰
晝の灯に活字撰る皮膚の青白く
ホテル建つ爆破が不漁をまねくなり

（ロ）　反戰俳句

千人針見て地下道へもぐり込む
觀衆は死のないニュース見て拍手
聖戰裏寡婦は飢えてぞ妊りぬ
戰死報母となる日が淋しまる
角砂糖の如く崩壞するは兵
物高く何かつぶやく妊婦すぎ
戰死者が青き數學より出たり
安死術夜戰の谷の蟹にある
枯れし木をはなれて枯れし木と射たれ

資料6　各派プロレタリア俳句の作例

（『社会運動の状況』昭和16年・内務省警保局）

各派プロレタリア俳句の作例

（1）　俳句生活派（自由律）

○搾取されに折り重なつた暗い顔びつしり詰めて東京が呻く朝の電車　（夢道）

○人間が人間にペコペコして組織のねえ俺達が搾取されどうしだ　（夢道）

○戰争ゴツコ鎭臺様がおらが一家の諸畑をメチヤ〳〵にして呉れやがつた　（夢道）

○こうなりや何んでもおつぱじめろ兵隊だつておいらの味方じやねえか　（夢道）

○だゝぴろい芝生を土地が泣くぞと言ふ母だ　（夢道）

（田舎から上京した母に明治神宮外苑を見せたら斯う言つたと云ふのである）

○搾る政治ならこそでかい石の建物立てよつた　（夢道）

（議事堂を見ての句）

○厖大な議事堂にむさぼりついた眼千年も二千年も續くかと子供重大な事いふ　（夢道）

（厖大な議事堂を見た子供はこんな立派な建物は二千ももつだらうと云つた、資本主義社會がそんなに續いたら大變だ、資本主義社會はもう崩壊に瀕して居るのだ）

○俺の履歴書をめろ〳〵と資本が喰つちまやがつた　（一石路）

○ぼろ〳〵馘首されて行く一と冬の椅子や卓に（一石路）
○失業救濟た何だたゞのやうな堤防工事でねいか（一石路）
○花環をトラックに積んで地主奴の葬式まで陽氣だ（一石路）
○今日の何もかもメーデー歌の渦にまきこんでしまへ（林二）
○ウデを組んで唄はずにゐられないメーデーが今日だ（林二）
○俺達がガンバレば煙一つ吐けない今朝の煙突だ（林二）
○いつのまに鐵砲彈を作る工場となつて交替の夜の汽笛
（時計工場精工舎を詠った作）（藤平）

（2）「土上」派（新興）
○大軍のその眞先はみんな兵（小田透一）
○一隊のうしろに士官居て叫び（小田透一）
○生きなんと殺戮の武器揮ふ兵（小田透一）
○貧農と生れ石塊のごと蹴られ（小柳昌）
○メーデー歌動搖《ママ》めき陽炎と湧きおこる（高山素山）
○廣場ゆくメーデーの列に殘雪潰ゆ（高山素山）
○北海に風出で赤旗はためけり（高山素山）
○女子青年共産黨員黨旗を捧げ恍惚たり（高山素山）
○ナチの書のみ堆しわが獨逸語かなしむ（榧子）
○み冬澄む歴史の巨歩をうたがはず（榧子）
○雨、雨、雨、袢纒質入れに露地が黝い（國吉哲）

（3）「廣場」派（新興）
○遺棄死體天凍るとき藁もなし（徳久白洋）
○起重機林鳩舞へり老朽陶汰の日（中臺春嶺）
○貧農のさだめは知れり畦を焼く（砂吐子）
○ひゞ荒れの頬は削れつゝ麥を踏む（砂吐子）
○かけ合ひにゆかうきかなきや暴れてやる（三紫）
○工場主脂肪肥りで値下言ふ（三紫）
○ぼろの旗豚等の室におつ立てろ（三紫）
○日和雲日日に捷報ありてかなし（藤田初己《ママ》）
○戰利品展覽會街枯れたり（藤田初己《ママ》）

（4）傳統派（有季定型）
○血に染めし我等が旗よ勞働祭
○サーベルのバリケード蹴飛ばす勞働祭
○秋風や今日もあぶれて又歸り
○秋立つや質草もなき失業者
○野分けすや爭議づかれの十ケ村
（以上の様に其のテーマは階級的であるがプロレタリアの反抗の叫びとしては聞えない）

解説

資料1の「「京大俳句会」の会員構成図」は内務省警保局編『社会運動の状況』（昭15）中の「新興俳句「京大俳句会」の運動状況」に掲載されたもの。平畑静塔・中村三山・井上白文地を中心にして神戸グループ・大阪グループ・京都グループ・東京グループという四地域で構成されている。「京大俳句」の編集はこの四地域の回り持ち（ローテーション）で行われていたので、この構成図は「京大俳句会」の活動実態の根幹を正確におさえたものになっている。こうした正確な構成図は京都の特高を中心にして各地域の特高の諜報活動を集約することで出来上がったものであろう。しかし、それだけではなく、同じ「新興俳句「京大俳句会」の運動状況」に掲載された「所謂「新興俳句」運動の勃興と指導理論の変遷」（京大俳句会中心分子平畑富次郎の陳述に依る）」が示すように、特高刑事による被検挙者取調べの過程での「陳述」や「手記」なども参考にしたことも考えられる。その傍証としては、被検挙者の西東三鬼が、「京大俳句」や新興俳句などの活動について特高に情報を提供した人物を三人挙げた語りがある（座談会「風にそよぐ葦」・出席西東三鬼・石田波郷・山本健吉―「俳句」昭27・12）。その中で三鬼は「N」と「句集の中で（京大俳句）第一次検挙の前一寸引つぱられた」と書いた人物を挙げた後、「ところが、こゝに第三の男がゐて、これは豚箱で系図を書いた。新興俳句の系図を提供したんだ。（略）その男の書いた系図を、僕は検挙の朝一端休憩の日比谷署で見せられたんだ。それには新興俳句ならざる、石田波郷、石塚友二、みんな入つてゐるんだよ。」と語っている。ちなみに、「N」とは「京大俳句」第一次検挙事件（昭15・2・14）後、京都俳壇でスパイだという風評が立った中田青馬（「中田青馬は特高のスパイだったのか―特高のスパイの風評に対する中田青馬の手紙と「京大俳句」弾圧事件に関する天皇関西行幸説」を参照）。「句集の中で（京大俳句）第一次検挙の前一寸引つぱられた」と書いた人物とは、句集『往来』（高山書院・昭24）に「京大俳句事件のため川端署に留置さる。陰暦七月十三日（四句）」という詞書をもつ四句を収録した岸風三楼を指すと思われる。三鬼の語りは月日に記憶違いがある。系図を書いたという「第三の男」は不明。三鬼の語りが必ずしも信憑性が高いというわけでもない。そもそも三鬼の語りに従えば、被検挙者は特高刑事の要求に従って「陳述」や「手記」を書かねばならなかったので、被検挙者はみな情報提供者ということになってしまう。そういう信憑性や矛盾を含みながらも、三鬼の語りは「京大俳句会」会員構成図作成に関する有力な傍証となるだろう。

資料2の「新興俳句・プロレタリア俳句結社系統図」は特高の全国的な諜報網と被検挙者の「陳述」や「手記」などを

参考にして綿密に作成されたものだろう。この系図は「特高月報」昭和十六年二月分に収録されており、「凡例」に◎は「検挙シタル俳句結社」とある。◎で囲まれた俳句結社は「土上」「広場」「俳句生活」「日本俳句」という昭和十六年二月五日に一斉に弾圧、検挙された四結社である。したがって、この系統図は検挙以後に作成されたものであることが分かるが、この系統図とほぼ同じものは既に検挙前に作成されていただろう。もう一つ、この系統図で注目されるのは「広場」の下部結社として「丈夫」が◎で囲まれており、「昭和一六、一結」「機関誌「丈夫」」「中台春嶺　林三郎　細谷源太郎」と付記されていることである。この三人は「広場」同人として検挙されているが、今まで「丈夫」という結社名も機関誌名も俳句史には浮上してこなかった。特高の諜報網の密度の高さを示すものである。

資料3・4は弾圧された「京大俳句」と友誼関係にある新興俳句結社の一覧表。資料3で「傾向容疑ありと認められるもの」として特にマークされた結社は「広場」「「土上」」「東南風」「俳句生活」「生活派」「天香」「旗艦」「芝火」「天の川」「崖」の十結社。これは資料4の結社と重複しており、資料4では、さらに「火星」と「しろさう《(ママ)》」が追加されている。このうち、資料2で触れたとおり、昭和十六年二月五日には四結社が弾圧された。また、「天香」の同人は京大俳句の検挙された会員と重複していた。その他の結社は幸いに弾圧を免れたが、弾圧線上にマークされていた結社であることを示している。

資料5は「京大俳句」に登載された「傾向容疑のある俳句」として、「プロレタリアリアリズム俳句」と「反戦俳句」とに二大別されている。前者は生活俳句・労働俳句・工場俳句など、いわばプロレタリアートの困窮生活を詠んだもの。後者は銃後俳句が大部分で、「観衆は死のないニユース見て拍手」のようなリアリズム的なものが中心だが、「戦死者が青き数学より出たり」のようなシユールリアリズム的なものもふくまれる。内容的にはプロレタリアートの困窮生活や反戦的なもの、表現方法としてはリアリズムやシユールリアリズムなどが弾圧の対象としてマークされていたことが分かる。また、ここに引用されている俳句は「新興俳句弾圧事件の新資料発見」の「資料3　平畑富次郎（兵庫縣衛生技師兼醫師）に對する（京大俳句關係）治安維持法違反被告事件豫審終結決定」に引用されている俳句と重複するものが多い。

資料6は昭和十六年二月五日に弾圧された「俳句生活」「土上」「広場」のプロレタリア俳句の作例として挙げられたもの。資料5の俳句と比べて、より階級的・反戦的傾向が強く打ち出されており、特高に易々と弾圧の言質をとられるものになっている。

新興俳句弾圧事件の新資料発見

はじめに

新興俳句を中心とする戦時下の俳句弾圧事件は、昭和十五年二月十四日の第一次「京大俳句」弾圧事件から同十八年十二月六日の「蠍座」（秋田）弾圧事件まで、四年間にわたった。検挙された俳人は平畑静塔・渡辺白泉・東京三（秋元不死男）ら、主に二、三十代の気鋭俳人四十四名にのぼり、うち起訴された十三名は懲役二年（執行猶予三年ないし五年）の刑を受けた。

弾圧事件の概要は、被検挙者の自伝や談話と、内務省警保局編の「特高月報」や「社会運動の状況」（特高年報）とをすり合わせることで、かなり明らかになってはいた（参照＝川名大『新興俳句表現史論攷』所収「新興俳句弾圧事件の外貌」・桜楓社／小堺昭三『密告』・ダイヤモンド社）。しかし、真相は十分に解明されるには至っていない。事件の性質上、極秘資料が多く、また、被検挙者のほとんどが死去したことも重なり、近年の研究はあまり進展が見られない。

昨年、思想弾圧関係の極秘資料を多く所蔵する国立公文書館と国立国会図書館を中心に、関係資料を改めて調査してみた。その結果、新たに国立国会図書館所蔵の司法省刑事局編の極秘資料「思想月報」と「思想資料パンフレット」（マイクロフィルム）の中から新興俳句弾圧事件に関する貴重な資料を発見することができた。研究の進捗に資する資料的価値を有するものなので、ここに抄出、紹介する。

また、「京大俳句」弾圧および西東三鬼の釈放の契機といわれる天皇の関西行幸に関しても、新たな事実が判明したので、報告する。

治安維持法違反被検挙者の検挙日と起訴日

従来、「特高月報」により被検挙者の検挙日と起訴日は判明していた。しかし、釈放日は解明できなかった。今回の調査で、「思想月報」誌上の「治安維持法違反事件起訴、起訴猶予等各氏名表」により、起訴猶予者の釈放日が解明できた。

それを報告する前に、「特高月報」により明らかになっている治安維持法違反被検挙者の氏名・検挙日・起訴日を確認しておきたい（氏名順は「特高月報」に準ずる）。

㈠「京大俳句」関係

・第一次検挙日＝昭和十五年二月十四日

被検挙者名＝井上隆證（白文地）・中村修次郎（三山）・中村春雄（新木瑞夫）・辻祐三（曽春）・平畑富次郎（静塔）・宮崎彦吉（戎人）・福永和夫（波止影夫）・北尾一水（仁智栄坊）の八名。

・第二次検挙日＝昭和十五年五月三日

被検挙者名＝石橋辰之助・和田平四郎（辺水楼）・杉村猛（聖林子）・三谷昭・渡辺威徳（白泉）・堀内薫の六名。

・第三次検挙日＝昭和十五年八月三十一日

被検挙者＝斎藤敬直（西東三鬼）の一名。

以上十五名のうち被起訴者は次の三名。

平畑富次郎（昭和十五年八月二十一日起訴）

福永和夫（昭和十五年九月十日起訴）

北尾一水（昭和十五年九月二十五日起訴）

なお、西東三鬼の被検挙日は、「特高月報」では八月三十日と記載されているが、当時、三鬼と行動を共にしていた三橋敏雄の「その日は月末の土曜日の決算日で、三鬼の来社を待ったが、ついに姿を見せなかった」という証言に基づき、八月三十一日説を採る。

㈡「広場」関係

検挙日＝昭和十六年二月五日

被検挙者名＝藤田勤吉（初巳）・中台満男（春嶺）・林三郎・細谷源太郎（源二）・小西金雄（兼尾）の五名。

㈢「土上」関係

検挙日＝昭和十六年二月五日

被検挙者名＝島田賢平（青峰）・秋元不二雄（東京三・戦後は秋元不死男）・古家鴻三（榧夫）の三名。

㈣「日本俳句」関係

検挙日＝昭和十六年二月五日

被検挙者名＝平沢栄一郎（英一郎）の一名。

㈤「俳句生活」関係

検挙日および被検挙者名

昭和十六年二月五日＝橋本淳一（夢道）・栗林農夫（一石路）の二名。
昭和十六年二月七日＝横山吉太郎（林二）の一名。
昭和十六年二月二十一日＝野田静吉（神代藤平）の一名。
以上、㈡〜㈤の昭和十六年二月の四誌一斉被検挙者は十三名。このうち被起訴者は次の七名。
栗林農夫（昭和十六年十月二十二日起訴）
橋本淳一（昭和十六年十一月十七日起訴）
野田静吉（昭和十六年十一月二十四日起訴）
横山吉太郎（昭和十六年十一月十七日起訴）
古家鴻三（昭和十七年二月二日起訴）
秋元不二雄（昭和十七年二月三日起訴）
細谷源太郎（昭和十七年二月二十五日起訴）
なお、「広場」（前身は「句と評論」）と「土上」は新興俳句誌、「日本俳句」（前身は黒田忠次郎らの「生活派」）で、昭和十五年二月に「日本俳句」と改題、平沢英一郎が中心となる）は自由律俳句誌、「俳句生活」はプロレタリア俳句誌である。

㈥「山脈」関係
検挙日＝昭和十六年十一月二十日
被検挙者名＝山崎清勝（青鐘）、・山崎義枝・西村正男・前田正・鶴永謙二・勝木茂夫・紀藤昇・福村信雄・宇山幹夫・和田研二の十名。
十名のうち被起訴者は山崎清勝（昭和十七年五月十日起訴）の一名。なお山崎清勝は昭和十年代には「天の川」「山葡萄」「渦潮」などの新興俳句誌にも「青鐘」の俳号で投句しており、戦後は「太陽系」「火山系」「薔薇」「俳句評論」に同人として参加、活躍した俳人である。

㈦「きりしま」関係
検挙日＝昭和十八年六月三日
被検挙者名＝面高秀（散生）・大坪実夫（白夢）・瀬戸口武則の三名。
三名のうち被起訴者は面高秀（昭和十八年十二月三十一日起訴）の一名。なお、瀬戸口武則は検挙日前夜に泥酔により顔面を負傷し、入院したため、同年六月十八日に身柄を勾留された。

㈧「宇治山田鶏頭陣会」関係
検挙日＝昭和十八年六月十四日
被検挙者名＝野呂新吾（六三子）の一名。野呂は昭和十九年二月四日起訴された。なお、親井牽牛花の私宛私信によれば福田三郎も検挙されたという。

㈨「蠍座」関係
検挙日＝昭和十八年十二月六日
被検挙者名＝大河隆一（加才信夫）・高橋䊵晟（紫衣風）の二名。

資料1　治安維持法違反被検挙者中の起訴猶予者の釈放日

司法省刑事局編の極秘資料「思想月報」誌上に毎月掲載されている「治安維持法違反事件起訴、起訴猶予等各氏名表」により、前章で記載した治安維持法違反被検挙者中の起訴猶予者の釈放日を初めて明らかにすることができた。以下にそれを記載する（氏名順は「思想月報」に準ずる）。

○「思想月報」昭和十五年九月（第七十五号）

氏名	処分時年齢	職業	学歴	結社ニ於ケル地位及活動	処分月日	所属団体及地位
辻　祐三	四八	京都市書記	早大卒	コミンテルン竝党目遂	八・三一	京大俳句関係

○「思想月報」昭和十五年十月（第七十六号）

石橋辰之助	三二	映画館照明電気係	電機学校卒	コミンテルン竝党目遂	九・五	京大俳句関係
和田平四郎	三五	新聞記者		〃	九・一一	〃
杉村　猛	二九	新聞社文選工	尋小卒	〃	九・一六	〃
渡辺威徳	二八	会社員	慶大卒	〃	九・二一	〃
三谷　昭	三〇	東京市雇	東京府立五中卒	〃	九・二一	〃
中村修二（ママ）郎	三九	家庭教師	東大法中退	〃	九・二一	〃

○「思想月報」昭和十五年十一月（第七十七号）

堀内　薫	三八	中学校教諭	京大国文卒	コミンテルン竝党目遂	一〇・七	京大俳句関係
井上隆證	三七	関西大学講師	京大哲卒	〃	一〇・八	〃

○「思想月報」昭和十七年一・二月合併（第九十一号）

林　三郎	三一	三田工業所工場主	第一実業学校電気科卒	コミンテルン竝党目遂	一・二四	新興俳句社関係
小西金雄	三六	煙草小売商	商業中退	〃	一・二七	〃

○「思想月報」昭和十七年三月（第九十二号）

中台満男	三五	外交員	尋小卒	コミンテルン竝党目遂	二・一四	新興俳句社関係
藤田勤吉	三七	三省堂出版部員	法政大文科国文科卒	〃	二・一六	〃

○「思想月報」昭和十七年六月（第九十五号）

福村信雄	二三	精錬工	高小卒	コミンテルン竝党目遂	五・一〇	山口俳句集団「山脈」グループ関係
宇山幹夫	二五	炭礦事務員	専修大経中退	〃	五・一〇	〃

　以上の記載資料により、検挙された俳人たちの中で、起訴された俳人たちを除き、起訴猶予となった俳人たちの釈放日がかなり判明した。「京大俳句」関係では十二名中九名の釈放日が判明。西東三鬼・宮崎戎人・新木瑞夫の三名だけは「思想月報」に記載されていないが、三鬼は戦後の座談会「俳句事件」（「俳句研究」昭29・1）で、「昭和十五年十一月二日京都検事局で起訴猶予となり十一月五日に釈放された。」と言っている。また、宮崎戎人については、同座談会で三谷昭が「宮崎氏は、いくら調べても精神状態が摑めなくて、一、二ケ月で釈放しちゃったそうですよ。」と語っている。新木瑞夫の釈放日は未詳である。

　四誌一斉弾圧事件では六名中四名の釈放日が判明した。「日本俳句」の平沢栄一郎（英一郎）については、同座談会で栗林一石路が「平沢君はすぐ帰されたらしいですね。」と語っている。

　地方俳誌の「山脈」「きりしま」「宇治山田鶏頭陣会」「蠍座」については、起訴されなかった十三名中、「山脈」の福村と宇山の釈放日が判明したのみであり、今後、解明の手がかりとなる新資料の出現を待つより他ない。

　なお、前記「思想月報」に記載された「起訴猶予等各氏名表」中の「処分月日」を、とりあえず「釈放日」と看做して扱ったが、正確に言えば、起訴猶予の処分が決定した日と釈放日とが若干ずれることがあっただろう。前記「座談会」での三鬼の場合も釈放日は三日後にずれている。また、逆に保釈によって釈放日が前にずれる場合もあっただろう。したがって、「思想月報」に記載された「処分月日」はその前後の若干の日数のずれを見込んだ釈放日の目安として認識するのが妥当だろう。

　今回判明した釈放日で注目すべきことは、起訴猶予者の勾留期間である。「京大俳句」関係者では七、八ケ月間、「広場」関係者では約一年間である。「京大俳句」弾圧事件の際、いわゆる囮捜査で泳がされたとされる西東三鬼は、一人だけ検挙が遅れたうえ（昭和十五年八月三十一日）、わずか二ケ月余りで釈放されたが（同年十一月五日）、今回の「思想月報」による起訴猶予者の釈放日の解明により、改めてその異例さが実証された。

　西東三鬼の検挙と釈放にかかわる天皇の関西行幸説については、今回、当時の新聞報道の資料に基づいて新たな事実が判明したので、後で章を改めて言及する。

資料２　秋元不死男の獄中手記「左翼俳句運動概観」

国立公文書館および国立国会図書館には旧内務省警保局や旧司法省刑事局関係の資料として「警保局長決裁書類」「特高月報」「思想月報」などの思想・公安関係の資料が大量に所蔵されている。

その中に国立国会図書館所蔵の司法省刑事局編の極秘資料「思想資料パンフレット」（昭和十三年〜同十七年）がマイクロフィルム全十二リールに収められている。その第十リールの中に神山茂夫の手記とともに秋元不死男（本名秋元不二雄・当時の俳号は東京三）の手記「左翼俳句運動概観」（「思想資料パンフレット特輯第三十二号」昭17・6）が収められていることが、今回の調査で判明した。

「手記」は、被検挙者が当局（特高刑事）による取り調べに際して強制的に書かされたものである。従来、「手記」に関しては西東三鬼の自伝「俳愚伝」（『俳句』昭34・4〜同35・3）をはじめ、被検挙者の自伝や談話でも語られていた。三谷昭も「私の場合は、官庁で使ふ赤い十三行の罫紙でもつて八百枚位あつたかな。聞くところによると平畑氏は二千枚近く書いたといふ」（座談会「俳句事件」──『俳句研究』昭和29・1）と、具体的に語っていた。しかし、詳細な実態はわからなかった。

今回判明した秋元の手記は四百字詰原稿用紙に換算して約百二十五枚に相当する膨大な分量である。これにより、手記の構成や内容の実態が初めて明らかになった。「はしがき」および「目次」は左記のとおり。

はしがき

我国に於ける左翼俳句運動は、自由律左翼俳句運動と新興俳句派左翼俳句運動の二派に分れ発展し来りたるものなるが、本パンフレットは、昭和五年頃以降後者に属するプロレタリア俳句運動を通じ共産主義的啓蒙活動を為し、昭和十六年二月五日検挙せられたる、秋元不二雄の手記にして、我国の左翼俳句運動の概観、特に其の沿革並に思潮を叙述せる（一）左翼俳句運動に対する認識、（二）新興俳句に対する認識の二稿を執務の参考資料として印刷に付したるものなり。

尚、附録として右秋元不二雄に対する公訴事実を載せ、同人の左翼俳句活動の概要を知るの便に供したり。

昭和十七年六月　　司法省刑事局

目次

第一、左翼俳句運動に対する認識

一、左翼俳句運動に於ける二分野と其の主張並に立場
二、私は何故「定型」を支持し活動してきたか
三、私の第一期活動の内容
四、私の第二期活動の内容
五、左翼俳句運動に於ける当面の任務
第二、新興俳句に対する認識
一、俳句史概観
二、新興俳句の近代派（近代俳句）について
三、新興俳句の生活派（生活俳句）について
（一）近代俳句と生活俳句の相違について
（二）生活俳句の運動が勃りし理由について
（三）生活俳句の本質と実践の方法並に其の時期
（イ）根本態度
（ロ）形式論
（ハ）無季俳句
（ニ）連作俳句
（ホ）素材
（四）生活俳句に於ける諸グループと其の交流関係について
（五）生活俳句の例句二、三について

右の内容は膨大な分量で、スペースの都合上、全てを再録、紹介することはできない。内容上注目すべき二点を抄録する。

一つは、秋元が新興俳句の展開を近代俳句（モダニズム俳句）と生活俳句（リアリズム俳句）の二つに分けて詳述しているところ。すなわち、前記の目次の「第二、新興俳句に対する認識」中の「二、新興俳句の近代派（近代俳句）について」と「三、新興俳句の生活派（生活俳句）について」が、その該当箇所である。後者についてはスペースの関係で「（一）近代俳句と生活俳句の相違について」のみ、抄出、再録する。

二、新興俳句の近代派（近代俳句）について

昭和四、五年、花鳥諷詠を唱導する高浜虚子の門下に水原秋桜子、山口誓子等が居つて、彼等は先づ俳句に近代詩としての資格を与へねばならぬと云ひ、所謂詩的精神《ポエジー》運動を起しました。即ち俳句の文学的内容は近代的詩情の有無によつて決定されるものである。換言すれば、近代人としての文化感覚によつて作られる俳句が、現代の俳句であつて、既成的、伝統的の俳句趣味、俳句的発想によつて作られる俳句は現代俳句の名に価せぬものである。かやうな主張の下に其の実践として次の如き運動が為されました。

尚これら詳述して、新興俳句の理論家として活躍した湊楊一郎は、其の著書(注)「俳句原論(ママ)」に於て次のやうに

説明しておりますので之ら書き上げてみます。
「たとへば雪渓を見下しつゝ、岩の屋根〳〵《ママ》を亙るときの岳々にある自然の姿、雲を乗り越え、地上にあま降らす光線を見ながら空中を航く感触、これらは芭蕉や蕪村が夢想だもしなかつた自然の姿であり、また子規の写生も考へ及ばなかつた自然である。そして、これに対する詩的感情は現代人のみが所有してゐるものであつて、過去に構成された概念的詩的感情の範疇には属してゐない。こゝに自然に対する新たなるポエジーの成立がある」（「俳句原論《ママ》」二八〇頁）。かくの如く自然に対する詩的感情が既に現代人に於ては異るので有るから、近代都市文明が生んだ種々の機械美、生活様相等に対しては、過去の概念的詩的感情を以てしてはこれを詩化することが出来ないと云ふことになり、こゝに当然、伝統俳句的詩的感情が否定され批判されることとなる次第であります。詩的感情の本然の姿は（例へば美を感ずる感情の如きは）永劫不変のものかも知れませんが、併し、詩的感情を認識のものとして取扱へば、それを認識する人の眼と、其の人の置かれた時代が条件となります。換言すれば、文化の発展が在るところに詩的感情の発展が有ります。閑寂美（芭蕉時代）から自然美（蕪村時代）、更に写生美（子規時代）から生活美（現代）と云ふ風に詩的感情の中心意向が時代と共に変つて行きます。従つて既成俳人の作品は過去の文芸意識に於けるもので有りまして、現代人が意向する文芸意識と異ることは当然でなければなりません。かく既成俳句が新しい文芸意識によつて批判されなくてはならぬ様に至るのは必然の推移であります。

以上の如く、近代俳句は伝統俳句（花鳥諷詠俳句、或は芭蕉主義的俳句又は其の擬似俳句）に対して批判したので有ります。

ところで、かやうな近代俳句は、その運動の実践に当つて次の如き方法を以て其の立場を明らかにいたしました。

一、俳句の形式は五七五、十七音を基調とすること
二、季題、季語を尊重すること
三、抒情主義に立脚すべきこと
四、素材の拡充を図ること
五、表現様式の新化を試みること
六、連作俳句の実践

近代俳句は伝統俳句の否定者として登場しましたが、俳句の十七字の形式と季題や季語は之を俳句の伝統として継承したので有ります。それは、俳句と云ふ文学が他の文学詩歌と区別される特殊性、即ち俳句が俳句として

存在する理由は、俳句は十七字（五七五）を基調にした詩で有ること、且つ季題を持つ文学（詩）で有つて、それを捨てることは俳句以外の別の詩を作ることになるから、俳句から十七字と季題を捨象してはならぬと主張したのであります。捨てるべきものは、俳句の伝統的な既成詩観（俳句趣味、俳句境地として伝統的に踏襲されてきた風流詩観、芭蕉流の「寂び」「侘び」等もこの中にあります）で有つたのであります。それについて、近代俳句の開拓者と云はれる山口誓子は「花鳥諷詠を斯く見る」（昭和九年）と云ふ文章で次の如く述べて居ります。

「一体僕自身の俳句作品は当初から一種変つた風貌を備へてゐた。それは、従来の伝統的な俳句作品とは凡そ縁の遠い、似てもつか《ママ》ぬものであつた。僕は十七字と季物とで謳使《ママ》することによつて、俳句の世界に「詩」の新しい領域を開拓しようと思ひ立つた。近代俳句の樹立しますことに大それた願望であつた。同志水原秋桜子に恐らくその願望に於ては僕と些かも異なるところはなかつたと思ふ。」

かやうにして、近代俳句は俳句の伝統的形式たる「十七字」と「学《ママ》」は継承したのであります。

次に俳句は抒情詩であることを強調しました。写生主義にあつては「心を無にして客観的な描写をせよ」と云ふことが主張されましたので、情を抒べる即ち抒情すると云ふことが等閑に附せられる傾向にありました。それに対して俳句は抒情詩たるべきこと、従つて作者の主観、感情を重んぜねばならぬことを主唱しました。茲に、「ほととぎす」の写生主義に対する反対運動の第一声が発せられたので有ります。尤もこゝで特筆すべきことは、近代俳句が抒情の重んぜらるべき事を主唱はしましたが、其の内容たるべき主観や感情に対しては、別に「意識」を云々はせず、専ら高く澄んだ美的感情と云ふが如きものを目標にしたのであります。或る意味で、俳句を短歌的な、短歌的性質を持つ詩にさせようとした運動であつたとも申されます。

（近代派に於てこの抒情主義を唱え《ママ》たのは、主として水原秋桜子であり、山口誓子は依然として写生主義を標榜しました。然し水原秋桜子の方が近代派では勢力が大きかつたので、近代俳句運動は抒情主義鼓吹の運動であつたと云ふことが申されます）。

次に、近代俳句は素材（題材）の拡充を図るべきことを唱え《ママ》ました。従来の俳句にあつては其の取材は、概ね自然風景に限られたのでありますが、都市の発達に伴ひ、都市生活の諸種の題材をも俳句化すべきこと、殊に都会文化の世態人情風俗を素材として詠ふべきことが叫ばれ

たので有ります。山口誓子の俳句に

Das Kapitol《（ママ）》（資本）
屋上の噴泉は凍のもどらずに
煖房や株主集ふ椅子を置く
煖房や株主椅子を得て椅子に
煖房や鉱山《やま》を売らんと来て待てる
煖房や金を強請《ゆすり》に来て待てる

と云ふのがありますが、この作品は株主総会を俳句にしたもので、近代資本主義の一世態を詠つた俳句として、当時（昭和八年）の俳壇を瞠目させたもので、俳句の近代的素材を取りあげたと云ふ意味で驚異を以て迎へられた作品でありました。

第五に表現様式の新化を試みたことが、近代俳句運動の特長業蹟として挙げられます。これは、前に申し述べました抒情主義の鼓吹による形式上の当然の変革であります。これは要するに、従来の俳句表現が作者の感情を内に沈め、なるべく平板的、直叙的に叙してきた方法を排し、其の表現に当つて、詠歎法を用ゐるもので、例へば、終止言の「かな」や「けり」等従来俳句表現の表現語として機械的公式的に用ひ《（ママ）》られてきた詞を使ふ代りに、動詞や助動詞を用ひ《（ママ）》ます。只今引例した山口誓子の作品「資本」中の五句の如きものであります。

最後に、近代俳句は「連作俳句」を作り出しました。この連作俳句は近代俳句の業績の中で最も特筆すべきものでありまして、其の連作俳句を初めて試みた者は前記の水原秋桜子と山口誓子であります（山口誓子の「資本」は連作俳句で有ります）。

この連作俳句は、前に申し述べました如く、俳句の素材が拡充され、又複雑な感情や意識を俳句に盛ろうとするとき、十七字一句だけでは、それを自由に満足に詠ひあげることが出来ません。そこで一句十七字の俳句（それを「単作俳句」と称しますが）を数句任意に並べて、一篇の作品を作る（それが所謂「連作俳句」で有ります）ことによつて目的を達しようと云ふことになるのであります。

即ち、時代感情、生活感情或は社会感情を俳句に盛るべく志向するものにとつて、其の疎通口《ハケクチ》は連作俳句にあるわけであります。それ程の気持でなくても、事物を多面的、流動的に詠ひあげたいと云ふ複雑な気持を持つものにとつては、従来の一句十七字だけでは到底作者として満足な作品を生むことが出来ません。こゝに、連作俳句が勃つて忽ちの間に大流行をした原因があつたのであります。以上の如きが、近代俳句運動の内容の大略でありますが、かやうな近代俳句運動が、何故、非常な勢ひを以て俳壇を風靡したかについて所感を申述べてみます。

　俳句文学は、古来風流人の文学として、花鳥風月に遊ぶものの心境を詠ふものとされて参りました。正岡子規が近代精神を俳句に吹き入れ、明治の俳壇を革新したとは云ひ条、一般的にはまだ俳句文学とは風流文学の域を脱してはおらず、俳句の味、俳句のよさと云ふものは、相当年も取つて、渋味とか寂びと云ふものを理解するやうになつて初めて解るものである。即ち俳句とは老人の文学である。かうした観念が俳壇の大勢であつたと云つて決して過言ではありませんでした。従ひまして、俳句の文学的境地や味ひは青年達の理解出来ないものでありました。然るに近代俳句が勃つて俳句の文学内容はさうしたものばかりに限られない、渋味も寂びも共に俳句の文学的内容ではあるが、それ以上に俳句の文学的内容は「新しい詩」としての感覚を持つものでなければならないと主張し、又そのやうな俳句を作つたのであります。

　日蔽やキネマの衢鬱然と　　山口誓子
　客車発《タ》ちそこに極暑の波の群れ　　吉岡禅寺洞
　ひと拗《ス》ねてもの云《ママ》はず白きバラ《ママ》となる　　日野草城
　ちるさくら海あをければ海に《ママ》ちる　　高屋窓秋
　しん〱《ママ》と野《ママ》碧きまで海の旅　　篠原鳳作

　かうした俳句は、其の詩味、詩感が全く新しい詩の肌ざはりと同一のもので、そこには従来の俳句が打ち出してゐる伝統的な俳味と云ふものの一片もないのであります。かゝる俳句が作られるやうになると、それ迄俳句とは老人の文学であり風流人の文学であると思つてゐた青年達は、さう云ふ俳句ならば自分達にも作られると感じるやうになるのは当然であります。

　こゝに、近代俳句が青年俳句作家達に支持され迎ひ《ママ》入れられた大きな原因があります。これを一面、日本の文学運動として観ずれば、既に、文壇、詩壇、歌壇には疾くに起つたことでありまして、独り俳句界のみが旧態依然であつたと云ふことが断言出来るのであります。同時に、小説家や詩人を志望して果さなかつた文学青年の多くが、新機運の当来した俳壇に於て、一仕事してみようとして近代俳句の運動に参加したことも、近代俳句を非常に隆昌にさせた原因で有りました。

　之を要しまするに、近代俳句運動は伝統俳句に対して「詩の地揚《ママ》工事」をした運動であつたと申されるのであります。又、定型俳句に、近代的な諸性格を与へ、以て之をブルジョア化、或は小ブルジョア化した運動であつたとも申されます。更に又、農村を地盤として極めて封建的な文学であつた俳句を、都会を地盤として資本主義的文化要素を注入した俳句運動とも見れば見られるのであります。

さて、この近代俳句運動の後を受けて「生活俳句運動」が勃つたのは、其の後数年を経大体昭和十年以後のことでありました。

従ひまして、新興俳句としての近代俳句は昭和五年頃から発生し、昭和七八年《ママ》がその全勢期であり、以来今日に及んでおります。

新興俳句
- イ、近代俳句（水原秋桜子、山口誓子等によつて昭和五年頃より初《ママ》まりたる近代詩運動）＝モダニズム運動
- ロ、生活俳句（吉岡禅寺洞、嶋田青峰、日野草城等によつて昭和十年頃より主唱されし生活詩運動）＝リアリズム運動

以上によつて新興俳句の前期である近代俳句運動の概略を終り、続いて生活俳句運動について記述いたします。

三、新興俳句の生活派（生活俳句）について

近代俳句（モダニズム運動）より生活俳句（リアリズム俳句運動）に移るに当り、それを

（一）近代俳句と生活俳句の相違について
（二）生活俳句の運動が勃りし理由について
（三）生活俳句の本質と実践の方法並に其の時期について
（四）生活俳句派における諸グループと其の交流関係について
（五）生活俳句の例句二、三について

の順序によつて記述いたしてゆきます。

㈠　近代俳句と生活俳句の相違について

近代俳句と生活俳句の相違については、さきに少しばかり記述いたしましたが、ここで稍ゝ詳しく申述べることにいたします。

近代俳句は之を一言で掩へば、俳句文学の近代化、それも詩性の近代化を目ざして起つた運動で有ります。そしてその当初は、俳句の詩精神《ポエジー》運動として俳壇に進出しました。詩壇に於けるポエジー運動は、プロレタリア詩に対する意識的な反対運動で有りましたが、俳壇に於ては芭蕉主義とか俳精神派（俳句趣味派）とか風流詩観に対する反対運動であつたことは屢ゝ記述した通りであります。つまり、俳句を近代化さう《ママ》とする近代主義運動として――俳句を純粋詩として高めようとするポエジー運動として――始まつたのであります。ところで、俳句の純粋詩運動の特徴が何であるかと云へば、要するに文学

に於ける文学主義的運動であり、それは徹頭徹尾文学に於ける思想主義的運動では有りません。文学に於ける思想性等と云ふものは、近代主義運動にあつては初めから問題にはしてゐないのでありました。その代り、視覚や構成や表現様式等の新化を其の運動の最大目的としたので有ります。

ところが、昭和十年頃から勃つた現実主義《リアリズム》運動（即ち生活俳句運動）は、近代主義運動が俳句を純粋詩として高めやう（ママ）とした運動とちがひ、俳句を現実生活の詩として高めやう（ママ）とした運動でありました。従ひまして、それは、何等かの意味で社会に於ける生活や意識や思想の問題を関連させなくてはならないと云ふ目標を大切な目標といたしました。

この点、両者の運動目標が大いに異るわけであります。

今日、新興俳句を資本主義の発達によるモダン都市下の俳句という視点に立ち、モダンな文化や風俗を象徴するモダニズムの俳句と、労働や貧困を象徴する生活俳句とに二分節化してとらえるのは妥当な俳句史観であろう。したがって、秋元の新興俳句の認識は、近代俳句（モダニズム俳句）の全盛期を昭和七、八年とする錯誤（全盛期は昭和十、十一年頃である）を含みながらも、近代俳句と生活俳句に分節した点で、正鵠を得たものだった。

もう一つの注目すべき点は、当局の意向に従って「生活俳句はコミンテルンや日本共産党を支援する左翼俳句運動」と総括する記述が随所に見られることである。

之を要しまするに、私の俳句活動は、昭和六年より昭和十年頃迄は、専ら俳句文学に対する階級的な見方の啓蒙と、現代文学としての俳句の地位の向上を通して打倒伝統俳句（専ら「ほととぎす」打倒）を目ざし、昭和十年頃よりは「天の川」、「京大俳句」、「広場」、「旗艦」、「火星」其の他の新興俳句グループによつて一勢（ママ）に展開された社会主義的リアリズム（或はプロレタリアリアリズム）の唱導に応じつゝ、方針を定めて社会主義的リアリズムを説き、俳句上の人民戦線的活動を展開したもので有りまして、私が何故さうした活動をしたかと云ふ経緯は前に明らかにした通りであります。（「第一、左翼俳句運動に対する認識」の「四、私の第二期活動の内容」）

以上を以て、私の「新興俳句に対する認識」の記述を終りますが、上来述べ来つたところによつて明らかの如く、新興俳句運動の前期運動であつた近代俳句運動は、伝統俳句に対する文学上の闘争を目標にしてゐた点に於て、所謂階級的な俳句運動ではありませんが、之に反し、生活俳句運動は、マルクス主義の立場から現実生活、現実社会の矛盾を暴露し、資本主義社会の崩壊と、其の歴史的必然たる共産主義社会の実現を俳句大衆に普及せしめんとする革命的芸術理論である「社会主義的リアリズム」（或は「プロレタリアリアリズム」）を基調として、或は論文に、或は作句に其の活動を集めてきた運動でありました。か丶る意味に於きまして、生活俳句運動は、「コミンテルン」並に日本共産党の目的達成を支援することを目的に活動して来た左翼俳句運動であります。（「第二、新興俳句に対する認識」の「三、新興俳句の生活派（生活俳句）について」の結び）

当局が被検挙者に強制的に書かせた「手記」の目的は、それによって被検挙者を起訴へともってゆくところにあった。したがって、秋元の手記のように、新興俳句の活動を「「コミンテルン」並に日本共産党の目的達成を支援することを目的に活動して来た左翼俳句運動」と記述させ、治安維持法違反の活動に該当させる必要があった。今回の秋元の手記は、秋元のみならず、多くの被検挙者が家族の身を案じ、一日も早い釈放を願って、当局の意向に沿うように事実を歪曲した手記を書かざるを得なかった実態をはっきりと映し出している。

秋元不死男に対する検事局の公訴事実

前章で抄録した秋元不死男の手記「左翼俳句運動概観」には付録として「秋元不二雄に対する公訴事実」が付されている。これは昭和十七年二月三日付で検事局が東京刑事地方裁判所に予審を請求した文書で、秋元の取り調べや手記に基づいて、秋元の俳句活動を左翼政治活動と断じている。スペースの都合上、概略を抄録する。

公訴事実

被告人は高等小学校卒業後大正三年四月より横浜火災海上保険株式会社に勤務し居りたるものなるところ昭和二年頃より左翼文献を繙読して其の影響を受け昭和五年頃遂に共産主義を信奉するに至り「コミンテルン」が世界「プロレタリアート」の独裁に依る世界共産主義社会の実現を標榜し世界革命の一環として我国に於ては革命手段に依り国体を変革し私有財産制度を否認し「プロレタリアート」の独裁を通して共産主義社会の実現を目的とする結社にして日本共産党（略称「党」）は其の目的たる事項を実行せんとする結社なることを知悉し乍ら孰れ

も之を支持し

第一、昭和五年七月頃俳句雑誌「土上」の誌友となるや（略）「プロレタリア」俳句運動を共産主義文化運動の一翼とし発展せしめ俳論等を通して大衆の共産主義意識の啓蒙昂揚を図り以て「コミンテルン」及「党」の各目的達成に資せんことを決意し（略）共産主義的芸術理論の観点に立つ俳句本質論、創作態度論及俳句形式論等に関する諸論説を執筆掲載して大衆の共産主義意識の啓蒙昂揚を図り

第二、昭和九年頃より所謂「新興俳句」が台頭し（略）俳句も亦現実に立脚し現実社会の進展に伴ひ発展すべきものにして社会性思想性階級性を表現すべきものなりと主張し（略）共産主義的芸術理論たる所謂「リアリズム俳句」理論の普及宣伝を為し「新興俳句」運動の発展に努め之等の活動を通して大衆の共産主義意識の啓蒙昂揚を図り以て「コミンテルン」及「党」の各目的達成に資せんことを企て

一、雑誌「土上」昭和十二年二月号誌上に「リアリズムに於ける俳句」と題し（略）共産主義的芸術理論たる「リアリズム俳句」理論を究明論述したる外昭和十年五月頃より昭和十三年十月頃迄の間同誌上に（略）共産主義的芸術理論の観点に立つ俳壇批判、創作方法等に関する諸論説を執筆掲載し

二、昭和十一年七月頃より昭和十四年十一月頃迄の間雑誌「土上」誌上に「護送囚徒あはれ草鞋を足に穿き」（略）「バス夜寒若き士官の剣にさわり」等の「リアリズム俳句」理論を基調とせる俳句を執筆掲載し

三、雑誌「句と評論」昭和十年八月号（略）誌に「俳句の伝統と革命」（略）、雑誌「京大俳句」（略）昭和十一年十一月号誌上に（略）「新興俳句は今どういふ時期にゐるか」と各題し共産主義的芸術理論の観点に立つ俳壇批判、創作態度論等に関する諸論説を執筆掲載して夫々大衆の共産主義意識の啓蒙昂揚を図り

たる等諸般の活動に従事し以て「コミンテルン」及「党」の各目的遂行の為にする行為を為したるものなり

当時の裁判制度では予審判事による「予審」が行われていた。ここで検挙から判決に至るまでの経緯を簡単に触れておく。

①治安維持法違反容疑で特高刑事による検挙。
②被検挙者は特高刑事の指示で手記を書く。
③その手記と取り調べをもとに特高刑事は調書を作成。
④検事局へ手記と調書を回す。
⑤検事は手記と調書をもとに取り調べを行い、起訴か起訴

猶予かの処分を下す。
⑥起訴された被疑者に対して予審判事による予審が行われる。その際、弁護士はつかない。
⑦各地方裁判所にて公判に付され、第一審にて求刑↓刑の確定。その際、弁護士はつくが、非公開裁判。

なお、新興俳句弾圧事件で起訴された俳人のうち、平畑富次郎（静塔）・北尾一水（仁智栄坊）・山崎清勝（青鐘）の三名については「予審終結決定」の文書が「思想月報」に記載されている（「資料3～5」を参照）。「平畑富次郎（兵庫県衛生技師兼医師）に対する（京大俳句関係）治安維持法違反被告事件予審終結決定―京都地方裁判所報告―」（「思想月報」昭和十五年十二月・第七十九号）、「北尾一水に対する（「京大俳句」関係）治安維持法違反被告事件予審終結決定―京都地方裁判所報告―」（「思想月報」昭和十六年二月・第八十号）、「山崎清勝に対する（新興俳句集団「山脈会」関係）治安維持法違反被告事件予審終結決定―山口地方裁判所報告―」（「思想月報」昭和十七年九、十月合併号・第九十八号）がそれである。

それによると、平畑と北尾の場合は、昭和三年六月二十九日に改正された治安維持法の第一条第一項後段（情ヲ知リテ結社ニ加入シタル者又ハ結社ノ目的遂行ノ為ニスル行為を為シタル者ハ二年以上ノ有期ノ懲役又ハ禁錮ニ処ス）及び同条第二項（私有財産制度ヲ否認スルコトヲ目的トシテ結社ヲ組織シタル者、結社ニ加入シタル者又ハ結社ノ目的遂行ノ為ニスル行為を為シタル者ハ十年以下ノ懲役又ハ禁錮ニ処ス）が適用された。また、山崎の場合は、昭和十六年三月十日に改正された治安維持法の第一条第一項後段（「…三年以上ノ有期懲役ニ処ス」と改正）及び第十条（昭和三年改正の第一条第二項に同じ）が適用された。その結果、平畑と北尾は懲役二年執行猶予三年、山崎は懲役二年執行猶予五年の刑が確定した。

秋元不死男の「手記」と「公訴事実」の資料を分析すると、新興俳句の俳人たちが治安維持法違反で検挙された理由が明確に裏づけられる。

「昭和十年頃よりは「天の川」、「京大俳句」、「広場」、「旗艦」、「火星」其の他の新興俳句グループによって一勢に展開された社会主義的リアリズム（或はプロレタリアリアリズム）の唱導に応じつゝ、方針を定めて社会主義的リアリズムを説き、俳句上の人民戦線的活動を展開したもの」「生活俳句の本質は、プロレタリアリアリズムであり、又社会主義的リアリズムであります。」「生活俳句は、社会主義的リアリズム（或はプロレタリアリアリズム）をよくよく読者に了解せしめる為に之を利用して居ります。」（以上「手記」）

「共産主義的芸術理論たる所謂「リアリズム俳句」理論の普及宣伝を為し」（「公訴事実」）

これらの引用から判るように、「リアリズム（プロレタリアリアリズム）論」を唱えたり、その用語を用いたりしたことが、昭和二年七月にモスクワのコミンテルン常任執行委員会会議で決定した「日本に関するテーゼ」の中の「日本の共産主義文芸の基盤はプロレタリアリアリズムによるべし」と結びつけられ、当局に検挙の言質をとられたのである。ただし、蔵原惟人が翻訳した「コミンテルン執行委員会の決議について」（「文芸戦線」昭和二年十月号）の「日本の問題」では、もっぱら日本の労働運動のあり方が記載されており、文学運動のあり方の記載は見当たらない。翌年、蔵原は「プロレタリヤ・レアリズムへの道」（「戦旗」昭和三年五月号）の結びで、「第一に、プロレタリア前衛の「眼をもつて」世界を見ること、第二に、厳正なるレアリストの態度をもつてそれを描くこと——これがプロレタリヤ・レアリズムへの唯一の道である。」と主張、啓蒙している。プロレタリア文芸誌「戦旗」のこうしたプロレタリアリアリズムの文芸運動とも結びつけられ、当局に言質をとられたのだろう。

「京大俳句」弾圧と西東三鬼の釈放にかかわる天皇の関西行幸説について

昭和十五年二月十四日、平畑静塔ら「京大俳句」会員八名が京都で特高によって検挙された（第一次検挙）。この検挙の背景としては、当時から天皇の関西行幸説があった。行幸を控えての危険思想分子一斉検挙の網にかかったというものである。たとえば、「京大俳句」弾圧事件についてスパイの風聞があった中田青馬は、その風聞を否定する手紙（昭和十五年四月二日付）の中で、「関西行幸をひかへての思想分子の一斉検挙の波にまきこまれて要視察人物たる京俳会員もやられたのです。」（「芝火」昭和十五年六月号）と記していた。

ところが、今日まで関西行幸がいつだったのかは解明されてこなかった。今回、朝日新聞によって調査した結果、昭和十五年六月九日から十三日までと判明した。当初は、紀元二千六百年（昭和十五年）に際し、四月に関西行幸の予定であったが、御叔母宮竹田宮大妃昌子内親王薨去により、宮中喪明けの六月に延期になった（「朝日新聞」三月二十九日付）。六月十一日の午後には京大の国策科学の研究の業績に関する陳列品を天覧（同六月十二日付）。この関西行幸は、奇しくも「京大俳句」の第一次弾圧が始まった二月十四日の「朝日新聞」の朝刊に詳細な行幸コースが報じられている。したがって、この行幸に関しては宮内省で二月以前から計画されており、それは公安関係へも内々に知らされていただろう。六月九日から十三日までの関西行幸時には西東三鬼を除く「京大俳句」被検挙者十四名は全員京都で勾留中だった。したがって、「京大俳句」弾圧に関する関西行幸説は、きわめて信憑性が高い。

一方、「京大俳句」弾圧の際、いわゆる囮捜査により泳がされたという西東三鬼は、一人だけ検挙が遅れ、八月三十一日の土曜日に検挙された。そして、三鬼の証言によれば「十一月二日京都検事局で起訴猶予となり十一月五日釈放された。」（座談会「俳句事件」―『俳句研究』昭29・1）という。他の俳人と比べて、勾留期間の短かさは異例である。

その三鬼は自伝「俳愚伝」（『俳句』昭34・4〜同35・3）の中で、「検事局では、十一月初旬の天皇行幸までに、事件の処理を終りたがつていた。」と、行幸のための釈放という説を書いた。また、「現代俳句思潮と句業―俳句弾圧事件の真相―」（みすず書房『現代俳句全集第三巻』昭34・6）では、「京都警察部が功を急いで、事件を、十五年秋の、天皇行幸以前に終了させようとしたのと滝川事件、大本教事件、世界文化事件を通じて、知識人の待遇に、或る程度の手心を加えて手記を早めるという方法をとった」と、より詳細に記述している。

問題は三鬼が記した「十一月初旬の天皇行幸」の期日の信憑性と、行幸のための釈放説の信憑性の二つである。まず、行幸の期日であるが、それが関西（京都）への行幸であるならば、先の検証（関西行幸は六月）に照らして三鬼説は崩れたことになる。では他の行幸を指しているのか。三鬼検挙以後の皇室関係の行事を調査すると、天皇の行幸はしばしば行われているが、特に目立つのは十一月十日に紀元二千六百年式典が宮城外苑（大内山）で行われた際の行幸啓（天皇・皇后臨御）である。三鬼の記述がこの式典への行幸啓を指しているとするならば期日の点では符合している。

しかし、第二点の行幸による釈放説という点では、この式典への行幸啓は信湿性が十分とは言えないだろう。紀元二千六百年祝賀行事は三鬼が勾留されていた京都でも行われたであろうが、この日の行幸啓や式典に際しての恩赦の仮出所は行われていないからである。今回の調査で私が注目したのは十一月三日の明治節に際し、恩赦により「全国各刑務所から合計百三十三名に対し仮出所を許したので何れも同日早朝感激して出所した。」（「朝日新聞」十一月四日付）という記事である。百三十三名の中には二・二六事件の山本元少尉外七名や浜口首相暗殺事件の佐郷屋留雄なども含まれていた。その中に三鬼も含まれていたか否かは目下未詳だが、三鬼が記述した自身の起訴猶予日や釈放日とほぼ符合する。なお、明治節には明治神宮への天皇の行幸は行われていない。この他、三鬼の釈放に関しては、当時、大日本航空の総裁という要職にあった長兄武夫との関係による保釈説も捨てきれず、謎が残る。

資料3　平畑富次郎（兵庫縣衛生技師兼醫師）に對する（京大俳句關係）治安維持法違反被告事件豫審終結決定――京都地方裁判所報告――

（附　記）

本豫審終結決定は京大「俳句」關係事件中最初のものなり

豫審終結決定

本籍竝住居　和歌山市和歌浦町千百七十三番地

醫師兼衛生技師　平　畑　富　次　郎

明治三十八年七月五日生

右之者ニ對スル治安維持法違反被告事件ニ付豫審ヲ遂ケ決定スルコト左ノ如シ

主　文

本件ヲ京都地方裁判所ノ公判ニ付ス

理　由

被告人ハ左ニ揭クル事實ニ付公判ニ付スルニ足ルヘキ犯罪ノ嫌疑アルモノトス

被告人ハ富裕ナル家庭ニ育成シ第三高等學校ヲ經テ大正十五年四月京都帝國大學醫學部ニ入學シ昭和六年三月同大學卒業後同大學醫學部付屬病院精神科ニ於テ副手次テ助手トシテ研究ヲ續ケ昭和十二年五月ヨリ兵庫縣立精神病院ニ醫員トシテ勤務シ昭和十四年六月同縣衛生技師兼右病院副院長ニ任セラレ引續キ同病院ニ勤務シ居リタル者ニシテ右大學在學中ヨリ俳句ニ趣味ヲ有シ同大學關係者ヲ中心トスル京大俳句會ニ入會シ所謂傳統俳句カ現實ヲ逃避スルノ態度ヲ執リ花鳥諷詠ノ風流性ヲ以テ俳句ノ大道ナリト爲スニ反對シ俳句モ亦現實ニ立脚シ現實社會ノ進展ニ伴ヒ發展スヘキモノニシテ近代性社會性進テハ思想性政治性ヲ表現スヘキモノナル旨主張スル所謂新興俳句カ擡頭スルト共ニ之ヲ支持シ昭和八年初頭ヨリ井上隆證等ト共ニ京大俳句會機關紙（ママ）「京大俳句」ヲ毎月約五百部發行シ之ヲ全國的ニ發賣頒布シ新興俳句運動ノ爲盡力シ來リタル者ナル處右大學在學中ヨリ河上肇著「第二貧乏物語」「資本論入門」等ノ左翼文獻ヲ繙讀シ且實際醫療ニ從事スルニ及ヒ無産階級カ其ノ恩惠ニ浴シ得サル現在ノ醫療制度ニ矛盾ヲ痛感シタル事等ニヨリ遂ニ共産主義思想ヲ抱懷スルニ至リコミンテルン卽國際共産黨ハ世界プロレタリアートノ獨裁ヲ經テ世界共産主義社會化ヲ標榜シ世界革命ノ一環トシテ我國ニ於テ暴力革命ニ依リ國體ヲ變革シ私有財産制度ヲ否認シプロレタリアートノ獨裁ヲ經テ共産主義社會ノ實現ヲ目的トスル結社ニシテ日本共産黨ハ其ノ日本支部トシテ右目的タル事項ヲ實行セムトスル祕密結社ナルコトヲ各知悉シ乍ラ孰レモ其ノ目的竝運動ヲ正當ナリト確信シ共産主義文化運動ノ一翼トシテ右「京大俳句」ニ於ケル新興俳句運動ヲ發展セシメ俳句及俳論等ヲ通シテ一般大衆ノ左翼化ヲ圖り革命運動

展開ノ爲ノ溫床ヲ育成シ以テ右黨ノ運動ニ寄與セムコトヲ決意シ昭和九年十二月頃ヨリ昭和十五年一月頃迄ノ間京都市神戸市等ニ於テ右雜誌「京大俳句」ノ編輯執筆及選句等ニ當リ同誌ノ

一、（イ）第二巻第十二號（昭和九年十二月發行）ニ「一つの關心」ト題シ今後ノ俳句ハ社會性ヲ持ツヘク卽資本主義ノ現實社會ノ生活面ニ關心ヲ持チ之ヲ取上クルヘキモノナル旨ヲ强調スルト共ニ更ニ進テ今後ノ俳句ハ階級意識ノ上ニ立ツプロレタリアリアリズムヘノ方向ヲ取ラサルヘカラサル事ヲ示唆シタル論文

（ロ）第三巻第一號（昭和十年一月發行）ニ「東北ノ俳人へ」ト題シ東北ノ俳人ハ東北ノ飢饉ニ因ル悲慘ナル農民ノ生活ノ現實ヲ俳句ヲ通シテ一般大衆ニ暴露スヘキコトヲ强調シタル論説

（ハ）第四巻第三號（昭和十一年三月發行）ニ「三章の反省」ト題シ「現實社會ニ於テ傲岸ナル權力ヲ持チ居ル者ハ特權者達ニシテ大衆ハ其ノ使役ニ甘ンスル者ナリ俳壇ニ於ケル新運動モ現實社會ノ情勢ニ應シテ反抗ノ心情ヨリ出發セサルヘカラス新シキ俳句運動ハ不滿ヲ持ツ大衆ノ自然人生ニ對スル不逞ノ心情ヨリ出發スル時最モ强力ナルモノトナリ得ル」旨大衆ニ對シ資本家特權階級ニ對スル反逆心ヲ鼓吹シタル論文

（ニ）第四巻第十號（昭和十一年十月發行）ニ「無題」ト題シ「最短詩型ナル俳句其ノモノヨリハ直接作者ノ思想ハ汲取リ得サルヲ以テ新興俳句運動ハ何等彈壓ノ危険性ナキ」旨强調シテ檢擧ヲ恐レテ逡巡スル新興俳句陣營ヲ鼓舞シタル論文

（ホ）第五巻第十二號（昭和十二年十二月發行）ニ「新興俳壇作品の回顧的展望」ト題シ「リアリズムノ主張ハ短詩ノ敍事性ヨリ出發シタル客觀主義ニ基キ新興俳句ノ社會性ノ獲得運動ニ從ヒ生レタルモノニシテ表現ニ於ケルリアリズムト同時ニ態度ニ於ケルリアリズムノ主張ヲ持チ居ルナリ併シ夫レカ所謂プロレタリアリアリズムニ迄進展スル處カナク卽俳壇カ階級的ナル團體運動ニ迄到達セサリシ理由ハ一ツハ世情ノ然ラシメタル處テモアリ短詩定型ノ運命テモアリ又新興俳壇作家ノ無力ニモ因ルモノナラン」トノ趣旨ヲ敍述シ新興俳壇ハ階級的運動ニ迄進展スヘキモノナルコトヲ示唆激勵シタル論文等ヲ各執筆掲載シ

二、（イ）第四巻第一號（昭和十一年一月發行）ニ

「ホスピタル鏡を朝な女《メ》のみがく」

「ホスピタル醫師は名士となりゆくを」
「ホスピタル算盤はじく夜を灯《トモ》り」
（ロ）第四巻第六號（昭和十一年六月發行）ニ
「東本願寺は」ト題シ
「地圖賣の女の顴骨が灼ける寺」
「裏方ハシネマと月に留守の寺」
（ハ）第七巻第四號（昭和十四年四月發行）ニ
「横綱の土偶《ハニワ》を見たまへみなみな夫人」
等資本主義ノ矛盾搾取性或ハ資本家階級ノ墮落セル現實ヲ象徴的ニ描寫シタル作品ヲ又
（ニ）第五巻第八號（昭和十二年八月發行）ニ
「奏樂裡出で征く人の苦笑を見」
（ホ）第六巻第四號（昭和十三年四月發行）ニ
「難民の踊る假面の眼を感ず」
「難民の粥吸ふ一人ちらと怜悧」
（ヘ）第七巻第五號（昭和十四年五月發行）ニ
「九段」ト題シ
「戰利砲寡婦とぽつんと市府の暮」
等反戰思想ヲ含蓄セシメタル作品ヲ各創作發表シ
三、（イ）第三巻第十二號（昭和十年十二月發行）ニ
「默々と鐵槌《ツチ》ふり我等何を得る」
（ロ）第四巻第三號（昭和十一年三月發行）ニ
「風寒し土を擔保に金を借る」
（ハ）第四巻第六號（昭和十一年六月發行）ニ
「ビル建てるセメントは汗練りこむだ」
（ニ）第四巻第八號（昭和十一年八月發行）ニ
「薄給でそれで體重を意識する」
（ホ）第四巻第十號（昭和十一年十月發行）ニ
「ネクタイを締めて薄給かくす夏」
「旋盤は脳を削つてほそうする」
（ヘ）第五巻第一號（昭和十二年一月發行）ニ
「ホテル建つ爆破《ハッパ》が不漁《シケ》をまねくなり」
（ト）第六巻第八號（昭和十三年八月發行）ニ
「千人針見て地下道にもぐり込む」
（チ）第七巻第三號（昭和十四年三月發行）ニ
「聖戰裏寡婦は飢ゑてぞ姙りぬ」
（リ）第七巻第十一號（昭和十四年十一月發行）ニ
「戰死報母となる日が淋しまる」
等勤勞階級ノ窮乏シタル生活ヲ取上ケテ資本主義ニ對スル反抗ヲ示唆シタル俳句或ハ銃後ノ生活苦等ヲ素材トシタル反戰俳句等ヲ一般購讀者ノ投稿作品中ヨリ選句シテ之ヲ發表スル
等雜誌「京大俳句」ヲ通シテ一般大衆ニ階級的反戰反軍的意識ヲ浸透セシメ其ノ左翼化ニ努メ以テコミンテルン竝日

本共産黨ノ目的遂行ノ爲ニスル行爲ヲ爲シタルモノナリ
上掲被告人ノ所爲ニ付テハ治安維持法第一條第一項後段同條第二項刑法第五十四條第一項前段第十條ヲ適用スヘキモノト思料スルヲ以テ刑事訴訟法第三百十二條ニ依リ主文ノ如ク決定ス

昭和十五年十二月二十六日

京都地方裁判所
豫審判事　山　本　武

（『思想月報』昭和十五年十二月・第七十九号・司法省刑事局編）

資料4　北尾一水に對する（「京大俳句」關係）治安維持法違反被告事件豫審終結決定――京都地方裁判所報告――

「京大俳句」關係に就ては前月發行の「思想月報」第七十九號所載「平畑富次郎に對する同事件豫審終結決定」を參照せられたし。

豫審終結決定

本　籍　高知市新町田淵十五番地
住　居　神戸市神戸區中山手通三丁目四十九番地
遞信局書記　北　尾　一　水
明治四十三年七月八日生

右之者ニ對スル治安維持法違反被告事件ニ付豫審ヲ遂ケ決定スルコト左ノ如シ

主　文

本件ヲ京都地方裁判所ノ公判ニ付ス

理　由

被告人ハ左ニ掲クル事實ニ付公判ニ付スルニ足ルヘキ犯罪ノ嫌疑アルモノトス
被告人ハ昭和六年三月大阪外國語學校露語科ヲ卒業後昭和八年八月大阪遞信局無線課ニ雇員トシテ奉職シ昭和九年五月遞信局書記ニ昇進シ引續キ同課ニ勤務シ居リタル者ナル處右外國語學校在學中左翼學生ノ感化ヲ受ケ其ノ後右遞信局ニ奉職スルニ至ル迄ノ就職難ノ體驗ト其ノ間左翼文獻ヲ繙讀シタルコト等ニ因リ昭和八、九年頃ヨリ共産主義ヲ信奉スルニ至リコミンテルン即國際共産黨竝其ノ支部タル日本共産黨カ世界共産主義革命ノ一環トシテ我國ニ於テ革命手段ニ依リ我國體ヲ變革シ私有財産制度ヲ否認シプロレタリアートノ獨裁ヲ經テ共産主義社會ヲ實現スルコトヲ目的トスル結社ナルコトヲ知悉シ乍ラ其ノ目的竝運動ヲ正當ナリト確信シ之ヲ支持セムコトヲ企圖シ昭和十一年一月頃京都帝國大學出身者ヲ中心トシテ京都市ニ本部ヲ有スル京大俳句會カ所謂傳統俳句ノ現實ヲ逃避スル態度ヲ執リ花鳥諷詠ノ風流性ヲ以テ俳句ノ大道ナリト爲スニ反對シ俳句モ亦現實社會ノ進展ニ伴ヒ發展スヘキモノニシテ現實ニ立脚シ近代性社會性思想性及政治性ヲ表現スヘキモノナリト主張スル所謂新興俳句運動ノ陣營ニ屬シ共産主義文化運動ノ一翼ヲ爲スモノナルコトヲ知ルヤ之ニ共鳴シ自己モ亦右京大俳句會ニ於ケル新興俳句運動ニ參加シ俳句俳論等ヲ通シテ一般大衆ノ左翼化ヲ圖り革命運動展開ノ爲ノ溫床ヲ育成シ以テ右黨ノ運動ヲ援助セムコトヲ決意シ同年二月頃ヨリ右京大俳句會ノ機關誌「京大俳句」（毎月約五百部發行）ニ左翼論文ヲ投稿シ昭和十二年二月頃同會會員トナリ爾來昭和十五年一月頃迄ノ間神戸市等ニ於テ平畑富次郎等ト共ニ屢〻右會ノ句會ヲ開催シテ出席者ノ作句活動ヲ左翼的ニ指導シ或ハ右「京大俳句」誌ノ編輯執筆等ノ活動ニ從事シテ其ノ内容ノ充實ヲ圖ル等同會ノ運動ノ擴大强化ニ努メ殊ニ「京大俳句」誌ノ

一（イ）第四卷第二號（昭和十一年二月發行）ニ「躍動する文學」ト題シ藝術ノ意義ハ生活ニ於ケル人間的認識ト云フノミニテハ足ラス社會ノ客觀的眞實ヲ把握シ生活建設ノ爲ノ社會的役割ヲ果スヘキ使命ヲ帶ヘルモノナルヲ以テ文學ハ資本主義社會ノ中ニアル階級對立ト夫レヨリ起ル社會矛盾ヲ暴露シテヨリ良キ共產主義社會建設ヘト導ク如キモノナラサルヘカラス新興俳人ハ宜シク此ノ理想ノ爲ニ共產主義彈壓ノ社會的政治的不安又ハ懷疑ヲ棄テテマルキシズムノ世界觀ヲ以テ作句活動ヲ爲スヘキモノナルト共ニ從來ノプロレタリア文學ノ公式主義ニ基ク政治性偏重ノ誤謬ヲ是正シテ藝術性ヲ回復シプロレタリア文學ノ質的向上ニ努メサルヘカラストノ趣旨ヲ敍述シタル論文

（ロ）第四卷第十一號（同年十一月發行）ニ「俳句の現代的意義など」ト題シ傳統俳句ハ俳句ヲシテ社會的意識ヲ全然有タサル宗教的文學ニ墮セシメ居ルモノニシテ勞働大衆ニ對シ趣味ノ宣傳ヲ爲シ總テハ成ル樣ニシカナラヌトノ諦メノ思想ヲ植付ケ鬪爭ト生活ヘノ鐵ノ意思ヲ鈍ラセ居レル阿片的存在ナルヲ以テ新興俳句ハ斯カル意味ヨリ之ト鬪爭シ優レタルプロレタリア文學トシテ活動セサルヘカラサル旨强調シタル論文

（ハ）第四卷第十二號（同年十二月發行）ニ「浪漫主義の存在理由」ト題シ文壇ニ於テヒユーマニズム論卽人間性解放ノ問題カ論義《ママ》サレ居ルモ之ニハ其ノ解放セラレタル人間性ナルモノ、解放手段及理想目標等カ解明セラレ居ラサルヲ以テ現在浪漫的存在トナリ居レリト爲シ眞ノヒユーマニズムノ理想ハソヴヰエット聯邦ノ如キ社會主義社會ニ於テ初メテ實現セラルルモノニシテソヴヰエット聯邦ノ現社會狀態ハ理想ト現實トカ並行シ居ル理想的ナルモノニシテヒユーマニズムノ生面ヲ明示居レリト述ヘ眞ノヒユーマニズムハ結局マルキシズム世界觀ヲ根柢トシタル人間性ノ解放ナラサルヘカラサル旨示唆シテ新興俳句ハ斯カルヒユーマニズムヲ目標トシテ進ムヘキモノナルコトヲ强調シタル論文

（ニ）第五巻第三號（昭和十二年三月發行）ニ「りありずむの決算」ト題シ新興俳句運動ニ於テハ單ナル自由主義ヲ基調トシタルヒユーマニズムニ非スシテマルクス主義ヲ基調トシタルヒユーマニズム卽社會主義的リアリズムニ依ラサルヘカラス又俳句ハ短詩型ナルカ爲時間的ニ惠レサル勞働階級ニ取ツテハ仕事場ノ報告生活記録トシテノ恰好ノ文學形式タルノ性質ヲ有スルモノナリ依テ須ク大衆ヲ獲得シ大衆ヲシテ社會主義的リアリズムノ立場ニ於テ仕事場ノ生々シキ生活描寫ヲ爲サシムル様指導スヘキ旨强調シタル論文

（ホ）第七巻第十一號（昭和十四年十一月發行）ニ「新傳統俳句的傾向に就いて」ト題シ最近新興俳句カ情熱ニ乏シク活氣ヲ失ヒ戰爭俳句ノマンネリズムニ陷リ居レルハ手法ノミニ苦心シタル結果思想的發展ヲ忘レタル事ニ基因シ畢竟マルキシズムノ世界觀ヲ確保シ居ラサル爲ナリト爲シマルキシズムノ世界觀ヲ根柢トシタル社會主義的リアリズムノ把握ノ必要ヲ强調シタル論文

等何レモ共產主義思想ヲ根柢トセル排《（ママ）》句論文十數篇ヲ各執筆掲載シ

二（イ）第五巻第二號（昭和十二年二月發行）ニ

「屹然と白堊の議事堂《ヤカタ》威嚇せり」

「議事堂は氷柱《ツララ》の如く民は燃え」

「われは唯魚の目ほじり燒鳥《トリ》を嚙む」

「子の問ひに何に成れとは答ふべき」

（ロ）第五巻第十號（同年十月發行）ニ

「射擊手のふとうなだれて戰鬪機」

「馬とある兵士知性の飢ゑひしと」

「哨兵よそなたの嫁は自害して」

（ハ）第六巻第六號（昭和十三年六月發行）ニ

「壞れた花瓶血泥の兵が窓に」

「戰火掘り出された女の白い脚」

（ニ）第六巻第七號（同年七月發行

「佐渡おけさ異様に愁し露營なり」

「占領地區胡弓が胸うち發砲す」

（ホ）第六巻第九號（同年九月發行）ニ

「じつとりと屍臭にさめる眞夏の夜」

（へ）第七巻第六號（昭和十四年六月發行）ニ「ルンペン雲霞の如く騎馬巡査出づ」「モノクル紳士出でガソリンを舐める」等階級意識又ハ反戰反軍思想ヲ表現シタル俳句作品ヲ各創作發表シテ讀者大衆ノ左翼意識ノ啓蒙昂揚ニ資シ以テコミンテルン竝日本共產黨ノ目的遂行ノ爲ニスル行爲ヲ爲シタルモノナリ

上揭被告人ノ所爲ニ付テハ治安維持法第一條第一項後段同條第二項刑法第五十四條第一項前段第十條ヲ適用スヘキモノト思料スルヲ以テ刑事訴訟法第三百十二條ニ依リ主文ノ如ク決定ス

昭和十六年二月十三日

京都地方裁判所

豫審判事　山本　武

（「思想月報」昭和十六年二月・第八十号・司法省刑事局編）

資料5　山崎清勝に對する（新興俳句集團「山脈會」關係）治安維持法違反被告事件豫審終結決定——山口地方裁判所報告——

豫審終結決定

本　籍　宇部市大字小串六十四番地ノ六

住　居　同市西區上町三丁目

青鐘事

齒科醫師　山　崎　清　勝

明治四十一年一月十六日生

右ノ者ニ對スル治安維持法違反被告事件ニ付豫審ヲ遂ケ決定スルコト左ノ如シ

主　文

本件ヲ山口地方裁判所ノ公判ニ付ス

理　由

被告人ハ昭和六年三月大阪齒科醫學專門學校卒業後神戸市大阪市等ニ於テ臨床實習ヲ續ケ昭和七年十二月ヨリ鄉里宇部市櫻町二丁目ニ齒科醫院ヲ開業シ居ルモノニシテ夙ニ俳句ニ趣味ヲ有シ居レルカ右實習當時ヨリ左翼文獻ヲ繙讀シ且歸鄉ノ上實際醫療ニ從事スルニ及ビ炭坑勞働者等ノ悲慘ナル生活情態ヲ痛感シタルコト等ニ因リ遂ニ共產主義ニ共鳴スルニ至リ「コミンテルン」カ世界「プロレタリアート」ノ獨裁ニ依ル世界共產主義社會ノ實現ヲ標榜シ世界革命ノ一環トシテ我國ニ於テハ革命手段ニ依リ國體ヲ變革シ私有財產制度ヲ否認シ「プロレタリアート」ノ獨裁ヲ經テ共產主義社會ノ實現ヲ目的トスル結社ニシテ日本共產黨ハ之カ日本支部トシテ其ノ目的タル事項ヲ實行セントスル結社ナルコトヲ知悉シ乍ラ孰レモ之ヲ支持シ俳句ノ分野ニ於テ共產主義藝術理論ノ一タル社會主義リアリズムヲ展開シ

句作上從來ノ技巧ニ依ル豊富ナル藝術性ヲ强調スルト共ニ其ノ內容ニ對スル生活性、社會性、時代性ノ主張ヲ通シテ現實社會ノ階級的矛盾ヲ暴露シ讀者大衆ノ左翼化ヲ圖リ以テ「コミンテルン」竝日本共產黨ノ各目的達成ニ資センコトヲ決意シ

一、（イ）昭和十一年十月福岡市ニテ發行ノ俳句雜誌「天の川」第二百九號ニ「武器よさらば」ト題シ水原秋櫻子ガ俳句ニ於ケル詩的情緒ノ純粹性ヲ希求スルノ餘個人的心境ニ墮シ時代性ト獨創性ヲ喪失シタルコトヲ非難シ階級的社會觀ニ立脚シ現實ノ生活ニ觸發スル感情ヲ詩トシテ創作スヘキ旨强調シタル論文

（ロ）昭和十二年一月朝鮮元山府ニテ發行ノ俳句雜誌「山葡萄」第十一巻第一號ニ「田島君の作品をめげりて《ママ》」ト題シ新シキリアリズムハ左翼的實踐運動ノ一翼トシテノ意識的ナル組織活動ナル旨强調シタル論文

（ハ）昭和十二年八月前記「天の川」第二百十九號ニ「感性の俳句か知性の俳句か」ト題シ俳句作品ノ價値ハ階級的批判行爲トシテ爲サレタルモノニ非ザレバ藝術行爲トシテ認メラレザル旨强調シタル論文

等孰レモ社會主義リアリズムヲ基調トセル俳句論文ヲ各創作掲載シ

二、昭和十四年二月頃ヨリ昭和十六年十一月迄ノ間約三十回ニ亙リ宇部市ナル前記自己齒科醫院其他ニ於テ山脈俳句會ヲ開催シ出席者ニ對シ生活俳句ノ指導ヲ爲シ且其ノ間機關俳句雜誌「山脈」第二號乃至第二十七輯（月五十部乃至二百部）ヲ編輯發行シ各誌上ニ會員其他ノ生活俳句理論ニ依ル作品ヲ登載シ

三、昭和十一年九月ヨリ昭和十五年五月頃迄ノ間十四回ニ亙リ俳句雜誌「渦潮」（吳市ニテ發行）「山葡萄」「天の川」「山脈」誌上等ニ

「鑛夫灼け喉笛ならし働ける」（渦潮、昭和十一年九月號）

「鑛夫灼けマルクスもなく水飲めり」（同上）

「餓に堪へ主義に生きんと壁に向く」（山葡萄、昭和十二年一月號）

「ながき夜の壁のをくどに主義燃やす」（同上）

「くづれをちし主義のむくろに夜ながき」（同上）

「歸還兵に雪さんさんと母いまなし」（天の川、昭和十四年三月號）

「麥青むわが家に義手を垂れて歸りぬ」（山脈、昭和十四年三月號）

「義足の兵街の體動に耐へ立てる」（同上）
「いくさ古り少年工は肺を犯され」（山脈、昭和十四年十一月號）
「生産につかれ兵籍の身をよこたへ」（同上）
「召されゆけり兇作の大地母とのこし」（天の川、昭和十五年一月號）
等階級意識又ハ反戰反軍思想ヲ表現シタル俳句作品三十餘句ヲ創作發表シテ夫々讀者大衆ノ左翼意識ノ啓蒙昂揚ヲ圖り
以テ「コミンテルン」及日本共産黨ノ各目的遂行ノ爲ニスル行爲ヲ爲シタルモノナリ
右ノ事實ハ公判ニ付スヘキ犯罪ノ嫌疑アリテ被告人ノ所爲ハ治安維持法第一條後段第十條ニ該當シ刑法第五十四條第一項前段ヲ適用處斷スヘキモノト思料スルヲ以テ刑事訴訟法第三百十二條ニ則リ主文ノ如ク決定ス

昭和十七年八月十七日

山口地方裁判所

豫審判事　岡　田　健　治

（「思想月報」昭和十七年九、十月・第九十八号・司法省刑事局編）

解説

極秘の資料1の「治安維持法違反被検挙者中の起訴猶予者の釈放日」（「思想月報」昭15・9〜同17・6）と、同資料2の東京三（秋元不死男）の獄中手記「左翼俳句運動概観」（「思想資料パンフレット特集第三十二号」昭17・6・司法省刑事局）については資料の紹介とともに解説も加えた。「手記」については重複するところもあるが、改めて解説を加えておきたい。東京三だけでなく、治安維持法違反容疑で検挙された新興俳句やプロレタリア俳句の俳人たちは、皆強制的に「手記」を書かされた。しかし、司法省刑事局の極秘資料として発見されたのは目下のところ東京三の「手記」だけである。ただし、『社会運動の状況』（昭15・内務省警保局編）に収録されている「新興俳句」運動の勃興と指導理論の変遷」は「京大俳句会中心分子平畑富次郎の陳述に依る」というコメントがついている。そして、その構成は「新興俳句の概念」「新興俳句の発展過程」という二部構成になっている。しかもその結論部は「昭和十三、四年頃より出征遺家族の生活其の他軍需工場の状況或は傷病兵等直接間接銃後の問題を題材として資本主義制度の矛盾を暴露し又は戦争反対を主張する等の所謂銃後俳句を取り上げ一般大衆に階級意識、反戦思想の宣伝啓蒙に狂奔するにいたれり。」となっている。この構成や、新興俳句の活動をコミンテルン並びに日本共産党の目的達成を支援する左翼俳句運動へ誘導する結論部は、東京三の「手記」と同じパターンだ。つまり、「手記」は特高のマニュアルに従って作成されたものである。

この引用した結論部は「手記」ではなく、「平畑富次郎の陳述に依る」とある。「手記」と「陳述」はどう違うのか。一般に、被検挙者は特高刑事の指示で「手記」を書かされる。それをもとにして特高刑事は「調書」を作成し、「手記」と共に検事局に回すという流れがある。「陳述」とは「手記」の前段階で、特高刑事の尋問に対して被検挙者が口頭で答えたものをさすのであろう。その「陳述」は特高のマニュアルに従って誘導されたものとなる。したがって、平畑静塔の「手記」は発見されていないが、この「陳述」は「手記」の原形と看做すことが出来るだろう。

極秘の資料3・4の「平畑富次郎（静塔）」と「北尾一水」（仁智栄坊）」に対する「予審終結決定」文書は共に第一次「京大俳句」弾圧事件（昭15・2・14）で検挙され、その後起訴された平畑静塔と仁智栄坊に対する京都地方裁判所予審判事による主文「本件ヲ京都地方裁判所ノ公判ニ付ス」とするもの。同じく極秘の資料5の「山崎清勝（青鐘）」に対する「予審終結決定」文書は「山脈」弾圧事件（昭16・11・20）で検挙され、その後起訴された山崎青鐘に対する山口地方裁判所予審判事による主文「本件ヲ山口地方裁判所ノ公判ニ付ス」とするもの。

検挙から最終の判決処分に至るまでの過程の概略は、①特高刑事による治安維持法違反容疑者の検挙→②特高刑事の指示により被検挙者は「手記」を作成→③「手記」に基づき特高刑事は被検挙者の「調書」を作成→④特高刑事は「手記」と「調書」を検事局に回す→⑤検事は「手記」と「調書」に基づき取り調べを行い、起訴か起訴猶予かの処分を下す→⑥起訴された容疑者に対する予審判事による予審（弁護士は付かず）→公判第一審にて求刑、刑の確定（弁護士が付く・非公開裁判）という流れである。

平畑静塔は昭和十五年八月二十一日に起訴され、公判第一審で懲役二年執行猶予三年を求刑され、刑が確定。仁智栄坊は同年九月二十五日に起訴され、同じく懲役二年執行猶予三年を求刑され、刑が確定。山崎青鐘の場合は昭和十七年五月十日に起訴され、同年十一月十日に公判第一審にて懲役二年執行猶予五年を求刑され、刑が確定した。平畑・仁智と比べて刑が重くなったのは、改定された治安維持法が昭和十六年五月十五日に施行され、それが適用されたからである。ちなみに、平畑・仁智の「予審終結決定」において適用された「治安維持法第一条第一項後段同条第二項」の文言は「情ヲ知リテ結社ニ加入シタル者又ハ結社ノ目的遂行ノ為ニスル行為ヲ為シタル者ハ二年以上ノ有期ノ懲役又ハ禁錮ニ処ス／私有財産制度ヲ否認スルコトヲ目的トシテ結社ヲ組織シタル者、結社ニ加入シタル者又ハ結社ノ目的遂行ノ為ニスル行為ヲ為シタル者ハ十年以下ノ懲役又ハ禁錮ニ処ス」とある。また、山崎の「予審終結決定」において適用された「治安維持法第一条後段」の文言は「情ヲ知リて結社ニ加入シタル者又ハ結社ノ目的遂行ノ為ニスル行為ヲ為シタル者ハ三年以上ノ有期懲役ニ処ス」とあり、より重い刑に改定されたことが分かる。

平畑静塔・仁智栄坊・山崎青鐘に対する各「予審終結決定」の「主文」に付された「理由」を読むと、この文書の構成や展開は体制側の意向に添ってマニュアル化されたものであることが窺える。東京三（秋元不死男）の「手記」や平畑静塔の「陳述」から推して、特高刑事が検事局へ提出した「手記」や「調書」の文言や主旨をそのまま踏襲する形で「理由」はマニュアルに添って作成されたものと思われる。マニュアル化された構成・展開・文言とは、具体的に言えば、コミンテルンの支部たる日本共産党が世界共産主義革命の一環として我国に於いて革命手段に依り我国体を変革し私有財産制度を否認しプロレタリアートの独裁を経て共産主義社会を実現することを目的とする結社なることを知悉しながら、その目的並びに運動を正当なりと確信し、俳句および俳論等を通して一般大衆に階級的反戦反軍的意識を浸透せしめ其の左翼化に努め以てコミンテルン並び日本共産党の目的遂行の為にする行為を為したるものなり、というものである。

ちなみに、西東三鬼は自伝「俳愚伝」（「俳句」昭34・4〜35・3）の「「リアリズム」の罪」の中で、俳論の中で「リアリズム」という言葉を使ったことが特高に治安維持法違反の言質をとられたことを記している。それは一九二七（昭2）年七月十五日、モスクワのコミンテルン常任執行委員会会議で「日本に関するテーゼ」として日本の共産主義文芸の基盤はプロレタリアリアリズムによるべきことが決定、通告されていたからだ、という。平畑・仁智・山崎の「予審終結決定」の「理由」のなかには「リアリズム」「プロレタリアリアリズム」「社会主義リアリズム」という文言が用いられている。また、東京三（秋元不死男）の「手記」の中にもこの三つの文言は頻出する。したがって、三鬼の言うとおり、「リアリズム」の文言が治安維持法違反による検挙のキーワードであった信憑性は極めて高い。ただし、三鬼は、コミンテルンの「日本に関するテーゼ」の翻訳は蔵原惟人によって、「文芸戦線」昭和二年十月号に「コミンテルンに於ける日本無産階級運動の批判」と題して発表されたとしているが、その翻訳文中には日本の共産主義文芸の基盤はプロレタリアリアリズムによるべしと言った文言はない。

【注】

湊楊一郎著『俳句文学原論』（帝都書院・昭12・10）のこと。

おわりに

私は歴史家ではなく、近現代俳句の研究に携わる一研究者にすぎないが、研究上の資料の大切さや、その扱いについての基本は理解しているつもりである。また、そのことに関して何回か私見を公にしたこともある。人との邂逅と同様、貴重な資料（史料）との出会いにも縁というものがある。いささか私事にわたるが、貴重な資料（史料）との幸運な出会いに触れておきたい。

私は長年勤めた都立高校を定年退職した後、一年間だけ東京都総務局公文書館に史料編纂係として勤めた。毎日の仕事は明治前期の東京市の各区町村の行政史料（古文書）をくずし字解読辞典を座右にしながら解読、清記することだった。近代地方史を専攻する歴史家にとっては宝庫ともいうべき史料ではあっても、門外漢の私には豚に真珠。古文書の解読に慣れるのを密かな楽しみとする以外なかった。

ちょうど、ちくま学芸文庫の『現代俳句 上下』（平13）を執筆中だったので、ある日、ふと思いついて、昭和十年代の東京市の行政史料を繙いてみた。そして、その中から「東京市区情報号外」（昭13・10・25刊）に邂逅したのであった。そこには日中戦争における漢口陥落当日（昭13・10・26）に挙行する「祝賀要綱」が前もって詳細に記されていた。この史料との邂逅によって、日比谷公園から靖国神社への祝賀提灯行列を詠んだ渡辺白泉の著名句、

　提燈を遠くもちゆきてもて帰る

の背景の不分明が氷解したのは言うまでもない（詳細はちくま学芸文庫『現代俳句 上』を参照）。

さて、本書の「昭和俳句の検証――俳壇史から俳句表現史へ」の各論考、「新資料で読み解く新興俳句の興亡」の各資料の背景にも、多くの人々や資料との邂逅・出会いがあったのである。貴重な新出資料を含む多くの資料との出会いは私自身が長年、新興俳句および戦後俳句の研究や新興俳句弾圧事件の解明に持続的に関わってきたことにもよるが、その前提として、新興俳句に直接関わった俳人の方々やその御遺族の方々、戦後俳句に連なる俳人の方々との邂逅があったことが大きな要因である。それらの方々の俳恩と邂逅に改めて深く感謝せねばならない。その中で、貴重な新出資料に関わる三人の方々について記し、感謝申し上げたい。今回、富澤赤黄男の句日記『佝僂の芸術』を収録できたことは、私にとって大きな喜びであるが、悔いも残る。本書は富澤赤黄男没後50年に合わせて平成二十四年に刊行する予定であった。赤黄男の御遺族の三好正也氏からは句日記収録の許諾・点検を得ていたのであるが、諸事情で出版が遅れているうちに、三好氏は翌年十二月に亡くなられ、本書を生前にお届け出来なかったからである。「三橋鷹女の「年譜」の書き替え」の新資料については、御遺族の三橋絢子様から手紙や電話でいろいろ御教示を賜った。「磯辺幹介稿本句集『春の樹』」については、現代俳句の最も厳密な考証家細井啓司氏から同様に御教示を賜った。

ところで、三好行雄先生の御指導の下、『昭和俳句の展開』（桜楓社・昭53）で近現代俳句の研究者としてスタートした私のささやかな研究も、本書の刊行によって終わりに近づいてきたようである。その間、心が萎えたときには、三好先生の『近代文学研究とは何か』（勉誠出版・平14）を読むのを日課としてきた。その中に「文学研究は文学史の体系によって完結する認識の純粋運動である。（略）「文学史」という歴史学のひとつの系としてのみ、文学研究ははじめて成立するというのが、わたしの偏見である。」という文言がある。この文言の含意はさておき、私は今後、今昭和三十年代まで書き進めて中断している「現代俳句史」を、昭和五十年代末（高柳重信の逝去の頃）まで書き継いで、静かに俳句の世界から去ろうと思っている。最後になったが、本書の刊行に際しては笠間書院編集部の橋本孝、相川晋の両氏に全面的にお世話になった。厚く御礼申し上げる。

初出一覧

〈昭和俳句の検証――俳壇史から俳句表現史へ〉

昭和俳句表現史（戦前・戦中篇）――『昭和俳句作品年表』という方法（「昭和俳句の軌跡―解説にかえて」『昭和俳句作品年表（戦前・戦中篇）』〈東京堂出版・平26〉に加筆増補）

戦後俳句の検証（「海程」平成22年1月号から23年2月号まで12回連載。第一章「プレ戦後俳句」を割愛し、第二章以後を大幅に加筆増補）

知られざる新興俳句の女性俳人たち――東鷹女・藤木清子・すゞのみぐさ女・竹下しづの女・中村節子・丹羽信子・志波汀子・坂井道子・古家和琴の境涯俳句と銃後俳句（俳文学会第65回全国大会〈平25・9・29、中部大学〉にて口頭発表したものに加筆増補して、「俳句」平成26年10月号に掲載。それをさらに大幅に改定増補）

中田青馬は特高のスパイだったのか――特高のスパイの風評に対する中田青馬の手紙と「京大俳句」弾圧事件に関する天皇関西行幸説（書き下ろし）

ＧＨＱの俳誌検閲と俳人への影響（俳文学会第63回全国大会〈平23・10・9、東洋大学〉にて口頭発表したものに加筆増補して、「俳句」平成24年8月号に掲載）

三橋鷹女の「年譜」の書き替え――新資料「遠藤家、東家、及三橋家の家系大略」『成田市史叢書』（第二集・第三集）に拠る（書き下ろし）

真砂女の海――昭和十年代（「春蘭」「縷紅」時代）の鈴木真砂女（「春燈」平成21年3月号）
飯島晴子論――俳意たしか、ニュートラルな世界（「鷹」平成17年7月号）

〈新資料で読み解く新興俳句の興亡〉
富澤赤黄男没後五十年　句日記「恂僂の芸術」初公開（書き下ろし）
渡辺白泉と新興俳句同人誌「風」（書き下ろし）
増補・渡辺白泉評論年表（書き下ろし）
三橋敏雄と新興俳句同人誌「朝」（「俳句」平成16年1月号・2月号）
新興俳句の新星・磯辺幹介の稿本句集『春の樹』初公開（俳文学会第61回全国大会〈平21・10・25、筑波大学〉にて口頭発表したものに加筆増補して、「俳句」平成21年8月号に掲載）
『天の狼』上梓の経緯――富沢赤黄男の「日記」から（「未定」第83号〈富沢赤黄男特集号〉平15・3）
「京大俳句」「新興俳句・プロレタリア俳句諸俳誌」に対する特高の諜報活動資料（書き下ろし）
新興俳句弾圧事件の新資料発見（「俳句」平成18年5月号・6月号に大幅に改訂増補）

（著者略歴）

川名　大（かわな　はじめ）

昭和 14 年（1939）千葉県南房総市生まれ。早稲田大学第一文学部を経て、慶應義塾大学・東京大学両大学院修士課程にて近代俳句を専攻。三好行雄、高柳重信に学ぶ。近代俳句の軌跡を俳句表現史の視点から構築。
著書に『昭和俳句の展開』『新興俳句表現史論攷』（共に桜楓社）、『昭和俳句新詩精神の水脈』（有精堂出版）、『現代俳句 上・下』（ちくま学芸文庫）、『モダン都市と現代俳句』『俳句は文学でありたい』（共に沖積舎）、『挑発する俳句 癒す俳句』（筑摩書房）、『俳句に新風が吹くとき』（文學の森）などがある。

昭和俳句の検証――俳壇史から俳句表現史へ――

平成27年（2015）9月25日　初版第1刷発行

著　者　川　名　　大

装　幀　笠間書院装幀室

発行者　池　田　圭　子

発行所　有限会社 **笠間書院**

東京都千代田区猿楽町2-2-3［〒101-0064］

NDC 分類 911.3　電話 03-3295-1331　Fax 03-3294-0996

ISBN978-4-305-70785-7　組版：ステラ　印刷・製本／モリモト印刷

http://kasamashoin.jp